무지개여
모독의
무지개여

NIJI YO, BOTOKU NO NIJI YO
by MARUYAMA Kenji

Copyright ⓒ 1999 by MARUYAMA Kenji
Originally published in japan by SHINCHOSHA, Tokyo.
Korean translation rights arranged with MARUYAMA Kenji, Japan
through THE SAKAI AGENCY/ORION, BOOKPOST AGENCY and ERIC YANG AGENCY.
All rights reserved.

Korean translation copyright ⓒ 2004 by Munhakdongne Publishing Corp.

이 책의 한국어판 저작권은 북포스트 에이전시와 에릭양 에이전시를 통해
THE SAKAI AGENCY, INC.와 독점 계약한 (주)문학동네에 있습니다.
저작권법에 의해 한국 내에서 보호를 받는 저작물이므로
무단 전재와 무단 복제를 금합니다.

국립중앙도서관 출판시도서목록(CIP)

무지개여, 모독의 무지개여. 하 / 마루야마 겐지 지음 ; 양윤옥 옮김.
— 파주 : 문학동네, 2004
 p. ;   cm

원서명: 虹よ, 冒瀆の虹よ
원저자명: 丸山健二
ISBN 89-8281-839-1 04830 : ₩9000
ISBN 89-8281-837-5(세트)

833.6-KDC4
895.635-DDC21   CIP2004001270

무지개여 모독의 무지개여

下

마루야마 겐지 장편소설

양윤옥 옮김

문학동네

*

 봄날 새벽잠의 꿈을 깨운 것은 연안을 지나는 화물선의 나른한 기적 소리도, 이제 막 떠오른 꾸밈새 없이 당당한 태양이 내쏘는 강렬한 빛도 아니다.
 막 교미를 끝낸 한 마리 물개처럼 모래사장에 쓰러져 깊은 잠에 빠져 있던 긴지를 벌떡 일으켜세운 건 휴대전화 벨소리다.
 자신이 어쩌다 이런 곳에서 잠들었는지 긴지는 한동안 어리둥절해한다. 마코토의 컬컬한 목소리가 귓전을 파고든 뒤에야 그는 비로소 사태를 파악한다.
 그런데도 긴지는 여전히 잠이 덜 깬 목소리를 감추지도 않고 적당히 대꾸한다. 그러자 마코토는 툭하면 화를 내는 성질대로 당장 명령조가 튀어나온다. 우물거리고 있을 때가 아니라고 마구 나무란다.

마코토는 빠른 말로 이렇게 주워섬긴다.

날도 밝기 전에 경찰과 소방관 들이 밀어닥쳐 간밤의 화재에 대한 현장 검증을 시작했다. 경찰견까지 데려왔는데, 셰퍼드 두 마리가 다 전파탑 쪽으로 돌진했지만 울타리 문의 열쇠가 없어 되돌아오는 참이다.

"그 새끼들, 우리 집에서 열쇠를 관리한다는 걸 알고 있단 말입니다. 근데 그건 걱정 없슴다. 형님 물건은 어제 전부 처분했으니까요. 지문도 깨끗하게 다 닦아뒀슴다."

마코토가 걱정하는 건 경찰견이 긴지의 냄새를 추적하지 않을까 하는 것이다. 시골 경찰 주제에 그렇게까지 할 수는 없겠지만, 만전을 기하자면 되도록 먼 곳으로, 추적을 포기할 수밖에 없는 먼 곳으로 도망치라는 얘기다.

마코토는 신이 나 있다. 어떻게든 긴지를 도와주겠다고 한껏 열정을 불태우고 있다. 언젠가 혜성처럼 떠오를 형님에게 두둑한 신망을 얻을 기회가 마침내 찾아왔다는 실감에 정신이 나갈 지경이다.

"해안선을 타고 맨발로 뛰는 게 좋습니다. 그러면 냄새가 없어지니까 제아무리 코가 좋은 개라도 쪽을 못 씀다."

긴지는 해안가를 벗어나 되도록 높은 곳으로 이동한다. 그곳에서 손을 이마에 대고 북쪽을 바라본다.

탑이 보인다.

예상 밖으로 가깝다. 제법 걸어온 것 같은데 이렇게 아침 햇빛 속에서 내다보니 그리 대단한 거리가 아니다.

긴지는 약간 초조해져서 즉시 남쪽으로 향한다. 다시 해안으로 내려가 구두를 벗고 물결이 밀려왔다 밀려가는 해안선을 따라 걷는다. 마코토의 말대로 이렇게 하면 발자국과 냄새 둘 다 지울 수 있을 것이다.

발걸음을 재촉하며 긴지는 의문을 품는다.

상식적으로 생각한다면 개는 우선 묘지 쪽으로 갔어야 할 것 아닌가. 화재가 난 곳에서 냄새를 추적했다면 가 닿을 곳은 바로 그곳이다. 개는 둥그스름한 한쪽 무덤에 멈춰 서서 앞발과 코로 땅을 파들어갔을 것이다.

그 다음에는 인간이 나설 차례다. 두 개의 유체를 파낸 경찰은 그 쪽에서 문득 생각에 잠기리라. 수제(手製) 관에 담긴 늙은 여인의 죽음은 그런대로 이해가 되겠지만, 노인 쪽은 그리 간단하게 납득할 수 없을 것이다. 자살이라는 건 곧바로 판명될지 모른다. 그러나 누가 그를 파묻었는가 하는 점에 이르면 곧바로 추리는 막히고 어떻게 납득해야 할지 허둥거리리라.

제일 먼저 의심을 받는 건 마코토.

이 지방 경찰은 이미 마코토가 평범한 어부가 아니라는 것쯤은 파악하고 있을 것이다. 적어도 예전에 어떤 조직의 구성원이었는지는 알 것이다. 만일 그렇다면 마코토는 이래저래 조사를 받게 되리라.

가족도 심문을 받을 것이다. 벙어리 아내는 그렇다 쳐도 어린 하나코는 어른들이 물으면 보고 들은 대로 술술 불어버릴지도 모른다. 아니면, 웬만한 악당 못지않게 천연덕스러운 얼굴로 시치미를 뗄까?

최악의 경우는, 밀입국자의 안내역을 맡았다는 것이 들통나 마코토가 감시를 받게 되는 것이다. 그런 녀석에게 몸을 맡기는 건 재미없다. 마코토의 일에 휘말려 경찰의 손아귀에 떨어지는 어이없는 일만은 무슨 일이 있어도 피해야 한다. 창피한 것도 유분수지, 그게 뭔가. 그러느니 차라리 동업자들의 손에 숨통이 끊어지는 게 훨씬 낫다.

법을 적으로 여기고 체면을 무엇보다 중시하는 긴지는 그렇게 생각한다.

거의 한 시간 남짓 걸었을 무렵 다시 전화가 걸려와 마코토가 말한다.

개들이 지금 그쪽을 향해 가는 중이다.

긴지는 더욱 걸음을 서두른다.

조금 걷고는 뒤를 돌아보고, 다시 조금 가서 뒤를 돌아본다. 상대의 모습은 아직 보이지 않는다.

그래도 긴지는 서두른다. 조금 뒤에는 거의 뛰다시피 걷다가 이윽고 마구 내달린다. 한쪽 손에 신을 들고, 다른쪽 손으로는 품속에 든 무기와 돈뭉치와 가면을 누르며 경쾌하게 두 발을 교차시킨다.

일단 달리기 시작하더니 멈추지 않는다.

숨이 헐떡거려도 땀방울이 눈에 들어가도 멈춰 서거나 적당히 걸으려 하지 않는다. 알맞게 젖은 모래의 감촉이 발바닥에 너무도 기분좋게 와 닿는다. 얇은 부채꼴 모양으로 퍼지는 물결이 긴지의 발자국을 단숨에 지워버린다.

바위에 몰려든 물새떼들이 인간의 접근에 놀라 일제히 날아오르고 속시원한 날갯짓 소리를 내며 선회한다. 어느새 바닷새의 낙원으로 흘러든 모양이다.

긴지의 앞길을 가로막는 건 아무것도 없다.

앞으로는 바다, 그리고 기복 없는 땅덩어리만 한없이 이어질 뿐 저 멀리 보이는 어촌과 코딱지만한 번화가가 아무리 달려도 가까워지지 않는다. 그래서 달리고 또 달리는데도 단 한 걸음도 나아가지 못한 듯한 착각에 빠져든다.

있는지 없는지 확실치 않은 희망을 키워내는 수평선, 좋은 소식을 기다리는 자에게 그저 눈이 부실 뿐인 지평선, 그 두 개의 선이 서로를 죽고 죽이며 시선이 가 닿는 한 허허로운 평면을 만들어낸다. 마계의 유혹에 빨려들 것만 같은 기분.

그런데도 긴지는 달린다.

언제부터인지, 적의 손에서 도망치기 위한 질주가 아니다. 또한 사람들의 눈에 띌까봐 극도로 두려워하는 패자의 질주도 아니다.

가까운 장래에 기필코 암흑가를 치고 올라가 차례차례 곡예하듯 산전수전 다 겪은 노장들을 제치고 혹은 복종시켜 새로운 질서를 수립할 걸물이며 대담무쌍하기 짝이 없는 개혁자의 당당한 질주다.

태양이 긴지 바로 곁에서 엄청난 기세로 떠오른다. 불길이 타는 소리가 들릴 것처럼 가깝다.

단숨에 데워진 대기가 부드러운 이동을 시작하고, 바다의 술렁임이 서서히 높아진다.

긴지는 자신의 지구력에 놀란다.

몸을 단련하는 일 따위 한 번도 없었던 자신이 이렇게까지 달릴 수 있으리라고는 생각도 못 했다. 달리고 또 달려도 심장은 터지지 않고 폐는 찌부러지지 않고, 약해져버린 자신을 흘깃 훔쳐보는 일도 없다.

탑의 나선계단을 수없이 오르락내리락한 덕분이다.

긴지는 아직 젊다. 스스로 생각하던 것보다 훨씬 젊다. 자신을 승리로 이끌어갈 열의가 온몸에 넘친다. 정지 상태와도 같은 나날을 보내고 있지만, 그 열의는 전혀 쇠퇴할 기미를 보이지 않는다.

긴지가 굳건히 버티고 선 땅은 미세한 흔들림도 없다. 긴지는 세상에 알랑거리지 않으며, 어느 누구에게도 굴복하지 않는다. 그것이 증거다.

긴지는 무감각한 불량배가 아니다. 또한 친구들이란 친구들이 모두 질려서 나가떨어질 철면피도 아니다. 어떤 경우이건 긴지는 소위 사려 깊다는 인간들의 계몽선상 밖에서 한없이 자유롭고 발랄하다.

품속의 가면이 이런 말을 고시랑고시랑 늘어놓는다.

이 사내를 얕보는 자는 반드시 호된 앙갚음을 당하리라. 이 사내에게 경도되어 진심으로 밀접한 관계를 맺기 원하는 자는 이제까지 영위해온 삶의 철학에 대폭적인 수정을 가해 마음자리를 멸각(滅却)하고 모든 허위를 버려야만 하리라.

한여름을 떠올리게 하는 풍만한 구름이 뭉클뭉클 피어오른다. 그림자는 점점 짧아진다. 기온 상승이 뚜렷하게 느껴진다.

직진하는 것 말고는 별다른 재주가 없는 시간이 항상 일직선으로만 달리는 긴지와 함께한다.

이윽고 질주의 목적이 잊혀진다. 긴지는 이제 질주를 위한 질주를 즐긴다. 마음속에 머물러 있던 얼마 안 되는 불안마저 깨끗이 씻겨 나간다.

뚝뚝 떨어지는 땀이 원초의 사색으로 환원한다.

즉, 이 세상을 살아가기 위한 행위는 모조리 선이며 동시에 악이기도 하다는, 혹은 선과 악 그 어느 쪽도 아니라는, 태어나면서부터 긴지의 영혼의 근간에 묵직하게 놓여 있던 기본적 척도가 다시금 활발히 뛰놀기 시작한다.

긴지의 원동력이 되어주는 것, 그 무시무시한 본체는 이글거리는 엄청난 광채 때문에 그 누구도 제어하지 못할 것이다.

긴지의 발목을 붙잡고 애처로운 눈물을 흘리는 천적은 하나도 없다. 시선이 가 닿는 저 끝까지 오로지 눈부시기만 한 이 광대한 공간에는 긴지와 조화를 이루지 못할 조건은 일절 없다.

따라서 긴지가 이제까지 해치웠고 또한 앞으로 해치울 일 모두가 이 행성의, 이 우주의 책임으로 연좌될 뿐이다.

가장 큰 죄악은 나약에 빠지는 것.

긴지의 가슴에 콸콸 솟구치는 시인(是認)의 샘.

대뇌와 소뇌에서 지하수처럼 분출되는 순응의 정신.

그런 것들은 대쪽처럼 직선적인 성격을 해치는 법 없이 긴지의 시원스런 운명과 나란히 붙어다니며 범상치 않은 광채를 내뿜는다.

악순환으로 직결되는 요인.

피에 물든 추억.

골수에 사무친 원한.

그런 것은 긴지의 어디에서도 찾아볼 수 없다.

절대로 다가가서는 안 될 금기.

온정에 기대려는 심정적 틈새.

이 세상의 사석*이 될 각오.

그런 건 흔적도 없다.

이 사회의 규정과 악풍에 머리 꼭대기부터 발끝까지 젖어서 제대로 운신조차 못 하는 것은 긴지를 제외한 수많은 인간들이다. 자신의 몸 하나만을 무기로 삼아 세상의 거친 파도와 맞서려고 하지 않는, 그저 편안히 앉아 충실한 나날을 기다리는 인간들이다.

발치만 보며 달리던 긴지가 무심코 얼굴을 들자 어느샌가 바닷가 조그만 동네의 외곽에 들어서고 있다.

낡아빠진 버스 정류장 건너편으로 작은 만(灣)이 있는, 잔뜩 주눅

---

* 捨石. 토목 공사에서 기초를 만들거나 수세水勢를 약화시키기 위해 물 속에 던져두는 돌. 당장은 무익해 보이지만 뒷날을 위해 하는 투자나 예비 행위를 가리킨다

든 듯한 시골 분위기를 풍풍 풍기는 마을이다. 사람의 모습은 보이지 않고, 개나 고양이도 없이 한산하다. 자동차며 선박의 엔진 소리조차 들려오지 않는다.

그런데도 찌든 생활의 냄새가 물씬 풍긴다. 어떤 집이건 돈에 궁색한 기미가 보인다.

긴지는 달리기를 멈추고 흐트러진 호흡을 정돈하며 천천히 걷는다. 포장도로 앞에서 멈춰 선다. 그곳으로 나서기를 잠시 주저한다. 아무 의미도 없는 위험은 되도록 피해야 한다.

마코토는 말했다.

사람들의 눈에 띌 만한 곳에는 다가가지 않는 편이 좋다.

지극히 당연한 충고다.

긴지는 궁리한다.

이곳에는 파출소가 있을지도 모른다. 예의 사건이 있은 뒤로 이런 오지의 지방 경찰 관계자들 사이에도 자신의 얼굴이 상당히 알려져 있을 것이다. 수배 전단이 이미 좌악 돌았으리라. 낯선 얼굴은 단 몇 분 만에 마을 사람들의 이야깃거리가 될 것이고 당장 통보의 대상이 된다.

시골의 얼뜨기 경찰 한두 명 처리하는 것쯤이야 일도 아니지만, 이런 때 이런 곳에서 불필요한 소란을 일으키는 건 별로 재미없다. 그렇다고 돌아가기에는 아직 너무 이르다. 아까의 전화 이후 마코토에게서 더는 연락이 없다. 그렇다면 경찰견은 아직도 이쪽을 향하고 있다는 걸까.

긴지는 우선 옆길의 소나무숲으로 들어간다. 그곳이라면 누구의 눈에도 띄지 않고, 만일의 경우에는 나무를 방패 삼아 응전할 수도 있다.

물결 소리가 제법 멀어지는 곳까지 들어간 뒤 긴지는 쓰러진 나무 그늘에서 잠시 휴식을 취한다. 그 소나무 고목은 괴로워 나자빠진 인간의 모습과 꼭 닮은 형태이다.

돌연한 침입자를 향해 몇 마리 까마귀가 경계의 소리를 내지른다. 그저 순응하고 일만 하는 개미떼가 이제 막 알에서 깨어난 나비에 새까맣게 붙어 있다.

뚝뚝 떨어져 모래땅 깊숙이 스며드는 자신의 땀을 바라보고 있노라니 긴지는 문득 미개인이 된 듯한 착각이 든다. 그렇지만 그것이 그리 불쾌하지는 않다.

불쾌하기는커녕 어떤 상대건 일격에 쓰러뜨릴 수 있을 것 같은 감투 정신이 온몸에 넘친다. 내게 치명적인 적 따위는 이 세상 어디에도 없다는 기세가 전보다 더 높아진다.

그런 긴지를 덮치고 그 목숨을 어떻게든 해보려고 덤벼든 자가 있다면 그자가 아무리 엄청난 인물이라 해도 일격에 꼬리를 사리고 도망치는 제 꼴을 보게 되리라.

어젯밤부터 아무것도 먹지 않은 긴지의 배는 텅 비어 있다. 뱃속이 빈 채로는 다음 행동을 할 수 없다고 버티는 육체의 지시를 고분고분 들어주려 해도 이곳에서는 어떻게 해볼 수가 없다. 마코토의 연락을 기다리는 수밖에 없다. 이쪽에서 전화를 걸기에는 그쪽 상황이 아직 좋지 않을지도 모른다. 조심하는 게 좋다.

어쩌면 옛 열쇠 가게 주인의 유체가 발견되었는지도 모른다. 그리고 마코토는 지금 한창 시치미를 떼고 있는 중인지도 모른다.

어릴 때부터 소년원을 들락거린 마코토는 항상 경찰의 박해를 받아왔다. 무슨 사건이 일어날 때마다 마코토는 부당하게도 범죄자와 똑같은 취급을 받는다.

그런 마코토가 경찰에 대해 항상 내뱉는 미운 소리가 있다.
"그 새끼들이야말로 인간이 아닙다."
그게 아니면 휴대전화 전파가 이곳까지 닿지 않는 걸까.
그럴 리는 없다. 이 부근에는 전파를 방해할 산도, 건축물도 없다.
배가 고픈 것은 그렇다 치고 우선 목이 몹시 마르다. 아무리 귀를 기울여도 개울물 소리는 들리지 않는다.
나무 틈새를 뚫고 들어오는 햇빛과 정적에 둘러싸여 긴지는 이리저리 생각을 굴린다.
기왕 이렇게 된 김에 마코토를 떠나 다른 땅으로 가고 말까. 쫓기는 처지에 너무 오랫동안 한 곳에 머물렀는지도 모른다. 그렇다고 달리 갈 곳이 있는 것은 아니다. 모든 것을 다 떨치고 외국으로 훌쩍 날아버리는 것도 못 할 건 없지만, 그렇게 되면 애써 일으킨 반란의 의미가 헛것이 되고 만다.
이런저런 탈도 많고 사건도 많았지만, 이제까지 질서정연하게 배열되어 있던 뒷골목 세계는 긴지가 쏜 몇 발의 총탄으로 상층부에서부터 붕괴되고 있다.
백주의 긴지는 이제 한 시대의 선각자다. 그러나 앞으로 과연 어느 누가 새로운 질서를 정립할 것인지는 아직 미지수다.
귀 하나는 무섭게 빠른 마코토가 물고 온 항간의 소문에 의하면 후계자 자리를 둘러싸고 체면이고 나발이고 내던진 싸움이 전국으로 파급되고 있다 한다.
"이런저런 과정이야 있겠슴다만, 결국에는 형님의 천하가 됩니다. 저는 그렇게 꼭 믿슴다."
그러나 이쪽이 원하는 대로 그렇게 일이 순조롭게 풀릴 리는 없다. 단독적인 반란 사건 따위는 거대한 조직 앞에서 무력하기 짝이 없다. 기껏해야 약간 구멍을 낼 뿐이다.

긴지는 그걸 잘 알고 있다. 집단에는 집단으로 대항하는 수밖에 없다는 것쯤이야 알고 있다.

그러나 한 세상 그럭저럭 뭉개며 살 수 있으면 그걸로 만족한다는 인간들, 피를 받은 친부 이상으로 섬기는 보스가 있고 친형제 못지않은 형님과 아우가 있으면 그걸로 만족한다는 그런 작자들과 어깨를 나란히 하고 만족할 긴지가 아니다.

수많은 어려움을 뚫고 애써 정점에 올라선다는 게 진정으로 자신의 소망인지 아닌지, 긴지 본인도 아직 확실하게 알지 못한다. 긴지는 그저 나날이 새로운 생명력을 들이마시고, 저항하기 힘든 기분의 충동에 휘둘리며 사는 것뿐인지도 모른다.

만일 그렇다 해도, 그건 결코 갈망은 아니다. 소위 욕망의 화신이라는 것도 아니다.

긴지가 이성의 계몽을 받을 인간이 아니라는 건 분명한 사실이지만, 그렇다고 심성의 도야와 애초에 인연이 없는 인간은 아니다. 사태를 한꺼번에 급변시키는 것, 종래의 가치를 땅에 처박고 권위 따위는 보기 좋게 실추시켜버리는 것, 그것이 긴지가 품은 생의 실마리다.

그러나 아직 그 초입에 막 들어섰을 뿐이다.

형식과 권위를 내세우는 인간들이 강구해낸 법, 그저 하나의 방편에 지나지 않는 법이라는 것을 긴지는 정면으로 거부한다. 긴지는 당장 눈앞에 걸리는 억압은 어떤 어려움이라도 불사하며 없애버린다. 그렇게 날뛰도록 놔두지 않겠다고 벼르는 강력한 힘에도 이를 악물고 덤벼든다.

그런 반역과 모독의 정신이 최악의 것인지 최선의 것인지 긴지는 아직 정확한 답을 내리지 않는다. 아니, 답을 내릴 마음도 없다.

하품을 씹어삼키는 무사안일하기만 한 피상적인 세계를 긴지는 무엇보다 경멸한다. 또한 안정적인 경지에 도달하는 것만이 훌륭하게 보낸 일생이라고 생각하지 않는다. 순수한 선의로 사회에 공헌하며 정당한 보수 이상은 바라지 않는 것만이 보다 고상한 인생이라고 생각하지 않는다. 긴지는 우민(愚民) 속의 한 사람이 아니다.

서쪽 하늘에 희미한 잔월이 떠올랐던 어느 새벽, 항상 길고긴 서론을 늘어놓던 가면이 평소와 달리 간결한 한마디를 내뱉은 적이 있었다.

세상의 갖가지 행위는 정사(正邪) 양면을 모두 갖고 있다. 그것이야말로 유일무이한 진리 중의 진리다.

그러나 긴지는 자신이 취한 행동이 치졸했다는 점도, 자신이 받는 차별이 극히 정당하다는 점도 인정한다. 극형을 받아 마땅할 큰 죄를 수없이 저질러왔다. 그 잔학성에 대해 스스로 충분히 인식하고 있다.

그러나 그것을 인정했다고 해서 견딜 수 없는 고통에 빠진 적은 한 번도 없다. 가령 이 세상의 모든 인간을 자기 혼자몸으로 전멸시켰다 해도 긴지에게는 아무런 후회도 회한도 남지 않을 것이다.

딱히 긴지뿐만이 아니라 모든 인간은 저마다 나름대로 이 세계를 광란에 찬 시선으로 바라본다. 단지 긴지의 경우에는 그 모든 것을 실행에 옮기고 마는 측면이 있다는 게 다를 뿐.

공복의 긴지는 고픈 배를 안고 잠이 든다.

이 땅에 흘러든 뒤부터 긴지는 많은 시간을 잠으로 보냈다. 갑작스레 한가해진 탓도 있지만, 그것 때문만은 아니다. 따뜻하고 보드라운 계절 때문도 아니다.

잠에 한 번씩 빠질 때마다 어쩐 일인지 현실이 축소되어간다. 동시에, 이 세상을 느끼고 거기에 응답하는 의식에 큰 편차가 생긴다. 요컨대, 사느냐 죽느냐가 그리 큰 문제로 여겨지지 않는다.

마흔여덟 시간 내내 반격의 주먹을 부르쥐고 당장 튀어나갈 태세를 취하면서도, 실제로는 저 밑바닥 마음이 현실로부터 점점 멀어져간다. 지금 이렇게 잠에 빠져 있는 순간이 인생 최후의 현실이 된다 해도 긴지는 아무렇지도 않다.

'백주 대낮의 긴지'라는 특별한 별명이 붙을 정도의 사내에게 구멍이 뚫렸다.

어깨를 흔들어댈 때까지 상대의 접근을 알아차리지 못하고 잠에 빠져 있었던 것이다. 만일 그것이 적의 기습이었다면 한주먹감도 안 되었으리라.

그자는 긴지의 아군은 아니다. 또한 분명 적이라고 규정할 만한 상대도 아니다. 그렇다고 아무 관계도 없는 생판 낯선 타인인 것도 아니다.

어쨌거나 긴지와 맞지 않는 놈이라는 건 틀림없다.

잠에서 깨어나 그자가 누구인지 알아챈 긴지는 일부러 몸을 뒤척여 자신의 시선에서 그자를 없애려 한다. 긴지가 그자를 어떻게 생각하건 긴지와 그자는 기묘한 인연으로 묶여 있다. 게다가 참으로 밀접한 관계다.

그자는 변함없이, 절대로 익숙해질 수 없는 강렬한 악취를 뿜으며 그림자 덩어리와도 같은, 어디 한 군데 종잡을 길 없는 괴상한 꼬락서니를 하고 있다.

인간의 삶의 영역을 명백히 침범해들어온 저승사자는 무슨 바람이 불었는지 퍽 기분이 좋아 보인다. 오늘은 항상 하던 전형적인 염세주의자의 주문을 늘어놓지 않는다.

긴지는 잠이 들어 미처 깨닫지 못했지만, 사실은 아슬아슬하게 산 채로 영혼을 뺏길 참이었다. 깊은 잠에 빠진 긴지에게 슬그머니 접근한 저승사자는 잘됐다 싶었던지 다양한 종류의 암흑 물질로 이루어진, 바싹 마른 나뭇가지처럼 가느다란 팔을 마치 수술용 메스 다루듯 긴지의 체내에 깊숙이 집어넣으려고 하였다.

그런데 긴지의 품속에 들어 있던 가면에 손끝이 닿자 흠칫 팔을 거두고는 갑작스레 방법을 바꾸었다. 저승사자는 이제까지 해왔던 그대로 대화를 통해 어떻게든 일을 풀어보기로 마음먹고 긴지를 흔들어 깨웠던 것이다.

반나절 넘도록 음식은커녕 물 한 모금 마시지 못한 탓에 체력도 기력도 약해져버린 인간을 상대로 하는 일이다. 끈덕진 설득만으로도 어떻게든 일이 잘 풀릴 것이라는 계산을 한 것이리라. 저승사자의 짐작대로 뱃속이 텅 빈 긴지에게는 빈틈이 많았다. 남의 말을 곧이곧대로 들어줄 착한 귀는 없어도 최소한 느닷없이 상스러운 욕지거리와 행동으로 대항하거나 품에 든 시끄러운 물건을 느닷없이 꺼내들고 난사할 그런 힘은 없다.

긴지의 태도는 여전히 냉랭하다.

그러나 둘 사이에 숨이 막힐 듯한 긴박한 공기는 떠돌지 않는다. 별다른 반목 없이 잘 자란 소나무숲은 그저 한없이 정적과 평온을 유지하고 있다. 수평선 저 너머를 향해 날아가는 대형 여객기의 우렁찬 제트 엔진 소리도, 늙은 소나무 잎사귀가 땅바닥에 떨어지는 아주 작은 소리도 똑같이 또렷하게 들린다.

스스로 이 세상과 저 세상의 매개적 존재라는 것을 인정하며, 그 점을 누구보다 자랑스럽게 여기는 저승사자는 긴지의 귓전에 대고 속삭인다. 자, 이제 슬슬 본론으로 들어가볼까?

죽음이란 삶 이상으로 고려해볼 만한 가치를 가지고 있다. 삶과 죽음은 상대적인 것이며 둘 다 옳다. 그런데 너의 삶은 완전히 글러먹었다. 너라는 녀석은 너무도 특이한 성정을 갖고 있다. 하늘이 이런 너를 그냥 아무 말 않고 가만 놔둘 수는 없다.

이런 경우에는 지금 당장 죽음의 세계에 뛰어드는 편이 현명하다. 그것이야말로 가장 좋은 해결책이다. 다시금 단언하건대, 너는 결코 생을 대표할 만한 인물이 아니다. 어차피 너는 전형적인 실패작일 뿐이다. 이것은 이론의 여지도 없는, 그야말로 사실 중의 사실이다.

괴물이라는 말 이외에는 달리 묘사할 길이 없는 상대에게서 그런 가차없는 규정을 당하고도 긴지는 까딱도 하지 않는다.

아니, 움직이고 싶어도 손발의 자유를 잃은 것처럼 꼼짝도 할 수 없다. 그러나 마음은 조금도 동요하지 않는다. 믿음직스러운 아군이 함께 있기 때문이다.

품속에 넣어온 가면이 그에게 불어넣어주는 무언의 활기를 긴지는 예민하게 감지해낸다. 애당초 대꾸조차 하지 않는 것이 저승사자를 쫓아버리는 데는 제일이라고 일러주는 가면의 의중을 긴지는 깨닫는다. 그런데도 도무지 묻지 않고는 배길 수 없는 것이 있다.

가면의 제지를 떨치고 긴지는 저승사자에게 묻는다.

요즘 며칠 사이에 사자(死者)가 둘씩이나 나왔다. 그런데도 아직 만족을 못 하는가. 이렇듯 인구 밀도가 낮은 벽지에서 연달아 두 명의 죽은 자가 나왔다는 건 대단한 수확이 아닌가.

그 말을 듣자마자 저승사자의 입이 굳게 닫힌다. 그때까지 부드럽게 흐르던 분위기가 단번에 험악해진다.

아픈 곳을 찔린 게로구나. 눈치를 챈 긴지는 바로 이거다 싶어 맹렬하게 질문 공세에 나선다.

 어째서 자연사한 자의 영혼만 취급하지 않는가. 어째서 산 자의 영혼까지 손에 넣겠다고 안달을 하는가. 게다가 정신이 흐트러진 심한 병에 걸린 것도 아니고 죽고 싶어하는 것도 아니고 신의 가호를 바라지도 않는, 도리어 삶에 대한 의욕이 철철 넘치는 인간에게 어째서 그렇게 집요하게 들러붙는가.

 만일 내가 얼마 못 가 목숨이 끊길 운명이라면, 그렇게 소란 피울 것 없이 점잖게 그때를 기다리면 될 것 아닌가. 죽은 뒤라면 너의 말을 따를 것이지만, 아직 이렇게 시퍼렇게 살아 있으니 친한 친구 찾아오듯 뻔질나게 찾아오지 마라.

 "진짜로 내 삶을 걱정해준다면 나를 이대로 놔둬."

 저승사자의 공허한 침묵은 여전히 이어진다.

 잔뜩 뒤틀린 얼굴로 굳게 입을 다문 그 모습은 깊은 생각에 빠진 인간의 모습 그대로다. 혹은 술에 취한 연약한 무리와도 비슷하고, 혹은 마음에도 없는 겸손만이 장기인, 교활하고 꾀만 많은 신부(神父)를 생각나게도 한다.

 최소한 생의 방해자로 보이지는 않는다. 그렇다고, 서리서리 꼬리를 말고 후퇴할 기미는 전혀 없다.

 심사숙고하는 척하다 물음에 대한 대답을 대충 얼버무리겠다는 수작인가. 아니면, 갑작스럽게 허를 찌르는 행동으로 나오려는 건가.

 상대의 형세가 불리하다는 판단이 서자마자 긴지는 벌떡 몸을 일으킨다. 어딘지 인간의 해골을 연상시키는 쓰러진 고목으로 다가가 오만하게 버티고 앉는다. 팔짱을 끼고 자신의 뜻을 기어이 관철시키겠다는 결연한 표정을 지으며 상대를 똑바로 응시한다.

 "네놈의 속셈이 무엇인지는 모르겠다만, 나를 만만히 봤다간 큰

코다쳐. 나는 항상 최악의 상황을 각오하고 살아온 인간이야. 지금 당장 죽는대도 까딱 안 해. 까딱도 안 한다만, 어디서 굴러먹던 말뼉다구인지도 모를 너 같은 괴물이 실없이 내뱉는 잔소리를 그대로 믿고 죽을 내가 아냐. 그 점을 명심해. 알았나? 알았으면 썩 꺼져!"

그러나 참기 힘든 악취를 내뿜는 그림자 덩어리는 오래도록 그 자리에서 움직이지 않는다. 독선적이라는 비난을 받은 악승(惡僧)처럼 일거에 돌변한 태도다. 더이상 위선에 가득 찬 속임수를 늘어놓지는 않지만 이죽거리는 뻔뻔스런 표정으로 한참 동안 입을 꾹 다물고 있다.

실컷 네 할말을 해라, 그리고 실컷 화를 내라. 그렇게 내버려두었다가 이윽고 슬슬 구슬려서 대립 의식을 약화시키고 교묘하게 대충 무마한 다음 기회를 보아 일시에 밀어붙여 커다란 양보를 이끌어낼 작정인가.

그러나 그런 뻔한 방법에 쉽사리 말려들 긴지가 아니다. 긴지는 할말을 하고는 상대가 어떻게 나오는지 가만히 지켜보기로 한다.

인간과 저승사자의 기묘한 눈싸움이 한참이나 이어진다.

긴지의 자신감은 조금도 흔들리지 않는다. 어이없을 만큼 끔찍스런 이런 상대 앞에서도 긴지는 그때까지 쟁취해온 가치관을 하나하나 잃어버리는 한심스러운 꼴은 내보이지 않는다. 은밀하게 가면의 도움을 받고 있는 긴지의 입장은 여전히 유리하다.

긴지는 실상(實像) 그 자체인 데 비해 상대는 기껏해야 희미하기 짝이 없는 헛것일 뿐이다. 한낮에 나타나건 한밤중에 등장하건 이 작자는 저승이 아닌 이승에 나와 있는 동안은 헛것이다. 귀천의 차이나 완력의 강약과는 관계없이, 이 작자가 이승에 나와 있는 한은 정도가 낮은 물질이자 소모품에 지나지 않는 살아 있는 인간 쪽이 훨씬 뛰어나다.

눈부신 대낮의 길고긴 침묵을 먼저 깨고 나선 것은 긴지다. 한 가지 확인해두고 싶은 것이 있었기 때문이다. 그것이 가슴을 스치자마자 벌써 입을 통해 말이 튀어나갔다.

"대체 너는 어디서 온 거냐?"

대충 짐작은 갔지만, 정말 그 짐작이 맞는지 한번 확인해두고 싶었다.

영원히 주빈이 될 수 없는 그 작자는 그리 망설일 것도 없이, 그리고 그다지 허세를 부리지도 않고 속이 느글거릴 만큼 나긋한 목소리로 태연히 대꾸한다.

"너 자신에게서 왔다."

그 순간, 여태 조용히 입을 다물고 있던 가면이 갑작스레 말참견을 하고 나선다.

가면은 뜻밖의 말을 내뱉는다.

뜻밖에도 반론이 아니다. 그렇다고 긴지에 대한 옹호를 포기하는 배반의 말을 한 것도 아니다.

가면은 이렇게 잘라 말한다.

"그 말이 맞아. 저자는 네 마음의 투영에 지나지 않아. 영혼의 양극단에서 튀어오르는 불꽃, 거의 무에 가까운 찰나의 섬광일 뿐이지."

뒤를 이어 이렇게 말을 잇는다.

"그러니까 너는 자문자답을 하고 있는 것에 불과해. 한마디로 혼자서 씨름을 하고 있는 거지."

가면의 날카로운 지적에 긴지는 낯빛까지 창백해지며 한참 동안 허둥거린다. 정신이 뒤죽박죽 헝클어지고, 마음이 마구잡이로 기우뚱할 때마다 긴지는 눈을 깜빡인다.

아무리 기다려도 왠지 반발심이 생기지 않는다. 그러기는커녕 자신의 무지를 깊이 부끄러워한다.

어쨌든 어떤 면에서는 명쾌한 분석이고, 납득하지 않을 수 없는 충고다. 그렇다고 그대로 받아들일 마음도 들지 않는다.

잠시 후 긴지는 마음을 굳게 먹고 치욕에 또다른 치욕을 더하는 의문을 가면에게 던져본다.

"그렇다면 나라는 인간이 죽고 싶어한다는 거냐? 그 말이야, 엉?"

가면은 긍정의 침묵 속에 잠겨 있다.

"그렇다면 너도 저자와 한패겠구나. 그러니까 결국 너 역시 바로 나 자신이란 말이지?"

가면은 일일이 대답할 필요도 없다는 듯 굳게 입을 닫는다. 그리고 긴지의 품속에서 아무런 가치도 없는 그저 낡아빠진 나뭇조각으로 돌아간다.

어느 틈에 죽음의 냄새는 사라졌다.

저승사자의 자취는 어디에도 없다. 꺼져가는 뒷모습조차 보이지 않는다.

긴지의 주변에는 이렇게 생각할 수도 저렇게 생각할 수도 있는, 그야말로 의심스럽기 짝이 없는 현실이 서로 밀치락달치락 다투고 있다. 그러나 바로 그것이라고 꼬집어 말할 수 있을 만큼 강한 인상을 주는 것은 하나도 없고, 그저 활개를 치는 건 나야말로 자명한 이치라며 들고일어서는, 웬만해서는 도무지 부정할 수 없는 수많은 기지(既知)의 사실들이다.

긴지는 모든 선고가 끝나버린 기결수처럼 어찌할 줄 모르는 마음으로 망연자실 서 있다. 아니 중환자처럼 어깨를 축 늘어뜨리고 있다.

마음의 장력(張力)과 타력(惰力)이 급속히 빠져나간다. 흔해빠진 이론으로는 쉽사리 지워버릴 수 없는 뜻밖의 대답에 그의 마음은 침울할 뿐이다.

세상의 비웃음거리가 된 듯한 굴욕감이 가슴속에 퍼져나간다. 거칠게 날뛰는 자기 혐오, 그러나 그것은 아직 해독제 역할까지는 하지 못한다.

자신의 무력함을 스스로 깨달은 긴지는 지금 스스로의 무지를 부끄러워한다. '그렇군, 그런 거였어'라고 수없이 중얼거리며 한없이 우둔한 사내로 추락하는 중이다.

한참이 지난 뒤에 휴대전화의 호출음이 긴지를 제정신으로 돌아오게 한다. 그러나 긴지는 평소처럼 민첩하게 행동에 들어가려고 하지 않는다. 마코토의 호출에 기운 빠진 대답을 한다.

마코토는 활력이 넘치는 목소리로 경보 해제의 소식을 알린다.

이제 상황 끝이다. 경찰과 소방관 놈들은 전부 물러갔다. 선로 아래에서 살던 노부부는 봄바람이 들어 또다른 곳으로 떠나갔을 것이다. 내심 귀찮고 눈에 거슬리던 그들이 자진해서 사라졌으니 오히려 다행스런 일이다.

마코토는 여전히 말을 늘어놓는다.

배에서 전화하는 참이다. 이 길로 형님을 마중 가려고 한다. 배가 닿을 만한 곳으로 와주면 좋겠다. 백사장은 어디든 물밑이 얕으니까 어선이 들락거릴 수 있는 다른 곳으로 와달라. 부두가 있으면 두말할 것 없이 좋다. 그러나 되도록 사람 눈에 띄지 않도록 부디 조심해 달라. 최소한 이쪽 배가 보일 때까지는 근처에 은신해 있어야 할 것이다.

"형님, 지금 어디 계심까? ……아, 거기라면 아주 좋습니다. 그 동네 앞 포구 끝에 오래된 다리가 있으니까 거기서 기다리십쇼. 삼십

분 이내로 모시러 가겠슴다."

긴지는 비틀거리는 늙은이 같은 몸짓으로 일어선다. 자주독왕(自主獨往)의 정신 따위 털끝만큼도 느낄 수 없는 얼빠진 걸음으로 바다 소리와 갯내음에 이끌려 걸어간다.

남다르게 기세가 강하며 언제라도 사력을 발휘하여 싸울 수 있는, 누구보다 강력한 젊은이가 이런 몸짓을 보이다니, 도무지 믿어지지 않을 정도다. 그 소나무숲을 제 세력권으로 삼는 까마귀떼조차 입은 옷 그대로 허둥지둥 도망나온 무능력자로 점찍고 완전히 얕잡아볼 정도다.

이대로 어디론가 떠나버렸으면.

이 길로 멀리 달아나고 싶다는 마음이 문득 긴지의 머리를 스친다. 마코토의 배를 탈 것 없이 이대로 버스를 탈까. 그리고 기차와 비행기를 연달아 갈아타며, 이까짓 섬나라의 척도 따위 전혀 통용되지 않는 저 먼 대륙으로 탈출해버릴까. 거기에서 영원한 이탈자가 되어 세상의 표면도 이면도 아닌, 누구에게도 자신이 사는 곳을 들키지 않을 안전하고도 게을러터진 시공간으로 도망쳐버릴까.

긴지는 품속에 넣어두었던 것들을 모두 내던지고 싶은 충동에 휩싸인다.

뱃가죽을 썰렁하게 하는 묵직한 권총과 예비 탄환, 일이 이렇게 되고 보니 별 쓸모도 없이 여겨지는 돈뭉치, 아직 세 가지 색밖에 넣지 않은 무지개 문신, 그 되다 만 문신을 등에 짊어진 육체까지 모조리 내버리고 말까. 그러면 세상살이의 번거로움 따위는 깨끗하게 녹아 없어질 것 아닌가. 이 길로 저승사자의 실없는 권고를 고분고분 따르는 게 낫지 않을까.

그러나 긴지가 버린 것은 결국 가면뿐이었다. 그것조차 겨우 열

걸음도 채 못 가 다시 달려와 잽싸게 주워들고 꼼꼼하게 모래를 털어 다시 품속에 넣고 만다.
  권총과 돈뭉치 틈새에 낀 가면은 얼굴을 잔뜩 찌푸렸지만, 입가에는 그리 싫지 않은 듯한 미소가 떠오른다.

*

  긴지는 버스에는 타지 않았다.
  근처에 사람들의 기척이 없다는 것을 철저히 확인한 뒤, 거의 다 부서진 교각 끝까지 잰걸음으로 다가가 마코토의 낡아빠진 어선 '새벽호'에 잽싸게 올라탔다.
  그리고 두 시간 뒤에는 심심찮게 신세를 졌던 아우에게 다시금 몸을 의탁한다. 어떤 희망이든 다 이뤄줄 것처럼 높직한 전파탑 꼭대기에 배고픈 맹수처럼 다시 둥지를 튼다.
  그 둥지는 일단 경찰의 손이 거쳐간 뒤인지라 전보다 훨씬 더 안전한 은신처가 되었다. 숨어 있어도 좋다는 정부의 검증을 받은 셈이다.
  그렇게 말하며 마코토는 유쾌한 듯 웃어젖혔다.
  그러나 긴지가 날려야 날 수 없는 부자유의 새라는 점에는 아무런 변화도 없다.
  간단하게 저녁 요기를 때운 긴지는 지금 물결 아래로 쑥쑥 잠겨드는 해를 바라보며 돌과 벽돌과 편집증으로 축조된 둥그런 실내에서 실컷 게으름을 피우고 있다.
  오묘하게 배합된 자연사와 인간사가 서서히 다가드는 박모(薄暮)에 휩싸여 조용히 서로에게 녹아든다. 비도 내리지 않고 바람도 불지 않건만 제법 쌀쌀하다. 한창 무르익은 봄은 잠시 어디론가 꼭꼭 숨어버렸다.

그곳에 준비된 물건들은 모두 새로 사들인 것이다. 침낭, 옷가지, 신발, 세면도구, 식기…… 모두 새것이다.

그때까지 긴지가 사용하던 건 모조리 처분했노라고 마코토는 말했다. 돌을 매달아 바다 속에 넣었다고 한다.

주변 일대를 경찰과 경찰견이 모조리 수색하고 난 뒤라 마코토의 가족에게 다소 동요의 기색이 엿보였다. 마코토는 괜한 헛웃음을 치는 횟수만큼 신경이 잔뜩 긴장되어 있었고, 마코토 아내의 눈에도 명백하게 두려움의 빛이 떠올라 있었다. 그리고 셰퍼드를 처음 본 하나코는 들판이며 백사장을 걸을 때마다 자꾸 뒤를 돌아보게 되었다.

평소에는 제법 세게 밀어붙이던 마코토도 이번만은 있는 그대로 정직하게 고백했다.

자신이 관여하지도 않은 일로 경찰의 추궁을 받는 일쯤은 어려서부터 겪어온 터라 그리 놀랄 일도 아니지만, 이번만은 반드시 비밀에 부쳐야 할 중대사였는지라 간이 콩알만해졌다. 그러나 미리 다짐해두지만, 절대로 이번 일이 싫어졌다는 뜻은 아니다. 이쯤에서 손을 떼고 싶다거나 하는 마음은 전혀 없다. 긴지가 어서 떠나주었으면 하는 생각 따위 꿈에도 가져본 적이 없다.

마코토는 여전히 야심만만하고 잔재주가 뛰어난 옛날의 아우 그대로였다.

고기 잡는 일을 심심풀이 삼아 하면서 뒷길로는 외국인의 밀입국이나 법률로 금지된 물건의 밀수에 손을 빌려주며 한평생 그럭저럭 보낸다…… 아무래도 그럴 생각은 꿈에도 없는 모양이다.

얼굴 복판에서 번득이는, 게를 닮은 마코토의 눈에는 여전히 왜곡된 영달의 꿈이 뚜렷이 머물고 있다. 당치도 않은 기대와 동경에 애를 태우며 마코토는 '백주 대낮의 긴지'에게 아낌없이 제 생애를 걸고 있다.

오늘 조각룡은 예정대로 찾아와 긴지의 등에 초록색을 넣었다. 처음에 넣은 빨간색은 딱지가 떨어지고 새살이 돋아나고 있다.

그러나 노란색 부분은 아직 희미하게 피가 배어 번들번들 빛난다. 그만해도 빠르게 회복된 것이라고 한다.

다른 어떤 색과도 혼동되지 않으며 또한 다른 어떤 색의 방해도 받지 않는 초록이 들어갈 때, 긴지는 등 전면에서 그리고 마음 전면에서 깊고도 밝은 숲을 신선한 산소와 함께 이동하는 듯한 상쾌함을 느꼈다.

침 다발이 피부를 찢고 살에 파고드는 순간에도 아픔보다는 오히려 마치 소슬바람이 불어오는 듯한, 혹은 행운이 되돌아온 듯한, 아니 어쩌면 이제까지 저질렀던 잔학한 소행들이 깨끗이 청산되는 듯한 심정이 들었다.

초록빛을 띤 오묘한 밤 풍경에 푹 잠겨 긴지는 생각한다.

오늘 등에 넣은 초록도 아마 이 밤과 똑같은 색이리라. 그것은 풀색과도 바다색과도 비취빛과도 비슷하지만 그중 어느 것도 아니리라. 어쩌면 잔뜩 비틀린 영혼을 바로잡을 길 없는 건방진 인간은 도저히 짐작조차 못 할, 저 세상의 색에 대항할 수 있는 색채인지도 모른다.

그런 예감을 느낀 긴지는 여전히 일단 길을 정하면 외곬으로 밀고 나가는 사내로 자리잡고 있어 완전한 평정 그 자체다. 등에 새로운 색깔이 더해질 때마다, 무지개가 완성에 가까워질 때마다 긴지의 가슴속에 무언가 변화가 싹튼다. 어쩌면 인간 형성에 도움이 될 변화인지도 모른다.

그런데 긴지 본인에게는 그런 자각이 거의 없다.

아니, 아슴푸레 감은 잡고 있지만 일부러 거기에서 눈을 돌리려고 한다. 영혼이 품고 있는 불가사의한 정념의 태풍에 휘말리는 것을 조금씩 두려워하고 있다. 육체 이상으로 복잡하기 짝이 없는 정신을 바로 코앞에서 목격하며 몸을 움츠리고 있다. 자기 의존이라는 기본적인 성품이 미약하나마 서서히 동요하고 있다.

이런 식으로 간다면 얼마 후에는 비참한 상태로 떨어지리라. 죄가 줄어들지 않는 한 종착역은 어차피 뻔한 것이다.

그런 소극적이며 우물거리는 해답이 긴지를 단번에 무덤으로 데려가는 게 아닐까.

만일 그렇다면 이건 중대한 문제다. 만일 그렇다면 두려움의 폭풍에 휩쓸려가기 전에 단호하게 연약한 자기 자신과 대결하지 않으면 안 된다.

자신의 내부에서 두 번 다시 저승사자를 만들어내서도 안 되고, 또한 박람강기의 가면의 말 따위에 넘어가서도 안 된다. 자신이 바로 이곳에만 존재한다는 현실 중의 현실에 대해 털끝만큼의 의심도 품어서는 안 된다. 지금 이곳에 존재하는 자신 이외의 자신 따위는 잡으려야 잡을 수 없는 환영이라는 것을 잊어서는 안 된다.

가면은 지금 속수무책으로 썩어가는 평범한 나뭇조각으로 긴지의 뒤쪽에 내던져져 있다. 한없는 슬픔을 삼키고 있던 저 소나무숲 깊은 곳에서 설득력 있는 결정적인 한마디를 내뱉은 이래 가면은 단 한마디밖에 입에 담지 않았다.

깊고깊은 잠에 빠져 있던 긴지가 조각룡의 도착을 알리는 마코토의 전화에 벌떡 일어났을 때의 일이다.

마코토의 컬컬한 목소리를 밀어젖히며 가면은 퉁명스럽게 약삭빠른 한마디를 던졌다.

"참회는 죽은 뒤에 해도 늦지 않아."

그러나 긴지는 그래서 어쨌다는 거냐고 쏘아붙이지도 않았고, 또 분노한 얼굴로 상대의 미간을 겨냥하여 주저 없이 권총을 발사하는 따위의 비속한 수단을 쓰지도 않았다. 그런 건 그저 어리석은 행위일 뿐이다. 그렇다고 가면의 의견에 영합할 마음은 애초부터 없다.

질서정연한 밤의 구석구석까지 파멸에 찬 귀결이 잉태되어 있다. 세상으로부터 아예 잊혀지고 만 듯한 이 들판에 독특한 특징을 부여해주는 주눅들린 식물군들은 침묵 속에서도 하나같이 단독으로는 성과를 거둘 수 없다는 진리를 주장하고 있다.

오늘밤의 달은 부지런한 유혹을 멈추고 그저 나른한 분위기를 널리 퍼뜨리고 있다. 달빛은 부유 생물의 움직임을 흉내내며 제멋대로 허공을 떠돌아 봄의 잔해를 순식간에 오래된 생선살처럼 부패시킨다.

그리고 긴지는 자신의 체질 속에 깃든 중대한 결함을 용인하는 방향으로 차츰 기울어간다. 배후에 버티고 선 또하나의 자신, 그 영향력으로 인해 넋이 나가지 않기 위해 죽을 때까지 스스로의 자세를 수정해갈 수밖에 없다. 지성의 도움을 전혀 받지 않고서도 긴지는 그렇게 막 깨달은 참이다.

이제 곧 장마철을 맞이할 달이 걸출한 불량배를 자인하는 긴지에게 던져주는 것은 회한의 눈물과 그에 따른 윤리의 광명 따위가 아니다. 또한 폭력에 의지하여 살아온 황량한 나날을 허용하며 악행에 정당한 논거를 부여하는 철학적인 빛도 아니다.

무슨 일이 있건 의연히 중립을 지키는 달빛이 신고도 하지 않은 그 사설 묘지를 뚜렷하게 비춘다. 이토록 멀리 떨어져 있는데도 긴지의 시선은 대지에 나란히 세워진 두 개의 묘석을 똑똑히 붙잡는다.
아무래도 그 무덤은 경찰의 손에 파헤쳐지는 일은 면한 모양이다. 셰퍼드는 무슨 이유에서인지 그쪽으로 가지 않고 긴지의 냄새만 추적하다 중도에서 포기하고 돌아간 것 같다.

그렇게밖에는 생각할 수 없다.

만일 묘지를 파헤치는 상황까지 갔다면 경찰이 이렇게 빨리 손을 뗄 리가 없다. 뇌수가 튀어나온 사체와 그 사체 곁에서 발견된 권총을 두고 그 무덤을 과연 누가 만들었는지에 대한 수수께끼가 확실하게 풀릴 때까지 전담 수사반을 설치하여 며칠이 걸리든 현장을 들락거렸을 것이다.

옛 열쇠 가게 부부의 무덤은 값비싼 꽃에 둘러싸인 으리으리한 무덤보다 훨씬 더 훌륭하다.

강가나 들에 나가면 당장 집어올 수 있는 흔해빠진 물건이기는 하지만, 비석 대신 세워둔 그 옥석(玉石)은 모래와 흙만 가득한 이 지역에서는 독자적인 가치를 지닌다. 게다가 '큰유리새'와 '울새' 간에는 영구적인 공명력이 작용하고 있다.

적어도 긴지는 그렇게 믿어 의심치 않는다.

죽은 뒤에도 영원히 다정한 관계를 이어가는 두 사람은 이 세상을 잘 살았는가 아닌가는 차치하고라도 훌륭하게 죽었다는 것만은 명백하다. 이승의 진로는 잘못 짚었는지 모르지만, 저승으로 통하는 길은 올바르게 선택했다.

긴지는 그렇게 생각한다.

그러므로 그들의 죽음과 매장을 도와준 일을 자랑스럽게 여길지언정 오지랖 넓은 참견이었다고 여기지는 않는다. 이번 일은 앞으로 문득문득 떠오르는 그리운 추억이 되리라.

그 부부에게는 이 땅이 가장 잘 어울린다. 천국보다 더 관용의 정신이 넘치는 이 황야야말로 그 부부에게는 적합한 땅이다. 가령 그것이 자기 만족에 불과하다 해도.

아마 단 한 번도 정면으로 권력에 창을 들이미는 일 없이 살아왔을 그들의 최후는 어쩌면 긴지가 무의식중에 이상으로 삼아온 죽음의 형태였는지도 모른다.

만일 양자간에 다른 점이 있다면 한쪽은 식솔을 거느렸다는 것과 다른 한쪽은 혼자몸이라는 것밖에 없는 게 아닐까.

그렇지만 모범적인 인간이냐 아니냐의 차이는 그리 명료하지 않다. 왜냐하면 선로 아래에서 보낸 그런 옹색한 삶이 사회 질서에 공헌한 인간의 생활이라고 할 수는 없기 때문이다.

그 노부부 역시 긴지와는 또다른 의미에서 반사회적인 존재였다.

과정이야 어찌 되었건 스스로의 목숨에 단정하게 마침표를 찍어 인생의 종막을 깔끔하게 마무리한 그들의 영혼은 절대로 방황하지 않으리라.

이 세상에 아무런 한도 남기지 않은 두 사람, 그들은 비합리적이며 애매모호한 꼬락서니로 밤이면 밤마다 그 근처를 배회하는 그런 기괴한 존재는 결코 되지 않으리라.

바닷가 들판의 한복판, 산벚나무 노목의 뿌리 아래 영원의 잠에 든 그들만큼 바람직한 상태의 유체는 그리 흔하지 않으리라.

그런데 얼마 지나지 않아 들판과 바다의 경계선 부근에서 뭔가 심상치 않은 이변이 일어난다.

그것이 괴이한 현상이라는 건 긴지도 당장 알 수 있다. 희미한 초록색의 빛을 뿜는 것뿐이라면 그리 괴이할 것도 없겠지만, 지금 보이는 빛들은 흔들흔들 움직이고 있지 않은가.

그 빛은 탑 쪽으로 다가온다. 마치 나무상자에서 질질 끌려나오는 한 줄기 사슬처럼 해안선 끝에서 줄줄 흘러나와 그대로 행진을 시작한다.

인간의 행진이다.

긴지는 몇 번이고 눈을 비빈다.

그러나 틀림없는 병사들의 행진이다. 반세기도 더 전의 행색을 한 병사들이다. 총검이 번쩍 빛을 낸다. 군홧발에 비벼진 모래가 버석버석 소리를 낸다.

긴지는 쌍안경을 집어든다.

당장은 아무것도 보이지 않는다.

그러나 육안으로라면 보인다. 점차 선명해지면서 병사 한 사람 한 사람의 얼굴까지 식별할 수 있다.

모두가 젊다.

모두가 건강하고 발랄한 병사들. 국가를 지키겠다는 기개가 넘치는, 주어진 사명의 무게에 전혀 짓눌리는 기색 없이 그들의 눈동자는 빛난다.

그건 그들 중 누구도 아직 인간의 목숨을 뺏은 적이 없기 때문이다. 지나치게 길어 보이는 소총은 훈련용 표적밖에는 겨냥해본 일이 없고, 이 하나 빠진 데 없이 매끈한 총검은 한 번도 피를 빨아들인 일이 없다.

그들은 탑 울타리 바로 앞에 이르러서도 멈추지 않는다. 그대로 행진을 계속하여 아무런 수고도 없이 바람처럼 철조망을 통과해버린다.

그러나 그것 자체는 긴지의 흥미를 끌지 않는다. 왜냐하면 저승사자와 마찬가지로 자신의 마음의 투영에 지나지 않는 현상이라고 받아들였기 때문이다.
　예전에 본 전쟁 영화의 한 장면이 이런 형태로 되살아나는 게 틀림없다. 그렇게 마음속으로 짐작한다. 따라서 공포에 머리털이 거꾸로 서는 일도 없다.
　그러나 긴지가 어떻게 짐작하건 그것은 긴지의 영혼과 직결되는 뇌의 저 밑바닥에서 발생한, 현실을 잘못 본 것에 불과한 생생한 영상 따위가 아니다. 그것은 현실을 뛰어넘은 현실이다.
　그렇다고 해서 살아 있는 인간인 긴지를 어떻게 해보려고 덤비는 무리도 아닌 것 같다. 세계대전이 한창일 때 결과적으로 아무런 역할도 하지 못했음에도 불구하고 지금도 여전히 사명감에 불타, 이 일대와는 관계없는 자들을 내쫓겠다고 출몰한 죽은 영혼은 아니다.
　그 증거로, 그들은 긴지를 완전히 무시하고 있다. 아니, 긴지가 전혀 보이지 않는 모양이다.
　병사들은 탑 바로 아래까지 다가와 기막힌 솜씨로 산개하더니 신속한 동작으로 각자의 위치에 가 선다. 전파탑을 둥그렇게 감싸고 경계에 임한다.
　그중 몇몇 병사는 자물쇠를 열지도, 문을 차 부수지도 않고 자유롭게 탑 안으로 쓰윽 침입한다.
　나선계단을 올라오는 발소리가 울리는가 싶더니 벌써 그들은 꼭대기에 도달해 있다. 눈 깜빡할 새에 긴지 바로 곁에 와 있다.
　그것뿐만이 아니다. 실내는 어느 틈엔가 가지각색의 기계류로 둘러싸이고 천장이건 벽이건 바닥이건 가릴 것 없이 복잡하기 짝이 없는 배선이 설치된다. 몇백 개가 넘는 갖가지 형태의 진공관이 내뿜는 열기로 인해 공기의 거센 대류가 생겨난다.
　창문 바깥으로 돌출한 거미집 같은 거대한 안테나가 몇 개나 바다

쪽을 향해 뻗어 있다.

한 병사는 의자에 앉아 구식 리시버를 귀에 꽂고 희미하게 와 닿는 모스 신호를 필사적으로 접수한다. 또 한 병사는 익숙하고 재빠른 솜씨로 전건(電鍵)을 두들겨 어딘가를 향해 중대하고도 심각한 내용의 정보를 송신한다.

긴지는 완전히 무시된다.

긴지의 몸을 뚫고 이동하는 병사까지 있는 판이다. 그때마다 긴지는 자신의 육체적 실재는 물론 정신적 실재까지 의심하지 않을 수 없다.

병사들은 지독하게 바쁘다.

대명천지에서 대의명분의 기치 아래 마음껏 폭력을 구사할 수 있는 그들에게는 아무런 망설임도 없다. 제 한 몸을 희생하여 국가에 보답하겠다는 각오를 굳건히 다지고 있다.

그러나 뒷골목 세계와 마찬가지로 그들 역시 결국은 끝도 없는 야망에 불타는 거대한 괴수 아래 일한다는 점에서는 아무런 차이도 없다. 언젠가는 파멸의 길로 돌진할 수밖에 없는 가련한 군상들이다.

만약 성공했더라면 비약적인 발전을 이룩했을 터인 장대한 계획.

암흑가에서라면 혹시 실패로 끝났다 해도 개인 혹은 조그만 일파가 파멸하는 데 지나지 않는다. 그러나 대명천지일 때는 국가 그 자체와 국민이 송두리째 희생된다. 전체적인 피해가 천문학적인 숫자에 이르고 만다.

병사들의 행위는 어떤 것이든 위선의 냄새가 짙고 기만의 악취를 풍기지만, 긴지와 긴지가 속한 암흑가 인간들의 행위는 누구도 이의를 달 수 없는 요지부동의 필연성에 의한 것이다.

암흑가의 싸움이 순수하게 개인의 욕망에 따른 싸움이라면 그들

병사들의 싸움은 국가에 등을 떠밀려 달게 된, 명예로운 행위라는 그럴싸한 간판이 있을 뿐이다.

그러므로 그들은 죽은 뒤에도 여전히 군적(軍籍)에 몸을 담고 있다. 왕이 항복하여 산 채로 수치를 당했음에도 불구하고 패배한 전쟁의 병사로서 영구히 존재한다. 아직도 개인의 입장으로 되돌아갈 수 없다.

망자들의 탄식이, 그저 선 채로 점점 썩어들어갈 수밖에 없는 탑을 가득 메운다.

우물 안 개구리 꼴이 된 제국 병사들을 시야에서 지워버리기 위해 긴지는 눈을 질끈 감는다.

아무리 눈을 감아도 아무리 다른 생각을 해봐도 저녁 안개에 가려 흐릿해진 듯한 존재들은 사라지지 않는다. 일부러 헛기침을 해도, 혀를 끌끌 차보아도 전혀 통하지 않는다.

그러나 어쩐 일인지 휴대전화 소리에만은 즉각적인 반응을 나타낸다.

그들로서는 들어본 적이 없었을 그 전자음이 실내에 울려퍼지자, 그 소리 외에도 훨씬 더 자극적인 소리가 뒤죽박죽 흘러나오고 있었음에도 수많은 시선이 일제히 긴지를 향해 달려든다.

죽은 병사들은 우선 휴대전화를, 그리고 휴대전화를 사용하는 긴지를 뚫어져라 바라본다. 리시버가 귀에서 떨어지고 전건이 문득 침묵에 잠긴다.

망령들은 그제야 비로소 긴지의 존재를 인정한 것이다.

긴지는 한 사람 한 사람의 병사를 날카로운 눈빛으로 노려보며 휴대전화를 통해 마코토의 얘기를 듣는다.

어떻게 된 일이냐고 마코토가 묻는다.

탑 전체가 푸르스름한 빛을 뿜고 있는데 대체 무슨 일인가. 탑을 기점으로 반경 수백 미터 구역이 그 빛에 의해 어둠조차 슬그머니 물러나 있는 건 무슨 까닭인가.

그러나 탑 안에 있으면서도 마음대로 돌아다닐 수 없는 긴지로서는 그걸 확인할 수 없다. 그저 빛을 내는 병사들만을 똑똑하게 인지할 수 있을 뿐.

긴지는 망령에 관해서는 일부러 한마디도 하지 않는다. 하고 싶어도 할 수 없다. 무엇을 어떻게 설명해야 할지 엄두가 나지 않는다.

이 병사들은 마음의 투영 따위가 아니다. 마코토의 눈에도 같은 색깔의 빛이 똑똑하게 잡힌다고 하지 않는가.

긴지는 모든 감각이 영혼째 뽑혀나가는 듯한 기분에 빠져든다. 무슨 일이 있었느냐고 큰 소리로 묻는 마코토의 목소리가 순식간에 멀어져간다.

그래도 아슬아슬하게 졸도만은 면한다.

긴지를 마주 노려보는 병사들의 눈이 점점 예리해진다. 그들을 감싼 푸르스름한 빛이 점점 더 짙어진다. 실내가 그 초록빛에 온통 젖어든다.

긴지 역시 그 초록빛에 잠식되어간다. 문득 손을 보니 병사들과 똑같은 색으로 빛을 낸다. 그리고 그 손에는 어느 틈엔가 무기가 쥐어져 있다.

그것은 상대편도 마찬가지다. 저마다 손에 구식 자동권총이며 소총을 들고 있고, 그 총구는 일제히 긴지의 가슴팍에 정확히 겨냥되어 있다. 긴지가 한 발 발사하는 순간 수십 발의 탄환이 날아오리라.

양자간의 눈싸움이 한동안 이어진다.

병사들은 주춤주춤 다가들더니 마침내는 긴지를 완전히 포위한다. 그들은 이미 긴지의 정체를 꿰뚫고 있다. 그건 등판에 새기기 시작한 무지개를 알아보았기 때문이다. 그들에게는 속옷과 겉옷을 뚫고 문신이 보이는 모양이다.

아무래도 긴지는 그들의 분노를 산 것 같다.

그들은 고압적인 태도로 부르짖는다. 긴지의 삶에 근엄한 비판을 가한다. 인간 쓰레기, 국가의 적, 그런 유의 비난들이 튀어나온다.

긴지는 제아무리 날카로운 추궁이 날아와도 쩔쩔매며 수세에 몰리는 태도를 보이지 않는다. 국가를 말아먹는 놈이라는 손가락질을 당해도 전혀 마음의 동요가 없다. 부동의 자세를 그대로 유지하며 망령 하나하나를 똑바로 노려보고, 그자들이 위협적인 태도로 내뱉는 말을 그대로 되돌려준다.

인간 쓰레기는 바로 너희들, 제 목숨은 물론 개인의 자유를 그저 시키는 대로 국가에 내던져버리는 너희 같은 모리배들이다. 국가의 적은 승산도 없는 싸움에 나라와 백성들을 내모는, 의사(義士)임을 자처하는 어리석은 너희들이다.

"나는 우리가 벌이는 싸움판에 절대로 평범한 자들까지 끌어들이지는 않아."

그리고 양쪽의 총이 일제히 불을 뿜는다.

한순간에 엄청난 수의 총탄이 거칠게 교차한다. 지상 백 미터 높이의 좁은 실내에서 장절한 싸움이 펼쳐진다. 초연이 가득 차오른다.

그러나 어느 쪽에도 피해는 없다.

긴지의 탄환은 병사들의 몸을 그대로 통과하고, 병사들이 쏘아댄 탄환은 긴지의 몸을 통과해도 살가죽조차 찢지 못한다. 거칠게 서로 쏘아붙이는 사이에 국가라는 위엄에 찬 광휘 따위에는 아무런 영향도 받지 않는 긴지의 기세에 눌려 병사들의 모습이 서서히 희미해져간다.

초록빛이 급속하게 시들어간다.

긴지는 너털웃음을 흘리며 여기저기에 총탄 세례를 퍼붓는다. 예비 탄창 세 개가 모조리 비어버릴 때까지 방아쇠를 당긴다.

사라지는 건 병사들만이 아니다. 거기에 설치되어 있던 구식 송수신 장치, 진공관 하나, 선 한 줄기에 이르기까지 반투명에서 투명으로, 그리고 마침내 무로 변해간다.

그에 따라 긴지의 웃음소리가 높아진다. 싸움에 이긴 자의 자랑스런 홍소가 거대한 유물인 전파탑 구석구석에 울려퍼진다.

긴지의 힘찬 웃음소리가 망령들의 빛을 차례차례 탑 밖으로 몰아낸다.

긴지가 창을 통해 내려다보니, 병사 한 무리가 바다를 향해 패주하고 있다. 조금 전만 해도 분명하게 있었던 저 번뜩이는 광채가 그 총검에는 이미 없다.

그토록 수많은 총알이 벽에 튕겨 날아다녔는데도 긴지가 부상을 입지 않은 건 거의 기적에 가까웠다. 긴지의 권총에서 발사된 어떤 탄환도 긴지의 몸뚱이를 아슬아슬하게 스쳐 지나갔을 뿐이었고, 그 중 몇 발만이 겨우 머리털을 약간 날린 정도였다.

푸른빛은 완전히 사라졌다. 병사들과 함께 바다로 삼켜져버린 게 틀림없다.

긴지는 그렇게 생각한다.

그러나 사실은 달랐다. 이 세상의 색깔이라고 할 수 없는 그 초록빛은 긴지의 등판으로, 조각룡의 손에 의해 새겨진 무지개의 초록색으로 남김없이 흡수되었다. 그 발색(發色)은 조각룡의 기대 이상으로 효과를 올리기에 이르렀다.

긴지가 입을 굳게 다물었는데도 웃음소리가 이어진다. 잔향이라고 하기에는 너무도 길다. 게다가 자신의 웃음소리와는 뭔가 다르다.

긴지는 퍼뜩 옆으로 눈길을 던진다.

그곳에서 가면이 웃고 있다. 커다란 입을 한껏 벌리고 웃는 듯한 웃음소리를, 찢겨진 상처와도 같은 좁은 입을 통해 총탄처럼 발사하고 있다. 교만에 가득 찬 얼굴이다.

증오감에 불타는 긴지가 이렇게 묻는다.

적이냐 아니면 아군이냐. 어느 쪽이라도 괜찮지만, 이참에 확실히 해두고 넘어가자.

그러자 가면은 웃음을 딱 멈추고 마치 예언자라도 된 양 거만하기 짝이 없는 말투로 되묻는다.

"너는 너의 아군인가 아니면 적인가?"

긴지는 말문이 막힌다.

그뒤에 이어진 말은 모두 가면의 입에서 튀어나온 것이 아니다. 휴대전화를 통해 들리는 마코토의 소리다.

마코토는 필사적으로 부르짖는다. 통화중에 갑작스럽게 총성이 날아들었으니 그럴 만도 하다.

긴지는 침착한 말투로 조용히 말한다.

"아무 일도 아냐."

물론 그런 설명만으로는 석연치 않을 것은 분명하다.

"아무 일도 아니라니요? 엄청난 총격전 아닙니까? 형님, 대체 무슨 일입니까? 앗, 빛이 사라짐다. 푸른빛이 이제는 전혀 안 보여요."

그러고는 한바탕 긴지와 마코토의 밀고 당기는 문답이 이어진다. 마코토는 지금 당장 탑으로 가겠노라고 막무가내고, 긴지는 그럴 필요 없다고 고집을 피운다.

긴지는 총성에 대해 이런 변명을 한다.

사격 솜씨가 점점 떨어지는 것 같아 한번 시험해본 것이다. 사격 연습 겸 스트레스 해소다. 가끔 이런 짓이라도 해서 발산하지 않으면 어떻게 도망 생활을 이어가겠느냐.

긴지의 그 말은 마코토를 얼마간 납득시키기는 했지만, 적잖이 실망시킨 것도 사실이다.

"괜찮겠슴까, 형님? 거기서 철수해서 저희 집에서 지내시는 편이 좋지 않겠슴까?"

긴지는 그 제안을 딱 잘라 거절한다. 이쪽이 훨씬 안전하다는 것이 주된 이유다.

그러나 사실은 탑에서 보내는 생활이 긴지는 지독하게 좋다.

도회지의 이백 미터 높이 빌딩에 자리잡고 사는 것보다 시골의 백 미터 쪽이 가치가 있다는 둥 그런 요령부득의 말을 늘어놓으며, 아무튼 걱정 말라는 말만 계속하다 마코토가 더이상 잔소리를 하기 전에 전화를 끊는다.

마코토를 적잖이 실망시키고 말았다는 것은 긴지도 눈치채고 있다. 마코토가 바라는 건 정신이 온전한지 걱정스러운 긴지가 아니다. 더구나 착란 상태에 빠진 긴지라니, 그건 마코토에게는 말도 안 되는 사태다.

마코토가 위험한 다리를 건너면서까지 형님을 감싸고 친혈육처럼 돌봐주는 것은 그만한 가치가 있는 인물이라고 믿기 때문이다. 무시무시한 악의 천분을 지닌, 거의 괴물과도 같이 걸출한 인물이기 때문에 그 곁에서 온갖 노고를 마다하지 않는 것이다. 마코토는 바로 거기에서 생의 기쁨과 보람을 찾고 있다.

긴지는 이렇게 도주해 있는 동안에도 점점 더 높아지는 명성과 악명 때문에 마코토로부터 과도한 기대를 받고 있는 셈이다.

'백주 대낮의 긴지' 라는 이름은 여전히 암흑가를 제멋대로 휘젓고 다닌다. 전국 방방곡곡을 번개처럼 휩쓸면서 진정한 사내라는 호칭을 흩뿌리고 다니고, 강호들을 상대로 선전하며 새로운 번영을 탄생시키기 위한 뿌리 깊은 미움을 키워내고 있다.

이대로 간다면 이단시되던 존재에서 다시 한 발 전진하리라는 것은 틀림이 없다. 이르면 긴지의 손에 의해 거꾸러진 두 중진의 사십구재가 끝날 즈음, 늦어도 그들의 1주기까지는 긴지를 아군으로 받아들이는 분위기가 고조되어 마침내 위명(威名)을 드날리게 되리라.

그렇게 판세를 읽은 건 비단 마코토 한 사람만이 아니다.

조각룡이 긴지의 등에 초록색 안료를 넣는 동안 마코토는 자신이 그린 대충의 조감도를 피력하며 제 마음대로 꾸며본 시나리오를 줄줄이 늘어놓았다.

마코토로서는 드물게도 다면적인 고찰을 가한 시나리오였다.

길게 가는 분노는 없다. 무엇보다 폐쇄적인 뒷골목 사회에서 분노라는 건 대개의 경우 의리상의 형식에 지나지 않는다. 모두들 엄청나게 분노한 척만 할 뿐 진짜로 화가 난 놈은 거의 없다.

따라서 옛날의 복수전처럼 집념에 차서 몇 년씩 목숨을 걸고 달려드는 일은 없을 것이다. 아무리 의리가 강한 놈들이라도, 큰일의 갈림길에 섰을 경우에는 힘의 관계에 대해 이리저리 재어보다 결국 어제의 보스보다 내일의 보스를 우선하는 처신으로 전환할 게 분명하다.

마코토는 별 꾸밈도 함축도 없이 솔직하게 사견을 펼쳤다.

여파가 완전히 가라앉고 '백주 대낮의 긴지'를 떠받드는 일파의 터 닦기가 끝날 때쯤 경찰에 자수하면 된다. 어차피 야쿠자들 사이에서 일어난 살인 사건일 뿐이다. 죽고 죽이는 일이 일상의 다반사인 세계에서 일어난 사건 아닌가. 그렇게 엄한 판결이 떨어지지는 않을 것이다.

꾹 참고 지내다보면 십 년 전후해서 출소할 수 있다. 사면령이라도 떨어지면 좀더 빨리 복귀할 수도 있다. 그때쯤이면 강대한 조직을 자랑하는 집단의 중심에 자리잡고 무지개 문신을 등에 진 전설의 대 보스가 될 수 있지 않겠는가.

"형님은 아직 젊으시니까 십 년쯤은 별것 아닙니다. 안 계신 동안에는 제가 똑 떨어지게 지키겠습니다. 한번 지켜보십쇼. 게다가 한 번쯤 콩밥을 먹어두셔야 젊은 놈들에게 위세가 서죠."

마코토의 견해로는, 긴지의 부활을 위해서는 오로지 그 수밖에 없다고 한다.

남의 일에는 무관심할 터인 조각룡조차 그 견해에 동의했다. 물론 확실하게 동의의 의사를 입에 담지는 않았지만, 마코토가 열변을 토하는 동안 내내 고개를 끄덕이고 있었다.

그런데 막상 장본인인 긴지는 한가한 놈의 잠꼬대라고 그저 흘려들었다. 교묘하게 기어오르기 위한 거점의 확보도, 안전한 노선을 유지하며 때를 기다린다는 당초의 계획도, 생사의 중대한 갈림길에 처한 자신의 처지도 잊고, 긴지는 등판을 파고드는 초록색의 자극에 그저 취해 있었다.

그런 긴지의 가슴속을 이따금 스치는 것은 밀입국 여인의 흠뻑 젖은 가련한 모습이었고, 혹은 저 노부부가 자기 자식처럼 사랑하던 검은지빠귀의 절묘한 노랫소리였을 뿐.

이명이 들린다. 아까의 총성이 아직도 귓속에서 어지럽게 날뛰고 있다. 긴지는 얼빠진 사람처럼 창문에 상체를 걸치고 멍하니 바깥을 내다보고 있다.

마코토 집의 등불이 지금 막 꺼지는 참이다.

아마 마코토는 모래산 꼭대기까지 나와 서서 한참 동안 경계를 하리라. 마을에서도 분명히 들렸을 총성이며 초록빛을 의심하여 누군가 상황을 살피러 올까봐 파수를 서고 있을 것이다.

밤은 밤으로서의 제 역할을 다하고 있고, 바다는 살아 있는 자의 활력을 무능하게 만드는 나른한 소리를 반복한다.

뜨뜻미지근하게, 느른하게, 변덕스럽기 짝이 없는 봄바람이 꿈과 현실의 경계선을 조용하게 넘나든다.

암흑의 우주에 점점이 존재하는 성운은 현존하는 정(正)과 악을 남김없이 비쳐내지만, 그렇다고 쓸데없는 말참견은 하지 않는다.

무수히 많은 요염한 곡선으로 이루어진 들판은 이 세상을 살아가는 일의 근본적 원인을 어둠 속에 용해시켜놓고는 아무것도 모르는 척 한없이 드러누워 있다.

긴지는 바닥에 가득 흩어진 빈 탄창을 치우려고도 하지 않고, 또한 침낭에 들어 잠을 청하려고도 하지 않고, 멍하니 그렇게 하염없이 앉아 있다.

그러나 그뿐, 아무 일도 일어나지 않는다. 보아서는 안 되는, 혹은 보고 싶지도 않은 괴상한 사건 따위는 일어나지 않는다. 망령도 저승사자도 모조리 긴지의 배후에 모습을 감추고 있다.

긴지의 정신은 말짱하다.

자신의 의사와는 다른 삿된 이론에 빠져드는, 자가당착의 함정에 떨어지는 그런 비정신적인 마음은 아니다. 적어도 미쳐 죽는 방향으로 돌진하지 않는다는 것만은 분명하다.

하루아침에 사라져버리는 희망처럼 조그만 운석들이 밤하늘의 일할을 희미한 초록빛으로 물들이며 소리도 없이 떨어진다.

그것은 아마 아무런 피해도 주지 않는 그저 그런 해역에 떨어졌으리라. 이 행성의 부침에 관여할 정도의 힘은 없는 그 운석들은, 따라서 아무런 영향도 미치지 못하고 해양 생물의 목숨 하나 뺏는 일 없이, 그리고 긴지의 운명을 좌우하는 일도 어떤 암시를 주는 일도 없이, 그것을 언뜻 알아본 자의 눈에 불꽃 같은 한순간의 아름다움만을 호소하고 침묵 속에 소멸했다. 참으로 순식간의 불꽃이었다.

단, 어느새 잠에 빠진 긴지의 꿈에는 약간의 변화를 준 모양이다.

처음에는 아무래도 마음에서 지울 수 없는 저 밀입국 여인의 목소리가 들려왔다. 생판 모르는 타인이라도 눈물을 흘리지 않을 수 없는, 절절하게 가슴을 파고드는 울음 섞인 목소리였다. 그러나 그저 소리만 들릴 뿐 그 모습은 어둠 저 너머에 삼켜져 있었다.

젖은 그 목소리가 어느새 새소리로 변한다. 분명 들은 적이 있는 영롱한 지저귐이 공중누각과도 같은 긴지의 둥지를 가득 메운다.

미열이 나는 등허리를 천장으로 향하고 돌바닥에 배를 댄 채 잠이 든 긴지는 잠시 후 자신이 시체가 되어간다는 착각에 빠진다.

아니, 착각이 아니다.

평평한 돌의 표면에 체온을 빼앗긴 긴지의 몸이 시시각각 차가워지면서 손발이 마비되고 호흡이 급격히 느려진다.

그러나 삼십오 년 동안의 죄의 양을 꼬치꼬치 계산하며 인과관계를 들먹이는 그 미친 작자는 자취도 없다. 아무리 기다려도 허공을 향해 붕 뜨는 듯한 느낌은 들지 않는다.

그뿐인가, 이전에 한 번도 느껴보지 못했던 엄청난 중력을 느낀다. 당장이라도 돌바닥에 파묻힐 것 같다. 대지의 저 깊은 속으로 빨려들어갈 것 같다.

괴로움이 정점에 달한 순간 긴지는 반신반의하면서도 죽음을 각오한다. 왠지 한스러운 마음은 들지 않는다. 이대로 끝장이 나도 상관없다는 마음이 든다.

몸부림칠 기력도 없다. 삶의 실마리였던 이런저런 일들이 모두 사소하게만 여겨진다.

지금 당장 생명의 실이 끊기려고 하는 긴지를 맞으러 와주는 자는 아무도 없다.

긴지를 기다리고 있는 건 바닥 모를 어둠의 구덩이뿐. 그곳에서는 사자를 받아들일 준비가 언제라도 갖춰져 있다.

거센 악몽에 시달리는 긴지를 지켜보며 가면은 어찌해야 할지 방법을 찾지 못한다. 이 이상 긴지에게 깊이 관여하는 건 피하려는 듯 강하게 무표정을 지키고 있다.

그때 어둠의 심연에서 검은지빠귀 소리가 급하게 접근해온다. 그리고 긴지의 등판에, 마침 무지개 문신이 새겨진 주위에 새의 몸체가 가만히 가 닿는다.

그러자 갑자기 숨쉬기가 편해진다.

등골을 중심으로 서서히 체온이 회복되고, 맥박도 금세 정상으로 돌아온다. 빛이 되살아나고 암흑은 점점 엷어져간다.

진심이 담긴 지저귐이 악몽이 몰고 온 혼란을 보기 좋게 진정시킨다. 꼭꼭 틀어막혔던 기가 금세 느슨해진다. 아직 이승의 적(籍)을 말소당한 것이 아니다.

생의 원래 위치에 자리잡을 수 있게 된 긴지는 제일 먼저 눈부터 뜬다. 이어서 두 팔에 힘을 담아 압박되었던 폐를 해방시키고, 봄 들판이 빚어내는 향기로운 산소를 가득 들이마신다.

등허리에 눌어붙은 새의 감촉만은 언제까지고 사라지지 않는다.

사라지기는커녕 시간의 경과와 함께 현실 그 자체가 되어간다.

새가 아니었는지도 모른다는 생각이 들어 오른손을 등뒤로 돌린다. 닿을 듯하면서도 닿지 않는다. 별수 없이 이번에는 천천히 한 바퀴 돌아본다.

역시 새다.

진짜 새다. 바쁜 지저귐은 멈췄지만, 이따금 삐이삐이 하는 울음소리를 내고 있다.

가만히 돌아눕는 긴지의 몸을 타고 그 새도 돈다. 그러면서도 날아가려 하지는 않는다.

긴지는 손전등에 손을 뻗어 자신의 배 위에 멈춰선 상대를 비춘다. 틀림없다. 새다. 검은지빠귀다. 그것도 저 노부부의 손에 따뜻한 보살핌을 받던 그 새다.

검은지빠귀는 고개를 갸우뚱하며 동그랗고 사랑스러운 눈으로 긴지의 얼굴을 물끄러미 들여다본다. 무언가 하고 싶은 말이 있는 것처럼.

"뭐야, 너였구나. 근데, 어쩐 일이냐?"

사람에 길들여진 탓인지 긴지가 가만히 안아 들여도 퍼덕거리지 않는다. 많이 여위었다. 묘지에서 처음 봤을 때는 그토록 도톰하던 몸뚱이가 지금은 형편없이 가늘어졌다. 몸 전체에 뼈가 드러나 보이고 깃털은 더러워져 있다.

오랜 세월 사람 손에 길들었기 때문에 자기 스스로는 먹이를 잡지 못하는지도 모른다. 물이 있는 곳도 찾지 못하는지 모른다.

노력은 해봤지만 결국 들새로는 되돌아가지 못한 걸까.

그래서 긴지는 페트병의 물을 손바닥에 떨구어 부리에 가까이 대준다. 그러나 마시려고 하지 않는다. 비스킷을 잘게 부숴주어도 얼굴을 돌린다.

갑작스런 진객(珍客)을 맞이하여 긴지는 당황한다. 무엇을 어떻게 해야 할지 짐작도 가지 않는다. 손가락으로 가만히 머리를 쓰다듬어 주는 것밖에 생각이 나지 않는다.

그런데도 검은지빠귀의 눈에는 기쁨이 넘친다.

오랜만에 인간이 사는 곳에 돌아온 게 그렇게도 기쁜 걸까. 넘쳐나는 자유가 적성에 맞지 않았는가. 자연의 삼엄함을 절절히 깨우쳤는가.

그래서 새장 속의 나날을 고수하고 싶은 걸까. 그렇게 마음을 고쳐먹고 긴지를 목표로 삼아 날아든 걸까.

그저 인간이 필요했다면, 어떤 인간이라도 좋았다면 마코토의 집 쪽이 훨씬 가까웠을 것이다. 그리고 길러줄 인간을 선택하고 싶다면 마을로 날아갔더라면 좋았을 것이다.

긴지는 말한다.

만약 이런 곳이라도 좋다면 너 좋을 대로 실컷 지내라. 단 새장까지 준비해주지는 못하니 그런 줄 알아라. 아무래도 필요하다면, 이 방 전체를 새장이라고 생각하면 된다. 마음대로 드나들 수 있는 새장이라고 치면 된다. 서로의 생활을 방해하지 않도록 미리 작은 규칙들을 정해두는 게 좋겠다.

그리고 긴지는 엉뚱하기 짝이 없는 말을 태연하게 주절거린다.

"네가 인간처럼 계단을 오르락내리락한대도 난 참견 안 하마. 그러니 내가 새처럼 창으로 튀어나가더라도 말리지 마라, 알았지?"

다시 수마의 습격을 받은 긴지는 마치 둥지에 깃들인 새가 된 듯한 마음으로 침낭에 기어든다.

검은지빠귀는 그런 긴지의 가슴팍에 머문 채 한동안 얼굴을 들어다본다. 그러나 잠시 뒤에 제 몸을 깃털 속에 웅크리고는 가느다란 목을 접은 채 전형적인 약한 자의 모습으로 잠에 든다.

검은지빠귀를 음험한 눈초리로 노려보고 있는 건 가면이다. 그러나 가면이 아무리 흘겨보아도 초췌해진 새에게는 전혀 통하지 않는다.

검은지빠귀는 참으로 오래간만의 편한 잠에 흠뻑 빠져든다. 어느 틈엔가 두 다리를 접고 배를 깔고 앉았다. 긴지도 역시 새의 깊은 잠에 이끌리듯 숙면으로 떨어져간다.

닮은 데라고는 있을 수 없는 양자의 혼이 이곳에 이르러 접점을 찾아내고 결합의 방향으로 나아간다.

*

죽은 새를 품에 안고 탑을 나서는 긴지에게는 봄의 태풍이 잘 어울린다.

장마철에 들어서기 전의, 저기압과 전선이 서로 맞부딪쳐 발생한 대기의 혼란이다.

비는 아직 드문드문 흩뿌리지만 바람은 벌써 정점에 달해 있다.

바람의 방향이 일정하지 않아 키 큰 풀들은 이리저리 뒤틀리며 곧 꺾일 듯이 몸부림을 친다. 이곳에 옮겨온 뒤에 제법 많이 자란 긴지의 머리카락도 휘몰아치는 열풍에 거칠게 희롱당한다.

이제 막 대지 위로 올라온 태양은 어떤가. 차례차례 거칠게 돌진해들어오는 구름에 당혹해하는 표정이 역력하다. 단속적으로 내리쬐는 햇빛이 대지와 바다를 얼룩덜룩한 무늬로 뒤덮는다.

긴지의 몸은 자신의 의지와는 달리 앞뒤로 좌우로 자꾸 기우뚱거린다. 흉포한 돌풍의 힘을 충분히 계산해가며 신중하게 걸음을 떼지 않으면 안 된다.

　큰 폭풍우가 일어난 바다 여기저기에서는 화물선이 어쩔 줄 모르고 우왕좌왕하고, 미쳐 날뛰는 커다란 파도는 철썩철썩 모래사장을 내려치고, 해변에서는 무수한 물거품이 높다랗게 솟구친다.

　아침, 잠자리에서 일어나자마자 긴지는 숨을 거둔 검은지빠귀를 발견했다. 죽은 지 얼마 되지 않아 아직 경직이 시작되지 않은 새. 죽은 얼굴이 마치 가장 아름다운 최후를 맞이한 듯, 혹은 유일한 승리자라는 듯 만족감으로 가득 차 있었다.

　긴지의 눈에는 그렇게 비쳤다.

　긴지의 손때가 묻은 가면이 노상 하는 버릇대로 거의 감정을 드러내지 않은 채 말했다.

　죽은 새 따위는 창 밖으로 내던져버리는 것만으로도 훌륭한 조의가 될 터.

　그러나 긴지는 그렇게 하지 않았다.

　새라고는 해도 자신의 품에서 성불했으니 격식대로 묻어주어야 한다는 묘한 생각이 들었다. 그것이 도리일 듯싶었다.

　또한 그 새와는 가벼이 볼 수 없는 인연으로 연결되어 있다. 생판 모르는 사이라고 할 수는 없다.

　그렇지만 검은지빠귀는 긴지를 새로운 주인이라고 여겨 찾아온 것은 아니었다. 꿈쩍도 하지 않는 검은지빠귀를 손에 들었을 때 긴지는 비로소 그것을 깨달았다.

　검은지빠귀가 긴지를 찾아온 것은 그저 죽기 위해서일 뿐이었다.

　주인을 묻어준 이 사내 곁에서 죽으면 자신도 주인 곁에 묻어줄 것이고, 다시금 지하에서 노부부를 만나 함께 영원한 잠에 들 수 있으리라…… 분명 그렇게 생각한 모양이었다.

그 예상은 옳았다.

긴지가 지금 이렇게 그들의 마지막 마무리를 해주려고 예의 묘지로 향하고 있으니까. 인간을 파묻는 수고에 비하면 작은 새 한 마리쯤이야 너무도 쉽다.

들판을 달려나가는 질풍이 이렇게 부르짖는다.

생은 죽음의 가장(假裝)이다.

생과 죽음은 서로 상반되는 게 아니다.

그런 유의 말을 쉽사리 시인할 긴지가 아니다.

생은 생이며, 죽음은 죽음일 뿐이다. 생은 생 속에서만, 죽음은 죽음 속에서만 변이할 뿐이다.

긴지는 그렇게 확신한다.

몸에 더운피가 흐르고 있는 한, 가령 어디에 제 한 몸을 두건 도무지 있을 수 없는 곳에 있는 것은 아니다. 생을 정지시키는 동인은 결코 죽음이 아니다. 허무가 내포하고 있는 퇴보야말로 생을 정지시키는 동인이다.

말이 아니라 직감으로 긴지는 그렇게 이해하고 있다.

긴지는 이번 태풍이 싫지만은 않다. 애초부터 자신이 강풍에 우롱당할 보잘것없는 존재라고는 생각해본 적도 없다.

긴지의 마음속에 뚜렷하게 자리잡은, 그 누구에게도 종속되지 않는 정신은 미쳐 날뛰는 대기와 정확하게 동조한다.

이것은 어떤 경우라도 우위를 차지할 수 있다는 증거가 되어주는 바람일 뿐이다. 혹은 긴지의 행위의 독창성을 단적으로 드러내주는 바람인지도 모른다.

긴지는 이제까지 이런 선풍(旋風)을 타고 수없이 충실한 생을 획득해왔다.

결코 포기할 수 없도록 긴지를 몰아세웠던 정념의 근원은 무엇인가. 그다지 빈한한 환경에서 태어난 것도 아닌데, 또 사회와 화해할 수 없었던 자도 아닌데 그토록 목숨을 걸고 내달리게 된 주요한 원인은 무엇인가.

'백주 대낮의 긴지'라는 무서운 별명으로 통하는, 언제라도 선전포고를 할 태세를 갖춘 이 사내의 내부에서는 생과 죽음이 항상 사이좋은 한 쌍의 연인이 되어 동거한다.

생에 집착하지 않으며 그렇다고 죽음을 동경하는 것도 아닌 긴지의 영혼의 표박(漂泊)은 오늘도 변함없는 밀물 썰물과 함께, 또한 태양의 운행과 함께 조용하게, 뜨겁게, 우아하게 계속되고 있다.

가면은 자기도 데려가달라고 졸라댔다. 그러는 게 신상에 좋을 거라고 협박했다.

그러나 긴지는 거절했다. 품속에는 무기밖에 없다. 기껏해야 죽은 새를 묻는 정도의 일에 일일이 가면의 도움을 받을 건 없다.

묘지답지도 않은 묘지에 도착하자 긴지는 검은지빠귀를 늙은 산벚나무 둥치에 내려놓는다. 바람에 날려가지 않도록 땅바닥 위로 튀어나온 뿌리와 뿌리 틈새에 놓아둔다.

질풍의 고문을 받는 산벚나무가 줄기를 뒤튼다. 제법 굵직한 가지까지 삐걱거리는 비명을 지른다.

긴지는 나란히 선 두 개의 옥석과 그 아래 봉긋하게 올라온 무덤을 차례로 비교해본다. 아직 허물어진 곳은 없다. 그곳이 지면과 같은 높이로 평평해지려면 앞으로 오랜 시간이 필요하리라. 적어도 일 년 이상은 걸릴 것이다.

그 자리에 그렇게 서 있어도 죽음을 둘러싼 패배적인 힘은 전혀 느껴지지 않는다. 이제 막 조성된 묘지에 특징적으로 드러나는 생생한 어둠. 그러나 그런 건 어디에도 없다.
 꼼꼼하게 돌봐주던 아내의 뒤를 좇아 스스로 목숨을 끊은 그 노인은 낯선 타인인 야쿠자에게 다시 빚을 지게 된 셈이다. 어린 자식처럼, 혹은 손자처럼, 혹은 그 이상으로 아끼던 애완동물을 저승에 보내주는 일까지 긴지의 신세를 지게 되었다.
 긴지에게는 남에게 은혜를 베푼다는 자각 따위는 털끝만큼도 없다. 또한 우애에 근거를 둔 행위도 아니다. 긴지는 그저 심정적 요구에 따라 움직이는 것일 뿐.
 긴지를 두고 양심의 가책을 느낄 줄 모르는 피에 굶주린 불량배라는 잣대를 들이대기가 점점 더 어려워진다.
 긴지는 단단한 나뭇조각으로 두 개의 묘 사이 꼭 한가운데의 땅을 파기 시작한다. 아무리 모래땅이라지만 너무도 쉽게 파헤쳐진다. 너무나 간단한 작업에 빨려들어 삼십 센티미터 정도만 파면 될 것을 자기도 모르게 점점 더 파들어간다.
 긴지는 생각한다.
 주인들이 묻힌 깊이까지는 어렵겠지만 최소한 그 반만이라도 파서 묻어주자.
 땅바닥이 깊이 파일수록 팔뚝과 어깨는 물론이고 얼굴까지 구멍 속으로 들어간다. 나뭇조각을 푹푹 찔러 파헤친 모래를 손으로 열심히 퍼낸다.
 긴지의 자세는 허점투성이다. 슬그머니 습격하려는 자들에게는 절호의 기회이리라.
 탑 꼭대기에 혼자 남겨진 가면의 걱정스러운 중얼거림을 바람이 묘지까지 실어온다.
 조심해라. 모래를 파헤치려고 고개를 숙일 때는 먼저 등뒤를 확인해야 되는 거 아니냐.

이윽고 긴지의 움직임이 멈춘다.

팔이 아파서가 아니다. 악취를 느꼈기 때문이다. 저승사자가 뿜는 냄새와 똑같은 악취.

긴지는 당황하여 주위를 둘러본다.

그러나 어디에서도 수상쩍은 그림자 덩어리는 눈에 띄지 않는다.

그것은 땅 속에서 풍겨오는 것이었다. 이어서 모래와는 분명하게 다른 감촉이 손끝에 전해져온다.

긴지는 일손을 놓고 생각에 잠긴다.

가슴이 갑작스레 두근거리기 시작한다. 노부부라면 좀더 깊은 곳에, 두세 배는 더 깊은 땅 속에 묻혀 있을 터다.

긴지는 구멍 속에 찔러넣었던 팔을 서서히 거둬들인다.

그리고 그 손을, 비구름 사이로 얼굴을 내밀었다 숨었다를 반복하는 태양에 비춰본다. 모래 이외에 무언가가 붙어 있다. 실처럼 가늘고 길다란 것이 몇 올이나 손가락에 휘감겨 있다. 산벚나무 뿌리라기에는 너무나 가늘다.

머리카락이다.

그것도 젊은 인간의 머리카락. 이곳에 묻힌 두 노인네의 것이 아니다. 그들은 둘 다 백발이었다. 아니, 그것보다 위치상으로 그들이 파묻힌 곳과는 한참 떨어진 곳이다.

긴지는 다시금 생각에 잠긴다.

아무리 머리를 쥐어짜도 이해할 수 없다. 풀리지 않는 의문이 긴지를 오래도록 그곳에 못 박힌 듯 세워둔다.

새의 묘라면 이제 그 정도 깊이면 족하다. 이제 새의 주검을 던져넣고 원래대로 구멍을 메우기만 하면 된다.

그러나 긴지는 그렇게 하지 않는다.

그러기는커녕 곧장 팔을 걷어붙이고 본격적으로 그 지점을 푹푹 파들어간다. 예사롭지 않은 표정으로 열심히 파들어간다. 인간의 몸이 들어갈 크기의 구멍을 파낸다.

그사이 바람은 점점 더 강해지고, 어느샌가 비구름은 아득히 먼 바다 쪽으로 멀어진다. 햇빛과 대기가 함께 결탁하여 긴지를 나쁜 예감 쪽으로 몰아세운다. 파들어갈수록 서슬 퍼런 의심이 쌓인다.

끔찍한 징조가 점점 더 짙어진다.

이 땅은 이미 어떤 자의 손에 의해 파헤쳐졌다. 그리고 다시 메워졌다. 그것도 최근에. 그렇게 생각할 수밖에 없다. 그래서 그렇게 쉽게 파였던 것이다.

갑자기 긴지의 팔의 움직임이 정지한다.

엄청난 기세로 상승한 태양이 구멍 구석구석까지 폭로의 빛을 비춘다. 이제 더이상 의문의 여지가 없다. 그건 수제 관에 담긴 인간이 아니다. 긴지가 묻어준 인간이 아니다. 어떤 최후를 맞이하더라도 그리 섭섭하지 않을, 살 만큼 산 늙은이가 아니다.

그것은 가장 형편없는 취급을 당한 사자(死者)다.

입은 옷이 잔뜩 헝클어져 있다. 눈에 익은 옷가지 여기저기가 찢겨져 있다. 야만스럽고도 잔인한 흔적이 온몸에 퍼져 있다.

그저 입을 막기 위해 처치한 유체가 아니다.

밀항해온 여인의 두 번 보기 끔찍한 그 모습을 마주하고 긴지는 그저 망연할 수밖에 없다. 아직 사실을 사실로 인정할 수가 없다. 가령 제 손으로 직접 없애버린 자의 시체를 대면했다 해도 이토록 충격을 받지는 않았으리라.

냄새를 맡고 사방에서 파리들이 몰려든다. 겉에 드러난 부분은 그럭저럭 괜찮았지만, 옷 속의 살은 상당히 부패가 진행된 게 틀림없다.

이럴 줄 알았으면 가면을 들고 올 일이었다. 가면만 쓰고 있었다면 이토록 가슴이 답답하지는 않았으리라.

긴지는 절절히 그렇게 생각한다.

환한 빛 아래로 끌려나온 범죄의 흔적이 발기발기 찢겨나간 알록달록한 옷에 의해 한층 더 그 잔학성을 뚜렷하게 드러낸다. 목에 날카로운 칼날로 베인 흔적이 있다.

그러나 그 마지막 칼질이 있기까지 상당한 시간을 끌었을 것이다. 우연히 발각된 사실이 그 잔혹함을 생생하게, 용서 없이 드러낸다. 기왕 볼 것이라면 성별조차 구분할 수 없이 부패한 시체 쪽이 더 나았을 것이다.

겨우 정신을 수습한 긴지는 다시 구멍 속에 들어간다. 옆으로 누운 유체를 반듯이 누인다. 번쩍 뜨인 두 눈의 표면에 들러붙은 모래를 꼼꼼하게 털어내고 눈꺼풀을 쓸어내려 감겨준다.

그렇게 여기저기 손을 보고 있자니 끔찍한 느낌이 서서히 누그러든다. 흐트러진 옷매무새를 가능한 한 바로잡아주고, 마지막으로 두 손을 가슴에 모아준다.

만일 시간만 허락한다면 바다로 데려가 깨끗하게 씻겨주고 싶었다. 뗏목이라도 만들어 여인이 헤엄쳐 건너온 바다로 다시 돌려보내주고 싶었다.

그러나 그럴 수는 없다.

여기서 이런 일을 벌이는 꼴을 마코토가 목격한다면 재미없다. 무엇이 어떻게 재미없을지 구체적으로 떠오르지 않지만, 아무튼 마코토의 비밀을 알아챘다는 것을 누구에게도 들키고 싶지 않다. 지금으로서는 자기 혼자만의 비밀로 가슴에 담아두고 싶다.

더구나 하나코가 목격하기라도 한다면 큰일이다. 오해를 받을 우려까지 있다. 그렇다고 네 아비의 짓이라고 바른대로 일러줄 수도 없다.

아무튼 우물쭈물할 때가 아니다.

긴지는 서둘러 묘를 다시 메워간다. 반쯤 파묻었을 때 완전히 잊고 있던 검은지빠귀가 퍼뜩 생각난다. 긴지는 밀항한 여인의 가슴팍에 죽은 새를 가만히 올려놓고 남은 흙과 모래를 정성스럽게 덮는다.

노부부는 아마 이 이국의 여인을 국외자 취급은 하지 않으리라. 처음에야 적잖이 당황하겠지만 곧바로 개똥지빠귀와 똑같이 다정하게 맞아주리라. 어쩌면 수양딸로 삼아줄지도 모른다.

그런 자기만의 상상을 해가며 긴지는 다 메운 무덤을 정성스럽게 꼭꼭 밟는다.

그리고 파낸 흔적이 남지 않도록 한 묶음의 풀을 빗자루 삼아 땅바닥을 쓸어낸다. 자신의 발자국도 지운다.

이어서 만일 마코토나 하나코가 모래산 건너편에서 갑자기 나타난다 해도 뭔가 말을 둘러댈 수 있도록 발자국을 지워가며 모래사장 쪽으로 내려간다. 묘지 같은 데는 들른 적도 없는 것처럼 굴어야 한다.

땅이 우르릉거릴 정도로 거센 파도가 몰려올 때마다 긴지의 눈앞에 학살의 광경이 떠오른다. 어떤 칼이 흉기로 사용되었는지도 알 수 있다.

분명 마코토는 짧은 칼을 가지고 있었다. 그것을 휘두르며 여인을 덮쳤을 마코토의 모습을 상상하는 것은 너무도 간단했다. 얼굴은 게의 형상이지만 얼굴 아래로는 파충류의 움직임이 연상된다.

지금 이 마음의 웅성거림이 도무지 가라앉지 않는 엄청난 분노로 발전하지 않기를.

긴지는 진심으로 그렇게 기원한다.

가장 현명한 처치는 아무것도 보지 않은 셈 치는 것뿐이다. 더이상 인간관계가 삐걱거리는 일이 생겨봤자 좋을 게 없다. 차라리 보지 않았더라면 좋았을걸.

마코토는 참으로 잘해주고 있다. 아무리 비싼 숙박료와 사례를 안 겨줘도 반기지 않을 일을 마코토는 신이 나서 해주고 있다. 그렇다. 그러다가 그만 지나치게 신을 낸 것이다.

물론 이번 일은 오래도록 은신할 수밖에 없는 형님의 입장을 배려해서 한 행위임이 분명하다. 만일 긴지가 있는 곳이 알려지기라도 하면 큰일이라는 걱정에서 취한 최선의 조치다.

그런 험한 역할을 떠맡은 마코토니까 얼마간의 뻥땅쯤이야 눈감아줘도 되는 일 아닌가.

어차피 뼛속까지 악에 감염된 자다. 아무리 발버둥쳐도 모범적인 삶을 살 수 없는 족속이다. 이런 족속은 하나같이 뇌수의 저 깊은 속까지 이미 죄에 물들어 있다.

그러나 이런 강력한 발상의 전환도 긴지의 분노를 중화시켜주지는 못한다. 아무래도 마음을 진정시킬 수 없다.

묵인하려고 하면 할수록 도리어 불에 기름을 퍼붓는 결과가 된다. 아무리 생각해도 그렇게 대충 봐줄 수만은 없다.

긴지가 중시하는 건 아무 관계도 없는 낯설고 무고한 여인을 희생시켜가면서까지 살아남는 게 아니다. 결코 그런 게 아니다. 그렇게까지 할 마음은 애초에 없다.

한창 새기는 중인 문신이 심하게 가렵다. 특히 빨간 안료를 넣은 주변이 타는 듯 얼얼하다.

다른 여자였다면 이토록 마음이 괴롭지는 않았을지도 모른다. 어다서든 흔히 부딪치는 보통 여자였다면 마코토가 한 악행을 '약간 지나친 우행'이라고 아무 미련 없이 정리해버릴 수 있었을지도 모른다.

하지만 지금 마코토는 도저히 인간으로서는 할 수 없는 짓을 하고 말았다.

덮쳐드는 파도에도 아랑곳 않고 긴지는 바다와 맞닿은 아슬아슬한 해안선을 걷는다. 그렇게 열심히 걷지 않으면 당장 고함이라도 지르고 말 것 같다.

분노에 찬 고함 한 줄기가 긴지의 악문 입가로 비어져나올 때마다 그 살인은 절대로 용서할 수 없는 사실로 굳어져간다.

아무리 발상을 바꿔봐도 마코토의 죄를 줄여줄 수 없다. 무엇을 어떻게 덜어내봐도 억누를 수 없는 감정의 높은 파도는 방파제를 아득히 뛰어넘고 만다. 그 분노는 물론 고도의 양심에서 분출된 것이 아니다.

긴지가 이토록 상실감을 맛본 일은 이전에 한 번도 없었다. 어떤 중요한 것을 약탈당했어도 이렇게까지 흐트러지지는 않았으리라.

'백주 대낮의 긴지'에게는 전혀 어울리지 않는 마음의 동요가 파도의 물거품을 뒤집어쓴다. 절대로 풀리지 않을, 분노와 꼭 같은 만큼의 슬픔이 긴지를 흔해빠진 서른다섯 살 사내로 바꿔놓는다.

거친 바다를 향해 사십오 구경 자동권총을 난사하는 짓 따위로 마음이 풀릴 만큼 간단한 사안이 아니다. 지금 당장이라도 마코토의 머리통을 날려버리고 싶다. 때려죽여도 속이 풀리지 않을 놈이다.

긴지가 끊임없이 뒤를 돌아보는 건 강자 중의 강자들로만 구성된 적의 그림자를 두려워해서가 아니다. 그 날카롭게 치켜올라간 눈은 자기도 모르는 사이에 마코토의 모습을 찾고 있다.

그곳에 마코토가 있었으면 하는 마음과 없었으면 좋겠다는 마음이 거칠게 교차한다. 눈에 띄지 않으면 내 발로 찾아가겠다는 생각까지 한다.

그러나 긴지의 발은 가까스로 탑 쪽으로 돌려진다. 휴대전화로 불러내고 싶은 충동도 겨우겨우 억누른다.

그러나 앞으로 어떻게 될지는 모른다. 저녁까지 참을 수 있을지도 의심스럽다.

그 어느 때보다 자신의 감정에 좌우되고 있는 지극히 위험한 긴지가 서슬 퍼런 낯빛으로 나선계단을 올라간다.

채광창을 통해 들이치는 돌풍이, 뚜렷하게 사려가 결핍된 긴지를 선동한다. 막다른 길에 몰린 고독한 사색은 아차 하는 순간에 감정의 폭발을 불러들이리라.

지금 마코토와 덜컥 마주친다면 그야말로 큰일이다. 무사히 넘어갈 리가 없다. 긴지는 자신의 혼잣말을 알아차리지 못한다.

"개새끼, 언젠가 반드시 죽이고 말겠어!"

그런 말을 수없이 중얼거리는 자신을 긴지는 전혀 의식하지 못한다.

긴지는 생각에 잠긴다.

마코토가 이번에 남모르게 저지른 일은 서곡에 지나지 않는지도 모른다. 그놈은 앞으로 더 많은 엄청난 짓거리를 해치우리라. 생사를 걸고 일대 승부에 나선 형님을 마구 추어올려 결국에는 제 자신의 화려한 복귀를 노리는 것일 게다. 그걸 위해서라면 어떤 짓도 태연히 해치울 수 있는 놈이다.

긴지의 사색은 줄곧 이어진다.

나란 인간이 참으로 그럴 만한 가치가 있는 인간인가. 세상 누구라도 희생시킬 수 있을 정도의 가치가 있는 인간인가. 이번 일은 참된 악당으로 성장하기 위한 훈련일까. 아니, 당장 경을 쳐주어야 할 건방진 짓거리가 아닐까. 정점으로 치고 올라간다는 게 이런 것인가. 혹은 그저 퇴로를 끊긴 자의 숙명에 불과한 걸까.

긴지의 숙고는 점점 더 깊어진다.

노인 부부가 살던 선로 밑의 집이 불타던 날 밤, 그날 밤의 사건 속에서 작은 의문이 머리를 쳐든다. 경찰견이 묘지를 향해 달려가지 않은 건 어째서일까. 사실은 마코토의 작위에 의한 게 아니었을까. 여자를 묻은 장소에서 경찰의 주의를 다른 곳으로 돌리게 하려고 마코토는 일부러 탑에 머물렀던 자의 추적을 권했던 건 아닐까.

그리고 셰퍼드 두 마리가 그쪽으로 갔노라고 전화로 알려준 것은, 제 인생을 건 지배적 재능을 지닌 이가 경찰의 손에 떨어지는 것을 아슬아슬한 순간에 막기 위해서가 아니었을까. 그 기막힌 술책이 성과가 있어 묘지는 파헤쳐지지 않고, 또한 '백주 대낮의 긴지'도 붙잡히지 않은 채 일이 마무리되었던 게 아닐까.

나선계단을 올라가는 도중 긴지는 갑자기 혐오감이 치민다. 그것이 무엇에 대한 혐오감인지 그것까지는 알 수 없다.

자기 자신인가. 혹은 마코토인가. 아니면 뒷골목 세계에 넘쳐나는, 제아무리 혹독한 징벌의 해독제도 먹혀들지 않는 유치하기 짝이 없는 수많은 악덕들인가.

그중 어떤 것이건 바로 이 시점에서, 긴지의 내부에 자신의 목적을 관철하는 데 대한 의문이 싹트기 시작한다.

가슴이 울렁거린다.

토기가 치미는 것이 아니다. 그런데도 긴지는 채광창 밖으로 한껏 몸을 내밀고 실컷 토해낸다. 아무리 토해내도, 어떻게도 수습할 수 없는 절망감이 뱃속을 가득 채우고 있다.

이것이 장절한 싸움을 뚫고 나온 암흑가의 미래의 수장, 최상급의 인물인가.

이것이 수많은 죽음을 의연히 대면할 수 있는 사내 중의 사내인가.

이것이 가령 저승사자의 그림자 밑에서도 태연히 눌러앉아 있을 수 있는, 제 목숨 아까운 줄 모르는 배짱 두둑한 위인인가.

이것이 어떤 궁지에 떨어지더라도 한 줄기 활로를 찾아낼 줄 아는 불패의 왕자인가.

위 속의 것을 토해낼 때마다 긴지의 영혼의 중심점이 뒤틀린다. 자신이 머물 곳이라고 굳건히 믿어왔던 그 땅이 허물어져간다. 이제까지 항상 뿜어왔던 숙명의 광채는 희미해지고 그 대신 범속하기 짝이 없는 열등함이 급격히 부상한다.

지금 이곳에 존재하는 건 경박한 자기 주장밖에 할 줄 모르는, 연애 감정의 일단계도 뛰어넘지 못한, 의심 암귀(疑心暗鬼)의 화신으로 추락한, 일의 추이를 짚어도 한참 잘못 짚는 한낱 풋내기일 뿐이다.

겨우겨우 둥지에 닿은 긴지는 침낭 속으로 털썩 쓰러진다.

비 없이 바람만 부는 봄 태풍이 정점의 기세를 그대로 유지한 채 제멋대로 미쳐 날뛰고 있다. 들판도 바다도 그저 열심히 참고 견디고 있을 뿐.

소용돌이를 만들며 탑의 내부를 마음껏 휩쓸고 다니는 강풍은 긴지의 타고난 야만성을 크게 자극한다. 단순명쾌한 정신을 의지박약의 방향으로 몰고 간다.

커다란 비명을 지르며 밀어닥치는 천파만파의 파도가 겨냥하는 것은 사태의 암전일 뿐.

긴지의 시선은 어느 틈엔가 곁에 와 있는 가면에 쏠린다. 그 눈에는 애원의 빛이 서려 있다.

그러나 그런 긴지에게 가면이 표정으로 호소하는 것은 자위의 권리 한 가지뿐이다. 그것은 곧 가면이 마코토 편이라는 것을 의미한다.

즉 가면은 그 일은 더이상 생각해볼 것도 없이 적절한 처치였다고 단정하는 것이다.

아직 설익은 나이임에도 불구하고 마코토는 해야 할 일을 빠짐없이 해내고 있다. '백주 대낮의 긴지'라는 사내에게 무턱대고 노예처럼 복종하는 것만이 아니라 좀더 적극적으로, 제 목숨을 던져가며 자진하여 참가하고 있다.

가면은 그런 말을 하고 싶어하는 표정으로, 마침내 기회가 왔다는 듯이 엄청난 악의를 담은 시선으로 긴지를 쿡쿡 찔러댄다.

두툼한 벽의 안팎을 제멋대로 드나드는 흉포한 바람에 의해 탑은 보편적인 비명을 지른다. 대형 태풍의 직격탄을 받고도 미동조차 하지 않던 광대한 전당임에도 불구하고 탑의 건축물로서의 영혼은 이미 오래 전에 죽고 말았다.

떨떠름하게 패전을 인정하는 왕의 목소리가 방송을 타고 전국 방방곡곡에 울려퍼짐과 동시에 이 탑의 생명도 끝난 것이다. 그리고 그후 천왕제와 마찬가지의 치욕적인 대접에 그저 안주한 채 아직껏 황야 가운데 그 시신을 드러내고 있다. 당연한 귀결이다.

꼭대기 창문을 통해 땅바닥으로 늘어뜨린 로프가 흔들리며 방울 소리가 울린다.

처음 얼마동안 바람 때문이라고 여겼던 긴지는 이윽고 그것이 하나코의 신호라는 것을 깨닫고 서둘러 얼굴을 내민다.

하나코는 손을 동그랗게 말아 입에 대고 외치고 있다.

그러나 그 목소리는 긴지의 귀에 도착하기도 전에 돌풍에 휘말려 흩어지고 만다.

하나코의 발치에는 긴지를 위해 만든 도시락 륙색이 놓여 있다. 그곳에서 조금 떨어진 곳에 호랑이 무늬의 고양이가 웅크리고 있다.

목소리는 와 닿지 않아도 하나코가 말하고자 하는 건 충분하게 전해진다. 바람이 너무 세서 로프로 도시락 가방을 끌어올릴 수 없다는 것이다.

긴지는 문 앞에 놔두면 나중에 가져가겠다고 큰 소리로 외친다. 그러나 정확하게 전해질 턱이 없다. 하나코는 반절밖에 알아듣지 못한다.

하나코는 몇 번이고 고개를 끄떡이더니 열쇠로 철문을 열고 탑 안으로 들어온다. 계단참에 가방을 놓고 돌아가면 될 것을 그대로 꼭대기까지 올라오려고 한다.

긴지는 그런 하나코를 말리지 않는다. 거기에 놓고 가라고 소리치지 않는다.

긴지는 쌍안경으로 나선계단 아래를 내려다본다.

하나코의 머리가 보인다. 들꽃으로 엮은 머리 장식이 탑 내부에 난입하는 강풍을 받아 거세게 흔들린다. 제 어머니가 만들어준 것이리라. 하나코가 제 손으로 만들던 것보다 훨씬 세련되었다.

아무래도 고양이는 나선계단이 무서워 함께 올라오지 않는 모양이다.

하나코가 다 올라오기 전에 마음을 정리해두자고 긴지는 생각한다. 어서 평소의 자신으로 돌아가야 한다며 초조해한다. 그저 껍데기만이라도 좋으니 우선 당장 얼굴 표정부터 바로잡아야 한다.

그러나 아무리 애를 써도 잘 되지 않는다. 의식하면 할수록 얼굴은 더욱 굳어질 뿐이다.

가슴속의 혼란을 대번 알아채지 않을까. 하나코에게는 태어나면서부터 그런 눈이 갖춰져 있는지도 모른다.

하나코는 큰 소리로 노래를 부르며 계단을 올라온다. 발의 움직임이 일정한 박자로 이어진다. 피곤이라는 것을 모르는 경이로운 몸뚱이.

도중까지 마중을 나가려고 마음먹었지만 그저 생각뿐 실행에는 옮기지 않는다. 도저히 그럴 기운이 없다. 체력은 그럭저럭 괜찮지만 기력이 벌써 바닥을 드러냈다.

창을 통해 불어치는 바람 때문에 노랫소리가 드문드문 끊긴다. 그러면서도 확실하게 한 발 한 발 가까워지는 노랫소리. 박자가 엉망인 서투른 노래지만, 그런 약점을 보완하기에 충분한 아름다운 목소리.

긴지의 분노가 급속하게 완화되는 방향으로 기울기 시작한다. 하나코의 노랫소리 때문인 게 분명하다. 마치 갑작스레 원숙한 인간이 된 듯 마음이 가라앉는다.

머리에 꽂힌 꽃송이를 헤아릴 수 있을 정도로 하나코가 가까이 다가왔을 때, 자신의 가슴속에 남은 건 넘치는 슬픔뿐이라는 것을 긴지는 깨닫는다.

하나코를 아비 없는 자식으로 만들 수는 없다. 그런 일은 절대로 할 수 없다.

무언가가 다시금 긴지의 마음을 휘젓는다.

하나코에게는 이제 곧 동생이 생긴다. 과부가 된 벙어리 여인이 두 어린것들을 품고 살아가기에는 이 세상은 지나치게 잔혹하다. 어쨌건 지금 어미와 그 자식들이 살아갈 수 있는 것은 전적으로 마코토의 비뚤어진 분투 덕분이다.

그러나 부친의 그런 악한 운이 언제까지 지속될 수 있을 것인가.

이제 열 계단쯤 남게 되자 하나코는 노래를 멈춘다. 그리고 긴지를 불러댄다. 당장에 긴지의 꾸지람이 날아간다.

"아빠라고 하지 말라니까!"

그러나 '아빠' 라는 그 한마디에 긴지의 슬픔은 반으로 줄어든다. 하나코가 보자기를 풀고 도시락을 바닥에 예쁘게 늘어놓았을 때, 슬픔의 나머지 반도 사라진다.

하나코의 얼굴을 보자마자 긴지는 왠지 눈시울이 뜨거워진다. 우는 아이의 울음도 뚝 그치게 한다는 '백주 대낮의 긴지' 라는 사내가 다섯 살 어린아이에게 마음을 쥐어잡혀 이리저리 휘둘리고 있다.

*

마코토는 아직 살아 있다.

살아서, 헐어빠진 배를 마음대로 다루고 있다.

전에 없이 기분이 좋아 보이는 건 모든 일이 자신의 생각대로 진행되고 있기 때문이다. 또한, 예의 비밀이 새어나갔다는 것을 전혀 눈치채지 못했기 때문이기도 하다.

긴지는 묘를 파헤쳤던 일 따위는 입 밖에도 내지 않는다. 그 강렬한 타격을 속으로 견뎌가며, 아무렇지도 않은 척 가장하며 아슬아슬하게 마코토를 대하고 있다.

원숙한 태도를 취해야 할 시점이다, 마코토는 아직 쓸모 있는 놈이다, 그런 소리를 하며 열심히 긴지를 설득한 것은 가면이었다.

만일 긴지가 머릿속에 소용돌이친 충동을 그대로 실행에 옮겼다면, 다음날 얼굴을 마주친 순간 마코토의 몸은 총알받이가 되었으리라. 온몸에서 피를 뿜으며 단숨에 절명했으리라.

긴지는 잘 견뎌냈다.

꾸욱 눌러 참으며 쾌활하게 행동하는 태도를 보였다. 하나코에게는 용돈을 쥐여주고 하나코의 어미에게는 임산부에 대한 다정한 몇 마디를 건넸다.

조각룡에게는 칭찬의 말을 던져주었다. 천하의 대명인을 만나다니 아무리 생각해도 운이 좋았노라고 너스레를 떨었다.

긴지의 칭찬을 듣고 사려 깊은 성품의 조각룡도 다시금 자세를 가다듬어 문신사로서의 탁월한 솜씨를 한껏 발휘했다.

영혼을 각성시킬 정도로 선명한 주황색은 긴지의 등판에 스며들자마자 즉시 안료의 힘을 훨씬 뛰어넘는 역량을 발휘했다. 단번에 미래의 대 보스에 적합한 포용력, 그리고 가혹한 현실에 직면하고도 전혀 동요하지 않는 배짱을 두루 갖춘 뛰어난 자로 만들어주었다.

그러자 노부부며 검은지빠귀와 함께 묻혀 있는 그 여인, 생각지도 않았던 죽음을 맞은 밀입국 여인은 단 이틀 만에 바다 저편으로 빨려들어갔다.

주황색이 긴지의 마음에 생긴 틈새를 채워줬다는 것은 부정할 수 없는 사실이다.

그것은 빨간색만큼 파멸적이지 않고 파란색처럼 타산적이지 않다. 또한 노란색만큼 낙천적이지 않고 초록색만큼 이지적이지도 않다. 그것은 필요에 따라 즉석에서 능력을 발휘할 수 있는 상징적 색깔이다. 열정을 그대로 유지하면서도 침착함을 잃지 않는 색깔이다.

마코토는 말했다.

다섯 가지 색깔만 해도 충분하지 않은가. 이미 이것만으로도 진짜 무지개를 뺨칠 만한 물건이다. 남은 두 가지 색깔까지 들어가면 그때는 정말 어떻게 될지 짐작도 못 하겠다. 그야말로 걸작 중의 걸작이 될 것이다.

조각룡이 탄 오토바이 소리가 저 멀리 사라지고 하나코가 다시 들로 놀러 나갔을 때, 마코토는 돌아가려는 긴지를 불러 세웠다.

긴히 할 말이 있다고 했다.

긴지는 그 순간 고백을 기대했다.

중대한 기로에 선 형님의 안전을 최우선으로 생각해서 여자의 입을 막았노라고 털어놓지 않을까 기대했다. 만일 그렇게 말한다면 용서해줄 수 있다는 생각까지 했다.

물론 도를 넘은 행위에 대한 꾸짖음은 면할 수 없다. 그러나 진심으로 빌고 들어온다면 훈계 정도로 넘어가려는 마음이 약간은 생겼다.

그러나 그런 이야기가 아니었다.

마코토는 아마도 오늘의 긴지라면 이런 이야기에 응해줄 것이라고 짐작했으리라. 하긴 보기는 잘 봤다.

마코토가 꺼낸 건 돈 얘기였다.

군자금이 필요하다. 그것도 상당한 비용이 들 것 같다. 단기간의 잠복이라면 지금 지닌 돈으로도 괜찮겠지만, 우리 편의 수를 늘리는 일이고 보니 막대한 돈이 든다. 윗자리로 치고 올라가자면 돈 씀씀이의 규모도 중요한 조건 중의 하나다. 의리네 인정이네 하지만, 마지막 관건은 역시 돈이다. 은신중의 한가한 시간을 이용해 할 수 있는 한 돈을 끌어모아야 한다. 돈이 많아서 곤란한 일은 없다.

"빠릿빠릿한 현금이란 건 말입다, 때로는 총알도 피해가는 부적이 되기도 합니다."

현재의 긴지로서는 돈을 마련할 방도가 없다는 것을 확인한 뒤에 마코토는 제 속내를 내보였다.

그것은 허무맹랑한 이야기도, 그렇다고 경망스러운 이야기도 아니었다. 실행에 옮기기 힘든 조잡한 허풍도 아니었다. 그런 허풍을 떨 이유도 없는 시점이다. 아주 세세한 절차까지 정확하게 세워놓은 애기였다.

긴지는 그 진언에 즉각 응했다. 승낙한 뒤에도 괜스레 귀찮은 일에 끼어들었다는 후회는 없었다.

만일 마코토의 계획이 사실이라면 한번 걸어볼 만한 승부였다. 만일 성공한다면 당분간 자금이 고갈되는 일은 없을 것이다.

마코토는 말했다.

이제까지 그 일에 손을 대지 않은 건 신뢰할 만한 사람이 없었기 때문이다.

그리고 마지막으로 이렇게 말했다.

"기왕 하려면 오늘밤이 좋습다."

바로 그 오늘밤이다. 마코토가 일러준 대로 오늘밤 바다는 마코토의 배 '새벽호'를 둥그렇게 감싸고 있다.

어제, 태풍이 한창 휘몰아칠 때 마코토는 이런 예측을 했다.

내일이면 바람은 뚝 그치고 물결이 잠잠한 상태가 한밤중까지 이어질 것이다.

그 말대로 바다가 수평선 저 끝까지 펼쳐져 있다. 소슬바람조차 불지 않는다. 해안선을 향해 갑작스럽게 커다란 파도가 밀려드는 일도 없다. 하늘 가득한 별들이 독성을 띤 빛을 뿜고 있다.

마코토는 키를 잡고 긴지는 뱃전에 나가 서서 주위를 살피고 있다.

새벽호가 다른 어선과 다른 점은 일체의 등불을 끄고 있다는 것이다. 게다가 어장이 아닌 해역을 향해 슬금슬금 나아가고 있다.

주변에 배라고는 그림자도 없다. 선박들이 오락가락하는 건 저 멀리 떨어진 해역이다. 멀리 긴지의 둥지인 전파탑이 이상한 모습으로 우뚝 서 있는 게 보인다. 그러나 새벽호가 섬의 그늘로 들어서자 어장도 육지도 보이지 않는다.

섬 뒤편으로 숨어들어 해도에도 실려 있지 않은 조그만 섬으로 배를 갖다댄 마코토는 잽싼 솜씨로 돛을 거두고 좁디좁은 만 안쪽으로 들어간다. 빙그르르 한 바퀴 돌아 뱃머리를 출구로 향하게 만들어놓고 언제든 출발할 수 있는 태세를 갖춘 뒤 엔진을 끈다.

마코토는 자신만만하게 말한다.

셀 수 없이 많은 무인도 중에서도 가장 눈에 띄지 않는 섬이라 절대로 발각될 염려가 없다. 이제 열심히 기다리기만 하면 된다.

뱃전을 두드리는 물결 소리가 긴지의 가슴에 묘하게 허전하게 들린다. 두 사람은 갑판에 앉아 항구 근처의 편의점에서 산 도시락을 먹는다.

오늘밤, 긴지가 마코토의 시선을 피하는 건 이 아우에게 모종의 위협을 느끼고 있기 때문이다. 일개 조무라기에 지나지 않는다는 이제까지의 평가에 대폭적인 수정을 가해야 할 것 같다. 동시에 멸시의 감정이 드는 것도 어쩔 수 없다.

긴지가 몸을 담은 세계에는 특이한 성정을 가진 자가 드물지 않다. 긴지 자신도 그중 한 사람이다.

극단적인 염세관을 품은 자.

현저하게 자제력이 결핍된 자.

환락의 세계 밖에서는 제 운신의 폭을 살리지 못하는 자.

의협심이 풍부하면서 보신에도 능한 자.

어린 시절부터 냉대를 받으며 자라 소외감으로 마음이 황폐해져버린 자.

사회법에 어긋나는 능력밖에 지니지 않아 고도로 조직화된 사회에서 내쫓긴 자.

그런 무리들이 득실대는 뒷골목 세계에서 긴지만은 어떤 부류에도 속하지 않는 대단히 희유(稀有)한 존재였다.

그것이 도리어 무법자로서 상도(常道)를 걷게 하고, 왕도로 진출하게 하는 장점이 되어 '백주 대낮의 긴지'를 이렇게까지 성장시켜 검은 각광을 받게 하고 나아가서는 수많은 파벌의 눈엣가시가 되게 만들었다.

그런 긴지에게 경의를 표하고 감복하며 심취하는 자들은 마코토 한 사람만이 아니다.

백주 대낮의 동물원에서 긴지에게 습격당했던 자, 암흑가를 둘로 나눠 그중 한쪽을 장악하고 있던 그 사내는 노상 긴지를 이렇게 평했었다.

"저놈은 백 년에 한 번 날까 말까 한 엄청난 놈이야."

그리고 마찬가지로 긴지의 손에 걸려 목숨을 잃은 긴지가 속한 조직의 두목 역시 서른다섯 살 젊은 나이에 두드러지게 높은 자리에 올라버린 신진 기예의 부하가 눈에 거슬렸다. 그리고 자신의 지위를 위협하는 엄청난 존재라는 걸 깨달았을 때는 이미 너무 늦어 있었다.

키워준 부모와도 같은 자신을 향해 긴지의 총이 불을 뿜는 걸 본 순간, 그는 절명에 이르는 수초 동안 가슴속으로 이렇게 외쳤다.

'역시 저놈은 괴물이었어!'

그러나 긴지는 변했다.

탑에 숨어 살게 된 뒤부터 긴지는 괴물이나 걸물이라는 단순한 말로는 표현할 수 없도록 변하고 말았다.

이를테면, 마코토 같은 부류의 사내에게는 어지간히 익숙해졌을 법도 한데 왠지 으스스하게 느끼고 있다.

이를테면, 아무도 없는 해변에 큰대자로 누워 봄 경치를 그윽하게 바라보며 황홀경에 빠지곤 한다.

이를테면, 눈 깜빡할 사이에 사라져버리는 사소하기 짝이 없는 행복감을 끔찍이 소중하게 여긴다.

이를테면, 어떻게든 자신의 의지를 관철하는 것에 그다지 의미가 있다고 생각하지 않는다.

이를테면, 사냥꾼에게 몰린 야수 같은 눈매가 없어졌다.

이건 과연 어떤 변화일까.

설마 착한 사람이 되려는 전조일 리는 없다.

적뿐만 아니라 아군에게도, 그리고 경찰에게도 쫓기는 처지가 되었기 때문일까. 아니면 명인이 새겨준 무지개 문신 덕분일까.

익사하기 일보 직전에 긴지의 손에 목숨을 건진 밀입국 여인.

긴지가 단 하룻밤 돌봐줬을 뿐인, 말도 통하지 않는 이국의 젊은 유부녀.

일이 돌아가는 판세에 따라서는 인생의 좋은 반려자가 되었을지도 모를 여인. 심성 곱고, 대담하게 고생길을 선택하여 나섰던 여인.

다시금 그녀의 모습이 떠오른다. 그녀의 무참한 죽음이 회로를 폐쇄했을 터인 긴지의 마음을 다시금 욱신욱신 아프게 한다. 그녀를 그런 꼴로 만든 자에 대한 복수심이 순간적으로 머리를 쳐들곤 한다.

그렇다고 모든 것이 변해버린 건 아니다. '백주 대낮의 긴지'는 여전히 공중(公衆)의 적으로 존속한다.

긴지의 목적은 단순히 도망쳐서 살아남는 것이 아니다. 인간의 생과 사를 마음대로 좌지우지할 수 있는 지위를 반드시 손에 넣으리라는 욕망의 불길이 하루 내내 변함없이 훨훨 타오른다.

실제로 지금 이렇게 도망과 투쟁 자금을 마련하기 위해 칼끝을 갈면서 사냥감이 지나가기를 기다리고 있다.

긴지는 생각한다.

어쩌면 어느 틈엔지도 모르게 마코토에게 주도권을 빼앗기고, 문득 정신을 차렸을 때는 놈의 뜻대로 휘둘리는 꼴이 될지도 모른다. 그때는 자신은 그저 장식물일 뿐.

이미 그런 전조가 보이고 있지 않은가.

적어도 이런 바다 위에서는 아무래도 이쪽의 힘이 달린다. 이곳은 긴지가 주름잡던 암흑의 번화가가 아니다. 마코토의 독무대다.

마코토는 집에서 가져온 뜨거운 차를 종이컵에 따르며 말한다.

슬슬 여자 생각이 날 때가 되었지만, 조금 더 참아주면 좋겠다. 문신이 완성되는 날, 축하의 의미를 담아 눈이 튀어나오게 기막힌 여자를 조달해오겠다.

긴지는 무슨 엉뚱한 소리냐고 나무라려다 그만둔다.

그 여자의 입도 봉할 작정이냐.

그 말 대신 긴지는 짐짓 다른 소리를 한다.

"여자가 필요한 건 너 아니냐? 마누라가 배가 남산만하니 맘껏 일도 못 볼 거고, 안 그래?"

"호호, 저 말임까?"

마코토는 되묻더니 이렇게 대답한다.

"저야 뭐 적당히 해결하고 있습다."

그 '적당히'라는 말에 긴지는 다시금 살의를 느낀다.

적당히 해결하겠다고 밀항한 여인을 그 꼴로 만들었는가. 저승사자는 어째서 이런 놈은 데려가지 않는가. 저승에 보낼 가치도 없는 인간이란 말인가.

그러나 긴지가 가까스로 입에 담을 수 있는 말은 너무 무모한 짓은 하지 말라는 한마디뿐이다. 분노가 폭발할 것 같을 때마다, 마코토의 이마에 총구를 들이대고 싶을 때마다 가면의 충고가 되살아난다.

가면은 긴지 편이 되어 말했다.

인간에는 두 가지 종류가 있다. 윗자리에 서는 자와 그자를 아래에서 떠받치는 자. 너는 전자의 대표격이고, 그놈은 후자의 전형이다.

지난밤, 강풍이 가라앉은 한밤중에 항상 그렇듯 짙은 그림자 덩어리로 느닷없이 출현한 저승사자는 설교하듯이 말했다.

이 이상 추악한 세상살이를 할 것 없다. 어리석은 난행이 아니면 쾌락조차 느끼지 못하는 자는 이 세상에서 살아갈 자격이 없다. 벌레만도 못하지 않으냐.

저승사자는 그렇게 긴지가 죽어야 할 이유를 일일이 열거하며 신속한 결단을 재촉했다. 그러나 어차피 목숨도 얼마 남지 않았으니 그때 죽으나 지금 죽으나 마찬가지라는 식의 말은 피했고, 또한 억지로 긴지의 영혼을 떼어가지도 않았다.

긴지 역시 관대한 태도로 대했다. 평소처럼 잔뜩 독을 품은 대꾸도 하지 않았고, 총을 쏘아붙이지도 않았다. 냉담한 웃음을 짓고 무뚝뚝하게 고개를 주억거리면서도 일단은 상대의 견해를 들어주었다.

그러자 저승사자는 신이 났는지 마치 특권층에 속한 자처럼, 약자를 위해 봉사하는 것을 큰 취미로 삼고 있는 듯한 거만한 말투로 생의 규범이니 뭐니 하며 장광설을 늘어놓았다.

악행으로 이름을 날려서는 안 된다. 타인의 목숨을 빼앗았다는 걸 네 자랑거리로 팔아먹어서야 되겠느냐. 탁월한 영혼과는 백팔십 도 다른 그런 썩은 영혼은 죽음으로써 갚아버리고 새 생명을 얻어 새롭게 시작해야 한다. 생과 죽음을 개별적인 문제로 보아서는 안 된다. 탁월한 영혼인가 썩은 영혼인가를 판단하는 데는 생과 사의 양쪽 면을 통틀어 보아야 한다.

긴지는 상대의 꼬락서니가 마음에 들지 않았다. 입회인과도 같은 태도에 부글부글 화가 끓었다.

그래서 실컷 떠들 만큼 떠들도록 내버려두었다가 갑자기 덤벼들었다.

"네가 상관할 일이 아니잖아, 어떤 식으로 살건 그건 산 자가 정할 일이야."

어떤 삶이건 모두 하늘이 적절하게 배열해준 게 아니냐고 한바탕 물어뜯고는 냉큼 침낭에 들어가버렸다.

세상이 아무리 넓다지만 저승사자를 코앞에 두고 편안히 잘 수 있는 건 긴지 단 한 사람뿐일 것이다. 긴지의 한마디에 깊이 상처를 입은 저승사자는 더이상 그곳에서 우물거리는 건 체면 문제라고 판단했는지 일찌감치 물러났다.

가면이 긴지의 조소를 대행하여 가득 핀 영기와 냄새를 단번에 날려버릴 호쾌한 웃음소리로 탑을 가득 채웠다.

등뒤의 조그만 무인도는 없는 것이나 마찬가지인 과거에 끈덕지게 매달린 채 바다의 침식을 받아 서서히 소멸의 길을 더듬고 있다.

시야에 가득한 물결마다 머뭇머뭇 머물러 있는 달빛의 잔해는 해저의 침전물보다 묵직해 보인다.

시대는 무력한 것이며 이 세계는 불모지라고, 그렇게 거듭 설파하는 건 체질 허약한 인간들의 마음속에 군림하는 신도 아니고, 그 졸개인 저승사자도 아니다.

천계(天界) 역시 허위와 기만에 가득 차 있다. 단 한시도 유혈이 끊이지 않는 이 행성, 추악한 다툼이 쉴새없이 반복적으로 일어나는 이 하계에서는 살아남는 것이 정(正)이며 또한 선(善)이다.

긴지가 이런 이론을 확신하고 있는가 아닌가는 제쳐두고라도, 적어도 바다는 그렇게 단언하고 있다.
마코토가 불쑥 말한다.
"진짜 이상함. 형님이 곁에만 있어주시면 어떤 일이라도 해치울 수 있으니 말입니다."
긴지가 등뒤에 버티고 있어주기 때문에 큰일을 앞두고도 전혀 긴장되지 않는다고 한다.
그러나 그 말을 그대로 받아들일 수만은 없다고 긴지는 생각한다. 주종관계가 확실하다는 착각 속에 빠뜨려놓고 갑자기 반기를 쳐드는 자가 적지 않다. 긴지 자신도 그런 인간 중의 하나였다. 그 누구도 믿을 수 없다. 가령 나 자신이라고 해도.
마코토는 어선을 이용한 뒷거래에 이미 빠삭했다. 지금껏 밀입국자나 밀수품의 상륙 건에 수없이 관여해온 게 틀림없다. 하긴 그렇게 하지 않았다면 가족을 제대로 건사하지 못했을 것이다.
마코토는 가정을 가져 아직까지도 그 그림자가 남아 있는 어두운 성장의 과거를 어떻게든 지우려 했다. 이제 곧 두번째 아이가 태어날 것이다. 처자를 발판으로 삼아 나름대로 힘껏 노력하고 있다.
그러나 마코토가 인간 취급을 하는 건 제 식솔에만 한정되어 있다. 마코토에게 타인이란 희생자 아니면 적극적으로 이용할 도구, 두 종류뿐이다.
그런 구도 속에서만 마코토의 삶은 올바르다.
거기에 긴지와의 결정적인 격차가 있다. 긴지의 가슴속에는 메워도 메워도 절대 메워지지 않는 바람구멍 따위는 처음부터 뚫려 있지 않았다.
보통 가정에서 태어나 다른 보통 아이들과 똑같은 교육을 받은 자가 당연한 일처럼 보통의 사회로 진출하듯이 긴지도 아주 자연스런 경위를 따라 뒷골목 세계로 나아갔다. 아니, 긴지에게는 처음부터 세계란 유일무이한 곳이었고, 표리의 구별이 없었다.

세상을 조종하는 건 결국 어디서나 마찬가지였다. 만약 긴지가 국회의원을 목표로 삼았다면 그의 재능은 민중에게 강력하게 호소하는 능력으로 충분히 발휘되고 주변에서는 기대와 감탄의 소리가 날아왔을 것이다.

그러나 긴지는 자유의 파수꾼인 척하며 자유의 착취만을 일삼는 국가를 멀리했다. 그 대신 자기 스스로 국가여야 한다는, 보다 진실된 자유의 길을 걸었다. 어린 시절에 소소한 도둑질 한 번, 소소한 싸움질 한 번 한 적 없는 멀쩡한 인간이 갑작스럽게 무뢰한의 길을 밟은 것이다.

그것이 천고불변의 진리로 통하는 길인지 아닌지는 누구도 확언할 수 없다. 확실한 것은 이런 식으로 간다면 가까운 미래에 수많은 동업자들로부터 신성시되는 존재가 되리라는 점뿐이다.

주황색의 마지막 한 방울을 다 넣었을 때 조각룡은 긴지에게 말했다.

이 문신을 백일천하에 드러내놓고 활보할 수 있는 날이 분명히 찾아올 것이다. 그때가 되면, 이 무지개와 이 무지개를 등에 진 '백주대낮의 긴지'에게 굳건한 충성을 맹세하는 자가 수배로 늘어날 것이 틀림없다.

어느샌가 긴지 자신도 그런 기분이 든다. 오늘밤 마코토가 말한 대로 그만한 양의 물건을 수중에 넣는다면, 다난하기 짝이 없을 앞길이 단번에 뚫려버린다. 두 개의 강대 조직을 상대로 일전을 벌일 수 있는 군자금을 얻게 된다면 그때야말로 승산이 별로 없는, 어쩌면 미친놈 취급을 받기 십상인 고독한 도망자 신세에서 벗어날 수 있는 것이다.

마코토는 조타실 지붕에 올라가 바깥 바다를 감시하고 있다. 계획은 이미 세워져 있다. 역할 분담도 정해졌고, 자신감을 가질 수 있을 만큼 연습도 해뒀다.

선체는 낡을 대로 낡았지만, 마코토의 조타술도 쓸 만하고 엔진 출력도 높다. 돌발 상황이 일어나지 않는 한 실패할 일은 없다. 새벽호는 한계속도까지 속력을 높여 목표지점 아슬아슬한 곳을 잽싸게 빠져나갈 것이다.

문제는 긴지의 솜씨다.

기회는 단 한 번뿐, 실수는 용납되지 않는다. 단 한 방의 승부다. 성패의 열쇠를 긴지가 쥐고 있는 셈이다.

유례없는 속도로 최고의 지위를 구축하려면 운과 배짱만으로는 어렵다. 그 점은 마코토의 지적이 없어도 긴지 스스로도 잘 알고 있다. 이제까지는 그 두 조건으로도 충분했지만, 이제부터는 그렇게 만만하게 풀리지는 않을 것이다.

오늘밤 그것이 손에 들어온다. 만일 마코토의 말에 틀림이 없고 긴지가 실수만 하지 않는다면 그들은 단 하룻밤에 거부가 된다. 이보다 더 기막힌 돈벌이 기회는 그리 자주 오는 게 아니다.

권총이나 대마 혹은 각성제 따위의 싸구려 물건이 아니다. 어떤 조직에서건 이쪽에서 부르는 대로 매입해줄 값비싼 물건이다. 사는 쪽에서 돈을 싸들고 와 손을 싹싹 비벼야 하는 물건이다. 마약중독자의 수는 기하급수적으로 증가하고, 단속기관에서 눈에 핏발을 세우고 짜낸 고육지책은 별다른 효과를 거두지 못하고 있다.

돈 되는 곳이라면 귀신같이 알아내는 마코토는 자신에 찬 말투였다. 사건의 여파가 가라앉을 즈음 조금씩 내다판다면 만에 하나라도 꼬리를 잡힐 일은 없다.

"왔슴다!"

마코토의 긴장된 소리에 긴지는 제 위치에 자리를 잡는다. 그러나 운항중인 배는 어디에서도 찾을 수 없다.

마코토는 브리지 지붕에서 내려와 도청용으로 개조된 무선기에 달라붙는다. 아직 시동은 걸지 않는다.

긴지는 뚫어져라 앞을 내다본다.

아득히 먼 바다에 거무스레한 덩어리가 보이기 시작한다. 쌍안경으로 보니 등불을 켜지 않은 배를 식별할 수 있다. 적하물은 목재다. 갑판에 높직이 쌓아놓은 목재 때문에 무게중심이 높아져 바다가 잔잔한데도 허풍스럽게 흔들리고 있다.

그밖에 다른 배는 보이지 않는다.

마코토의 설명대로다. 물건을 인수할 배는 곧바로는 나타나지 않는다. 해상경찰이 현장을 덮칠 우려가 있기 때문이다.

투기되는 물건에는 방수장치를 한 소형 발신기가 붙어 있다고 한다. 마코토는 그 주파수를 알고 있다. 전에 물건을 회수하는 일로 배를 빌려줄 때 알아낸 것이라고 한다.

긴지는 말했다.

"그렇담 네가 제일 먼저 의심을 받을 것 아니냐? 누구 짓인지 당장 알아낼 거야."

그러자 마코토는 가슴을 턱 내밀며 그럴 걱정은 전혀 없다고 했다. 처음부터 끝까지 철저하게 계산해서 세운 계획이니 아무 문제도 없다고 큰소리를 쳤다.

"던졌슴다!"

긴지의 눈도 똑똑하게 그것을 파악한다. 바다 위에 떠 있던 목재선이 갑판에서 하물 몇 개를 물 속으로 내던진 것이다.

"잡았슴다!"

마코토가 그렇게 소리친 건 발신장치가 내는 단조로운 신호음에 대한 것이다.

그 순간 새벽호의 엔진이 선체를 부르르 뒤흔든다. 긴지는 한 손으로 갑판의 손잡이를 잡아 몸을 고정시키고, 다른 한쪽 손으로 갈고리가 달린 길다란 장대를 움켜쥔다.

새벽호는 등불을 끈 채 바다 쪽으로 나간다. 전속력이 아니다. 마코토는 신중하게 배를 몬다. 주위를 경계하고 있다.

갑작스레 섬 그늘에서 경찰 경비선이 튀어나오지 않는가, 물건을 끌어올리는 임무를 맡은 배가 예상 밖으로 가까운 곳에 대기하고 있는 건 아닌가.

이 해역에 떠 있는 작은 섬들은 한둘이 아니다. 몇백 개가 넘는다고 한다. 배를 숨길 장소는 얼마든지 있다.

목재선은 허연 항적(航跡)을 남기고 점점 멀어져간다. 그 뒤를 쫓는 배는 아무래도 없는 것 같다.

마코토는 리시버를 낀 채 서서히 새벽호의 속력을 높인다. 몇 분 뒤에는 물결을 박차며 쾌주한다.

마코토가 입이 마르도록 자랑할 만도 했다. 배는 누더기 같지만 엔진 하나는 끝내준다. 일반 어선의 마력으로는 따라잡을 엄두도 내지 못한다고 한다. 그러나 역시 경찰 경비선에는 당할 수 없다고 한다.

만일 이 부근 어디선가 경찰이 감시중이라면 새벽호는 틀림없이 오해를 받을 것이다. 물건을 인수하러 온 배로 의심을 받아 추적을 당할 것이다. 그러나 새벽호가 바다에서 물건을 집어올리는 현장을 붙잡기까지 숨을 죽이고 있을 것이다.

경찰 손에 걸렸다간 만사 끝장이다.

곤란한 일이 두 가지나 있다. 가장 곤란한 건 긴지의 신원이 밝혀지는 것. 경찰은 뜻밖의 거물을 낚아올렸다고 좋아 날뛸 게 분명하다. 지금 체포되면 긴지의 미래는 여지없이 뭉개진다.

적의 수가 압도적으로 많은 지금 이 시점에 형무소에 처박힌다면 긴지는 형무소 안에서까지 시시각각 목숨을 노리는 자들을 만나는 처지가 된다. 길어봤자 겨우 일 년 정도나 목숨을 부지할 수 있을까.

긴지를 은닉해주었던 마코토도 마찬가지다. 그대로 무사히 지나갈 리가 없다. 마코토의 가족도 마찬가지다. 다행히 보복의 직접적인 범위에서 벗어난다 해도 벙어리 아내와 그 자식들은 일가족의 생계를 걸머졌던 가장을 잃고 당장 길거리를 헤매는 처지가 된다.

지금은 고립을 지키며 은밀하게 힘을 비축할 시기다. 새로운 일파를 만들 기반은 아직 갖춰지지 않았다. 누구를 동료로 삼아야 할지 명부조차 만들어지지 않았다. 바람결에 들려오는 소문 따위를 넙죽넙죽 받아들여 설계도를 그릴 수는 없다. 아군 중에서도 골수 아군만을 선별해내자면 사전에 면밀한 조사가 필요하다.

긴지는 그렇게 생각한다.

체포보다는 자수를 택하겠다. 암흑가에 새로운 질서를 세울 수 있을 정도로 강력한 조직의 편성을 마칠 무렵에, 십여 년 자리를 비워도 꿈쩍도 하지 않을 만큼 결속이 단단해졌을 때, 마치 개선장군 같은 기세로 가장 큰 도시의 가장 큰 경찰서로 스스로 출두하는 것이다.

미리 보도 관계자들에게 연락을 해두는 게 좋으리라. '백주 대낮의 긴지'에 대한 인상을 세상에 널리, 그리고 강력하게 남겨두기에는 그때가 가장 좋은 찬스다. 그때까지는 무슨 일이 있더라도 조용히 잠복해 있어야 한다.

긴지의 생각은 그런 방향으로 급속히 기울고 있다.

군도(群島) 해역을 벗어나자 갑작스럽게 시야가 탁 트인다.

그때, 갑자기 새벽호 뒤편으로 한 척의 배가 나타난다.

소형선이다.

경찰은 아니라고 마코토가 큰 소리로 외친다.

긴지도 같은 생각이다. 분명 그건 범죄 현장을 붙잡고 싶어 안달 난 자들이 취할 태도는 아니다. 시간적으로도 너무나 성급하다.

파도를 헤치며 달려드는 그 배는 시시각각 가까워진다.

역시 어선이다.

그러나 보통 어선이 아니다. 어업에는 문외한인 긴지의 눈에도 그건 물고기를 찾아 달리는 항해가 아니다. 새벽호와 마찬가지로 등을 끈 채 음산하게 서두르는 모습이다.

상대도 이미 새벽호를 알아챘을 터다. 어쩌면 새벽호의 속셈까지 간파했는지도 모른다. 그렇지 않고서는 그렇게 서두를 이유가 없다.

긴지는 브리지 쪽을 수없이 돌아본다. 마코토가 어쩔 작정인지 알아보기 위해서다.

마코토는 조금도 동요하지 않는다. 예정대로 밀고 나갈 작정으로 배를 달리고 있다. 망설임은 털끝만큼도 없다.

갑판을 적시는 물거품의 양이 점차 늘어난다. 긴지는 목에 걸었던 수중 안경을 낀다. 쑥즙을 발라 김 서림을 방지해두었다.

만에 하나 떨어졌을 경우를 대비해 긴지는 로프로 몸을 손잡이에 고정시킨다. 이어서 갈고리가 달린 길다란 장대를 수면에 닿을락 말락 하게 늘어뜨린다.

목재선에서 내던진 꾸러미는 열 개 남짓이나 되었다. 어쩌면 그보다 훨씬 많은지도 모른다.

마코토는 낮에 이렇게 말했었다.

한 개만 잡아올려도 충분하다. 그만큼 가치 있는 물건이다. 그리고 한 개쯤이야 우리가 중간에서 빼돌려도 그렇게 악착같이 찾으러 다니지 않는다. 그자들은 어차피 물건을 하나도 남김없이 회수할 생각은 처음부터 없다. 발신장치가 고장났다고 생각하고 대충 포기할 것이다.

긴지는 눈을 둥그렇게 뜨고 전방의 바다를 노려본다. 바닷물과, 바닷물에 비친 하늘의 반짝임밖에 보이지 않는다.

긴지는 다시 한번 머릿속에서 작업 순서를 점검한다. 물건을 끌어올린 뒤 제일 먼저 할 일은 발신장치를 떼어내 바다 속에 내던지는 것이다. 그러기 위해 칼도 준비해두었다.

마코토가 큰 소리로 외친다. 조타실 창으로 팔을 내밀어 배가 갈 방향을 가리킨다. 물건이 가까운 곳에 있다는 신호다.

긴지는 물건부터 확인한다.

뒤를 쫓아오는 배와의 거리가 상당히 좁혀져 있다. 어쩌면 새벽호를 상회하는 고출력 엔진을 탑재하고 있는지도 모른다.

아니, 그렇지는 않다. 마코토가 긴지의 작업을 도와주기 위해 일부러 속도를 떨어뜨린 것이다.

보인다.

긴지의 눈이 바다 위에 떠 있는 물건을 확실하게 포착한다. 하나가 보이자 차례차례 다른 물건들도 눈에 띈다. 방수포에 싸인 물건들이 희미하게 빛을 낸다. 야광 테이프를 붙인 것이리라.

물건들은 거의 같은 간격을 유지하며 일렬로 표류하고 있다. 첫번에 실패하더라도 기회는 두세 번 더 있다.

마코토는 어김없이 정확한 위치로 새벽호를 몰고 간다. 최초의 물건이 가까워지자 속력을 더욱 낮춘다.

긴지는 연습한 대로 두 발을 힘껏 버티고 허리를 구부려 장대를 쭉 내민다. 마코토의 말대로 물건은 끈으로 몇 겹이나 묶여 있다. 장대 끝의 갈고리를 그 끈에 겨냥한다.

성공이다.

지겨울 정도로 연습한 보람이 있다. 오른팔에 상상했던 것보다 훨씬 묵직한 무게가 느껴진다. 하마터면 장대를 놓칠 뻔했다.

긴지는 이를 악물고 얼굴이 벌게지도록 힘주어 버틴다. 연습용 하물의 몇 배나 되는 무게. 아무래도 물건을 갑판 위까지 끌어올릴 수가 없다.

그렇다고 배가 이대로 속도를 올려 내달린다면 팔이 부러지든가 아니면 애써 포획한 사냥감을, 앞으로의 인생을 좌지우지할 보물을 잃든가, 둘 중의 하나다. 그 어느 쪽도 절대로 피해야만 한다.

시야 바로 앞에서 다른 물건들이 급하게 뒤쪽으로 사라져간다. 이제는 갈고리 끝에 걸린 이 한 개의 물건을 어떻게든 끌어올려 가져가는 수밖에 없다.

팔뚝과 어깨의 감각이 서서히 마비된다. 아까부터 제 몸뚱이 같지 않다.

막 포기하려는 순간, 다행히 새벽호의 속도가 다시 뚝 떨어진다. 마코토가 상황을 알아차린 것이리라. 이제 어떻게든 손을 써볼 수 있을 것 같다.

그런데 이번에는 원래의 회수선이 바로 뒷전까지 바짝 다가들었다. 그쪽 배의 엔진 소리까지 확실하게 들려온다. 뱃전에 나와서 팔을 휘두르는 사내들의 모습이 보인다.

그자들은 잔뜩 성질이 나 있다. 새벽호의 목적을 확실히 알았으니 이대로 점잖게 보내줄 리가 없다. 한없이 쫓아온다.

눈이 어지러울 정도의 강렬한 빛이 새벽호에 쏟아진다. 그쪽 배에서 심해등을 켠 것이다. 모든 것이 적나라하게 드러나고 만다. 배의 이름, 갑판에 엎드려 장대를 쥐고 있는 긴지의 모습, 장대에 걸린 물건까지 송두리째 그 빛에 발각된다.

아무래도 놈들은 물건 회수는 나중으로 미루고 일단 눈앞의 도둑고양이들부터 잡아들이기로 마음을 정한 모양이다.

긴지는 순간적으로 가슴을 번쩍 쳐든다.

반동을 붙여 단번에 일어선다. 물론 장대는 힘껏 움켜쥔 채다. 혼신의 힘을 쥐어짜 물건을 끌어올린다. 수면을 벗어나자 물의 저항이 없어져 약간 가벼워지는가 싶더니 조금씩 따라올라온다.

반쯤 올렸을 때 갑자기 총성이 울린다. 권총 소리가 아니다. 분명 산탄총이다.

당연한 일이지만, 놈들의 배도 무장하고 있다. 빨리 물건을 끌어올려놓고 맞대응을 해야 할 상황이다. 마코토에게는 권총이 없다.

어느 틈에 조타실이 텅 비어 있다.

마코토는 갑판에 나와 있다. 선미에서 뭔가 급한 몸짓으로 덜그럭거리고 있다. 드럼통. 드럼통을 바다 쪽으로 기울이고 있다. 번들거리는 액체가 추적해오는 배를 향해 유출된다. 그것은 띠가 되어 새벽호를 뒤쫓는 놈들의 배로 빨려들어간다.

그사이에도 산탄총의 발포가 쉬임 없이 이어진다.

마코토는 당황하지 않고 열심히 대항하고 있다. 이번에는 드럼통을 그대로 바다에 내던진다. 그러고는 그 드럼통을 겨냥하여 몇 개나 되는 발연통을 던진다. 도화선 역할을 하게 될 불길이 바다 위를 달린다. 그대로 회수선으로 돌진한다.

바다에 내던져진 드럼통이 놈들의 선박 뱃머리에 부딪친다. 동시에 큼직하고 높은 불기둥이 치솟는다. 선체가 온통 주홍빛으로 물든다.

총성이 뚝 끊기고 대신 비명 소리가 들려온다.

그런데도 마코토는 반격을 늦추지 않는다. 남은 드럼통을 차례로 내던진다. 그것들이 전부 명중하면서 배는 당장 불덩어리가 된다. 바다로 뛰어들어 화를 면하려는 자들의 실루엣이 뚜렷이 보인다. 온몸에 불이 붙은 자도 섞여 있다.

그 틈에 물건을 겨우 갑판까지 끌어올릴 수 있었다.

긴지는 몸을 묶었던 로프를 풀고 물건을 손잡이에 묶는다. 떨어지지 않도록 단단히 묶는다. 물건에서 발신장치를 떼어내려고 칼을 꺼내다가 문득 손을 거둔다. 이제 그럴 필요가 없는 것이다.

마코토는 다시 조타실로 돌아와 있다.

다음 순서는 정해져 있다. 서둘러 현장을 떠나는 것뿐이다. 불타는 어선은 어디에서든 즉시 눈에 띌 것이다. 언제 어디서 구조선이 달려올지 알 수 없다.

회수선의 불이 엔진실로 옮겨붙은 모양이다. 강렬한 불길이 솟구치는가 싶더니 폭발이 일어난다. 연료 탱크에까지 불길이 닿은 것이리라.

무거운 충격파가 바다 수면에 퍼진다. 고막이 순간적으로 압박되는 바람에 긴지는 잠시 귀가 멍해진다. 코를 찌르는 기름 냄새가 주변 가득 떠돈다.

진화 작업을 서둘렀는지 한쪽부터 조금씩 불길이 잡히기 시작한다. 그러나 사태는 더욱 악화된다.

회수선은 침몰하고 있다.

뱃머리부터 바다로 빨려들듯 기울어지더니 순식간에 뒤집힌다.

회전하는 스크루가 물 위로 드러난다. 바다 속에 완전히 침몰하기까지 채 십여 초도 걸리지 않는다.

긴지를 초조하게 만든 건 회수선의 침몰 속도가 아니다. 마코토의 조종을 도무지 이해할 수가 없어서다.

새벽호가 지금 해야 할 일은 단 한 가지일 터이다. 뒤돌아볼 것 없이 단숨에 도망치는 그 한 가지밖에 없을 텐데, 마코토는 한정 없이 꾸물거리고 있다.

새벽호는 마치 승리의 여흥에 빠진 듯 가라앉는 적들 주위를 빙글빙글 돌고 있다. 긴지가 아무리 소리를 질러도, 팔을 크게 휘저어 탈출 신호를 보내도 마코토는 따르지 않는다.

긴지는 조타실로 뛰어들어 마코토의 어깨를 치며 당장 서둘러 현장을 떠나라고 이른다.

바다 위에는 타오르는 선박 따위는 이미 자취도 없다. 엄청난 파도를 일으키고 물거품을 토해내며 등을 켠 채로 회수선은 침몰해간다. 물 속에서 거꾸로 비쳐오르던 빛이 급속하게 희미해지더니 마침내 가느다란 물거품과 대량의 기름만을 남기고 소멸한다.

수면에는 아직 몇 덩어리의 불길이 일고 있다. 기름이 다 탈 때까지는 시간이 조금 더 걸릴 것이다. 상당히 먼 거리에서도 당장 눈에 띌 것이다. 어서 서둘러야 한다.

긴지는 마코토에게 소리를 질러댄다.

그러나 이윽고 마코토가 하려는 짓을 알아채고 입을 다물고 만다. 새벽호는 그저 무의미한 동작을 하고 있었던 게 아니었다. 마코토는 그저 되는대로 배를 조종하고 있었던 게 아니었다.

긴지는 자신의 눈을 의심한다.

자세히 보니, 물결 틈새마다 인간의 머리가 점점이 떠 있다. 스크루가 그 바로 위를 통과하도록 마코토는 정확하게, 그리고 집요하게 키를 조작하고 있다. 이미 시커멓게 타버린 머리통이라도 용서란 없다.

바다에 내던져진 인간을 유린하는 새벽호의 항적에 번쩍 빛이 흩어진다. 그것은 불꽃과 같은, 또한 긴지의 등에 들어간 안료와 똑같은 주황색이다.

*

온정의 정신이 저절로 자랄 것 같은 따뜻한 비가 내린다. 바람 한 점 없이 부드러운 날씨가 벌써 반나절이나 이어지고 있다.

긴지의 몸도 영혼도 날이 갈수록 탑에 익숙해진다.

이제 이곳은 이슬이나 피하는 임시 거처가 아니다. 또한 기습을 막기에 좋은 조건이자 전망까지 빼어난 성채인 것만도 아니다. 이곳은 이 세상에 단 한 곳밖에 없는 안식의 장소가 되어가고 있다.

탑은 아직 살아 있다.

백골이 된 시체 같은 건조물이 아니다. 세계대전이 끝난 뒤 오랜 세월을 헛되이 보내다 이곳에 몸을 의지하는 자를 얻으면서 은밀히 숨을 되돌렸는지도 모른다.

의연히 침묵을 지키고 있지만, 탑은 명백하게 이 돌연한 방문자를 편애하고 '백주 대낮의 긴지'의 사랑을 얻으려 한다. 그와 동시에, 앞으로 일이 어떻게 전개될지 하나도 빠짐없이 구경하려고 군침을 삼키며 지켜보고 있다.

패전과 동시에 필요성과 신용을 동시에 잃고 만 탑은 갑작스레 굴러들어온 암흑가의 급진주의자를 그저 방관만 할 뿐, 교화하려고도 교훈을 늘어놓으려고도 하지 않는다. 또한 편애가 지나쳐 수호자를 자처하고 나서는 일도 없다.

한 가지 말할 수 있는 것은, 탑에게는 이제까지 겪어온 어떤 사건보다 긴지의 운명이 훨씬 더 중대한 관심사라는 점이다. 단 한 사람의 불량배의 장래가 국가를 내걸었던 저 세계대전보다 훨씬 매력적이다.

탑은 그렇게 느끼고 있다.

어떠한 명령이건 무조건 따랐던, 끔찍할 정도로 순진해빠졌던 국민들이 일으킨 저 어리석은 전쟁보다 태어나면서부터 자유의 참된 의미를 알고 있는 이 사내가 일으킨 전쟁이 훨씬 더 흥미롭고 또한 의미 깊다.

이자는 저 하고 싶은 대로 하고, 저 살고 싶은 대로 산다. 자신의 목숨과 법률이니 도덕심이니 하는 따위를 완전히 도외시하며, 항상 자기 스스로 결정권을 쥐고 있다.

탑은 판단을 망설인다.

스스로를 위기 상황에 빠뜨렸으면서도 특별히 암중모색을 하는 것도 아니고, 그렇다고 거동이 고집스러운 것도 아니고, 강인한 자세를 유지하려고 노력하는 것도 아닌 저자는 대체 어떤 인간인가. 도망중인 주제에 추적자와도 같은 눈초리를 하고 있는 저자는 대체 어디서 굴러먹던 어떤 인종인가.

긴지라는 존재는 결코 풍광을 해칠 자가 아니다.

그렇다고 표표히 왔다가 표표히 가버리는 인간처럼 담백하지는 않다. 극히 농후한 실체이면서도 인적 없는 광야와도, 그 곁에서 끊임없이 넘실거리는 창해와도, 부드러운 5월의 비와도 스스럼없이 어울린다.

그런데도 탑은 아직 긴지에게 완전히 빠져들지는 않는다. 긴지의 잠재의식 밑바닥에 똬리를 틀고 있는 괴물의 정체까지 탐색하려고 하지는 않는다.

그렇게까지 깊이 개입하고 싶지는 않은 걸까.

탑이 관심을 기울이는 건 어디까지나 추방된 신세의 긴지 앞에 기다리고 있을 단순하고 거친 해답뿐.

성공일까 실패일까.

살 것인가 죽을 것인가.

어느 쪽이건 괜찮다고 생각하며, 탑은 온 날 온 밤을 두근거리는 마음으로 단 한시도 긴지에게서 눈을 떼지 않는다.

장본인에게는 아직 감지되지 않았지만, 예전에는 전파의 우수한 수신자이자 송신자로 활약했던 탑은 시시각각 다가드는 운명의 일대 파란을 희미하게나마 느끼고 있다. 그러나 장장 오십 년 세월을 묵혀뒀던 감각인지라 그 상세한 부분까지 파악할 만큼 예민하지는 못하다.

암운이 떠돌고 번개가 제멋대로 위세를 떨친 지난밤, 긴지는 무시무시한 꿈을 꾸었다.

바닥에 대량의 폭약이 설치되어 탑이 일시에 무너져내리는 꿈이었다.

그 준비 작업을 한 건 경찰만이 아니었다. 어떻게 된 일인지 알 수 없지만, 긴지에 대한 보복을 노리며 이를 갈던 녀석들까지 경찰과 한패가 되어 그 작업을 돕고 있었다.

양자가 암암리에 어떤 거래를 맺었는지는 짐작조차 가지 않는다. 그러나 양자가 합심하여 긴지 한 사람을 쓰러뜨리는 데 서로 이해가 일치했다는 것만은 확실하다.

말하자면 사회와 암흑가 모두에 긴지 같은 돌출자를 기어코 말살해야만 하는 깊은 속사정이 있었던 것이다.

은밀하게 일을 처리하는 그들은 내진구조가 뛰어난 탑을 신속한 동작으로 둥그렇게 에워쌌다. 그야말로 개미 한 마리도 기어들 틈이 없는 완벽한 포진이었다.

그리고 긴지 편을 드는 이는 한 사람도 없었다.

마코토의 집에서는 연기가 모락모락 피어나고 있었다. 그 연기는 이윽고 불길로 변했다. 마코토도 마코토의 처자식도 그 맹렬한 불길에 휩싸였을 것이었다. 조각룡도 피의 축제에 제물이 되어버렸을 것이었다.

긴지는 그렇게 직감했다.

그들은 탑에 틀어박힌 자를 향해 투항을 권하지도 않았다. 그런 시늉조차 하지 않았다. 위협 사격도 없었다.

그들은 완벽한 침묵 속에서 한치의 흐트러짐도 없이 마치 오래된 탑을 처리하는 작업을 하듯 착착 일을 진행했고, 정확하게 정오가 되자 장치한 폭약에 불을 붙였다.

해가 쨍쨍 내리쬐는 나른한 한낮에 일어난 일이었다.

뱃속 깊이 퍼지는 중저음과 충격이 나선계단을 통해 단숨에 올라오는가 싶더니, 탑은 그들이 계산한 방향으로 정확하게, 즉 바다 쪽을 향해 서서히 기울었다.

끝내 적의 포위를 뚫을 기회를 얻지 못한 긴지는 탄환을 가득 채운 은색 자동권총을 움켜쥔 채 공포에 질려 무릎을 덜덜 떠는 일도 없이 그저 조용하게 가속도에 몸을 맡겼다.

긴지의 예상과는 달리 저승사자는 나타나지 않았다. 마지막의 마지막 순간에 문득 출현해 자신을 욕보일 말이라도 해주지 않을까 하고 기다렸지만, 지독한 악취조차 떠돌지 않았다.

탑은 바다를 향해 천천히 무너지며 대지에 거칠게 부딪쳐 뿌리부터 차례로 부서졌다. 시멘트로 된 돌조각과 벽돌이 이리저리 튀고 흩어지면서 먼지 폭풍이 휘몰아쳤다.

탑의 꼭대기까지 파괴가 진행되고 마침내 긴지의 목숨이 한갓 먼지로 화하는 찰나 그 악몽은 뚝 끊겼다.

꿈속에서 내지른 처절한 절규는 잠에서 깨어난 뒤까지 이어졌다. 긴지의 공포에 찬 비명은 탑의 몸 속에 울려퍼지고, 창이란 창마다 분수처럼 흘러넘쳐 달빛이 은은한 들판으로 확산되어갔다.

식은땀에 흥건히 젖어 있었다.

잠이 들 때마다 정력이 소모되는 것 같아 견딜 수가 없다. 실제로 긴지는 지독히 피곤하다. 투쟁 자금을 조성하는 데 성공한 뒤끝이라고는 해도, 그저 먹고 자는 나날을 거듭하고 있을 뿐인데 왠지 자꾸만 생기를 잃어간다.

치솟는 불길을 매단 채 거꾸로 뒤집혀 바다 속으로 침몰하는 배.

재난을 피해 기껏 바다로 탈출했건만 차례차례 새벽호의 스크루의 먹이가 되고 만 자들의 마지막 모습.

수면을 덮은 기름과 그 기름에 옮겨붙던 불길.

마무리를 하기 위해 다시 내던진 드럼통.

마코토가 함부로 내뱉던 명령조의 말들.

가로챈 하물에서 잘라내 차례로 바다에 내던진 소형 발신장치들.

그날 밤, 마코토는 긴지를 향해 명령을 내렸고 긴지는 그 명령을 따르고 말았다.

그런 입장의 역전은 일시적인 것일까.

긴지는 마코토가 이르는 대로 파도 틈틈이 넘실거리고 있던 다른 하물까지 대부분 건져올렸다. 한 개만 빼돌리려던 당초의 계획은 결국 모두 여덟 개의 전리품으로 바뀌었다.

그것은 모조리 계획되었던 것이 분명했다. 마코토는 처음부터 그럴 작정이었던 것이다.

추적당할 것까지 미리 다 계산해두었던 것이다.

이제 와 생각해보니, 선미 쪽의 갑판에 있던 어구(漁具)들을 치우고 대신 드럼통을 늘어놓았던 이유를 알 것 같다.

그렇다면 어째서 미리 말해주지 않았는가. 반대할 것이라고 생각한 걸까. 형님이 그만큼 겁쟁이가 되었다고 생각한 끝에 내린 결단일까.

어느 쪽이건 긴지로서는 심히 불쾌하다. 속임수에 빠진 듯한 느낌을 아무래도 지워버릴 수 없다. 이렇게 되면 마코토를 향해 서슬 퍼런 의심의 눈초리를 보낸다 해도 이상할 게 없다.

그날 밤 모든 일을 정리하고 난 뒤, 증거란 증거는 모조리 바다 속에 잠겨버린 뒤, 새벽호는 인기척 없는 으슥한 항구에 슬그머니 닻을 내렸다. 그리고 긴지를 내려놓고 곧바로 다시 출항했다.

다시 바다로 나가는 길에 마코토는 긴지에게 이런 말을 남겼다.

물건을 안전한 장소에 분산하여 감춰둘 것이다. 게다가 지금은 큰일을 치른 뒤이니 한동안 육지에 올라가지 않도록 하겠다. 고급 어종을 잡겠다는 명목으로 수일간 연안에서 지낼 것이다. 그러는 게 가장 안전하다.

귀중한 밀수품을 가로채인 조직은 제일 먼저 회수선 쪽을 의심하게 마련이다. 그 배의 승무원들끼리 나눠 갖고 도망쳤다는 억울한 누명을 영원히 벗지 못할 것이다.

그러나 모종의 제삼자가 잠복했다가 일을 벌였을 거라는 추리도 못 할 만큼 멍청한 자들은 아니다. 늦건 빠르건 조사를 시작할 것은 정한 이치다.

거기까지 머리를 굴리는 마코토는 그저 대범한 인간으로 기울어 가는 긴지보다 훨씬 날카로웠다.

그로부터 벌써 사흘째다.

마코토에게서는 아무런 연락도 없다. 긴지 쪽에서도 전화를 걸지 않는다.

긴지는 누구와도 바꿀 수 없을 아우에 대해 배신과도 흡사한 감정을 느끼고 있다. 자신을 앞질러 치고 나갔을 때 느꼈던 굴욕과도 같은 느낌. 일시에 계급이 뒤바뀐 듯한, 갑작스레 만만한 먹이가 된 듯한 그런 씁쓸한 기분을 맛보고 있다.

마코토는 번번이 긴지의 예상을 뛰어넘는 민첩한 움직임을 보이고 있다. 임기응변과는 분명히 다른, 철저한 계산이 뒷받침된 움직임이다.

주도권을 쥔 것은 이제 긴지가 아니다. 그 증거로, 마코토는 가로챈 물건들을 감춰둘 장소에 대해 단 한마디도 내비치지 않았다.

긴지는 신용을 잃은 것일까.

물론 마코토가 물건을 가지고 그대로 도망칠 리는 없다. 긴지는 거기까지 의심하지는 않는다.

그러나 그 내용물이 마코토가 말하던 대로 엄청난 것이라면 모든 것을 내던지고, 가족까지 내던지고 도망칠 만한 가치는 분명히 있다. 평생을 유락(遊樂)에 빠져 흥청망청 쓰고도 남을 큰돈이다.

위험한 고비를 넘어 기껏 억만장자의 신분을 손에 넣었는데, 굳이 목숨까지 내걸어야 하는 세계로 다시 뛰어들 어리석은 자는 없다.

게다가 마코토를 뒤쫓는 자도 없다. 진상을 아는 자들은 모조리 바다의 플랑크톤이 되어버렸다. 유일한 증인인 긴지도 제 한 몸 도망치기에도 바빠서 누구를 뒤쫓을 여유가 없다.

만일 마코토가 그럴 마음만 먹는다면 긴지의 입을 막는 것은 간단하다. 직접 제 손으로 처리할 것도 없이 그저 전화 한 통화면 끝이다. 호시탐탐 긴지의 목숨을 노리는 자들은 얼마든지 있다. 거기에 한마디만 흘려주면 그걸로 끝이다.

그런데도 긴지는 마코토가 돌아오리라는 것을 믿는다. 혼자서 살아갈 수 있을 놈이 아니라고 생각한다. 제아무리 거칠게 자란 무뢰한이라 해도 어차피 악의 전당의 왕좌에 앉을 만한 재목은 아니다. 마코토는 반드시 돌아온다. 형님을 위해서가 아니라 제 처자를 위해 돌아온다.

마코토를 살아가게 해주는 건 가족이다. 마코토를 전에 없이 대담하게 만들어준 것은 가족 이외에는 아무도 없다. 이제 곧 두번째 아이가 태어난다.

마코토를 마코토 이상의 사내로 만들어준 건 어쩌면 마코토를 파멸로 이끄는 힘인지도 모른다. 가정이 마코토를 자멸시키고 있는 것이다.

사흘 동안 긴지는 탑에 틀어박혀 꼼짝도 하지 않았다. 마코토의 집에 목욕을 하러 한 번 훌쩍 다녀왔을 뿐이다.

탑 울타리 안쪽에 파놓은 구멍에 볼일을 보고 산책에 나선다. 발길 가는 대로 흔들흔들 걸으며 아까부터 똑같은 자문을 수없이 반복한다. 정말로 목적을 추진할 의지가 있는지 스스로에게 묻는다.

그런 긴지에게 무슨 까닭인지 나비들이 휘휘 따라붙는다. 날마다 그 수가 불어난다. 별로 기분이 좋지 않은 긴지 주위에 알록달록한 비늘가루가 흩날린다.

매일 정해진 시간에 도시락을 가져오는 하나코 뒤에도 상당한 수의 나비가 무리 지어 따라온다.

하나코는 여전히 변함이 없다.

아버지가 있건 없건, 평소 그대로의 나날을 보내고 있다. 깨달음의 경지에 들어선 어떤 어른보다도 유유자적하며 살고 있다.

이따금 잔혹한 운명을 잉태한 계절 모르는 찬바람이 휘익 불어와도 하나코는 전혀 움츠러들지 않는다.

하나코의 건강한 마음은 어떤 경우에도 단단하게 유지된다.

들꽃을 따 머리를 장식하고 모래산 꼭대기에 서서 한 곡밖에 모르는 노래를 부르고 호랑이 무늬 고양이를 뒤에 달고 성큼성큼 걸으며, 벙어리 어미의 귀가 되고 입이 되고 때로는 빨래를 거들기도 한다.

해변에서 아름다운 조가비를 찾는 하나코의 모습에서 아픈 마음을 느끼거나 삶의 의의에 대해 회의를 품을 자는 아무도 없으리라.

문신 작업은 잠시 쉬는 중이다.

마코토가 조각룡에게 그런 전화를 한 게 분명하다. 사정이 있으니 당분간 집 근처에 얼씬도 하지 말아달라, 그렇게 부탁했을 것이다.

그것은 긴지의 건강을 위해서도 적절한 조치다. 아무래도 몸 상태가 별로 좋지 않다. 매일 목욕을 꼭꼭 하는데도 왠지 피부가 꺼칠하다. 야채나 과일의 섭취 부족 때문만은 아닌 것 같다.

목욕탕에서 긴지의 등을 씻어주는 건 하나코다. 하나코는 비눗물을 깨끗이 씻어내리다가 다섯 가지 색깔이 들어간 무지개를 한참 동안 바라보며 그때마다 만족스러운 듯 탄성을 내지르곤 한다.

긴지는 아직껏 거울에 제 등을 비춰본 적이 없다. 완성될 때까지, 일곱 가지 색깔이 다 갖춰질 때까지 절대로 쳐다보지 않겠다는 결심에는 전혀 흔들림이 없다.

아니, 어쩌면 완성된 뒤에도 굳이 바라보지 않을지도 모른다. 제 눈으로는 확인하지 않은 채 생을 마감해버릴 수도 있다.

　남의 밥을 얻어먹어야 하는, 마음을 혹사시키는 은둔과 시련의 나날에 긴지는 조금씩 피로를 느낀다. 그것은 어딘가 기나긴 여행의 피곤과도 비슷하다. 이런 기회에 자신을 강화하자는 결심이 서지 않는다. 한없이 무기력에 떨어지는 자신을 어찌할 수가 없다.

　자고 또 자도 잠이 부족하다는 느낌이 드는 건 왜일까.

　사흘 전의 사건이 언제까지나 머릿속을 맴돈다. 창 너머로 선박이 보이거나 불쑥 기적 소리가 날아들 때마다 숨이 막힐 것만 같다. 불길이 번진 바다에 뛰어들어 목이 찢어져라 비명을 지르던 사내들의 목소리가 들려온다.

　또렷하게 되살아나는 그날 밤의 광경에 긴지는 혐오감이 치민다. 결코 동요되지 않는 상식이 직접 저지르지도 않은 해상의 살인을 거칠게 비난한다. 도무지 태연하게 하루를 보낼 수가 없다.

　놀랍게도 긴지는 괴로워하고 있다.

　고통스런 마음에 빠져드는 횟수가 점점 늘어난다. 자아의 미망(迷妄)을 끊을 수가 없다. 죄악이라는 것을 의식하기 시작한다. 인간으로서의 마지막 경계선을 넘어서고 만 듯한 충격을 새삼스레 느끼고 있다.

　그런지라 요즘 들어서는 배부르게 먹고 밤늦도록 움직이다가 침낭에 들어도 쉽사리 잠이 오지 않는다.

　삼십오 년 동안 마음 저 밑바닥에 퇴적되어온 것이 과연 무엇인지 긴지는 비로소 깨닫는다. 그 전부가, 짐승이나 마찬가지인 본능과 밀접하게 관련된 사악한 행위들이었다. 악으로 악을, 죄로 죄를 덧칠하는 삶이란 어차피 금수와도 같은 마음에서 나온 허위의 선에 불과하다는 것을 차츰 깨닫는다.

밤하늘 높은 곳에서 반짝이는 별.
구름 사이로 내비치는 달빛.
그것들은 지금의 긴지에게는 불길의 상징일 뿐이다.
물고기의 등비늘을 연상시키는 짙푸른 어둠.
정화(淨化)의 빛으로 물든 새벽녘의 하늘.
그런 것들도 긴지의 황량한 가슴을 위로해주지 못한다.

이제는 긴지를 용서 없이 추격하는 건 긴지 자신뿐이다. 그래서 긴지는 가면을 쓰고 잔다. 날것의, 노골적으로 드러나는 자신의 본모습을 가진 긴지로는 이제까지처럼 편안하게 잠자리에 들 수 없게 되고 말았다.

가면이 은밀하게 노리는 건 인간을 무릎 꿇게 하는 지배력과 강제력이다. 그러므로 허점만 보였다 하면 마음이 어지러워질 말들을 내뱉는다. 서서히, 그런 가면의 말들이 긴지의 감정과 완전히 반대되는 것도 아니게 된다.

가면은 긴지의 얼굴에 철썩 들러붙는다. 잠이 깊어질수록 가면에 대한 위화감은 점점 엷어진다.

긴지가 망설이면서 가면의 눈을 통해 내다본 세계는 아직 그렇게 쓰레기통 같지만은 않다. 선과 악이 뒤섞인 수많은 행위가 이 세상을 지탱해주고 살아갈 수 있는 활력을 구석구석까지 부여해준다. 가면을 통해 솔직하게 토로하는 긴지의 말들은 어떤 말이건 삶에 대한 열의로 가득 차 있다.

대변자이기도 한 이 가면만 손에서 놓지 않으면 저물녘의 노을빛에 마음이 산란해지는 일 없이 기묘한 행운이 언제까지나 지속될 것이다.

긴지는 그렇게 믿으려고 한다.

요즘 저승사자는 전혀 나타나지 않는다. 국가와 왕에 맹종하다 개죽음을 한 전사들의 망령도 나타나지 않는다.

그들은 살아 있는 인간 중에서도 특히 생생하게 살아 있는 긴지의 괴력에 공포를 느낀 것일까. 아니면 깨끗이 포기한 걸까.

어쨌건 며칠 동안 기분 나쁠 정도로 조용하고 안온한 밤이 이어진다.

가면을 쓰고 있다는 의식이 희박해지면서 방관적인 태도가 머리를 쳐든다. '백주 대낮의 긴지'는 소멸되고, 아버지가 붙여준 소박한 이름의 청년으로 돌아간다. 날마다 덮쳐드는 악을 감당하지 못하는, 본능이 몰고 오는 해악을 회피하지 못하는 한낱 범부로 신속하게 되돌아간다.

긴지는 지금 탑이 내뿜는 엄청난 중량감을 어느 때보다 기분좋게 느낀다. 시멘트로 이어붙인 돌과 벽돌 하나하나가 절절하게 마음에 와 닿는 말들을 토해내고, 함축적인 정의(定義)를 내려주는 것만 같다. 그 소리없는 소리를 긴지는 허심탄회하게 듣는다.

봄의 상냥한 햇빛을 가득 받으며 변경에 우뚝 선 이 낡은 건축물에서는 세상의 수많은 인생의 도정을 내려다볼 수 있다.

창이란 창마다 희망이 가득한 앞날이 내다보이고, 구제하기 힘든 절망감이, 두려움을 모르는 향락의 나날이, 죽음을 슬퍼하는 눈물이 내다보인다. 그리고 그 모든 것들이 절묘하게 조화를 이루며 생명들 투성이인 이 기적적인 행성의 한 귀퉁이를 뚜렷하게 장식하여 참으로 보기 좋은 장면을 연출한다.

수북하게 자란 풀들이 대지를 불쑥 들어올린다. 갈수록 수가 불어나는 들새들은 날이면 날마다 자연의 은혜를 칭송하는 지저귐을 있는 힘껏 쏟아낸다.

너무 종류가 많아서 어떤 지저귐이 어떤 새의 것인지 가려낼 수 없지만, 그중에 개똥지빠귀의 소리가 섞여 있지 않다는 것만은 확실하다. 그 비슷한 소리조차 들리지 않는다.

긴지가 이곳에 숨어 살게 된 뒤에 죽어간 이름 없는 이들의 그림자가 긴지의 마음에 어둡게 드리워진다. 애써 찾아온 따뜻한 봄도 그것을 밝혀주지 못한다.

너무 깊이 깎아낸 손톱 끝에 아픔을 느끼는 순간, 긴지는 이미 뛰어난 악의 자질을 지닌 인간이 아니다. 전기면도기로 수염을 밀어내는 순간 손바닥만한 거울에 비치는 건 교묘한 언사를 늘어놓는, 악질적인 '백주 대낮의 긴지'의 아류에 지나지 않는, 공포에 떠는 한 사내일 뿐이다.

칭송할 만한 가치가 있는 아름다운 소리를 내던 개똥지빠귀.

그 새를 기르며 인생의 위안으로 삼았던 옛 열쇠 가게 노인.

마지막까지 쓸쓸하기 짝이 없는 생활에서 벗어날 수 없었던 그의 아내.

범상치 않은 결심을 한 끝에 갖은 고생을 해가며 이 해안에 와 닿았던 밀입국 여인.

그들은 모두 보통 사람이었다. 그렇다고 타의 모범이 될 청렴한 삶을 살았다는 것은 아니다.

그 노인은 고백했다. 남의 목숨을 실없이 빼앗아본 적이 있노라고. 그에게 오랜 세월의 고통을 보상받을 수 있는 죽음이 주어지지 않은 건 어쩌면 당연한 일인지 모른다.

긴지의 목숨을 순순히 받아내기가 어렵다고 판단하자마자 저승사자는 작전을 변경했다. 긴지의 주변에 타인의 죽음을 새겨넣기 시작한 것이다.

저승사자는 영원의 인과율을 재확인시켜 긴지의 멈출 줄 모르는 악의 기세를 억누르려 한 걸까.

그러나 긴지의 눈에 비치는 수평선과 지평선 안의 광범위한 영역에는 구석구석까지 환락의 빛이 넘친다. 적어도 외면적으로는 그렇다.

말짱하게 갠 늦봄 한낮 태양의 힘만큼 위대한 것은 없다.

쏟아지는 빛이란 빛은 모두 생과 사가 별개라는 것을 명확하게 보여준다. 살아 있는 모든 것들에게 어둡고 습한 둥지에서 어서 나오라고 재촉하고, 목적도 없이 이리저리 돌아다니도록 끊임없이 유혹한다. 이렇다 할 볼일이 없더라도 그저 움직이는 것 자체가 생의 증거라고, 태양은 그렇게 소리 높여 부르짖는다.

밥을 먹고, 긴지는 오랜만에 산책에 나선다. 자애로 가득한, 한없는 도움을 주는 햇빛에 몸을 던지고 마음이 이끄는 대로 걸어간다.

변함없이 긴지를 궁지에 밀어넣을 기척이라고는 어디에도 없다. 어떻게 손써볼 틈도 없이 목숨을 잃고 말 그런 불온한 조짐은 전혀 없다.

그와는 반대로 엄청난 낭보가 찾아들 것 같은 조짐이라면 얼마든지 널려 있다. 그렇다고 특별히 흥미를 끌 만한 사건이 있는 건 아니다. 그런데도 긴지의 발걸음은 마치 음풍농월에 익숙한 자라도 된 듯 한없이 가볍고 한없이 젊다.

긴지는 사흘 만에 바다의 유혹을 받는다.

길고긴 아지랑이와 번식의 열기로 가득 찬 들판에는 지독히도 선동적인 비린내가 만연해 있다. 회피할 수 없는 죽음에 대한 강력한 반작용의 힘이 곳곳에서 활발하게 피어오른다.

긴장을 풀어버리기에는 안성맞춤인 봄날 하루를 긴지가 독점하고 있다.

폭력의 죄를 수없이 저지르고 동료들을 제거해가며, 쉬운 일이고 어려운 일이고 따지지 않고 살아온 이 젊은이는 결코 절멸을 향해 치닫는 희귀한 생물이 아니다. 또한 제법 예지가 풍부한 척하는 자들이 즉각적인 근절을 요구하곤 하는, 그런 비인간적인 자도 아니다.

오늘의 긴지는 가면에도 권총에도 의지하지 않는다. 긴지의 마음에 머물고 있는 것은 독약이나 방사능처럼 위험한 야망 따위가 아니다.

모든 것을 방기해버린 건 아니지만, 그다지 많은 것을 바라지 않게 된 긴지가 이곳에 있다.

긴지의 영혼은 이제 잘 발효된 상태이고, 긴지는 거기에 자신의 운명을 내맡긴다. 말을 바꾸자면, 연명을 위해 유효한 수단을 강구하는 데 그다지 열성을 보이지 않는다. 마코토 일가를 이 일에 끌어들였다는 죄책감조차 어딘가에 떨쳐버렸다.

긴지는 등뒤를 확인하려 들지도 않고, 끊임없이 먼 곳에 눈을 주지도 않고, 그저 만족스런 들개처럼 흔들흔들 걷는다.

집착할 게 아무것도 없게 된 자신을 긴지는 아직 깨닫지 못한다. 그만큼 아량과 관용의 정신이 풍요로워져 있다. 한마디로, 완전히 무방비 상태다.

그런 긴지를 예리한 하나코가 놓칠 리 없다.

"아빠!"

날카롭고도 허망한 어린 계집아이의 소리가 이쪽으로 다가온다.

그러나 긴지는 못 들은 척하며 계속 걷는다.

금세 뒤를 따라잡은 하나코는 긴지의 손을 잡고 보조를 맞추어 함께 걷는다. 꼭 맞잡은 손을 크게 휘둘러 박자를 맞춰가며 노상 부르던 노래를 부른다.

긴지는 얼굴을 붉힌다.

누구에겐가 이런 광경을 들킬까봐 자꾸만 머뭇거린다. 완전히 혼란에 빠진다.
　그렇다고 아이의 손을 뿌리치지는 않는다. 험악한 표정으로 쫓아 버리지도 않는다.
　두 사람은 들판과 하얀 백사장의 경계에 있는 조그만 언덕바지에 앉아 얼마든지 과대평가가 가능한 바다를 바라본다.
　오늘 하나코는 헐렁한 하얀 바지에 푸른 셔츠를 입고 있다. 전부 새것이다. 그 때문인지 언뜻 보면 유복한 집안에서 태어난 아이처럼 보인다.
　갑자기 노래를 멈춘 하나코가 어린아이라고 여겨지지 않을 만큼 이지적인 눈초리로 긴지를 바라보더니 문득 거침없는 질문을 던진다.
　"사람 죽여본 적 있어요?"
　너무도 당돌한, 너무도 무거운 질문에 긴지는 당황하여 곧바로 대답하지 못한다.
　그러나 아무 대답이 없다는 게 긍정이 되고 만다. 명석한 이 아이를 상대로 거짓을 늘어놓는다는 건 무리다.
　이어서 하나코는 이런 말을 한다.
　나도 뱀이라면 죽여본 적이 있다. 꼬리를 붙잡고 땅바닥에 몇 번이나 패대기를 쳤다.
　그렇게 말하며 하나코는 그 몸짓까지 해 보인다. 진짜로 팔을 휘두른다. 여린 계집아이의 몸이 해낼 만한 행동이라고 여겨지지 않을 정도로 힘차게.
　긴지는 아득히 먼 바다를 응시하며 우물우물 묻는다.
　뱀을 만날 때마다 일일이 다 죽인단 말이냐?
　하나코의 대답은 이랬다.

"아기새를 잡아먹은 놈만요. 엄마새 대신 내가 복수해주는 거예요."

이야기가 오고간 것은 거기까지다. 그 다음은 일방적으로 하나코가 지껄여댄다.

혀 짧은 아이의 말이 아니다. 하나코는 자신이 얼마나 무법자로서의 소질을 가졌는지를 과시하며 '백주 대낮의 긴지'에게 도전한다. 겨우 다섯 살에 벌써 야쿠자 세계의 법칙에 완전히 물들어버린 것이다.

그러나 긴지의 귀는 파도 소리며 새소리밖에는 듣지 않는다. 이따금 그의 귀에 잡히는 것은 '아빠'라는 그 한마디뿐이지만, 그것도 일일이 부정하지는 않는다. '난 네 아빠가 아니라니까'라는 둥 어설픈 말로 나무라지 않고, 그저 하고 싶은 대로 쫑알거리게 내버려둔다.

이윽고 긴지는 생각한다.

이 아이를 하루빨리 유치원에 보내야 한다. 그래서 제 또래의 아이들과 함께 지내도록 해야 한다. 그러는 게 좋다. 이제 더이상 어쭙잖은 어른들과 사귀지 않도록 하는 게 좋다.

그러나 이미 늦었는지도 모른다. 유치원은커녕 초등학교에도, 중학교에도 다닐 수 없을 만큼 정신만이 잔뜩 왜곡된 채 발달해버렸는지도 모른다.

끔찍한 아이다. 이 아이가 사내였다면, 분명 제 아비를 능가하는 대 범죄자가 되리라.

평소처럼 가면을 쓰고 침낭에 들었던 지난밤, 잠에 빠지자마자 곧장 긴지는 길고긴 잠꼬대를 중얼거렸다. 이리저리 말을 돌리기는 했지만, 결국은 마코토를 살려두지 않는 게 신상에 좋다는 의미의 중얼거림이었다.

마코토를 제거하지 않았다가는 언젠가 돌이킬 수 없는 지경에 빠지고 말 것이다. 마코토는 긴지를 꽃가마처럼 들쳐메고 이 세상을 헤쳐갈 도구로 삼고 있다. 그러다 별볼일 없어졌을 때는 언제라도 내던져버릴 심산이다.

선수를 쳐야만 한다. 기세를 올릴 만큼 올리도록 내버려두었다가 적당한 기회를 잡아 깨끗이 처리하는 게 좋다.

그 잠꼬대는 깊이 명심해야 할 사항이 되어 긴지의 머릿속에 똑똑히 새겨졌다. 위험하지만 반드시 치러야 할 책무가 되어 분노의 정도에 따라 언제라도 되살아날 수 있는 상태로 그의 머릿속에 장착되었다.

그러나 긴지의 통상적인 의식 속에는 어떠한 음험한 말도 자리잡고 있지 않다. 그저 이곳에서 언제 털고 일어설까 하는 생각뿐이다.

되도록 빠른 시일 내에 이곳을 떠나는 편이 마코토를 위해서나 자신을 위해서나 좋은 일이라고 긴지는 생각하기 시작한다.

그저 일개 조무래기라고 하기에는 마코토가 벌이는 일들이 지나치게 대담하다. 사무실에서 차 당번에 전화 당번이나 하던 몇 년 전과 비교하면 비약적으로 악의 단계가 높아져 있다.

그건 동료에게는 물론 경찰에게도 초대형 거물 취급을 받는 형님이라는 방패가 생겼기 때문이다.

문신이 완성되는 대로 이곳을 떠나는 게 좋을 것 같다. 아무리 배짱이 안 맞는 놈이라 해도 아우 되는 녀석의 목숨을 뺏는다는 건 견딜 수 없다. 눈물을 흘리며 응징해야만 하는 그런 비참한 결말이 나기 전에 자취를 감출 일이다.

안심하고 몸을 맡길 수 있는 곳은 어차피 이 세상 어디에도 없다. 가령 외국으로 멀리 달아난다 해도 놈들의 눈은 그곳에도 빛나고 있을 것이다. 경찰의 손이 뻗치기 전에 동업자가 먼저 냄새를 맡아버릴 것이다.

긴지는 돈 몇 푼을 빼돌려 도망친 애송이 배반자 따위가 아니다. 조직을 벌컥 뒤집어서라도 끝까지 뒤를 쫓아야 할, 잡아들여서 갈기갈기 찢어놓아야 할, 그렇게 하지 않으면 철석 같은 결속을 자랑해온 전국 제일의 조직이 사분오열의 위기에 빠질 정도로 중요한 인물이다.

그런데 장본인인 긴지는 어떤가. 적의 공격에 어떻게 대처해야 할지 일일이 생각하는 것도 귀찮다. 그토록 풍부하던 지략이 급속도로 위축되고 있다.

이제 남은 방도라고는 저들에게 살해되기 전에 이쪽에서 먼저 공격해들어가 또 한바탕 쑥대밭을 만들어놓는 최후의 방법뿐이다. 생각해낸 거라고는 기껏 그 정도밖에 없다.

누구에게도 뒤지지 않는, 항상 부글부글 끓어오르던 정복욕. 그 원천이 고갈되려 하고 있다.

긴지는 그 어느 때보다 높은 위치에서 자신을 내려다보고 있다.

자기애의 마음이 반으로 줄고, 그 몫만큼 태만이 증대한다. 어떤 연명책도 결국은 국부적인 해결에 불과하다, 그런 체념적인 생각에 빠져들기 시작한다. 목숨을 유지한다는 일은 얼마나 번잡스러운가, 그런 느낌이 온몸을 군실군실 들쑤신다. 자신의 야망을 추진한다는 것이 도대체 얼마만한 가치가 있는 것인가, 그런 의심조차 들기 시작한다. 공허한 마음이라는 것이 무엇인지 차츰 이해되는 듯한 기분이다.

그런 것들이 일련의 경이가 되어 긴지의 마음에 거센 풍파를 일으킨다.

하나코가 뭔가를 발견한 모양이다.

갑자기 벌떡 일어서더니 해안선 쪽으로 총총 달려간다. 도중에 제 손에 맞음직한 막대기를 주워든다.

하나코가 가는 곳에는 분명 거무스레한 물체가 나뒹굴고 있다. 지금 막 바다에서 떠밀려온 것이 분명하다. 조금 전까지만 해도 긴지의 시야에 그런 것은 보이지 않았다.

그 바다거북인지도 모른다고 긴지는 직감한다.

긴지의 등판에 발톱 자국을 남기고 사라져간 거북이 다시 나타난 건가. 아니면 저승사자라는 놈이 다시 모습을 바꾸어 접근을 꾀하는 건가.

하나코는 길다란 막대로 부지런히 그것을 찔러대고 있다. 그러나 손으로 직접 만지는 것은 피하고 있다.

제법 크다. 하나코의 몸과 비교해도 크다. 배 이상은 된다. 중량은 세 배 이상일것이다.

이리저리 곰곰 살펴본 뒤에 하나코는 긴지에게 다시 돌아온다. 그러나 표착물에 대한 보고는 하지 않는다.

원래 자리에 주저앉더니 다시 노래를 부른다. 슬픈 노래처럼 들리는 그 노래가 가 닿는 범위는 모조리 성스러운 공간이 된다.

그때 긴지의 시선이 하나코가 손에 들고 있는 막대기에 멈춘다. 끄트머리에 뭔가 붉은 것이 묻어 있다. 검은색에 가까운 붉은색이다.

긴지는 막대기를 잡아들고 햇빛에 대본다. 꼼꼼하게 관찰한다. 손가락으로 쓸어보기도 하고 냄새를 맡아보기도 한다.

그것이 무엇인지 알아낸 순간, 긴지는 벌써 그쪽을 향해 달려가고 있다.

파도가 밀려드는 바닷가에 나뒹군 거무스레한 덩어리가 점차 하나의 형태로, 긴지가 잘 알고 있는 모습으로 고정되어간다. 자신의 상상이 어긋난 것이면 좋겠다는 바람이 금세 짓밟히고 배반당한다.

긴지는 깨닫지 못했지만, 그사이에 하나코는 아무렇지도 않은 얼굴로 계속 노래를 부르며 자기 집 쪽으로 돌아간다.

그리고 긴지는 마침내 그것을 목도한다.

짐작한 대로다. 사체다. 그것도 익사체가 아니다. 자살이나 사고에 의한 유해도 아니다.

온몸에 끔찍한 창상을 입고 있다. 해체된 육우처럼, 곳곳에 등뼈가 그대로 드러나 있다. 혈액이 모조리 바다로 빠져나가 지방 부분이 눈이 시릴 정도로 허옇게 빛난다.

칼에 의한 상처로 보기에는 너무도 끔찍하다. 일본도든 소 잡는 칼이든 그런 식으로 잘리지는 않는다. 상처 하나하나가 치명상에 이를 정도로 깊다.

셔츠 무늬처럼 보이던 것이 그게 아니란 것을 곧 알게 된다. 옷이라고 하기에는 너무도 피부와 밀착되어 있다.

문신이다.

벚꽃이 휘날리는 그림 일부분을 가까스로 알아볼 수 있다.

문신의 절단면이 눈에 들어온 순간 긴지의 의문은 단숨에 해결된다. 새벽호의 스크루에 잘린 상처가 틀림없다. 오른발 발목 아래가 없다.

오랜만에 호사스런 먹이를 맛보려고 그새 까마귀와 갈매기 떼가 머리 위로 시커멓게 몰려든다.

무엇을 해야 할지 깊이 생각할 것도 없다. 할 일이라고는 한 가지뿐이다. 서둘러 이 범죄의 흔적을 지워야 한다. 절대로 남의 눈에 띄어서는 안 되는 물체다.

평소의 긴지였다면 재빠르게 행동으로 옮겼을 것이다.

그런데 오늘의 긴지는 웬일인지 망아지경에 빠져들어 시간이 흐르는 것도 잊고 한없이 그 자리에 우뚝 선 채 바라만 보고 있다. 등 뒤로 다가드는 발소리도 알아차리지 못한다. 자신을 수습하기에도 바쁜 판국이다. 그러나 전율에 의한 망아지경은 아니다.

긴지는 뒤에서 등허리를 몇 번이나 찔리고서야 겨우 돌아본다.

거기에 서 있는 건 하나코다. 집으로 돌아갔을 터인 하나코가 어느 틈엔가 다시 돌아와 긴지의 등허리를 치고 있다.

감정을 드러내는 법이 없는 하나코의 손에는 삽이 쥐어져 있다. 다섯 살 아이에게는 제법 무거운 물건이다. 일부러 집에 가 메고 온 것이리라.

일목요연한 사실을 앞에 두고 두 사람이 서로 나눈 시선은 똑같은 결의의 빛을 띠고 있다. 어쩌면 들에서 자란 하나코 쪽이 더 짙은 색인지도 모른다.

자신의 입장을 선명하게 밝힌 하나코의 시선은 분명하게 긴지를 재촉하고 있다. 하나코는 이미 제 아비와 똑같이 확고부동하게 긴지의 아우 역할을 하고 있다.

두 사람은 손발이 척척 맞는다.

하나코는 삽을 들쳐멘 채 앞장서고, 긴지는 넝마 같은 유체를 질질 끌고 들판 안쪽으로 발걸음을 뗀다. 그 뒤를 엄청난 수의 갈매기와 까마귀 떼가 법석을 떨며 따라간다.

모래 위에 그려진 흔적을 깨끗하게 씻어줄 바람은 언제나 불어줄까. 그러나 당분간 비다운 비는 내려줄 것 같지 않다.

*

자전거를 달려 별이 쏟아지는 들판을 가로지르는 긴지는 풀덤불

속의 곤충들보다도 조용한 존재다. 생명의 위험에 온몸을 던지며 날이면 날마다 피가 들끓었던 기억을 가진 사내로는 도무지 보이지 않는다.

긴지는 운명의 쇠사슬과는 전혀 인연이 없는 듯 표표하다. 겨우 넘어지지는 않을 만한 속도로 느긋하게 페달을 밟으며 마을로 향한다.

등을 켜지 않고 달리는 건 누군가를 경계하기 위해서가 아니다. 달이 밝은 밤이기 때문이다. 대낮보다 오히려 훤해서 시야 끝까지 뚜렷하게 보인다.

완만하게 굽은 해안선이 아름답다.

물결이 만들어내는 가느다란 바람뿐, 대기의 이동이라고는 거의 느껴지지 않는다. 특별히 장관이라고 할 만한 자연은 아니지만, 달빛에 휘감겨 초감각적인 분위기를 마음껏 빚어내고 있다.

어제 긴지의 무지개에 다시 한 가지 색깔이 덧붙었다. 오늘밤과 똑같은 빛깔의 남색이다.

색조의 묘미가 단적으로 드러나는 남색을 넣기에 앞서 조각룡은 말했다.

이제까지는 순조롭게 진행되었다. 예상 이상으로, 아니 자신의 솜씨를 훌쩍 능가하는 작품이 되었다. 오랜 세월에 걸친 정진의 집대성이 될 것 같은 예감이 점점 강하게 든다.

파토스와 로고스의 절묘한 균형.

지배를 향한 저항하기 힘든 정열.

원한다면 언제라도 일상적인 것에서 이탈할 수 있는 힘.

경탄할 만한 극채색들이 위대한 장면을 연출한다. 결코 위압적이지 않으면서도 보는 이의 전의를 순식간에 빼앗아버리는 힘을 감추고 있다. 이 문신이야말로 다른 무엇보다 강력한 방어수단이 되어줄 것이다.

그러한 감상은 반드시 조각룡만의 자화자찬은 아니었다. 마코토와 그 가족들도 모두 감동의 탄성을 지르고는 완전히 압도되어 할말을 잃고 있었다.

마코토는 너무도 진지한 말투로 이렇게 중얼거렸다. 이 세상 무엇을 보여주건 무슨 얘기를 들려주건 이 무지개보다 더 나은 태교는 없을 것이다. 그러면서 아내의 불룩 튀어나온 만삭의 배를 긴지의 등판에 가까이 들이밀었다.

그리고 하나코는 어떠했는가. 거의 어린 계집애의 것이라고는 할 수 없는 격정에 휩싸여 미친 여인네처럼 집 안을 빙빙 돌며 날뛰었다.

긴지에게 하나코는 이미 마코토 다음가는 부하였다.

새벽호의 스크루에 갈기갈기 찢긴 사체의 매장을 처음부터 끝까지 곁에서 도와준 하나코는 한마디도 질문을 던지지 않았다. 모든 것을 다 알고 있는 듯한 표정으로, 문제의 화근이 될 벚꽃 휘날리는 문신이 땅 속 깊이 묻히는 모습을 눈 한 번 깜빡이지 않고 지켜보았다.

그날 두 사람은 함께 식사를 했다. 긴지는 밥 한 공기를 거의 그대로 남기고 말았다. 그러나 하나코는 도리어 평소보다 왕성한 식욕을 보이며 한 톨도 남기지 않고 깨끗이 비웠다.

며칠씩이나 집을 비웠던 마코토가 어제 새벽녘에 홀연히 탑을 찾아왔다.

그때 긴지는 잠들어 있었다. 긴지가 눈을 뜰 때까지 마코토는 권총 손질을 했다. 분해하여 기름을 칠하고, 탄창의 탄환을 일단 전부 꺼냈다가 다시 채워넣었다. 그러고는 물을 끓여 인스턴트 커피를 타고, 구운 토스트에 잼을 듬뿍 발랐다.

두 사람은 함께 아침을 먹었다.

마코토는 우선 물건을 감춰둔 장소에 대한 보고부터 했다. 군도 중에서도 가장 눈에 띄지 않는 작은 섬 세 곳을 골라 분산 보관했다고 한다. 그리고 '제게 만일의 일이 생기면 큰일이니까'라며 종이 한 장을 건네주었다.

그것은 이 근처의 정확한 해도였다. 섬이라고 할 수도 없는 암석들까지 세세하게 기록되어 있었는데, 그중 세 곳에 붉은 동그라미 표시가 되어 있었다.

배를 조종하지 못하는데 어떻게 거기까지 찾아갈 수 있겠느냐고 긴지가 물었다.

마코토는 이렇게 대답했다.

"이 근처 어부들을 인부로 사서 이것을 보여주면 곧바로 데려다줄 겁니다. 이곳 어부들은 껍데기만 그럴싸하지 실은 그렇고 그런 과거가 있는 놈들이 대부분이라 사례만 톡톡히 치러주면 어떤 더러운 일거리도 선선히 해줌다."

그 다음에 이렇게 덧붙였다.

"게다가 바다 위에서라면 그런 녀석들 한두 명쯤이야 간단하게 입을 봉할 수 있지 않겠습니까?"

물건을 감춰두고 돌아온 마코토의 얼굴에서는 이지러진 표정이 완전히 사라져 있었다. 버린 자식에 가까운 처지에서 인생을 시작했던, 차별에 짓눌려 세상살이가 영 풀리지 않았던 처자식 딸린 사내가 아니었다. 보기에도 완벽한 악당의 얼굴이었다. 절대로 만만히 볼 수 없는 상대로 급성장해 있었다.

단 하룻밤에 손에 넣은, 지나칠 만큼 많은 군자금. 그것을 배경으로 미래를 설계하는 마코토의 말들은 힘이 넘치고 지침이 뚜렷한데다 한껏 고양된 감정이 확실하게 전달되었다.

마코토는 몇 번이나 거듭 말했다.

"드디어 운이 돌아온 겁니다. 이게 전부 형님이 저를 찾아 이곳에 와주신 덕분입다."

그러나 긴지에게는 그런 실감이 없다. 암만 생각해도 깊은 필연에서 생겨난 행운이라고 받아들일 수가 없다. 어쩌면 가로챈 물건을 직접 확인해보지 않았기 때문인지도 모른다.

게다가 일이 너무나 쉽사리 척척 진행되고 있다. 이대로 아무 탈 없이 넘어갈 리가 없다. 얘기가 너무 잘 맞아떨어진다. 어떤 일이건 일이 성사되기까지는 상당한 우여곡절이 있게 마련이다. 그것을 각오하는 긴지는 마코토처럼 앞뒤 없이 기뻐할 수가 없다.

긴지에게도 보고해야 할 일이 있었다. 해안가로 떠밀려온 사체 건이다.

긴지가 말을 꺼내려고 하자 마코토는 하나코에게 들어서 알고 있노라고 말허리를 잘랐다.

그래도 긴지는 변명을 했다.

어린아이에게 그런 일을 도와달라고 할 맘은 없었다. 몇 번이나 집에 돌아가라고 했는데, 그 아이가 고집을 피우며 말을 듣지 않았다. 증거가 땅 속 깊이 감춰질 때까지 곁에서 지켜보다 구멍에 흙을 떠넣어주기까지 했다.

그 얘기를 들은 마코토는 미간을 찡그리기는커녕 도리어 기뻐하며 자랑스럽게 말했다.

하나코는 자신의 피를 고스란히 이어받았다. 일일이 지시하지 않아도 어떤 경우에 무엇을 해야 하는지 즉각 알아차리고, 어른도 발을 동동 구를 일을 당황하거나 겁내지 않고 척척 해치우는 능력을 갖췄다.

"그애라면 지금 당장이라도 사람을 죽일 수 있습니다. 그것도 제 판단에 따라서 말입니다. 그애는 누구 뒤를 따르면 좋을지 아비인 저보다도 더 잘 압니다."

꼼짝도 못 할 증거를 없애버린 다음날부터 해안을 따라 걷는 게 긴지의 일과가 되었다. 그런 표착물이 또 밀려오지 않았는지 살펴보기 위해서였다. 그때마다 하나코와 만났다.

하나코도 역시 긴지와 같은 생각을 하는 게 분명했다. 즉, 그런 것이 남에 눈에 띄는 일이 생겼다가는 큰일이라고 내심 걱정하고 있는 것이다. 남에게 발견되기 전에 자기가 먼저 찾아내 처리해야 한다고 마음에 새겨둔 것이다.

그러나 모래사장에서 긴지를 만나도 하나코는 그런 이야기는 일절 내비치지 않았다. 뭘 찾고 있느냐고 긴지가 물어도 무지개빛을 내는 조개를 찾고 있노라고 둘러대기만 했다.

지금 긴지가 타고 가는 자전거는 마코토의 집에서 빌려온 것이다. 그렇게 하라고 한 건 조각룡이었다. 그는 어제 돌아가는 참에 긴지에게 슬쩍 귓속말을 건넸다.

우리 집에 꼭 한번 모시고 싶다. 초라한 곳이지만, 온천물을 끌어다 만든 목욕탕 하나는 자랑할 만하다.

그리고 더욱 소리를 낮추어 말을 이었다.

실은 긴히 상의할 일도 있다.

긴지가 마을로 나갈 차편이 없다고 하자, 조각룡은 이걸 빌리면 된다며 마코토의 집 벽에 세워둔 자전거를 가리켰다.

마코토 모르게 그런 말을 하는 조각룡의 진의를 긴지는 헤아릴 수 없었다.

처음 만났을 때부터 긴지는 조각룡이라 불리는, 마치 철인(哲人)

을 연상시키는 풍채의 이 초로의 사내에게 전혀 의심을 품지 않았다. 매사에 조정자로 나설 수도 있을 만큼 고매한 정신의 소유자는 아닐지 모르지만, 그렇다고 협박에 굴하거나 돈에 눈이 멀어 덫을 치는 일에 비열하게 협조할 그런 작자는 아니라고 굳게 믿었다.

조각룡의 성향은 긴지가 보기에는 충분히 신뢰할 만한 것이다. 신뢰뿐 아니라 존경할 만한 품성까지 감추고 있는 인물이다.

남의 눈에 띄지 않을 한밤중이라고는 해도 마을로 나가는 건 지나치게 대담한 짓이다. 그런 위험을 다 알면서도 긴지가 조각룡의 초대를 즉석에서 받아들인 것은 전적으로 흉금을 터놓고 이야기를 나눌 수 있는 상대라고 생각했기 때문이다. 이야기 자체에는 지적인 은혜를 얻을 만한 구석이 없다 해도 조각룡의 말투와 목소리의 울림에는 직접 가슴에 호소해오는 무언가가 뚜렷하게 감춰져 있다.

게다가 조각룡의 부친이 직접 손으로 파냈다는 온천에도 적잖이 흥미가 있었다. 정말 목욕을 할 것인지 말 것인지는 제쳐두고라도 그것이 어떤 것인지 꼭 한번 보고 싶었다.

조각룡은 말했다.

"병에는 어떨지 모르지만 문신에는 최적의 물이오."

만일 이 이야기를 마코토에게 했다면 당장 반대했을 게 틀림없다. 지금은 누구도 믿어서는 안 되는 중요한 시기라고 주장하며, 천혜의 요새라고 할 탑에서 한 발짝도 나가지 못하게 했을 것이다.

그리고 마코토는 조각룡을 엄하게 추궁했을 것이다. 자신에게는 비밀로 한 채 누구보다 소중한 형님을 은밀히 밖으로 빼돌리려 한 의도를 분명히 밝히라고 거칠게 몰아세웠을 것이다. 조각룡의 대답 여하에 따라서는 무슨 짓을 했을지 모른다.

긴지가 백주 대낮에 쏜 총에 목숨을 잃은 거물 중의 거물은 예전에 휘하의 간부진을 모아놓고 이런 인생관을 늘어놓곤 했다.

이해관계의 노골적인 충돌로 인한 항쟁이 끊이지 않는 이 세계에서는 결국 인간을 믿지 않는 자가 살아남는다. 그렇다고 끊임없이 의심만 하는 자 또한 영원히 정상에 올라설 수 없다.

그런 의미의 말을 제일 앞자리에서 열심히 듣고 있었던 것은 다름 아닌 긴지였다. 나란 사람은 내 방에서 편안하게 숨을 거둘 것이라고 호언장담하던 그 거물은 가장 믿었던 젊은 부하의 손에 목숨을 잃었다. 젊은 나이에 대인의 품격을 지닌 긴지라는 사내가 자신에게 무슨 짓을 했는지 깨달은 순간 그의 번쩍 뜨인 눈에는 당장 후회의 빛이 가득 들어차고 있었다.

긴지는 발소리를 죽여 자전거 쪽으로 다가갔다. 집 안에 있는 사람들에게 발견될 경우의 변명도 준비해두었다. 갑자기 텔레비전이 보고 싶어졌노라고 할 작정이었다.

다행히 마코토는 집에 없었다. 트럭이 늘 있던 자리에 없었다.

누가 보든 수상하게 생각하지 않도록 마코토는 의식적으로 평소 그대로의 어부다운 생활을 계속하고 있는가. 아니면 물건을 회수하러 나간 동료들이 선체와 함께 감쪽같이 사라져버리면서 큰 손해를 입은 조직 놈들이 어떤 조사를 시작했는지, 그 동향을 살피러 나간 걸까. 혹은 분명 꿰차고 있을 정부를 찾아 놀러 나간 걸까.

긴지는 창에 들러붙어 집 안을 들여다보았다.

거실에서는 곧 터질 것처럼 만삭이 된 어미와 밤이 되어도 피곤을 모르는 어린아이가 나란히 앉아 텔레비전을 보고 있었다. 벙어리인 어미의 눈은 단 한순간도 화면에서 떨어지지 않았다. 그것은 하나코의 시선과 똑같이 희망의 번뜩임을 띠고 있었다.

그 순간 긴지의 가슴을 빠르게 스치는 것이 있었다.

그것은 단 한순간에 지나쳐간 것이었지만, 단순히 지나쳐간 생각이라고 하기에는 너무도 선명한 인상을 남겼다. 긴지를 한동안 말뚝처럼 우뚝 멈춰 서게 하는 엄청난 힘을 감춘 생각이었다. 그 생각은 마코토를 언젠가 처치해야 하는 이유 중의 하나로 덧붙여도 좋을 정도의 것이었다.

긴지는 진심으로 그렇게 느꼈다.

마코토가 죽은 뒤에 남겨질 두 사람, 아니 세 사람을 돌봐줄 사람은 이 세상에 자신 말고는 없다. 약간 정신분열의 기미를 보이는 마코토는 가정을 꾸려나갈 인간으로 적합하지 않다. 이 가정을 빼앗기 위해서라도, 다른 이유 따위 다 그만두고 그 이유만으로도 마코토를 처치해야 한다.

그런 너무도 자기 본위적이며 비뚤어진 사고는 소리가 나지 않도록 자전거를 번쩍 들어 모래산 너머로 옮겨올 때까지 계속되었다.

놀랍게도 그것은 지금도 여전히 긴지의 마음 한구석에서 맴돌고 있다. 한편에서는 말도 안 되는 망상이라고 부정하면서도 다른 한편에서는 그것이야말로 내 본심 중에서도 진짜 본심이 아니냐는 몽상에 멍하니 취해 있다.

인간 세상의 애환을 모두 삼켜들인 남색의 밤이 긴지의 등에 얼마 전에 들어간 남색 안료와 공명하며 용해되어간다.

형이상학적이며 동시에 형이하학적이기도 한 그 색은 존재의 항구성을 상징하고 있고, 논리정연과 운명과의 화해를 권장하고 있다.

그러나 다른 다섯 가지 색깔과 비교하여 정확하게 정의하는 건 불가능하다. 필경 보는 자의 마음에 따라 어떻게도 해석이 뒤바뀔 수 있는 색일 것이다.

긴지는 이 들판이 끝없이 펼쳐지기를 바란다. 하룻밤 내내 자전거의 페달을 밟고 또 밟아도, 일 주일을 달려도 여전히 끝나지 않는 한없는 공간이라면 얼마나 멋있는가.

　이 땅은 상상력에 호소하는 기분좋은 힘을 무한히 감추고 있다. 그리고 고뇌를 가닥가닥 풀어헤쳐버리는 힘도 갖고 있다. 화사한 계절과 균제(均齊)의 미가 넘치는 공간이 서로 어우러져 긴지를 경직되기 쉬운 입장에서 해방시켜주고 있다.

　삐그덕삐그덕 어긋나기만 하는 의견이며, 대답할 수 없는 문제들. 그런 것은 이곳 어디에도 없다.

　그 어느 때보다 관대한 영혼이 긴지의 유연한 육체 밑바닥에서 넉넉하게 휴식을 즐기고 있다. 이곳에서 긴지는 아무런 제약도 받지 않으며, 이곳에는 긴지가 원하는 것이 모조리 갖춰져 있다. 따라서 무미건조한 시골구석이 절대로 아니다.

　이전에는 그토록 바라마지않던 방탕과 탐닉과 긴박의 나날을 지금은 전혀 원하지 않는다.

　언제나 유동하는 단려(端麗)한 자연계에는 비극적인 필연성을 부드럽게 풀어주는 강력한 무엇인가가 있다. 주유하는 천체도, 동물과 식물의 목숨을 직조해내는 대지도, 제아무리 황폐해진 인간이라도 바라보고 있노라면 자기도 모르게 어떻게든 표현해보고 싶은 충동에 사로잡히고 마는 바다도, 끊일 새 없이 긴지를 현혹하고 순화(馴化)하고 고집을 누그러뜨린다.

　현실과 밀착된 수많은 사실들. 그것들 중 어느 하나를 들고 곰곰이 따져봐도 더이상 지상(至上)의 문제가 되지 못한다.

　그러면서도 더욱더 존재의 기본 원리가 넘치도록 가득하다. 시간의 틈새에서 한낱 이슬로 화할 목숨도 이 땅에서라면 영구히 잠들어 있을 수 있다. 이곳에서는 영혼의 불멸이 당당하게 통용된다.

길을 잘못 들어섰다고? 그러나 그것이 어떻단 말인가. 장래를 내다보는 눈을 지녔다고? 그러나 그것이 어떻단 말인가. 제 심사를 토로한다고 해서 그게 무슨 특별한 의미라도 있다는 건가. 세상 물정을 훤히 안다는 게 무슨 도움이 된단 말인가. 한 인간을 올바른 길로 이끌어주는 별자리를 안고 태어났건 말건 그게 대체 무슨 큰 문제인가. 현세의 쾌락만을 위해 살아가겠다는데, 그게 그리도 큰 잘못이란 말인가.
　긴지를 감싸고 있는 무제한의 자유에는 빠짐없이 해방의 별이 반짝반짝 새겨져 있다. 이 땅에는 모든 피조물들이 아무런 벌칙 없이 존재한다.
　다른 땅이야 어찌 됐건 이곳만은 이 세상에 자리잡고 있으면서도 또한 저 세상이기도 한 땅인지도 모른다. 천국으로 가는 통과점도 아니고 지옥의 폭포로 통하는 격류도 아니다.
　긴지가 자전거를 달리며 싫증도 내지 않고 바라보는 남색 빛깔의 밤. 이것이야말로 뒷문으로 순조롭게 잠입한 극락정토…… 그렇게 말하지 못할 것도 없다.
　마을의 등불은 바로 저기건만 여간해서 가까워지지 않는다. 해안에 깜빡이는 고깃배 불처럼 가도 가도 일정한 간격을 유지한다.
　긴지는 이따금 뒤를 돌아본다. 탑에서는 제법 멀어졌다. 그런데도 마을까지의 거리는 좀체 좁혀지지 않는다.
　시간의 경과를 정확하게 알 수 없다. 팔목에 찬 시계가 가리키는 시간을 아무래도 믿을 수가 없다.
　그때 마을의 불빛 중 하나가 이탈하여 이쪽을 향해 다가온다. 자동차 헤드라이트가 분명하다. 그것도 대단한 자동차가 아니라 아마도 경트럭 정도인 듯하다.

분명 마코토다.
왠지 뒤숭숭해서 집으로 돌아오는 길일까.
그러나 그렇다고 보기에는 운전이 썩 거칠다. 약동하는 헤드라이트가 하늘과 땅을 되는대로 들쑥날쑥 비춘다. 지금이라도 엔진이 타버릴 듯 날카로운 소리가 성급하게 닥쳐든다.
긴급한 사태라도 일어난 것일까.
그렇다면 전화를 해줬을 것이다. 긴지의 휴대전화는 침묵만 지키고 있을 뿐이다.
이대로 간다면 두 사람은 곧 서로 스치게 될 것이다.
그렇게 생각한 긴지는 자동차 길을 벗어나 울퉁불퉁한 들판 한켠으로 달린다. 상대가 좀더 다가왔을 때에 자전거에서 내려 움푹 파인 곳에 엎드려 있을 참이다.
역시 마코토의 경트럭이다. 적이나 경찰이 그런 허술한 자동차 한 대로 찾아올 리가 없다. 뒤따르는 차는 전혀 눈에 띄지 않는다.
헤드라이트 불빛이 닿을락 말락 할 즈음에 긴지는 계획했던 대로 몸을 날린다. 풀덤불에 엎드려 숨어 대충 넘어가려고 한다.
그걸로 일이 잘 풀릴 터였다.
그러나 그 트럭은 긴지를 향해 똑바로 돌진해온다. 지면이 울퉁불퉁하건 말건 아랑곳하지 않고, 마치 그곳에 긴지가 숨어 있다는 것을 다 알고 있는 듯한 기세로 달려든다. 만일 긴지가 순간적으로 몸을 뒤집지 않았다면 분명 압사하고 말았을 것이다.
경트럭이 급히 멈춰 섰다.
운전석 쪽의 창문이 스르륵 열린다.
긴지는 총구를 그쪽으로 향한다. 그러나 상대를 확인하지도 않고 발포하는 어리석은 짓은 하지 않는다.

모래먼지가 모락모락 피어오른다. 달빛이 밝은데도 상대가 잘 보이지 않는다. 아무리 눈을 크게 뜨고 목을 길게 빼도 식별할 수 없다. 그 모습은 한없이 희미하다.

마코토가 아니라는 것은 분명하다.

아니, 인간이 아니다. 인간의 외모를 한 그 작자다. 그림자 덩어리인 주제에 존재감만은 제법 묵중한 자.

저승사자가 바로 그곳에 있다.

오만불손한 태도로 권총을 거머쥔 긴지를 내려다본다. 변함없이 예의 그 지독한 악취를 흩뿌린다. 얼굴에 원귀와도 같은 빛을 띠운 채 웃고 있다.

웃을 만큼 웃고 난 후에 저승사자는 찌르렁거리는 금속성의 기묘한 목소리로 말을 붙인다. 이번에야말로 죽음의 선고를 하려는 건가 하고 생각했는데 평소대로 말도 안 되는 시비를 걸어온다. 확실하지 않은 논지로 일방적으로 떠들어댈 뿐이다.

긴지는 또 그 소리냐는 듯한 표정을 노골적으로 드러내며 몸을 일으키고 모래를 털며 다시 자전거에 올라탄다. 그리고 아무 일도 없었던 듯 마을을 향해 달린다.

경트럭이 긴지의 뒤를 쫓아온다.

운전석에서 얼굴을 내민 저승사자는 수많은 쓴 소리를 늘어놓으며 긴지를 혼란에 빠뜨리려고 한다.

우선 자신의 위엄을 강조하는 말을 두세 마디 하고서 이렇게 이어간다.

나를 독수리나 하이에나 같은 족속과 혼동하는 모양인데, 참으로 실례의 말씀이다. 그리고 신과 정반대 자리에 나를 앉히는 것도 곤란하다. 왜냐하면 나는 신보다도 몇 배나 기품 있는 임무를 맡고 있기 때문이다. 인간 대부분은 종류도 잡다한 신들을 지나치게 신뢰하고 있다.

어떤 신이라도 겉으로는 공명정대한 태도로 임하는 것처럼 보이지만 실은 인간의 등급 매기기를 일삼고, 위안해주는 척하면서 인간의 영혼을 산 채로 뽑아버리지 않느냐. 인간으로서의 존엄을 짓밟고 평생 넋 빠진 노예가 되어 자기를 받들어모시게 하지 않느냐. 자기 힘으로 살려고 하지 않는 겁쟁이들은 모조리 신의 허영심에 희생되어 값싼 위로와 교환한 별볼일 없는 생애를 이어가는 게 아니냐.

오늘밤의 저승사자는 아무래도 새로운 작전을 쓸 모양이다. 잔뜩 치켜세워주는 것으로 긴지의 마음을 사로잡으려 한다.

그래서 이런 찬사를 퍼붓는다.

너야말로 인간 중의 인간이다. 왜냐하면 너는 독립적으로 살아 있는 존재로서 절대적인 정신을 훌륭하게 유지하고 있다. 너는 어떠한 풍설에도 휘둘리지 않는다. 너는 어느 누구보다도 표식 따위에서 자유롭다. 따라서 너는 언제라도 네 멋대로 살 수 있고 어떠한 궁지에 빠지더라도 항상 선택의 여지가 남아 있다. 너처럼 분방한 영혼의 소산은 좀더 높이 평가되어야 한다.

두려움을 모르는 긴지는 아무렇지도 않은 덤덤한 얼굴로 페달을 밟는다.

일격에 목숨을 빼앗아갈 초자연적인 힘을 가지고 있을지도 모르는 특별한 상대를 앞에 두고도 긴지는 마치 불사신처럼 조금도 기가 죽지 않고 위축되지도 않고 꼿꼿한 태도를 유지한다.

거친 성깔대로 맹렬한 반격에 나서거나 이론을 제기하지도 않고, 생과 사에 대해 전혀 새로운 문제를 제시하지도 않는다. 복종하는 수밖에 없는 상대라고는 전혀 생각하지 않기 때문이다.

마치 총괄적인 의견을 발표하는 듯한 말투로 저승사자는 말한다.
　한쪽 면만을 보고 너를 이단자 취급하는 것은 잘못이다. 너야말로 참된 지성을 갖춘 인간이다. 너는 투쟁 본능을 전면에 내세우며 인간으로서의 벽을 타파하고 수많은 장애들을 차례로 걷어내며 살고 있다. 너는 너 자신의 저력에 그다지 의존하지 않고, 스스로를 위안하는 길에 빠져들지도 않고, 또 사회의 예절을 중시하는 것이 곧 성숙의 경지라고 생각하지도 않고, 변덕과 얄팍한 생각 사이의 틈새에 끼여 꼼짝달싹 못 하면서도 감정의 고양이 몰고 오는 숭고한 자유를 무슨 일이 있어도 포기하지 않는다.
　그런 너를 진심으로 따르는 자들이 많은 것도 당연하다. 무얼 감추겠는가, 나 또한 늦기는 하였으나 너에게 호감을 가지게 된 자들 중의 하나다.
　멀찌감치 말을 돌리며 서서히 포위망을 좁혀오던 저승사자는 이윽고 본론에 들어간다. 이번에 긴지 너를 위해 내가 기필코 큰 도움을 주고 싶다.
　너처럼 수준 높은 존재에게 이 세상은 너무도 부적당하다. 보다 높은 세계에서 추앙을 받으며 사는 것이 지당할 것이다. 너만한 인물이 이런 불순한 세상에 언제까지고 감금되어 있어야 할 이유는 없다. 그렇지 않은가.
　그런 고상한 인간이 범부처럼 수명이 다하기를 기다릴 것은 없다. 오욕에 젖어 늙어빠지도록 생을 잇다가 비참한 말로를 맞이할 필요는 없다.
　융통성 없는 운명의 힘 따위에 기대지 않아도 된다. 어디에나 정도를 벗어난 샛길이라는 것이 있는 법이다. 이제 네가 가게 될, 너에게 참으로 합당한 세상에서 너는 열렬한 환영을 받을 것이다. 가보면 얼마나 멋진 곳인지 네 눈으로 똑똑히 알게 되리라.

"그곳까지 내가 안내해주마."

가면을 가지고 오지 않은 것을 긴지는 조금도 후회하지 않는다. 오늘밤의 긴지는 가면 없이도 얼마든지 저승사자를 비웃어줄 수 있다.

산 자가 그럴 마음을 먹지 않는 한 제아무리 저승사자라 해도 영혼을 강탈할 수는 없다. 그러므로 더더욱 이래저래 궤변을 늘어놓으며 스스로 목숨을 끊도록 술수를 쓰고 있는 게 틀림없다.

이를테면 자전거를 달리면서 구석구석까지 남색으로 뒤덮인 밤의 저 밑바닥에서 한순간에 인생의 막을 내릴 수 있다면 얼마나 좋을까 하는 마음이 들게 하려고 준동하고 있다. 전혀 불가능한 일은 아니다.

긴지의 품속에는 순식간에 자신의 머리통 반을 날려버릴 수 있는 힘을 가진 강력한 도구가 들어 있다.

그러나 긴지는 알고 있다.

교묘한 말로 타인의 마음을 조종하고 이치에 닿지 않는데도 자기도 모르게 그럴 마음이 들게 해버리는, 이런 종류의 술수에 능한 악당을 이제까지 수없이 보아왔다. 이 작자도 그런 술수를 쓰는 게 틀림없다. 이런 작자와 목숨을 건 결투를 하는 일 따위는 실수로라도 해서는 안 된다.

그 술수에 말려들어 자기도 모르게 관자놀이에 총탄을 들이박았다가 과연 어디로 끌려갈지 모를 일이다. 똥통보다 더 지독한 바닥 모를 연못에 내던져져 그곳에서 영원히 나오지 못하는 꼴을 당할 게 뻔하다.

무엇보다 아직 죽고 싶지 않다. 피가 끓고 육신이 뛰노는 여명기가 이제 막 시작되었을 뿐이다.

이런 뱃속 검은 매개자와 아옹다옹할 시간은 없다. 근처에도 가지 않는 게 제일이다.

　저승사자는 여전히 긴지를 물고 늘어진다.

　이 들판에서 나가지 않는 편이 네 신상에 좋을 거라고, 제법 친절한 척 충고한다. 마치 이곳 이외의 지역은 자신의 세력권이 아니라고 말하는 것 같다.

　저승사자는 이 세상의 전 영역을 바쁘게 돌아다니는 게 아니라 극히 한정된 공간의 영혼만 취급하는 걸까.

　만일 그렇다고 한다면 세일즈맨보다 못한, 혹은 행상보다 못한 쩨쩨한 존재다.

　그늘에서 저승사자를 조종하는 자가 있는 걸까.

　독수리나 하이에나 같은 자들을 몇천, 몇만 휘하에 거느리고 제 수족처럼 부리며 어리석은 인간의 영혼을 긁어모아 그 위에 군림하는 자는 대체 누구인가.

　만일 그자가 자신을 신이라고 주장하고 싶다면, 직접 맞으러 오는 것이 좋으리라. 그렇게 한다면 맞대고 앉아 이야기는 나눠주자. 이야기 돌아가는 모양을 봐서 여차하면 목숨을 내줘도 좋다. 그러나 경우에 따라서는 죽는 건 그쪽이 될지도 모른다. 서로가 서로를 찔러 같이 죽는다 해도 뭐 그럭저럭 상대해볼 만한 존재다.

　긴지는 그런 생각들을 속으로 혼자 웅얼거리며 누구의 것보다 단연코 강하다고 자부하는 자신의 영혼을 자전거에 함께 실어 달려간다.

　저승사자는 유례없는 이 경골한(硬骨漢)의 주위를 맴돌며 집요하게 경고한다. 이제부터 긴지가 가려고 하는 마을에는 더할 수 없이 잔인한 죽음이 기다리고 있노라고 을러댄다.

　적은 네 육체는 물론이고 영혼까지도 엉망으로 만들어버릴 전례 없는 보복 수단을 준비하고 있다. 그자들은 너를 생포할 작정이다. 그자들의 손에 떨어지면 편하게 죽는 건 포기하는 게 좋다. 가죽을 벗기고 이빨과 손톱을 빼내는 괴로움이 몇 날 며칠이고 이어질 것이다.

그런 최후를 맞이한 자의 영혼은 한이 첩첩이 쌓여 납보다 더 무거워지고 만다. 그래서는 아무리 애써봐도 제 힘으로 떠오를 수 없다. 이 태양계가 멸망할 때까지 인력권 안에 갇혀버리리라. 산 자도 죽은 자도 아닌 비천하기 짝이 없는 얼뜨기로 구천을 떠돌게 되리라.

그런 정도의 협박에 마음이 흔들려 굴복할 긴지가 아니다. 긴지는 그저 졸려 죽겠다는 표정으로 묵묵히 페달만 밟는다.

양자는 팽팽히 맞서고 있다. 저승사자도 어지간히 끈질기다. 집요하게 따라붙으며 의혹의 말들을 퍼붓는다.

조각룡은 저승사자에 의해 터무니없는 의심을 받는다.

오늘밤의 초대는 분명히 함정이다.

저승사자는 망설임 없이 그렇게 주장한다. 이건 뻔히 써먹는 수법, 극히 유치한 술수 아니냐고 혀를 찬다.

돌아가려면 바로 지금이다.

은퇴했다고는 해도 조각룡은 남은 생을 편안히 살 수 있을 정도의 돈은 없을 것이다. 앞으로 길게 살자면 돈이 필요하다. 가령 돈이 궁하지 않다 해도, 암흑가의 협박을 따돌릴 정도의 배짱은 없을 것 아니냐. 조각룡은 아직 초로다. 진짜 늙은이가 되려면 아직 한참 멀었다. 목숨을 아무렇게나 내팽개치고 싶은 나이가 되려면 아직도 멀었다.

저승사자는 조각룡의 신용을 실추시키려고 눈에 핏발을 세운다. 거기에 포함된 의도를 통해 긴지는 거꾸로 이렇게 판단한다.

저승사자는 오히려 안전을 보장해주고 있는 셈이다. 그토록 핏발을 세워가며 못 가게 하려는 건, 함정 따위는 없다는 최대의 증거다. 눈앞에 빤히 보이는 좋은 기회를 놓치지 않으려고 입에서 나오는 대로 아무렇게나 늘어놓는 것이다.

그런데 등불 하나하나를 가려볼 수 있을 만큼 마을 가까이에 이르자 또다른 생각이 긴지의 뇌리를 스친다.

어쩌면 이자는 영혼 수집가인지도 모른다.

그렇게 생각하자마자 자전거의 속도가 떨어진다.

될수록 희귀한 영혼을 갖고 싶어하는 걸까. 내 영혼을 귀중한 상품으로 간주하여 아무런 상처도 없이 깨끗한 상태로 손에 넣으려는 걸까. 그 때문에 귀중한 사냥감이 깡패들의 손에 들어가는 사태만은 어떻게든 피하려는 걸까.

저승사자의 말은 거짓이 아닌지도 모른다. 마을에는 정말 긴지의 적대자들이 매복하고 있는지도 모른다.

그래서 저승사자는 그 어느 때보다 열심히 나를 설득하고 있는 걸까. 거기서 참살을 당하느니 차라리 이곳에서 스스로 목숨을 끊어주었으면 하고, 저토록 애를 태워가며 바라는 걸까. 내 손으로 죽어주지는 않더라도, 최소한 앞날을 기약하여 우선 당장은 탑으로 돌아가게 하려는 걸까. 그렇게 하면 우선 최악의 사태는 면할 수 있다고 파악한 걸까.

역시 그렇다.

저승사자의 설득은 웅변을 지나 마침내 노골적으로 타산에 가득찬 본심을 그대로 토해낸다. 한마디씩 할 때마다 악취가 흩뿌려져 주변의 어린 풀들이 시들어버린다.

그러나 긴지는 무슨 말을 하건 고집스럽게 동의하지 않는다. 타협하는 시늉조차 하는 법 없이 그저 열심히 밤길을 재촉한다.

자갈길이 나오고 곧이어 포장도로가 이어진다. 그리 넓지 않은 마을의 큰길로 들어서자 가로등이 줄줄이 켜져 있는데도 활기라고는 없는 번화가가 코앞으로 다가든다.

저승사자의 목소리가 점차 흐려지더니 급속하게 시들어간다. 거의 들리지 않을 정도가 되었을 때 긴지가 뒤를 돌아보자 마침 저승사자의 모습이 지워지고 있는 중이다. 타고 있던 경트럭과 함께 어둠 깊은 곳으로 빨려들어간다.

마지막으로 귓전에 남은 건 추적을 중단하면서 내뱉은 말이었다.

"일부러 생각해서 해준 말이건만, 무슨 꼴을 당하건 나도 모르겠다."

거기서 처음으로 긴지는 소리내어 말한다.

"내가 어찌 되건 그건 내 맘대로야."

긴지가 지금 달리는 곳은 아마 마을 중심가인 모양이다. 보잘것없는 시골 마을이지만, 그야말로 그리운 거리의 냄새다.

튀김기름 냄새.

오래된 오줌과 토사물의 냄새.

번영의 감미로움에 빠져든 사람들이 범한 수많은 잘못들의 냄새.

중상과 집착과 선망의 냄새.

길고긴 정체에서 빠져나오지 못한 채 힘을 잃어버린 궁핍한 이들의 체취.

실현이 점점 뒷전으로 멀어져갈 때의 독약과도 같은 달콤한 향기.

긴지의 코에 날아드는 어떤 냄새도 경계심을 단번에 풀어버리게 하는 효과가 있다.

경찰의 지명수배를 받고, 암흑가에서 추적의 손길이 시시각각 다가드는 긴지는 자의식 과잉 상태가 되어 얼굴을 벌겋게 상기시킨 채 큰길을 당당히 자전거를 달려 빠져나간다.

항구 마을치고는 그리 기가 센 토지라는 인상은 주지 않는다.

가게는 전부 문을 닫았고 사람들의 발길은 끊겨 있다.

어딘가의 처마 밑에 매달린 낡은 풍경이 바람에 울고 있다. 금이 간 소리다.

지저분한 뒷길에서는 애 키우기에 지친 어미의 꾸짖는 소리가 들리고, 일찌감치 삶에 지친 아이의 울음소리가 흩어진다.

떠돌이 개가 그 아이를 위해 먼 짖음을 거듭한다. 얼마나 값싼 동정심인지.

그래도 번화가랍시고 드문드문 보이는 술주정뱅이가 쓸쓸한 골목길 안에서 허튼 소리를 주절거리고 있다. 매일 밤 어찌어찌 하다 제 주량을 넘기도록 퍼마시고는 노상 위장약을 손에서 놓지 못하는 그들의 인격의 연장선상에 있는 것을 올바르게 읽어낼 놈은 없다.

실책이나 손실을 낳는 일은 있어도 두 번 다시 커다란 성과는 거둘 수 없는 시대가 이런 시골 귀퉁이의 구석구석까지 이르러 있다.

그런데도 여전히 번화가에는 야쿠자로 살아가는 자의 마음을 달래주는 무언가가 있다.

타고 남은 것처럼 빈약한 인공의 빛 속을 아무도 몰래 빠져나가는 긴지는 묘한 도취감을 느낀다. 온화한 어떤 이에게 축복을 받은 듯한, 궁지를 벗어난 직후 같은, 지복 속에서 생을 완결시키는 자신의 운명을 확실히 본 것 같은, 말로 형언하기 힘든 유쾌함을 느낀다.

갑자기 페달이 가벼워진다.

별 하나하나가 시를 읊는 남빛 밤. 그 공간을 한없이 자유롭게 건너가는 긴지, 그의 앞길을 막는 자는 지금으로서는 아무도 없다.

소멸해가는 것은 정의나 도덕이지 악이나 부도덕은 아니다. 소멸하지 않는 것이야말로 불멸의 진리다.

그 진가를 똑똑히 이해하고 굳게 인정하는 건 긴지 단 한 사람뿐이다.

긴지의 가슴속을 이런 묵중한 말이 잽싸게 스친다.

죄가 깊은 건 인간이 아니다. 신이다.

긴지 앞을 이런 말이 달려간다.

악덕은 인간의 통성(通性)일 뿐이다.

살인도 역시 세상살이의 한 속성이다.

긴지는 휘파람을 불며, 다기망양(多岐亡羊)의 감상을 차내며 녹슨 자전거를 달려 남빛 밤을 건너간다.

이곳이 읍내 제일의 번화가인가.

사람의 통행이 완전히 끊겼다.

그런데도 긴지는 신나는 곳으로 나선 듯한 기분에 젖는다. 각광을 받고 갈채를 한몸에 받는 입장이 바로 이런 것인가 하는 기분까지 든다. 그러나 그 길은 금세 끝나버린다.

이윽고 조각룡이 일러준 길이 보인다.

마치 지옥으로 통하는 듯한 급한 언덕길을 다 내려가자 다시금 바닷물 냄새가 감돌며 나른한 파도 소리가 다가온다.

저승사자를 쫓아내 의기양양해진 긴지는 항구와는 반대 방향으로 핸들을 꺾는다. 오른편에는 해변이 펼쳐지고, 왼편으로는 깎아지른 절벽이 다가든다.

애조를 띤 깊고 이슥한 남빛 밤이 그저 올곧게 심원으로 돌진한다.

긴지가 생각한 대로 저승사자가 한 말은 엉터리였다.

현실을 대표하는 곳의 죽음의 그림자.

그런 건 어디서도 눈에 띄지 않는다.

기습의 기척.

그런 건 전혀 느껴지지 않는다.

이런 좁은 외길이라면 자동차로 양쪽을 막기만 해도 완전히 퇴로를 잃게 될 텐데 아무리 시간이 가도 앞에서도 뒤에서도 그럴싸한 자동차는 나타나지 않는다. 어두컴컴한 그늘에서 살인 청부 전문의 사내가 날카로운 시선을 던지는 일도 없다.
 그러므로 긴지에게는 경솔한 행동을 하고 있다는 자각이 조금도 없다.
 아무리 조심을 해도, 제아무리 교묘한 둔주(遁走)를 시험해봐도 살해당할 때는 당하는 수밖에 없다. 작정을 하고 달려드는 놈에게 당해낼 재간이란 없는 것이다.
 그것이 긴지가 몸을 담은 세계에 널리 퍼진 가장 유명한 격언 중의 하나다.
 이제까지 긴지는 두 번의 기습을 받았다.
 처음에는 긴지는 찰과상 하나 입지 않고 대신 동료가 죽는 걸로 끝났다. 졸지에 땅바닥에 납작 엎드렸을 뿐인데 어떤 총알도 긴지를 뚫지 못했다.
 그때 긴지는 처음으로 인간의 몸을 관통하는 탄환 소리를 바로 곁에서 들었다. 한순간에 피부를 뚫고 살 속 깊이 파들어가 뼈를 바숴버리던 그 소리는 그로부터 십 년 남짓 지난 지금까지도 확실하게 기억하고 있다.
 가끔씩 그 소리가 떠오를 때면 반드시 뒤척이며 밤을 보내야만 했다.
 두번째로 습격을 받았을 때는 혼자였다.
 보복의 표적이 되기에는 조금 송구스러운, 졸개도 아니고 간부도 아닌 그저 그런 지위에 막 올라섰던 겨울이었다.
 긴지가 죽으면 양 진영의 희생자가 균형이 잡혀 손쓰기가 쉬워지고 양쪽이 다시금 공존의 길을 걸을 수 있는 상황이었다. 당시의 긴지는 그런 정도의 존재 가치밖에는 인정받지 못했다.

택시에서 막 내리려는 순간에 느닷없이 충격이 있었다.

긴지는 탄환이 운전기사의 경추를 꺾는 것을 목도했다. 그 다음에는 어떻게 되었는지 거의 기억이 없다.

제정신을 차렸을 때는 운전기사를 포함한 세 사람의 시체가 나뒹굴고 있었다. 길바닥에 쓰러진 두 사람 중 한 사람은 아는 얼굴이었다. 어딘가의 도박장에서 몇 번 본 적이 있는 놈이었다.

긴지는 탄알이 떨어진 권총으로 죽은 자들을 향해 몇 번이고 방아쇠를 당겼다. 적의 총을 집어들어 있는 대로 죽은 자를 향해 쏘아댔다. 구두가 뇌수에 젖어 흥건해질 때까지 머리통을 수없이 발로 찼다.

그 사건으로 긴지가 체포되지 않은 것은, 우연히 목격자가 없었고 악당다운 능력을 십분 발휘하여 침착하게 사후 처리를 했기 때문이었다. 증거품이 될 세 자루의 무기는 지문을 닦아내고 조각조각 분해하여 각각 다른 장소에 파묻어버렸다.

게다가 다시없는 그 자랑거리를 누구에게도 떠벌리지 않았기 때문에 소문은 최소한에서 그쳤다.

그뒤 반년 정도 지나 태풍이 불던 새벽녘에 긴지 대신 긴지의 형님 격이던 사내가 사살되었다.

그 부고를 들었을 때 긴지는 그가 자기 대신 희생되었다는 것을 곧바로 알 수 있었다.

성대한 장례식이 집행된 직후에 긴지는 죽은 자의 뒤를 이어 그 자리에 앉았다.

이후 긴지는 한 번도 습격을 받지 않았다. 습격하기 힘든 놈이라는 평판을 얻었기 때문이다.

제아무리 무모한 자들의 집단이라 해도, 평범한 자들이 상상하는 만큼 마구 날뛰지는 않는다. 그들도 부담이 큰 상대를 굳이 기습하는 모험은 되도록 피한다. 그것이 그들의 첫번째 처세술이다. 애초에 소심한 자들의 집합체인 것이다.

그러나 긴지는 다르다.

두번째 습격을 당한 뒤의 긴지는 항상 습격하는 측에 서 있었다. 수없이 습격을 감행하는 사이에 자신을 습격해올 만한 상대를 미리 간파할 수 있었다. 그것은 영감에 가까운 능력이었지만, 그렇다고 진위 여부까지는 확인해볼 수 없었다.

왜냐하면 긴지가 그렇게 직감한 상대는 결정적인 증거도 없이, 소문의 출처에 대한 조사도 없이 긴지의 손에 걸려 차례로 죽어갔기 때문이다.

그러므로 그중 몇몇은 사실은 긴지에게 전혀 무해한 상대였는지도 모른다. 어쩌면 그 모두가 긴지의 엉뚱한 추측에 의한 희생자였는지도 모른다.

어쨌든 긴지에게 원한을 품은 자는 적지 않다.

그들은 이 기회에 힘을 모아 긴지를 없애려고 날뛸 것이다. 뒷골목 세계의 질서를 뒤흔들고, 암흑가의 가치관을 일거에 뒤집어엎은, 이런 말도 안 되는 이단분자를 여기서 제거하지 않으면 평생 편하게 잠들 수 없다.

그자들은 그렇게 생각할 게 틀림없다.

긴지는 아직 자신의 변화를 알아차리지 못한다. 한 번도 경험해보지 못한 변화이기 때문이다. 조잡하고 냉혹한 행위를 이제 그만 청산하고 싶어하는 자신을 깨닫지 못한다. 더구나 참된 인간성을 차츰 되찾고 있다는 것은 꿈에도 생각하지 못한다.

뭔가 조금 이상하다고 느끼면서도 그저 단순히 환경이 변했기 때문이라고, 정신의 어쭙잖은 둔화 정도라고만 생각한다. 쫓기는 자는 모두 느끼게 마련인, 한없이 환각에 가까운 망상일 게라고 마음속으로 그렇게만 여긴다.

이제는 그것 자체가 무리이건만, 야망은 여전히 시들지 않았다고 굳게 믿고 있는 긴지.

불세출의 귀재로서 이제 서서히 끝장을 향해 달려가는 몸이라고는 털끝만큼도 생각하지 않는 긴지.

우연의 지배를 받는 세상을 오늘밤도 끈덕지게 살고 있는 '백주대낮의 긴지'.

장대한 불멸의 시간의 큰 물결이 혼신의 힘을 담아 도도하게 흐르고 있다. 선한 것과 악한 것을 올바르게 선별할 수 있는 자 따위 어디에도 존재하지 않는다.

이 세상에서 배척하고 말살해야만 할 목숨.

그런 건 단 하나라도 있을 턱이 없다.

불길처럼 타오르는 목숨도, 티끌로 부서져버릴 목숨도, 혹은 하등한 빛에 쉽사리 젖어버리는 목숨도, 한없이 상승하고 발달하는 목숨도, 도망치려고만 하는 목숨도, 모두 똑같이 이 세상에서 널리 기세를 떨칠 권리를 가지고 있다.

그때 긴지 앞에 불쑥 사람 그림자가 나타난다.

달빛에 반짝이는 바다를 등지고 있어 잘 보이지 않는다. 성인 남자라는 것 정도밖에는 알 수 없다.

저승사자일 가능성도 부정할 수 없다. 긴지가 다시 인기척이 없는 장소로 들어섰기 때문에 또 한번 설득해보겠다고 출몰했는지도 모른다.

이번에야말로 격퇴해주리라.

긴지는 그렇게 마음을 굳힌다.

혹은 길 한가운데 우뚝 서 있는 그자는 틀림없이 인간이고, 그 오른팔을 긴지를 향해 똑바로 뻗고 있는 걸까. 그리고 사수를 결코 배신하지 않는 고성능의 총이 긴지의 가슴팍에 정확하게 조준되어 있는 것일까.

자전거를 타고 찾아오는 자가 긴지라는 것을 확인한 그자는 길 한가운데로 달려나와 크게 손을 흔든다. 동시에 긴지도 상대의 정체를 깨닫는다.

조각룡이 마중 나와 있다. 그렇지만 근처에 인가는 눈에 띄지 않는다.

처음으로 초대한 손님을 위해 멀리까지 마중을 나온 걸까.

조각룡이 걸치고 있는 겉옷의 남색이 달빛을 빨아들여 한층 선명해 보인다.

자전거 브레이크 소리가 바다와 도로에 면한 높다란 절벽에 부딪쳐 비명처럼 울린다.

조각룡은 절벽 바로 아래로 긴지를 안내한다.

그저 절벽이라고만 생각했던 곳에 빼꼼 구멍이 뚫려 있다. 폭도 깊이도 그리 대단하지는 않지만, 그렇다고 자연적으로 생긴 동굴은 아니다. 삽으로 파낸 흔적이 깨끗하게 남아 있다.

자전거는 이곳에 두고 가야 한다고 조각룡은 말한다. 아닌게 아니라 조각룡의 낡아빠진 오토바이도 그곳에 놓여 있다.

"자, 이쪽이오. 어서 드시지요."

조각룡의 집은 절벽 위에 있는 모양이다.

두 사람은 바위벽에 파인 지그재그 형의 길다란 계단을 올라간다.

긴지가 둥지로 삼고 있는 탑의 나선계단보다 경사가 심하다. 게다가 난간도 없다.

두툼한 신발을 신은 조각룡의 발소리가 크게 울려퍼진다. 뒤를 이어 파도 소리와는 또 다른 물소리가 선명하게 들리기 시작한다. 그와 함께 강한 유황 냄새가 풍겨온다. 조각룡이 자랑스럽게 얘기하던 온천이 정말 있는 모양이다.

그렇지만 이 절벽 위 어디에 집이 있다는 건가. 이런 곳에 집을 건축하겠다고 허가를 받아낼 수나 있을까.

이상하게 여기면서도 긴지는 조각룡을 의심하는 않는다. 아직 긴급한 사태를 상정하기에는 이르다. 휴대하고 온 무기에는 손가락 하나 대지 않는다.

조각룡은 남을 속일 만한, 그런 약삭빠른 술수를 부릴 수 있는 사내가 아니다.

긴지는 그렇게 확신하고 있다.

긴지는 변변한 선물 하나 없이 빈손으로 방문할 수밖에 없는 상황을 유감스럽게 생각한다.

"빈손이라 미안합니다. 사정이 이래놔서."

조각룡은 조각룡대로 이런 험한 곳에 초대해 미안하다며 몇 번이고 사과한다. 긴지는 탑의 계단을 오르락내리락하다보니 몸이 제법 탄탄해져서 이 정도 계단은 아무렇지도 않다고 응대한다. 그것은 사실이다. 숨이 차지도 않다.

단, 이해할 수 없는 것은 아무리 올라가도 집 비슷한 것이 보이지 않는다는 것이다. 그뿐만 아니라 계단이 절벽 도중에서 없어진다.

긴지는 고개를 돌려 절벽 아래를 내려다본다. 탑에서와는 또다른 아찔한 높이를 느낀다.

떨어지면 그걸로 끝이라는 점에서는 똑같지만, 이쪽이 훨씬 더 공포감이 생생하다. 백 미터의 탑에서는 낙하하면 틀림없이 죽을 거라는 것을 잘 알면서도 왠지 실감이 따르지 않아 공포감도 적다.

그러나 이곳은 다르다.

탑과 비교하면 높이는 삼분의 일 정도밖에 안 될 텐데, 왠지 두개골이 부서져 뇌수가 터져나오는 장면이 저절로 떠오른다. 난간이 없어서인 것만은 아닌 것 같다.

긴지가 다시 정면을 바라보자 조각룡의 모습이 어디론가 사라지고 없다.

아니, 그렇지 않다. 홀연 사라진 것처럼 보였을 뿐이다.

계단 끝에 통로가 있어 그대로 동굴 안으로 이어진다. 자전거를 넣어둔 조그만 굴보다는 규모가 크다.

입구의 폭은 좁지만 높이가 제법 높아서 몸을 숙이지 않고도 편하게 들어갈 수 있다. 바람과 비의 영향을 최소한으로 줄이기 위한 건축이다.

밤이라 어두워서 이 입구를 아래쪽 길에서는 볼 수 없었던 것이다. 아마 대낮에도 그리 눈에 띄지 않으리라.

자세히 들여다보니 전선이 이어져 있다. 전기 사용량을 재는 미터기까지 번듯하게 설치되어 있다.

시골 관청이라 이런 엉터리 같은 주거지라도 눈을 감아주더라면서 조각룡은 전등 스위치를 켠다.

내부는 상당히 넓다.

벽이며 천장에는 바위가 그대로 드러나 있다. 그러나 터널에 들어선 것 같은 압박감은 없다. 그런 것은커녕 구석구석까지 일상의 스트레스를 풀 수 있을 것 같은 편안함이 가득 차 있다.

조그만 소리로 말하는데도 반향 탓에 똑똑하게 들린다. 숨소리까지 선명하다.

"놀라셨지요?"

"흐음, 놀랬습니다."

아치 형의 동굴 벽면은 울퉁불퉁하다. 분명 사람 손으로 파낸 것이다. 꽤 오래된 것 같다.

조각룡의 설명에 의하면 그의 부친이 만든 집이라고 한다.

절벽 중간에서 온천물이 솟는 것을 발견한 조각룡의 부친은 그때부터 몇십 년이라는 세월을 들여 가족을 위한 온천장을 완성시켰다. 그런데 가난과 전쟁 등 세상살이의 어려움에 부닥쳐 결국 가정이 무너져버리자 넓은 집에 혼자 남게 된 것을 끝내 견디지 못하고 마지막에는 이곳에 들어와 살게 되었다.

조각룡의 이야기는 이어진다.

관청에서 연락을 받고 돌아와보니 부친은 저 안쪽에서 죽어 있었다. 바위벽을 마주하고 끌과 망치를 쥔 채 숨을 거두었다. 거처를 조금이라도 넓히는 일에서 사는 보람을 느끼려던 게 아니라, 그저 끝없이 파내는 일로 고독에서 도망치려 했을 것이다.

"모든 걸 잊고 동굴을 파고 또 파다 돌아가셨으니 바라시던 대로 된 거죠. 그렇지만 나는 문신을 넣다 죽고 싶진 않소. 그 무지개를 다 마무리하지 않고서는 죽고 싶어도 죽을 수가 없어요."

조각룡의 부친이 여생을 걸고 파낸 것치고는 그리 넓은 굴은 아니다. 보기에도 단단해 보이는 암반이라 이만큼 파내기도 쉽지 않았으리라. 몇 미터 나간 곳에서 굴은 끝났다.

좌우로 뚫린 통로 오른편에서 온천 냄새와 함께 물 흐르는 소리가 들려온다.

조각룡은 우선 긴지에게 그쪽을 보여준다.

알전구 바로 밑에 표주박 형태를 한 욕조가 있고, 벽의 틈새에서 끊임없이 온천물이 펑펑 솟구치고 있다. 넘친 물은 구석의 조그만 구멍 속으로 빨려들어간다. 곁의 좁다란 창문으로 김이 빠져나가고 대신 신선한 바깥 공기가 들어온다.

탕 안에 몸을 푹 담그면 마침 눈길이 닿는 위치에 바다가 내다보인다고 한다. 보이는 건 단지 바다일 뿐, 속세의 사람살이 같은 건 하나도 보이지 않는 각도로 만들어졌다고 한다.

그러고는 조각룡은 제 손으로 만들어 붙였다는 두툼한 목제 문을 열고 왼편에 있는 방을 보여준다.

장방형으로 길쭉하고 바닥에는 다다미가 깔려 있다. 좁고 긴 창도 붙어 있다. 목욕탕에 달린 창문과는 달리 판유리가 끼워져 있다. 조리대 앞에는 환풍기까지 설치되었고, 수도는 온천물을 끌어다 그대로 사용한다.

가구다운 것이라고는 밥상뿐이다. 방구석에 쌓여 있는 상자 속에 옷이나 문신 도구 등이 수납되어 있는 것 같다.

탑에서의 살림과 비슷한 구석이 있다.

긴지는 그걸 깨닫는다. 동시에 결정적인 차이도 깨닫는다.

이것은 바다 외에는 아무것도 보지 않기 위한 은자의 살림이다. 자신을 가둬두기 위한 거처다. 아무튼 웅대한 기우(氣宇)를 키울 공간은 아니다.

그러나 저 전파탑에서는 사방이 전부 내다보인다. 바다도 육지도 보인다. 선도 악도 보인다. 삶과 죽음 양쪽 모두를 볼 수 있다.

이곳이 조용하게 인생을 마치기 위한 둥지라고 한다면, 탑은 어떤 짓을 해서라도 살아남기 위한 난공불락의 성채다.

조각룡이 일러주기 전까지 긴지는 그 물건을 알아보지 못했다. 색깔이 거무스레해서 벽의 일부분으로 보였기 때문에, 그리고 너무나도 거대했기 때문이다.

조각룡은 진공관식의 고출력 앰프와, 세라믹 판으로 만든 거대한 스피커 박스, 그리고 젊은 명인의 수제품이라는 레코드플레이어를 앞에 놓고 반은 자랑 삼아, 반은 멋쩍어하며 말한다.

"나 같은 인간도 남들 하는 대로 취미란 걸 갖고 있소이다."

이어서 오랜 세월에 걸쳐 모았다는 레코드판을 보여준다. 엄청난 수다.

시디 소리는 피가 돌고 있다는 걸 느낄 수가 없어 암만해도 정이 가지 않는다고 한다.

"음악하고 온천만 있으면 마누라고 자식이고 필요 없지요. 실은 이런 생활을 하고 싶어 일치감치 은퇴했소이다."

긴지는 조각룡이 권하는 대로 사양하지 않고 목욕탕에 든다.

투명한 온천물로, 별다른 자극이 느껴지지 않는다. 한창 작업중인 등의 문신이 조금도 쓰라리지 않다. 손으로 한 모금 떠서 마셔본다. 맛도 거의 없다. 조각룡이 말한 대로 이런 물이라면 음료수로도 요리에도 얼마든지 쓸 수 있을 것이다.

창문을 내다본다.

아닌게 아니라 온통 바다뿐이다. 절벽 바로 아래 있던 길조차 보이지 않는다. 당연히 누군가 절벽에 파놓은 계단을 타고 올라온다 해도 미리 알 수가 없다.

그러나 긴지는 그런 일 따위 전혀 마음 쓰지 않는다. 걱정이 되었다면 벌거숭이가 되어 온천에 들지도 않았을 것이다. 적어도 무기 정도는 곁에 놓아두었을 것이다.

집어등이 명멸하는 바다가 강하게 호소하는 건 이 세상이란 찰나의 삶에 지나지 않는다는 고색창연한 철학뿐이다. 끊임없이 흐르는 별똥별은 인과응보에 불과한 인간 세상의 불행을 비웃고 있다.

단단한 암반 틈새에서 끊임없이 솟아나는 온천물과, 항문을 연상시키는 조그만 구멍으로 흘러가는 물이 졸졸거리며 경쾌한 울림을 만들어낸다.

이 초대가 긴지는 진심으로 고맙다.

조각룡의 인생이 바른 것인지 어떤 것인지는 둘째 치고 남을 죽이지도 그렇다고 남에게 죽임을 당하지도 않고, 또한 스스로 목숨을 끊는 일 따위도 없이 평온하게 끝마칠 게 확실한 일생을 이토록 가깝게 느낀다는 건 실로 유쾌한 일이다.

한참 만에 조각룡이 들어온다. 손에 든 권총은 긴지의 것이다.

"이건 여기 두는 게 좋겠소."

조각룡은 그걸 긴지의 손이 닿는 곳에 둔다. 마코토 못지않은 세심한 배려다.

긴지는 일별을 던졌을 뿐 고맙다는 인사는 하지 않는다. 할 수만 있다면 그런 물건은 보고 싶지도 않다.

조각룡은 무지개의 발색 상태를 보고 싶다며 긴지의 등을 씻어내리기 시작한다. 비누를 듬뿍 칠한 수건으로 꼼꼼하게 문지른다. 흠잡을 데 없이 좋은 발색이라고 한다. 몹시 만족한 듯한 말투로 보아 진심인 것 같다.

그리고 조각룡은 갑자기 바지를 벗는다.

"상의하고 싶다는 건 실은 이것이올시다. 우선, 여기를 좀 보시지요."

조각룡이 가리키는 대로 긴지는 그곳에 눈길을 던진다. 가느다랗고 긴 다리 양쪽에 가지각색의 문신이 가득 새겨져 있다. 윤곽만 새겨 소름이 오싹 끼치는 그림들이 허벅지 윗부분부터 발목까지 빽빽하게 뒤덮여 있다.

문신을 배울 때 자신의 몸을 써서 연습한 흔적이라고 한다. 형태만이 아니라 발색의 정도를 시험해본 흔적도 수없이 남아 있다.

그중에서 가장 눈에 띄는 것이 무지개다. 긴지의 등에 있는 무지개의 십분의 일 정도밖에 되지 않는 조그만 무지개가 다양한 색의 조합으로 시험 삼아 새겨져 있다.

긴지는 시선을 천천히 조각룡의 얼굴로 옮긴다. 자신의 문신을 위해 그렇게까지 열성적인 조각룡의 눈을 뚫어져라 쳐다본다.

종이에 실험해도 될 일이 아니냐고 긴지가 묻는다.

"물론 그것도 했소. 종이를 몇백 장이나 썼는지 모르지요."

그러나 결국 실제로 새겨보지 않고는 어떤 색이 나올지 제대로 알 수 없다고 한다.

"무엇보다 무지개는 처음이라서 말이죠. 그러나 아무리 처음이라도 일생일대의 큰일에 실패를 하고 싶지 않아서……"

긴지는 다시금 조각룡의 다리를 본다.

조각룡의 망설임은 막다른 길에 들어서 있다. 빨강 파랑 노랑 초록 주황 남색의 여섯 가지 색깔은 상상했던 것보다 훨씬 더 잘 나왔다고 조각룡은 거듭 말한다. 거기까지는 확신을 가지고 새길 수 있었다고 한다. 그러나 마지막 한 가지 색깔에서 그만 막혀버렸다는 것이다.

실제 무지개에서는 보라색인데 염료를 더해보면 제대로 섞이지 않는다. 섞이지 않을 뿐만 아니라, 그 색 하나 때문에 전부 다 망가지기 십상일 것 같다.

폭이 넓은 보라색을 한쪽 구석부터 시험해봤지만 모조리 실패로 끝났다. 암만해도 마음에 들지 않는다.

그렇다고 여섯 가지 색깔로 끝을 낼 수도 없다. 일곱 가지 색깔이 다 있어야 비로소 무지개다.

긴지는 난처해진다.

"문외한인 내가 어떻게 조언을 할 수 있을지……"

그러나 조각룡이 알고 싶어하는 건 긴지가 실제의 무지개에 얼마나 연연하는가 하는 점뿐이다. 요컨대 보라색을 포기하고 큰맘 먹고 다른 색을 선택해도 괜찮겠는가 하는 얘기다.

긴지의 대답은 정해져 있다.

"새기고 싶은 대로 새겨주십시오."

그렇게 말할 수밖에 없다.

조각룡은 안도의 숨을 내쉰다.

"그렇다면 제가 좋은 대로 하겠소이다."

그리고 지금 막 어떤 색 하나가 떠오른 참이었다며 서둘러 밖으로 나간다.

살랑살랑 기분좋은 바람이 불어온다. 기분이 그야말로 최고다. 마코토의 집도 나쁘지는 않지만, 이쪽이 훨씬 더 좋다.

이렇게 혼자 욕탕에 들어 있자니 긴지의 가슴에 갑작스럽게 온 가족이 함께 노천탕에 놀러 갔을 때의 일이 되살아난다.

계곡 위 구석진 곳에 자리잡은 온천에서 부모형제들과 함께, 바위에서 바위로 펄쩍펄쩍 뛰며 계곡을 건너가는 야생 원숭이 떼를 보았던 날의 일이다.

아버지는 그때 분명, 인간으로 태어난 것을 감사해야 한다는 이야기를 진지한 얼굴로 가족 모두에게 말했다.

당시 열 살이 채 못 되었던 긴지는 자기는 그렇게 생각하지 않는다고 건방진 말을 내뱉어 아버지와 어머니를 당황하게 했다.

그로부터 이십여 년이 지났다.

그러나 긴지의 인생관에는 거의 변화가 없다.

동물원의 원숭이는 생기를 잃었지만, 산에 서식하는 원숭이는 전혀 다르다. 거의 모든 인간이 살아 있으면서 죽은 자의 눈을 하고 있다. 인간을 사육하는 인간도, 인간에게 사육당하는 인간도 똑같이 생기를 잃었다. 환희에 찬 단 한순간도 얻지 못한 채, 살아 있다는 자각도 얻지 못한 채, 있지도 않은 곤궁을 쉴새없이 근심하는 사이에 낙담의 길로 단번에 굴러떨어진다.

그런 그들의 생명력은 출생에서부터 벌써 미약하기 짝이 없다. 무엇보다 큰 증거는, 아무리 세월이 흘러도 도덕 감정을 내버릴 줄 모른다는 것이다. 그것이 범부가 일천해지는 주요한 원인이다.

긴지는 비바람을 뚫고 출항하는 배다.

긴지는 자신의 운명을 스스로 뒤엎을 힘을 가지고 있다.

긴지는 항상 긴지 자신에게 귀의한다.

그러므로 어떠한 경우에도, 가령 권총을 쥐고 저격 자세를 취하는 순간에도 아무 거리낌없이 자란 사람처럼 편안하게 처신할 수 있다.

그런 긴지가 무의식적으로 내뱉는 장난 비슷한 말들에는 경전을 초월하는 중대한 의미가 내포되어 있다. 요즘에는 스스로를 바로잡는 말까지 내뱉는 일도 있다.

탈락 속에야말로 참된 자유가 있다.

정지 상태가 중대한 개혁을 불러들인다.

인생의 참된 맛은 심입(深入)과 돌입(突入)에서만 맛볼 수 있다.

전국 방방곡곡에 뿌려진 뒷골목 세계의 파문장(破門狀)에 의해

'백주 대낮의 긴지'의 자유는 비등점에 달했다. 이걸로 긴지의 문장(紋章)은 등판에 새겨진 무지개 외에는 다른 아무것도 될 수 없다는 게 명확해졌다. 알코올로 끓인 안료와 자리를 바꾸며 튀어오른 핏방울은 이 세상의 삶을 확실하게 증거하는 빛을 남김없이 띠고 있다.

긴지는 궁극에 가까운 폭력 세계에 여전히 자신을 훌륭하게 동화시키고 있다.

그렇다고는 해도 현재 긴지의 행동 범위는 극단적으로 좁아져 있다. 그러나 마음만은 막다른 곳으로 몰리기는커녕 마치 우주처럼 가속도로 팽창해간다.

그리고 충분한 여력을 남긴 채로 새로운 긴지로 이행하는 중이다. 그것이 어떤 긴지인지는 스스로도 알지 못한다.

목욕을 마치고 마시는 야채주스의 맛을 알게 되었다. 물맛이 서로 다르다는 것도 알게 되었다.

마코토의 아내가 끓이고 하나코가 매일 날아오는 된장국에 비하면 이 나라에서 하룻밤에 열 명 정도만 마실 수 있다는 고급 브랜디는 한낱 허영 가득한 불순한 음료수일 뿐이었다.

긴지는 조각룡이 일러준 주의사항을 충실하게 지켜 문신을 위해 술을 끊고 지낸다. 벌써 며칠이나 입에 대지도 않는다. 술맛도, 취한 기분도 서서히 잊혀져간다. 가끔 문득 생각날 때도 있지만 그다지 마시고 싶지는 않다.

정신뿐만 아니라 체질까지도 변하고 있다.

이것도 무언가의 인과응보일까. 아니면 무지개 문신의 영향일까.

조각룡은 말한다.

"어패류는 마코토 씨 집에서 실컷 드셨을 테니, 오늘밤은 고기로 하십시다."

두 사람은 마주 앉아 스키야키를 먹는다. 말을 주고받는 건 극단적으로 적다. 그런데도 분위기가 어색하지 않다.

그렇다고 친아버지와 아들 사이 같은 구석은 없다. 사제간이라고 하기에도, 인생의 선후배간이라고 하기에도 적당하지 않다.

두 사람 사이에는 뭔가 특이한 편안함이 있고, 그러면서 적당한 긴장감도 감돈다.

이런저런 사연이 많을 게 분명한 과거.

이래저래 많은 일이 벌어질 터인 미래.

마음만 먹는다면 화제는 샘처럼 솟아날 터인데도 두 사람은 아무 말 없이 식사를 한다.

조각룡은 냄비 안에 차례차례 고기를 집어넣고 육수를 채워넣고 새 달걀을 권한다.

반쯤 열어놓은 창을 통해 바라보는 먼 경치가 참으로 아름답다. 바다 향기가 끊임없이 넘나든다. 수평선 저 너머까지 정치하고도 담백한 밤의 빛깔이 펼쳐져 있다. 시선을 자꾸만 잡아당기는 아름다움이다.

"입에 맞나요?"

"정말 맛있군요."

배불리 양껏 먹고 벌렁 드러누운 긴지를 보면서도 조각룡은 오늘 밤 머물다 가라고 권하지 않는다. 밤이 끝나기 전에 탑으로 돌아가는 편이 안전하다는 것을 잘 알기 때문이다.

물론 긴지도 그건 잘 안다. 자고 가는 건 바라지도 않는다. 잠시 쉬었다 다시 자기 둥지로 돌아갈 생각이다.

조각룡은 차를 끓여 큰 접시에 보기 좋게 담은 희고 붉은 찹쌀떡과 함께 내놓는다. 그리고 문득 이런 말을 꺼낸다. 날씨 얘기라도 하듯 아무렇지도 않은 말투다.

"요즘 방파제 쪽에 이상한 움직임이 있습디다."

최근 어선 한 척이 자취도 없이 사라져서 승무원 가족들이 경찰에 신고했다. 그런 해난 사고는 별로 드문 일은 아니다. 한 해에 몇 번이고 발생하는 조난 사고 중의 하나에 지나지 않는다. 태풍도 없이 잔잔한 바다에서 배가 사라졌다는 건 뭔가 이상하긴 하지만, 전에도 그런 예가 전혀 없었던 건 아니다.

거기까지는 별로 이상할 것도 없는 사건이지만, 그 뒷얘기가 뭔가 심상치 않다.

분명 경찰은 아닌 수상쩍은 사람들이 매일같이 포구를 찾아와 열심히 냄새를 맡고 돌아다니고 있다. 어선마다 빠짐없이 찾아다니며 뭔가 정보를 캐내려 한다.

처음처럼 많은 수는 아니지만, 아직도 여전히 그런 사람들이 마을에 그대로 상주한 채 밤낮을 가리지 않고 바다에 들락거리는 어선들을 감시하고 있다. 뭔가 수상한 낌새를 느낀 지방 경찰이 그들을 감시하기 시작했다.

조각룡은 아무래도 걱정스럽다는 듯 묻는다.

"마코토 씨의 배는 괜찮겠소?"

긴지는 표정을 읽히지 않도록 시치미를 뚝 떼고 고개를 젓는다.

"아니, 나는 그저 자꾸 뒤숭숭해서."

조각룡이 말한다.

긴지는 아무 말 없이 찹쌀떡을 한입 덥석 베어문다. 그것을 다 삼킬 때까지 대꾸할 말을 궁리한다. 아무래도 그럴싸한 거짓말을 찾지 못한 채 이번에는 차를 마시며 시간을 번다.

그러다가 결국 입에서 튀어나온 말이 이것이다.

"마코토를 어떻게 생각하십니까?"

그럴 작정은 아니었는데 엉뚱한 질문을 던지고 만다. 왜 그런 질문을 했는지 스스로도 알 수 없다.

알 수는 없지만 그렇다고 철회할 마음은 없다. 오히려 자신이 한 말이지만 정말 좋은 질문이었다고 내심 감탄한다.

조각룡은 긴지의 진의를 알 수 없어 상대의 눈을 물끄러미 쳐다본다.

"어떠냐니, 글쎄…… 젊은 사람이 퍽 애를 쓰는구나 싶은데. 보통 사람이라면 그렇게까지 해줄 수 있겠소?"

그것은 긴지가 기대했던 대답과는 한참 먼, 그저 뻔한 평가일 뿐이다.

그러나 긴지는 다시 추궁조의 질문을 던지는 대신 갑작스레 화제를 바꿔버린다. 산처럼 쌓인 레코드판을 찬찬히 바라보며 제일 맘에 드는 곡 하나를 들려주지 않겠냐고 부탁한다.

"맘에 들지 어떨지는 모르겠소만."

조각룡은 부스스 몸을 일으킨다.

"딱딱한 클래식 음악이라도 괜찮겠소?"

수많은 컬렉션 중에서 한 장을 고르는 일이건만 조각룡의 손은 망설임이 없다. 대번에 한 장을 잡아낸다.

앰프의 진공관이 따뜻해질 동안 조각룡은 일반인도 이해할 수 있는 쉬운 말로 곡을 설명해준다.

전곡을 다 들으려면 족히 세 시간은 걸린다. 그러나 마지막 78번째 곡만 들으면 그걸로 충분하다. 이런 걸작이 백 년 동안이나 햇빛을 못 본 데는 다 그럴 만한 이유가 있다. 그건 다른 77곡들 중에 별 볼일 없는 곡이 많이 섞여 있기 때문이다. 평론가들은 절대 그렇게는 말하지 않지만, 나는 그렇게 믿고 있다. 이 곡은 음악을 초월한 음악이다. 이 곡에 비하면 다른 건 그저 경박하기 짝이 없는, 그야말로 음악 냄새가 폴폴 풍기는 음악일 뿐이다.

"젊을 때는 이것저것에 홀렸지만, 이 나이가 되니 이제 이 한 곡만 있으면 다른 건 하나도 쓸 데가 없습디다. 다 비워버린 마음이라고나 할까."

그러면서 조각룡은 예비용으로 십여 장을 준비해두었다는 레코드판 중의 한 장을 턴테이블에 조심스레 올려놓는다. 바늘을 가장 마지막 곡의 홈에 맞춘다. 음량을 올리기 직전 긴지에게 다시 한번 확인한다.

마음에 안 들거든 어려워할 것 없이 바로 말해달라. 그러면 즉시 멈추겠다.

그러나 그런 결과가 나오지는 않는다.

대합창이 동굴 안에 울려퍼짐과 동시에 긴지의 온 청각은 당장 매료된다. 밧줄에 꽁꽁 묶인 듯 꼼짝도 하지 못한다. 숨까지 막힐 정도다.

동굴에 넘쳐흐르는 장엄한 울림은 인간의 목소리와 악기가 복잡하게 얽혀들며 다중의 포물선 운동을 거듭한다.

그 음파의 궤적은 틀림없이 정결한 영혼이 더듬어가는 길이다. 반복되는 주선율은 악덕과 정의의 틈새를 누비며 돌진하고, 듣는 자의 비천한 근성을 두들겨 바로잡고, 개안으로 이끈다.

더이상 비할 데 없는 지고지순함.

들을수록 마음의 고통이 엷어진다. 흑과 백이 뚜렷한 무늬가 가슴 속에 퍼지면서 영혼의 음영이 명확해진다. 네가 가진 견해 따위는 통용되지 않는다는 누군가의 목소리가 뼈에 사무칠 때마다 가슴이 뭉클하다.

결코 환각의 미혹이 아니다.

미몽에서 깨어난 의식이 온몸으로 퍼져 세포 하나하나에 퍼져나간다. 긴지는 더이상 가만히 듣고 있을 수 없어 자기도 모르게 외치고 만다.

"이제 됐습니다, 꺼주세요!"

조각룡이 긴지의 말을 따른다. 미안한 표정으로 차례차례 스위치를 꺼나간다.

"역시 맘에 들지 않은 모양이군요."

긴지는 겨우 정신을 차리고 입을 연다.

"그 반대입니다."

너무나 엄청나서 더이상 견딜 수 없다고 하는 긴지의 온몸은 땀에 흠뻑 젖어 있다. 설마하니 음악 같은 것에 홀릴 줄은 꿈에도 생각하지 못했다.

그러나 사실이 그러했다. 긴지의 영혼의 근간을 이루는 무엇인가가 이 세상 것이라고는 여겨지지 않는 음악 소리에 우르르 무너지려고 했다.

눈물샘이 자극을 받았다.

그것은 이제껏 긴지가 느껴본 적이 없는 종류의 감동이었고, 또한 무어라 표현할 수 없는 공포였다. 맑은 대기가 위대한 음파로 가득 찬 순간 긴지의 주변은 당장 암흑으로 변하고 말았던 것이다.

갑자기 도망치고 싶은 충동에 휩싸여 긴지는 주섬주섬 돌아갈 채비를 한다.

음악에 대한 긴지의 특별한 반응에 놀라면서도 조각룡은 내심 흡족한 모양이다. 목욕으로 데워진 몸을 조금 식혔다 가는 게 좋지 않겠냐며 일어서려는 긴지를 짐짓 붙잡는다. 그러나 긴지의 마음이 이미 굳어졌다는 것을 깨닫고, 남은 찹쌀떡을 모두 종이봉투에 넣어 들려준다.

선물은 찹쌀떡 말고도 또 있다. 그것은 갑자기 정해진 선물이다.

"작기는 해도 제법 소리가 좋아요. 덩치가 좀 크긴 하지만, 자전거 뒤에 싣고 가면 될 게요."

그러면서 조각룡이 건네준 것은 건전지를 넣어 사용할 수 있는 미니컴포넌트다. 구입하고는 시험 삼아 한 번 켜봤을 뿐이라 새것이나 마찬가지라고 한다.

게다가 시디를 한 장 붙여준다. 그 안에는 아까 들었던 곡이 들어 있다고 한다. 선곡한 열다섯 곡 중 가장 마지막 곡이 그 곡이라고 한다.

"쓸데없거든 그냥 버리쇼. 나야 레코드만 들으니까 어차피 소용없는 물건이오."

그 물건을 받아야 할지 말아야 할지, 긴지는 한동안 망설인다. 미안해서 그러는 건 아니다. 유혹과 공포가 어지럽게 교차한다.

결국 유혹을 거스르지 못하고 어느새 품에 안고 있다.

긴지는 인사를 하고 출구 쪽으로 향한다.

자신이 앞장서서 손잡이 없는 급경사 계단을 내려간다. 등뒤를 경계하는 마음은 아예 없다. 뒤에서 떠밀릴 수도 있다는 의심조차 품지 않는다.

그것도 방금 들은 음악의 여운이 빚어낸 경거망동이다.

옛 시대의 철학과 사상을 상기시키면서도 신선한 인상을 주는 그 곡은 여전히 긴지의 내부에 강렬한 영향력을 남기고 있다. 곡의 근원을 이루는 게 무엇인지 정확하게 알 수는 없지만, 긴지의 정신이 완전히 뒤흔들릴 정도의 엄청난 암시가 있었다는 것만은 분명하다.

긴지의 자전거를 동굴에서 끌어내며 조각룡은 느닷없이 이런 질문을 던진다.

"긴지 씨는 어떻게 생각하고 있소?"

긴지가 무슨 말이냐고 되묻자 조각룡은 마코토에 대해서라고 한다.

긴지의 대답도 역시 평범할 뿐이다. 요즘 젊은 사람치고는 제법 쓸 만한 녀석이라는 말밖에는 비치지 않는다.

그 말만 하고 긴지는 자전거 핸들 앞의 바구니에 찹쌀떡 봉지를 넣고, 뒤쪽 짐칸에는 미니컴포넌트를 단단히 묶는다.

긴지는 다시 한번 인사한다.

"오랜만에 정말 맛있는 고기를 먹었습니다."

그리고 변함없이 이어지는 남빛 밤에 녹아들듯 훌쩍 도로로 나선다.

한참 페달을 밟다가 뒤를 돌아본다. 조각룡은 아직도 그 자리에 선 채 배웅하고 있다.

긴지가 손을 흔들자 조각룡도 따라 흔들어준다.

긴지는 생각한다.

좋은 욕탕이었다. 좋은 식사였다. 좋은 음악이었다. 좋은 선물이었다.

그러나 주고받은 이야기만은 약간 섭섭한 감이 있었다. 마음을 툭 터놓고 대화할 단계까지는 이르지 못했다.

가까운 시일 내에 꼭 다시 한번 초대를 받고 싶다. 그러면 다음에는 좀더 깊은 이야기를 주고받을 수 있을 것이다. 기탄 없이 하고 싶은 말을 다 할 수 있을 것이다. 막연하게 자리잡기 시작한 마코토에 대한 의문, 그것을 풀어줄 단서가 조각룡의 입에서 단도직입적으로 튀어나오리라.

아까 들은 음악의 정화작용은 재빨리 시들어간다.

그러나 일과성의 감동이라고는 생각되지 않는다. 아마 마지막까지 듣지 않은 탓일 것이다. 가까운 시일 내에, 체력과 기력이 모두 충실할 때 다시 한번 이 곡과 정면으로 대결해야 할 것 같다.

긴지는 그런 기분이다.

미끄러지듯 자전거를 달리다 긴지는 조각룡이 무얼 말하고 싶어 했는지 문득 깨닫는다. 자신에게 뭔가 충고를 해주고 싶어 갑작스레 그런 질문을 던진 것이다.

그러나 구체적으로 어떤 주의를 주려고 했는지, 그것까지는 알 수 없다. 마코토를 조심하는 게 좋다는 얘기만으로는 제대로 말뜻을 이해할 수 없다.

어쩌면 긴지도 같은 얘기를 하고 싶었는지 모른다. 조각룡에게 경고를 해주고 싶었는지 모른다.

만일 그렇다 해도, 과연 마코토의 어떤 점을 주의하란 말인가.

목에 칼침을 맞고 매장되어 있던 밀입국 여인.

스크루에 등이 갈기갈기 찢겨 모래사장에 떠밀려온 사내의 변사체.

모두가 마코토의 짓이다. 그 모든 게 긴지로서는 생각도 할 수 없는 살인이다. 쩨쩨하고 졸렬한 살인에나 소질이 있는 조무래기 범죄형이라고 치부하면 그만이지만, 긴지로서는 그리 간단하게 넘어갈 수 있는 행위가 아니다.

두 사람 사이에 파인 골은 본의 아니게 파생된 어긋남이라는, 그런 얕은 골이 아니다.

특히 여자의 경우는 분노하지 않을 수 없다. 모래땅에 묻혀 있던 생생한 사체를 떠올릴 때마다 복수의 살의가 온몸을 훑는다. 미친 듯이 칼질을 해댔을 가해자를 향해 총탄을 있는 대로 박아주고 싶은 충동에 사로잡히곤 한다.

그런 충동 직후에 작동하는 이성의 브레이크를 긴지는 몹시 지겹게 느낀다. 마코토를 이성적으로 파악하려고 노력하는 사이에 돌이킬 수 없는 지경에 빠지는 게 아닌지, 자꾸만 초조하다.

급한 언덕길을 피해 해안선을 따라 이어진 길을 달린다. 그것은 조각룡이 일러준, 약간 멀지만 편하게 자전거를 몰고 갈 수 있는 산책로다.

파도 소리가 보편적인 상징이 되어 주변에 울려퍼진다. 밤과 바다가 사람살이의 모든 것을 삼켜버리고는 시치미를 뚝 뗀 표정으로 돌아앉아 있다.

세상에 골고루 펼쳐진 남빛 어둠에는 조금도 뒤로 물러서려는 기척이 없어서 마치 그대로 어둠의 결정체 속으로 돌진하는 듯한 착각이 든다.

그렇다고 긴지의 획득욕이 정체되었다고 보는 건 너무 이르다. 무뢰한으로서 특히 걸출한 긴지의 다채로운 욕망은 아직도 전혀 시들지 않았다. 이 사내에게는 출처진퇴(出處進退)를 잘못 짚었다는 자각 따위는 전혀 없다.

오랜만에 먹은 쇠고기의 효과는 신속하고도 절대적이다.

스키야키와 온천욕, 게다가 그 음악 탓에 아직도 몸이 후끈후끈하다. 이따금 불어오는 쌀쌀한 바닷바람도 긴지의 결의를 뒤엎지 못한다.

온몸을 휘도는 뜨거운 피의 흐름이 사회에 그다지 도움이 되지 않는 이 사내를 한 방울도 남김없이 완벽하게 옹호하고있다.

다시금 본래의 긴지, 자아도취가 강하고 특천(特薦)에 값할 만한 사내다운 씩씩한 자태의 긴지로 돌아와 있다. 잠행에 성공하여 가까운 장래에 악의 가장 높은 정점에 올라 무적이 될 날, 그날이 바로 저곳까지 다가와 있다. 본인 스스로도 그럴 자세가 이미 준비되어 있다.

그러나 긴지가 손에 넣은 것은 아직 백열하는 인생의 발단에 지나지 않는다. 겨우 손을 막 댄 참이다. 판세가 역전되려면 아직도 멀었다.

실제로 벌써부터 또다른 자극과 변화가 긴지의 등뒤로 슬며시 숨을 죽인 채 다가들고 있다.

그런데 긴지는 그걸 알아차리지 못한다. 산책로에 들어선 뒤부터 다른 자전거의 미행을 받고 있다는 걸 전혀 깨닫지 못한다.

뒤를 따르는 자전거는 권력이 정해준 정의의 백색이다. 탄 사람은 당연히 야간 순찰을 도는 경찰이다.

새벽녘의 길거리를 순찰하던 그 경찰은 분명 보기는 제대로 봤다. 이런 시간에 불도 켜지 않고 자전거를 몰고 가는, 이런 변두리에서는 별로 눈에 띄지 않는 더부룩한 머리의 사내.

그러나 시골에서만 전전해온 경찰의 추리력은 약간 빈약해서, 그의 상상은 밤도둑쯤에서 딱 멈춰버린 채 그 이상은 작동하지 않는다.

자판기 털이에 나선 조무래기 도둑이 틀림없다고 확신한 경찰은 십 년에 한 번 있을까 말까 한 기막힌 기회를 맞이한 것에 벌써부터 가슴이 두근두근 뛴다. 정년이 몇 달 안 남은 나이인지라 체력이 뚝 떨어졌음에도 불구하고 격투를 할 경우를 미리 상상하고 있다. 대뇌와 마찬가지로 어지간히 너덜너덜해져버린 소뇌는 어떤가 하면, 오래 전에 익혀두었던 체포술의 유효한 기법들을 물색중이다.

경찰은 일정한 거리를 유지하며 상대의 완력이 어느 정도나 될지 가늠해보고 있다.

대충 보기에 그리 대단할 것 같지는 않다. 이 정도라면 어떻게 덮쳐볼 수 있을 것 같다. 성공만 하면 퇴직 직전의 좋은 기념거리가 될 것이다.

 말을 걸 계기는 벌써 준비했다. 우선 왜 불을 켜지 않았느냐고 나무란다. 이어서 이곳은 인도라서 자전거를 탈 수 없다고 주의를 준다. 그 다음에는 일이 되어가는 대로 한번 부딪쳐보는 거다.

 일이 잘못 된다 해도 이쪽에는 권총이 있다. 이제까지 한 번도 범인을 체포해본 경험이 없었다. 돌이켜보면 역할다운 역할을 해본 적이 없는 삼십여 년이었다. 오늘밤에야말로 수갑을 한번 써보리라.

 산책길이 소나무숲으로 접어드는 지점에서 경찰은 단번에 거리를 좁힌다. 엉덩이를 쳐들고 페달을 힘차게 밟는다. 기름칠이 덜 된 체인이 새의 지저귐 같은 소리를 낸다.

 그런데도 긴지에게는 들리지 않는다. 긴지의 귀는 다시금 저 영혼의 대순환을 묘사한 음악으로 막혀 있다. 그래서 금세 잡히고 만다.

 긴지는 갑작스럽게 앞을 가로막는 사내를 보고서야 브레이크를 건다. 비명 소리와도 같은 예리한 굉음이 사방으로 흩어진다.

 경찰은 직무상 검문 안내서에 적힌 대로 억지로 웃음을 지으면서도 눈을 날카롭게 뜬 채 긴지 쪽으로 바짝 다가간다.

 그리고 자전거 전조등을 왜 안 켰냐며 어영부영 말을 건 순간, 예전에 겪어본 적이 없는 전율이 온몸을 휘돈다. 돌연 손가락 하나 꿈쩍할 수가 없다.

 지명수배를 받은 악당이라는 것까지는 알아채지 못했지만, 상대가 조무래기 좀도둑쯤 되는 허술한 상대가 아니라는 것을 뚜렷하게 느꼈기 때문이다.

 아무리 둔감한 경찰이라도 첫눈에 보통 놈이 아니라는 것을 알 수 있었을 것이다.

 눈앞에 마주한 사내는 특별히 음험한 생김새도 아니고, 또 섬뜩한 인상도 아니다. 그런데 악당으로서가 아닌, 또한 인간으로서가 아닌, 무언가 범접하기 힘든 이채(異彩)를 내뿜고 있다.
 위풍당당한 관헌이 불쑥 나타났는데도 초연하다. 손전등의 부신 불빛을 똑바로 받으면서도 조금도 동요하지 않는다. 태연한 얼굴 그대로 일절 흐트러짐이 없다. 도망칠 태세를 취하지도 않고 도전적인 태도로 나서지도 않는다. 무엇보다 그 얼굴 어디에서도 전혀 수상한 점을 찾을 수 없다는 게 도리어 으스스하다.
 그 경찰이 생전 처음 보는 타인에게서 그토록 깊은 감명을 받고 경애에 가까운 느낌마저 가진 건 태어나서 처음이다. 심상치 않은 매혹에 그저 맥없이 짓눌리고 있다.
 그러므로 다음 말이 나오지 않는다. 완전히 직무를 잊어버린다.
 경찰은 상대의 움직임을 손에 쥘 듯 알면서도 아무런 방어도 하지 못하고 얼빠진 사람처럼 우뚝 서 있을 수밖에 없다. 가령 도시의 경찰과 암흑가의 인간들이 혈안이 되어 찾고 있는 사내라는 걸 알았다 해도 아무런 손도 쓰지 못했으리라.
 자전거에 그대로 올라탄 채 긴지의 오른손이 천천히 품속으로 들어간다. 그 손이 잡아낸 것이 무엇인지 또렷하게 인식하면서도 경찰은 멍하니 서 있다. 그토록 의지해왔던 무기를 빼들어 실력으로 저지하려는 마음조차 일지 않는다.
 그러나 공포에 질린 나머지 완전히 굳어버린 것은 아니다. 엄청난 감동을 받은 채 경찰은 긴지에게서 눈을 떼지 못한다.
 당연한 결과로, 경찰은 갑작스레 그 자리에 허물어져버린다. 갑자기 뱃구레를 푹 찔린 듯 쭈그리고 앉더니 이어서 하늘을 향해 벌렁 누워버린다. 몸 속의 힘이 술술 빠져나가며 살이라는 살, 뼈라는 뼈가 모두 돌바닥의 요철 사이로 스며들어간다.

두 사람 사이에 일어난 변화는 전격적이기는 하지만, 어이없을 정도로 자극이 결핍된 것이다.

총구가 복부에 바짝 밀어넣어진 채 발사되었기 때문에 소리는 거의 흩어지지 않았다.

그러나 그 다음에 이어진 두번째, 세번째 총성은 소나무 한 그루 한 그루마다 부딪치고 되돌아와 증폭되면서 마치 천둥 소리처럼, 혹은 아까 동굴 집에서 튀어나왔던 음악처럼 우르릉 밤 공기를 흔든다.

그렇지만 그것은 어디까지나 숲에 한정된 소동이었을 뿐 읍의 중심부나 포구까지는 가 닿지 않는다. 따라서 제삼자를 깜짝 놀라 벌떡 일어나게 하는 위력은 없다.

고막의 일시적인 마비가 가라앉자 철썩철썩 밀려왔다 밀려가는 파도 소리가 서서히 되살아난다.

긴지는 조금도 당황하지 않고 우아함을 유지하고 있다. 특별히 이렇다 할 감정의 전위도 보이지 않는다. 그저 그 자리를 서둘러 떠나야 할 것인가 아닌가를 파악하기 위해 그곳에 우뚝 서 있다.

잠시 뒤에 자전거 핸들 앞의 바구니에서 선물로 받은 찹쌀떡을 꺼내, 조금 망설이는가 싶더니 붉은 떡을 골라 한입 덥석 베어문다. 우물우물 떡을 씹으며 침착하고 주의 깊게 주변을 둘러본다.

목격자는 없다. 그리고 현장을 향해 급하게 출동하는 자전거나 오토바이, 자동차 불빛도 전혀 없다.

밤은 아직도 듬뿍 남아 있다.

대기의 남색 빛이 시들자면 앞으로도 한참이 걸리리라. 어제 넣은 남색이 제법 쓰라리고 아프다.

긴지는 다음에는 하얀 찹쌀떡을 베어물며 자신의 오른손에 쥐어진, 반사적으로 방아쇠를 당겨버린 무기와, 피를 토하며 발 밑에 쓰러져 있는 제복 차림의 늙은 사내를 번갈아 바라본다.

긴지는 지금 그런 자신을 차디찬 눈초리로 관찰하고 있는 또하나의 긴지를 느낀다. 그 긴지는 다시 돌이킬 수 없는 냉혹한 처지를 깨닫고 경악하고 있다. 그리고 명확하게 겁에 질려 있다.

자기도 모르게 입을 통해 흘러나온 말은 두 마디였다.

이게 나야?

내가 이런 놈인가?

그러고는 평소의 긴지가, 어딘지 그 근처에 숨어 있을 게 분명한 저승사자를 향해 이렇게 고함을 지른다.

"어이! 내 대신 이자를 보내주마. 어서 와서 데려가라!"

*

너무도 부드럽기만 한 바닷바람을 맞으며 황혼빛에 젖어 긴지는 길다란 그림자를 끌고 해변을 산책하고 있다.

하늘이 훤해질 무렵부터 간간이 뿌리던 빗줄기가 한나절을 다 보낸 지금에야 겨우 걷히는 참이다.

정년을 앞둔 한 경찰이 떠돌이 개처럼 여지없이 사살되었던 밤, 마코토는 거친 말투로 긴지에게 말했다. 앞으로 한동안 탑 울타리 안에서만 지내달라고, 그렇게 단단히 주문했다.

그로부터 벌써 일 주일이 다 되어간다.

그사이 날씨는 계속 흐렸고, 꾸물거리기만 해서 밤이건 낮이건 가랑비가 부슬부슬 내렸다.

비구름이 어지럽게 움직이는 하늘 아래, 장마로 쌀쌀해진 날씨 속에 긴지는 침낭에 기어들어 마치 애벌레 같은 나날을 보냈다. 하루

종일 어두운 얼굴로 틀어박혀 있었다.

　바다는 마흔여섯 시간 내내 시끄럽게 부르짖고, 이따금 너무도 오랫동안 들어왔던 설교를 다시 늘어놓았다. 그때마다 긴지는 자책으로 가슴을 끓였다.

　건강이 좋지 않다고까지는 할 수 없었지만, 식욕은 반으로 줄었다. 하나코가 날마다 가져다주는 정성스런 도시락을 매번 남겼다.

　남기는 양이 너무 많자 결국 하나코가 일부러 계단을 올라와 긴지의 상태를 살펴보기에 이르렀다. 그리고 제 어머니에게서 받아온 메모를 건넸다.

　메모에는 호의가 생생하게 느껴지는 글씨로, 뭔가 드시고 싶은 것이 있으면 부디 알려달라고 적혀 있었다.

　긴지는 하나코에게 말했다.

　"술을 좀 마시고 싶구나. 종류가 무엇이건 그냥 술이면 다 좋다."

　그러나 하나코가 가져오는 건 알코올과는 전혀 관계없는, 지나치리만큼 정성스럽고 다양한 요리들뿐이었다. 긴지는 그저 예의상 젓가락을 몇 번 댔을 뿐 그저 차만 마시며 지냈다. 덕분에 날이 갈수록 기력이 쇠진한 자의 얼굴로 변해갔다.

　마코토는 마코토대로 잔뜩 흥분해 있었다. 날이면 날마다 긴지에게 세세한 지시를 내리려 들었다.

　경찰이 언제 들이닥칠지 모르니 무슨 일이 있어도 자기 집 근처에 와서는 안 된다. 그러니 당분간 목욕은 참아달라. 이런 때일수록 경찰은 전과자를 철저하게 조사한다. 그것이 그자들의 상투적인 수단 아니냐. 순찰 중의 동료가 홀연히 사라졌는데 그 작자들이 가만히 있을 리 없다. 어떤 큰 사건에 휘말린 것이라고 보는 게 상식적인 추리다.

"만일 그자들이 우리 집에 찾아오면 즉시 하나코를 보내겠슴다. 로프를 잡아당겨 방울을 울리라고 하겠슴니다. 그러면 되도록 먼 곳으로 피신해주십쇼."

대기도 하늘도 바다도 완벽하게 남빛으로 물들었던 그날 밤, 휴대전화로 불러낸 마코토의 움직임은 민첩 그 자체였다. 트럭을 타고 눈 깜빡할 사이에 달려왔다. 아마 읍내 어딘가에 있었던 모양이다. 술냄새가 물씬 풍겼고 싸구려 분냄새까지 함께 났다.

긴지가 일으킨 사건은 마코토에게는 별로 어려운 문제가 아니었다. 마코토는 경찰의 사체를 힐끗 보자마자 말했다.

"이런 걸 오래 갖고 있다간 재미없슴다."

그러면서 긴지의 손에서 권총을 뺏어들었다. 그러고는 악귀 같은 형상으로 지금 당장 탑으로 돌아가라고 긴지를 재촉했다.

긴지가 함께 뒤처리를 돕겠다고 했지만, 마코토는 여차하면 자신이 죄를 뒤집어쓰겠다며 즉각 거절했다.

마코토의 긴지를 향한 광신적인 태도에는 저절로 눈이 휘둥그레지는 구석이 있었다.

긴지는 다시 자전거에 올라타고 좁아터진 읍내를 재빨리 가로질러, 어쩌면 상처투성이의 마음을 아물게 해주는 힘을 비장하고 있을 들판 깊숙한 안쪽으로 도망쳐들어갔다.

별빛을 의지하여 둥지로 돌아오는 길에 검은지빠귀의 소리를 얼핏 들은 것도 같았다. 그리고 어느샌가 빽빽하게 구름이 덮인 하늘에서 조각룡의 집에서 들었던 그 묵중한 음악이 쏟아져내리는 듯한 착각에 빠졌다.

마코토와는 그뿐, 다시 만나지 않았다. 연락도 없다.

아마도 여열이 식을 때까지 어딘가 근처 바다에 숨어 있을 것이다. 혹은 평소 하던 대로 고기를 잡아 만선의 배로 항구에 돌아오는, 그야말로 성실한 어부의 생활을 계속하여 당국의 의혹의 눈초리를 피하려 하는지도 모른다.

마코토는 싫은 기색을 내비치는 법도 없이 긴지의 뒷갈망을 해주었다. 꼼짝 못 할 증거가 될 만한 것들을 하룻밤 새에 깨끗이 정리해 버렸음이 분명하다.

권총이야 간단하겠지만, 경찰의 사체는 그렇게 간단히는 처리할 수 없었을 것이다. 게다가 자전거까지 딸려 있었다.

바다에 가라앉혔을까. 사람들이 접근할 일이라고는 없는 산악지대에 파묻었을까. 그것도 아니면 밤중이면 무인지경이 되는 읍내 소각로에 처넣었을까.

어떤 방법이건 실로 교묘하게 해치웠을 것이다. 그렇지 않았다면 지금쯤 대단한 소동이 벌어졌을 터다.

그날 밤, 마코토가 맨 처음 긴지에게 던진 질문은 '어째서 형님이 이런 곳에 계십니까?' 였다. 자전거 바구니와 짐칸의 선물을 흘끔거리며 '무슨 볼일이라도 있었습니까?' 라고 연달아 물었다.

설명할 말이 궁색했던 긴지는 이렇게 대답했다.

"때로는 번화한 곳이 그리운 법이야."

조각룡의 집에 초대받았다는 말은 입 밖에도 내지 않았다.

아마 조각룡 쪽에서도 그럴 것이다. 적어도 자기 스스로 나서서 고백하지는 않을 것이다. 내가 쓸데없는 짓을 하는 바람에 이런 일이 났다는 둥의 섣부른 말은 절대로 하지 않을 것이다.

마코토는 조각룡에게도 지시를 내린 게 분명했다. 문신 작업은 한동안 연기할 테니 당분간 집 근처에도 오지 말라고 전한 모양이었다.

현(縣) 경찰에서까지 경찰의 체면과 의지를 걸고 지원을 하러 달려왔을 것이다. 그러나 갑작스레 행방불명된 경찰을 발견하거나, 최소한 유력한 목격자라도 찾아내지 않는 한 사건은 미궁에 빠질 뿐이다.

그날 밤에 일어난 수수께끼 같은 사건을 듣고 조각룡은 누가 어떤 식으로 관련되어 있는지 바로 알아차렸을 것이다. 곧장 긴지를 머릿속에 떠올렸으리라.

그러나 다음에 긴지를 만났을 때 그 이야기를 들춰내는 어설픈 짓은 하지 않을 것이다. 아마 마지막 남은 일곱번째 색깔에 대한 화제 외에는 아무 얘기도 꺼내지 않으리라.

야쿠자들을 상대로 오랜 세월 밥벌이를 해온 조각룡은 삼원주의* 야말로 유일무이의 처세술이며 연명책이라는 것을 빠삭하게 알고 있다.

그래서 이제껏 자신의 작품을 사진으로 남겨둔 일도 없을뿐더러 경찰에서 사체의 등판을 뒤덮은 문신을 검증해달라는 주문을 받았을 경우에도 자신이 새겼다는 것을 결코 인정하지 않았던 것이다.

조각룡에게서 받은 찹쌀떡은 다음날에는 이미 전부 긴지의 뱃속으로 들어갔다. 그리고 미니컴포넌트와 시디는 침낭 속에 있다. 탑으로 돌아오는 길에 몇 번이나 버리려 했지만, 결국 버리지 못하고 들고 왔다.

미니컴포넌트의 취급 설명서는 이미 몇 차례나 읽었다. 마음만 먹으면 언제라도 음악을 들을 수 있다.

그러나 긴지는 음악을 틀지 않는다. 가장 낮은 음량으로도 들으려 하지 않는다. 전혀 그럴 마음이 나지 않는다.

---

* 三猿主義, 보지도 듣지도 말하지도 않는다는 주의로, 소극적인 처세술을 가리킬 때 쓰는 말.

어쩌면 그 음악을 들을 용기가 없는 것일까. 다시 그 곡에 휩싸이면 이번에야말로 거친 영혼을 지탱해오던 축이 일시에 무너질 것 같다고 진심으로 염려하는 것일까.

마코토와의 약속을 깨고 탑 부지 밖으로 나온 긴지는 어느새 관념론자와도 같은 허랑한 모습이다.

아무리 걸어도 걸음걸이가 안정되지 않아 주변을 떠도는 곤충들에게까지 허공에 뜬 듯한 인상을 주고 만다.

그게 아니라면, 날마다 일에 시달리며 오뇌의 나날을 보내는, 일고의 가치도 없는 우직한 사내를 떠올리게 한다.

그 주요한 원인은, 마음을 타오르게 하는 무언가가 이즈음에 갑작스레 희박해졌기 때문이다. 삶의 기쁨을 느끼는 시간이 점점 줄어들었기 때문이다.

바늘처럼 가늘어진 감수성이 고통 속에서 괴로워하는 방향으로 급속하게 기운다. 유감(遺憾)에 빠지는 횟수가 급증하고 있다.

자신을 전할 상대가 그립다.

긴지는 절실하게 그렇게 생각한다.

그래서 가면에게 심정을 밝혀보려고도 했다. 그런데 하고 싶은 말은 아무래도 말이 되지 않은 채 결국 독설을 퍼붓는 결과로 끝나고 말았다.

가면은 쓸데없는 대꾸를 하지 않았다.

이제까지와는 달리, 아전인수격의 이야기를 하며 긴지가 한 짓에 이러쿵저러쿵 토를 달지 않았다. 나뭇조각으로서 당연한 침묵을 지키고 있을 뿐이었다.

밤마다 지치지도 않고 펼쳐지던 개구리들의 향연이 오늘밤도 또 들판을 구석구석까지 뒤덮는다.

긴지는 간밤에 심술 사납고 못생긴 가면을 상대로 거칠게 다그쳤다. 대체 나란 인간은 어떤 인간이냐고, 단도직입적으로 캐물었다.

그저 평범한 인간인가. 아니면 이 세상에 살 가치가 없는 결함투성이 인간인가. 혹은 그저 미쳐 날뛰는 어릿광대인가.

그러나 아무리 끈질기게 물고 늘어져도 명확한 대답이 돌아오지 않았다. 철저하게 무시당하고 말았다.

그 바람에 긴지는 갑자기 격앙되어 자신의 힘으로는 도무지 제어할 수 없는 충동에 휩싸인 채 쏴 죽여버리겠다고 고함을 질렀다.

그러다가 긴지는 맨주먹인 자신의 처지를 깨달았다.

이제 아무런 무기도 갖지 못한, 언제 습격해올지 모르는 상대를 맨손으로 맞대면할 수밖에 없는 자신을 깨닫고 소름이 오싹 끼쳤다. 탄환이 아무리 많아도 총이 없으면 아무 쓸모가 없다는 상식이 핏발 선 머리를 내리쳤다.

가면의 무시에 분을 삭이지 못하던 긴지는 이번에는 가면을 쓰고 편안히 잠이나마 자보려고 했다.

그러나 그저 나뭇조각으로 변해버린 그것은 아무 쓸모가 없는데다 도리어 긴지의 수면을 방해할 뿐이었다.

그래서 이번에는 어딘가 가까운 곳에 잠복해 있으면서 제가 나설 차례를 기다리고 있을 게 분명한 저승사자를 향해 욕설을 퍼부었다. 생에 대한 독자적인 견해와 생각을 피력하고 무뢰한으로서의 진가를 하나하나 논리적으로 증명했다.

타인의 목숨을 분쇄하며 돌진하는 것에 삶의 의미가 있다. 그 누구에게도 항복하지 않는 길이라면 그게 어떤 길이든 이미 위업을 이룬 것이다.

긴지는 단정적으로 그렇게 주장했다.

그러나 불가시의 영역을 향해 어떤 말을 퍼부어도 반응은 없었다. 저승사자가 뿜는 악취도 풍겨오지 않았다. 만용과 허세만이 과장되게 도드라진 긴지의 말소리는 금속성의 음파가 되어 탑 안 가득 공허하게 메아리쳤다.

그리고 오늘, 긴지는 오래도록 자신과 대치하는 것의 폐해를 깨닫고 이대로 가다가는 일방적인 사념이 가슴에 가득 차 질식해버릴 것 같아 정말로 걱정이 되어 무턱대고 해변가로 나왔다.

더이상 고민이 쌓이기 전에, 그때그때의 기분과 일이 되어가는 꼴에 따라 앞으로의 일을 결정하기로 한 것이 바로 조금 전이다.

운명과의 화해가 마음을 얼마간 편안하게 해주었다. 수없이 많은 시체들을 뛰어넘으며 살아야 하는 인생이라 한들 그게 무슨 큰 문제이겠는가. 그것 역시 결실이 많은 인생 중의 하나라고 봐야 하는 것 아니겠는가. 긴지는 그렇게 느꼈다.

어차피 어떤 일이 일어나도 전혀 이상할 것 없는 세상이라는 너무도 세속적인 진리와, 긴지의 온몸에서 뿜어져나오는 폭력의 아우라가 적절하게 결합하여 악의 힘을 배가시키기 위해 박차를 가했다.

갑자기 기운을 되찾은 긴지는 더 큰 해방감을 얻기 위해 입고 있던 것을 전부 벗어던지고 첨벙첨벙 바다로 들어간다.

결 고운 하얀 모래를 온몸에 바른 다음 손바닥으로 쓱쓱 문지른다. 떨어져내리는 건 쌓인 때만이 아니다. 얼굴이며 손에 들러붙었던 화약의 미립자며 허약함의 근원도 함께 씻겨내려간다.

그러고는 파도가 약한, 조금 깊은 곳에서 천천히 헤엄을 친다.

바닷물은 살아 있는 피처럼 따뜻하다.

사내로서 절정기를 구가하고 있는 긴지의 육체는 세포 하나하나가 적당한 염분 농도에 재빠르게 순응한다.

긴지는 별로 자신이 없던 배영을 시도해본다. 손발의 움직임을 멈추어도 가라앉지 않는다. 그저 큰대자로 누워만 있어도 상당한 부력이 받쳐준다. 위축과 긴장 따위가 순식간에 풀려나간다.

며칠 만에 보는 달일까. 그저 반짝이는 것밖에 다른 재주라고는 없는 별들이 영혼의 조각들처럼 밤하늘을 채우고 있다.

칠흑의 어둠과 광휘가 서로 조응하는 우주의 위대한 광경이 긴지를 부지런히 자극한다. 미칠 듯이 관능적인 밤이 수없이 많은 물질들에 알 수 없는 자극을 가한다.

정신과 육체가 뒤바뀐다 해도 이상하지 않을 현묘한 하룻밤이 분명히 이곳에 있다.

이 세상은 한없이 유기적이다. 그리고 결코 하나가 아닌 핵심의 주위를 무수히 많은 사족들이 감싸고 있다. 그런가 하면, 그 사족 하나하나가 흔들림 없는 핵심이기도 하다.

긴지의 눈에는 지금 자신이 가게 될 미래가 확실하게 보인다.

예측을 불허하는 긴박한 사태를 진심으로 환영할 준비가 착착 진행되어간다. 그렇게 물결의 틈새에 떠 있는 사이에 긴지의 가슴에는 환희가 가득 차오른다.

죽는 것은 언제나 타인이었다. 나였던 적은 한 번도 없다. 그런 원시적인 기쁨이 긴지의 내부에서 흉맹(凶猛)한 기세로 미쳐 날뛴다.

긴지는 난류가 내는 온기의 위대한 힘을 새삼스럽게 인식한다. 저 승사자에게는 버림을 받았는지 모르지만, 바다만은 다르다. 그렇다고 이토록 기품 높은 밤바다가 야쿠자의 대변자가 되어 죄의 정당성을 주장하지는 않는다.

그러나 이 말만은 자꾸 반복한다.

살아 있으면 그걸로 좋다. 자질구레한 일에 대해서는 내가 알 바 아니다.

　알미울 정도로 심미적인 물결이 긴지 단 한 사람을 상대로 악마적인 말들을 차례차례 토해낸다.

　어떠한 생명의 존재 방식에 대해서도 어설픈 말을 던질 생각이라고는 애당초 없다. 이 세상을 살아가는 데 무슨 거리낄 게 있겠는가. 그것이 무엇이든 열망하는 것이 있다면 남의 눈치 볼 것 없이 추구하라. 그것이야말로 궁극의 양식(良識)이다. 슬피 탄식하는 것보다 더 큰 죄는 없다.

　잠시 뒤에는 전파탑까지 말참견을 시작한다.

　이곳은 너를 위한 세계일 뿐 다른 그 무엇도 아니다. 따라서 네가 좋을 대로 방약무인하게 살며 얼마든지 이 세상을 오염시킬 권리가 있다. 가면을 통해 선을 간파해보려는 건 잘못이다. 그런 건 이미 수많은 식자들이 인정한바, 자신에 대한 이중부정으로 이어지는 어리석은 행위일 뿐이다.

　미묘하게 시점이 다른, 그러한 수많은 말들을 긴지는 느릿느릿 곱씹는다. 그러나 일일이 다 삼키지는 않는다.

　오늘밤의 긴지에게는 상기해볼 가치가 있는 지난 일이라고는 하나도 없다. 혼돈에 찬 미래만이 수많은 별자리와 함께 빛나고 있다.

　긴지의 눈에는 연속적인 호조(好調)의 나날밖에 보이지 않는다.

　지겹도록 질긴, 끊으려야 끊을 수 없는 인연.

　밤마다 찾아오는 영혼의 고통.

　남에게 피해를 입히는 실패.

　언제 찾아올지 모르는 참화에 대한 불안.

　그후에 찾아올, 명암을 가를 중대한 양자택일.

　인명을 존중하는 심성의 소실.

물보다도 비중이 무거운 그것들은 죽은 플랑크톤의 잔해와 같이 바다 저 밑바닥을 향해 조용히 낙하해간다.

그에 따라 긴지의 몸도 마음도 이 토지에 뿌리를 내린다. 이런 살풍경한 황야가 마지막 안주의 땅으로 여겨진다. 상춘(常春)의 나라라는 착각에 빠지게 한다.

시선이 가 닿는 저 끝에서 긴지는 결 고운 풍요를 느낀다. 혹은 골육의 정을 아득하게 뛰어넘는 무언가에 가슴이 뭉클하다.

어느샌지 모르게 입에서 노래가 흘러나온다.

그것은 하나코가 늘 부르던 노래다. 가사가 잘 생각나지 않는 곳은 대충 적당히 때워가며 부른다. 가락에 맞추어 바닷물이 출렁인다. 육지도 출렁인다. 밤하늘도 출렁인다.

면면히 이어지는 시대의 가장 끝자리.

흘러가는 시간의 최전선.

긴지는 지금 거기에 몸을 두고 있는 자신을 확실하게 자각한다. 쇠퇴나 퇴보의 징후는 거의 느껴지지 않는다. 내부 고발을 하고 싶어 안달이 난 또하나의 긴지는 최소한 이 바다 위에는 없다.

긴지가 절실하게 바라마지않는 것은 그날그날의 생활에 쫓기며 가늘게 이어가는 존재의 영속이 아니다. 그런 끔찍한 것이 아니다.

긴지는 생과 죽음이 서로 엇갈려 반복되면서 확실하게 세대가 바뀌어가는 이 세상을 향해 아무런 불만도 토로하지 않는다.

그러므로 앞으로도 줄곧, 인생의 나머지를 완전히 다 써버린 때에도 자기 부정에 떨어지는 일은 없으리라.

긴지는 항상 긴지 자신의 충분한 찬성을 얻으며 살아간다.

긴지가 익사체와 다른 점은 하늘을 향해 떠 있다는 것이다. 그리고 발기한 물건이 단 한치도 비틀어짐 없이 반듯하게 하늘 한가운데를 가리키고 있다는 것이다.

쏟아져내리는 달빛이 손상된 긴지의 마음을 아물게 하고 왜소한 발상을 물리치고 용맹한 힘을 부어준다. 열화와 같은 사상이 긴지를 고무해준다.

음(淫)을 끊은 지 오래인 긴지의 노랫소리는 그저 팽창, 또 팽창할 뿐이다. 노래는 점점 생략되고 이윽고 홍소로 바뀐다.

밤이면 흐드러지게 피어나는 꽃들의 향기가 아득히 해안 쪽에서 바람에 실려온다. 어딘지 국화꽃 냄새 비슷하다. 의리제(義理祭)라고 부르는 동료들의 장례식장에서 풍기던 그 꽃의 냄새와 똑같다.

그러나 그 순간 긴지의 머리에 떠오른 것은 야쿠자 중의 누군가가 아니다. 자신의 손으로 죽인 야쿠자의 장례식에 모르는 척 참례했던 때의 추억이 떠오른 게 아니다.

하얀 국화꽃에 묻힌 건 나이 든 순직 경찰이다. 불심검문을 시작한 바로 그 순간에 총알받이가 되고 만, 그 불운한 사람이다.

깨끗하게 잊어버린 줄 알았던, 술에 붉어진 그 얼굴, 평생 애써봤자 보란듯이 출세 한 번 못 해볼, 그저 사람만 좋은 그 얼굴이 똑똑하게 긴지의 기억에 각인되어 있었다.

마코토의 분투에 의해 완벽하게 처분되었을 터인 사체가 국화꽃에 휩싸이는 따위의 기적이 과연 일어날 수 있을까.

긴지의 노래가 뚝 끊긴다.

그 순간, 등줄기에 격통이 내달린다. 그러나 실제로는 그다지 큰 통증은 아니었다. 느닷없는 아픔에 놀라 그렇게 느낀 것에 지나지 않는다.

무슨 일이 일어난 것인지 잠시 짐작조차 가지 않는다. 그저 혼란에 몸을 맡길 뿐 아무 방도가 없다.

갑자기 긴지는 죄업 깊은 자신의 처지를 느낀다. 죽음으로 갚아도 여전히 남아 있을 죄를 깨닫는다. 폭력의 향수(享受)는 인간의 길에 어긋난 것인지도 모른다는 자성의 마음, 그것이 무시무시한 기세로 머리를 쳐든다.

원인은 자신이 아니라 정체를 알 수 없는 상대편에 있다는 것을 알기까지 상당한 시간이 걸린다. 아니, 그렇지 않다. 기껏해야 십 초도 안 되는 동안이었으리라.

그러나 그것이 거북이라고 알기까지 한참이 걸린다.

처음에는 상어 종류라고 여겼을 정도다. 그래서 긴지는 필사적으로 헤엄친다. 그 큰 입에 덥석 물려 살덩이가 너덜너덜 찢겨나갈 것 같은 공포감이 수없이 덮친다. 그때마다 죽음을 각오한다.

바로 저 앞에 있는 바닷가가 얼마나 멀게 느껴졌던지.

해변에 가 닿는 동안에 긴지는 그것이 상어가 아니라 거북이라는 것을 깨닫는다. 바로 그 거북이다. 긴지의 등에 상처를 남기고, 결국 무지개를 더 멋지게 만들어준 바로 그 바다거북이다.

오늘밤 그 녀석이 진실로 원하는 것이 무엇인지 확실하게 알았다. 어째서 그런 미친 짓거리를 하는지 똑똑히 알았다. 녀석은 문신을 멋지게 해주려는 것이 아니라 문신을 지우려 하고 있었던 것이다.

그렇게 해석하는 순간 긴지는 분명 등뒤로 묵직한 목소리를 들었다. 그것은 엄숙한 신탁처럼 긴지의 온몸에 속속들이 스며들었다.

무지개가 더럽혀져!

만일 그때 손을 뻗어 위험에서 구해줄 사람이 나타나지 않았다면 긴지는 어떻게 되었을지 알 수 없다. 목숨은 부지했더라도, 무지개 문신은 말짱 헛것이 되고 말았으리라. 무지막지하게 긁어대는 통에 문신이 살 껍질째 벗겨져나갔으리라.

긴지는 파도가 닿지 않는 해안까지 필사적으로 기어올라 뒤를 돌아본다. 기가 막힌다는 듯 우두커니 서 있는 마코토를 향해 긴지는 숨까지 헐떡거리며 묻는다.

"내 뒤를 쫓아오던 놈을 너도 봤지?"

그러나 마코토는 고개를 저을 뿐이다.

"괜찮으십니까, 형님?"

긴지는 욱신거리는 등판을 마코토에게 내보이며 외친다.

"좀 봐라, 상처투성이 아니냐?"

그런데 마코토는 첫마디에 아니라고만 한다.

긴지는 피가 엄청 흘렀을 테니 좀 만져보라고 다그친다.

마코토는 시키는 대로 한다. 손바닥으로 긴지의 등을 빠짐없이 쓰다듬고 그 손을 그대로 긴지의 눈앞에 내민다. 이전에 할퀸 자국밖에 없다고 한다.

"왜 이러심까, 형님. 정신 차리십쇼."

마코토는 지금 제정신이냐고 의아해하는 표정으로 준비해온 목욕 타월을 긴지의 어깨에 걸쳐준다. 바닷가에 긴지의 옷가지가 흩어져 있는 것을 보고 간담이 서늘했었다고 마코토는 말한다.

그저 수영을 하고 있다는 것을 알고는 안심하고 집에 돌아가 목욕 타월을 들고 온 것이다. 긴지는 수건으로 온몸의 물기를 꼼꼼하게 닦는다. 그러나 등만은 아무래도 세게 문지를 수가 없다.

체온이 뚝뚝 떨어진다. 조금 전까지만 해도 온몸이 후끈후끈 달아올랐는데 지금은 오한이 밀려든다. 후들거림이 멈추지 않는다. 긴지의 입술이 새파랗다고 마코토가 말한다.

"목욕탕에 가 몸을 좀 데우는 게 좋겠슴다."

마코토는 긴지의 옷가지를 모아 옆구리에 끼고, 긴지는 목욕 타월한 장만 걸친 채 달빛 아래를 걸어간다.

조금 전까지 긴지의 마음속에 넘쳐났던, 오늘과 내일을 연결해주는 예기(銳氣)가 단번에 쭈그러들고 있다.

혈기왕성한 전향적인 자세.

마를 줄 모르는 희망.

과신에 가까운 자부심.

그런 것은 이미 어디에도 없다. 몸도 마음도 고생에 허덕이다 못해 인생을 포기해버린 자의 걸음새다.

거북에게 할퀴였던 감촉이 아직도 등줄기에 생생하게 남아 있다. 무지개를 더럽혀서는 안 된다는 신성에 가득 찬 목소리도 여전히 귓전에 웅웅거린다.

집으로 가는 길목에서 마코토는 상황 변화에 대해 보고한다. 마코토의 말을 그대로 믿는다면, 그리고 그 정보의 출처가 명확하다면 그것은 바람직한 변화다.

경찰은 이미 실종된 동료의 행방에 별다른 관심이 없다고 한다. 아내와 자식에게 푸대접을 받던 별볼일 없는 사내였다는 사실 외에도 좀더 결정적인 악평이 경찰의 적극성을 완전히 없애버렸다고 한다. 갑자기 모습을 감춘 그 경찰은 도박으로 엄청난 빚에 허덕이고 있었다. 그런 새로운 사실이 드러나고 나면 유체가 발견되지 않는 한 도주했거나 행방불명된 것으로 처리되기 십상이다.

"이제 안심해도 됨다. 현경 지원단도 벌써 철수했습니다. 형님은 정말 어떤 일에든 운이 따르는 분임다."

긴지는 그런 이야기는 듣고 싶지 않았다. 만일 어딘가에 내버려졌을 경찰의 사체에 대해 한마디라도 하려 들었다면, 긴지는 분명 분노에 찬 고함을 질렀을 것이다.

긴지가 바들바들 떨고 있는 것은 밤바다에서 헤엄치느라 몸이 차가워진 탓이 아니다. 거북이 하려던 말을 고스란히 이해할 수 있었기 때문이다.

악행의 끝까지 가보는 그런 놈에게 무지개는 어울리지 않는다.

그런 판단을 내린 그 거북은 대체 어떤 놈인가. 물론 보통 거북일 리 없다. 저승사자의 심부름꾼이라고 하기에도 뭔가 이상하다. 우선 저승사자는 문신 따위에 전혀 관심도 없었다.

또 자신의 마음이 투영되어 생겨난 환상의 요물이라 하기에는 너무도 생생한 현실이었다. 오늘밤 일은 그렇다 쳐도 이전에는 분명히 등줄기에 할퀸 상처를 남기지 않았는가.

거북이 무엇을 노리는지 이제 확실히 알았다.

긴지가 제 몸뚱이를 무지개로 장식하려는 것을 거북은 실력으로 저지하려 한다. 무지개가 완성되기 전에 파괴하려고 획책하고 있다.

그러나 그 이유에 대해서는 한 가지도 확실하게 드러난 게 없다.

무지개는 암흑가에서 밥벌이를 하는 자에게는 어울리지 않는다는 걸까. 가령 '백주 대낮의 긴지'라는 별명을 가진 자라 해도 어차피 어둠 속에서밖에는 서식할 수 없는 괴물에 불과하다는 뜻일까. 무지개와 어둠은 결코 융합될 수 없는, 아니, 완벽하게 상반되는 존재라고 말하고 싶은 걸까.

오늘밤의 긴지에게는 반론을 늘어놓을 기운이 남아 있지 않다. 거북은 이미 아득한 바다 저편으로 돌아가고 말았다.

어깨까지 목욕물에 푹 담근 긴지의 의식은 단숨에 아득해진다. 그것은 아직 신출내기였던 무렵, 여러 놈이 한꺼번에 달려드는 바람에 흠씬 두들겨맞았을 때의 기분과 흡사하다.

그러나 정신을 잃기 직전에 자기로 돌아온다.

긴지의 정신을 되찾아준 것은 하나코의 웃음소리다. 텔레비전을 보다 데굴데굴 구르며 웃어대는 하나코가 사랑스럽게도 긴지의 정신을 퍼뜩 깨워주는 약이 되었다. 하나코는 벙어리인 제 어미 몫까지 웃고 떠든다.

하나코의 어미는 부엌에서 막 잡아들인 물고기들을 익숙한 솜씨로 손질하고 있다. 기분이 좋다는 게 도마 위를 뛰노는 칼질 소리에서 여실히 드러난다.

이 일가족에게 행운의 서광이 비쳤다는 걸 실감할 수 있는 무슨 일이 있었을까. 마코토가 뭉칫돈이라도 던져준 걸까.

있을 수 있는 일이다. 정제로 만든 헤로인 가운데 몇 알만 팔아도 일 년분 생활비는 너끈하다.

가난을 견디는 나날과 손을 끊을 수만 있다면 그것이 어떤 성격의 일이든 괜찮다는 걸까.

마코토는 목욕탕 아궁이에서 불 당번을 하며 누구에겐가 전화를 걸고 있다. 파도 소리와 텔레비전 소리, 하나코의 기분좋은 웃음소리 때문에 제대로 들리지는 않지만, 아마 조각룡과 얘기를 나누는 것 같다. 나머지 색깔을 언제 넣을 것인지 상의하는 것일 게다.

마코토는 하루라도 빨리 문신이 완성되기를 바라고 있다. 무지개 문신이 마감되는 순간, 대망을 향한 엄청난 약진이 시작될 것이라고 믿고 있다. 때를 만난 운명이 드디어 용틀임을 시작할 거라고 굳게 믿고 있다.

긴지의 눈에는 그렇게 비친다.

양대 조직이 언제까지나 대치 상태로 있을 수는 없을 것이다. 이제 조금만 지나면 공통의 적인 긴지 일은 일단 제쳐두고 두 세력간에 본격적으로 격렬한 싸움이 시작될 것이다.

쌍방이 모두 지쳐 나가떨어졌을 때가 호기다.

조직이 약세에 빠져든 틈을 타 단번에 파고들지 않으면 안 된다. 적들이 눈치채기 전에 단단히 쐐기를 박아야 한다. 그리고 거기서 옴짝달싹 못 할 견고한 교두보를 구축해야 한다.

마코토는 그렇게 판세를 읽고 있다.

이쪽에는 서른다섯 나이에 벌써 엄청난 수의 광신도와도 같은 신봉자를 거느린, 살아서 전설 속의 인물이 되어버린, 누구보다 흡인력이 뛰어난 사람이 버티고 있다. 작은 성공에 안주할 쩨쩨한 인물이 결코 아니다.

그 사건 이래 '백주 대낮의 긴지'라는 이름은 보통 사람들에게까지 널리 알려졌다. 그런 인물의 직계 아우라는 것만으로도 운신의 폭은 엄청나게 넓다. 게다가 긴지를 따르는 식솔들을 먹여살리고 패권 쟁탈전에 쏟아부을 군자금까지 넉넉하게 준비되었다.

준비 부족이나 교만에 의한 실패는 절대로 용납되지 않는다. 확실하고도 신속하게 포진을 정비해야 한다.

그런 것을 곰곰이 궁리하는 마코토는 긴지의 작전 참모로서 누구보다 자신의 수완을 높이 평가한다. 그 점에 대해서는 긴지가 제일 잘 알아줄 것이라고 확신한다.

긴지가 잠복해 있는 동안 벌어진 크고 작은 문제들을 마코토는 남김없이 해결해냈다. 그것도 누구보다 잽싸게.

이런 활동은, 부족할 것 없이 친절하게 보살펴줬다는 식의 미력한 원조와는 차원이 다르다. 심복으로서의 소질이 충분하다는 것을 눈앞에 들이밀듯 보여준 행동들이다. 종종걸음으로 심부름이나 하며 해해거릴 간덩이 작은 놈은 도저히 해낼 수 없는 일들이다.

이런 공적이 있는데도 그저 심부름꾼으로나 부리려고 할, 그런 신의 없는 '백주 대낮의 긴지'가 아니다. 절대로 그런 일은 있을 수 없다.

마코토는 그렇게 굳게 믿는다.

그러나 마코토는 아직 긴지의 모든 것을 파악하지 못한다. 도무지 읽어낼 수 없는 마음의 움직임이 너무도 많다. 암만해도 진의를 파악할 수 없는 뭔가 다른 구석이 있다. 마코토 자신도 그 점은 충분히 인정한다.

그 점에 대해 마코토는 나름대로 이런 해석을 내린다.

긴지에게 불가해한 구석이 있는 것은 분명 군계일학으로 우뚝 솟은 자로서 가지는 특징일 뿐이며, 바로 그것이 긴지가 큰 인물 중에서도 특히 큰 인물이라는 증거다.

이러쿵저러쿵 말들이 많지만, 긴지처럼 희귀한 인물을 평범한 세상의 잣대로 재려 드는 것은 말도 안 되는 짓이다.

단지 마코토가 염려하고 두려워하는 건 긴지가 상상을 아득하게 뛰어넘는, 뒷골목 세계마저 일탈해버릴 정도로 그릇이 큰 인간일 경우다.

그러나 오늘밤 그런 걱정이 싹 가셨다.

마코토는 '백주 대낮의 긴지'가 그렇게까지 겁에 질린 모습은 처음 보았다. 밤바다에서 헤엄을 치다 등에 뭔가 조금 닿았다고 얼굴이 허옇게 질려 있었다.

아마도 방정맞은 물고기 한 마리가 나뭇조각 같은 것이 너울거리는 걸로 착각하고 알이라도 낳아볼까 다가들었을 것이다.

마코토는 안도의 한숨을 내쉬었다. 그만한 정도의 약점을 지닌 인물인 게 오히려 다가들기 쉽고 모시기 쉽다는 안도감이었다.

목욕물이 너무 뜨겁지 않냐고 묻는 마코토에게 긴지는 힘없이, 응, 응, 이라고만 대꾸한다.

마코토는 다시 곰곰이 생각한다.

조각룡에게 빨리 문신을 완성시키라고 재촉해서 끝나는 그길로 어서 여자를 대줘야겠다. 여자 없이 보내는 생활도 이제 슬슬 한계에 이르렀을 것이다. 숨을 죽이고 엎드려 있어야 하는 음울한 나날이 계속되다보니 발산해야 할 것들이 가득 찼을 것이다.

마코토는 긴지에게 그런 얘기를 한다.

큰소리로 공공연하게 묻는다. 둘이 나누는 이야기가 집 안까지 죄다 들린다. 물론 벙어리 아내에게는 들리지 않겠지만.

긴지는 "여자라……" 하고 귀찮다는 듯 몇 번 중얼거리고는 잠시 뒤에 퉁명스럽게 대꾸한다.

"여자는 필요 없어."

그 순간, 잊고 있던 밀입국 여인의 얼굴이 재빠르게 긴지의 가슴을 스친다. 너무도 소중한 것을 잃었다는 허탈한 마음이 다시금 끓어오른다.

이제 두 번 다시 그녀에 필적할 만한 가치를 지닌 여인은 찾아낼 수 없으리라.

그런 과장된 절망감에 휩싸인다.

동시에 마코토에 대한 거친 분노가 되살아난다. 그리고 아직도 그 일에 대한 앙금이 가슴속에 남아 있는 자신이 정당하다고 생각한다.

만일 어떤 운명의 장난으로 그 여자와 결합되었다면, 그것 말고는 다른 아무것도 필요 없었으리라. 온 세상이 적이 되어 도망치고 또 도망치는 나날을 맞는다 해도 흔쾌히 그 속에 몸을 던졌으리라.

도무지 구원의 길이 보이지 않는 최후를 맞는다 해도 스스로를 불행하다고 생각하지 않았을 것이다. 이 땅과 비슷한 어딘가에서 옛 열쇠 가게 부부처럼 지복의 최후를 맞으며, 목숨을 마침과 동시에 너덜너덜한 육체를 벗어던지고 미지의 또다른 세계로 서로의 손을 잡고 여행을 떠날 수 있었을 것이다.

문신 따위 새기지 말걸 그랬다.

긴지는 그렇게 생각한다.

문신이란 제 손으로 자신에게 낙인을 찍는 짓이나 마찬가지인 행위다. 이로써 죽을 때까지 문신에서 벗어날 수 없게 되었다. 앞으로의 운명은 문신에 의해 결정되리라. 그런 기분이 든다.

가령 레이저로 지져 없애버린다 해도 영혼 저 깊숙한 곳까지 스며든 야쿠자의 안료를 완전히 지워버릴 수는 없으리라.

그 좋은 예가 마코토 아닌가.

마코토는 문신을 지우고 식솔까지 거느렸지만 결국 온전한 땅에 정착하지 못했다. 딸린 가족이 생기자 이전보다 하는 짓이 더욱 거칠어지고 악랄해졌다. 은신처를 구해 찾아든 형님을 이용할 대로 이용해서 엄청난 허망의 꽃을 피우려고 밤낮 분주하다.

저승사자는 처음에 긴지에게 이렇게 말했다.

너는 이 세상에 불필요한 인간이니 지금 즉시 이 세상을 떠나는 게 마땅하다.

요컨대, 긴지가 인간 사회의 해충이라고 일방적으로 단정한 것이다. 아무리 길게 살아본들 영혼의 정화 따위 이뤄질 리가 없는, 마물과 한패인 인간이라고 분류했다.

분명 그럴지도 모른다고 긴지는 생각한다.

지금이라도 늦지 않다. 그녀의 뒤를 쫓는다면 따라잡을 수 있을 것이다.

문제가 되는 것은 따라잡는다 해도 과연 그녀가 받아줄까 하는 점이다. 익사할 위기에 처한 그녀의 목숨을 구해준 것이야 큰 은혜라고 쳐준다 해도, 은혜는 은혜, 사랑은 사랑이라는 지극히 당연한 이유를 들어 거부할 가능성도 있다.
 아니, 어쩌면 소리치며 대들지도 모른다. 결국 그렇게 처참한 죽음을 맞이할 것이었다면 차라리 그때 물에 빠져 죽는 게 훨씬 더 나았을 거라고, 분명 항의를 할 것이다.
 서서히 긴지의 얼굴에서 표정이 사라진다. 목욕물에 잠긴 몸뚱이는 후끈거리는데 얼굴에서는 점점 핏기가 빠져나간다. 다시 의식이 몽롱해진다.
 긴지 스스로는 까막까막 졸고 있다고 느끼지만, 실제로는 그렇지 않다.
 천장이 빙글빙글 돌기 시작한다.
 그 회전이 빨라지면서 수증기 너머 아득한 곳에 어디론가 통하는 길 같은 것이 보인다.
 이것이 말로만 듣던 저 세상으로 가는 통로인가.
 하나코의 웃음소리도 텔레비전 소리도 마코토의 이야기 소리도 파도 소리도 서서히 멀어진다.
 모든 것이 암흑 세계로 빨려든다.
 완벽한 무음 상태가 되면서 어둠의 세계에 돌입한 긴지는 무의 심연으로 떨어져간다.
 그러나 잠시 뒤에 어디선가 들려오는 목소리와 사물의 소리 따위가 긴지를 다시 불러들이고 만다.
 정신을 차리자 천장을 보고 반듯하게 뉘어져 있다. 목욕탕에서 거실까지 어떻게 실려나왔는지 전혀 기억이 나지 않는다.
 "목욕하다 잠시 현기증이 난 거니까 걱정 마십쇼."
 마코토의 말소리가 귓전에서 쟁쟁 울린다.

"창문을 열어."

아비의 지시를 받고 하나코가 창문을 활짝 연다.

소생의 바람이 살랑살랑 불어온다.

그래도 부족하다는 생각이 들었는지 하나코의 어미가 장롱 안에서 선풍기까지 꺼내온다.

의식이 완전히 돌아왔는데도 긴지는 오래도록 눈을 감고 있다.

약한 꼴을 보인 것이 창피스럽다. 마코토가 아무리 말을 걸어도 일부러 대꾸를 하지 않는다.

하나코도 자꾸만 큰 소리를 질러댄다.

"아빠, 일어나세요, 일어나요!"

생판 타인을 아빠라고 부르는 딸아이를 진짜 제 아비는 이제 나무라지도 않는다.

어린아이의 절절한 목소리가 긴지의 가슴에 스며든다. 마음의 밑바닥까지 와 닿는 '아빠'라는 그 소리는 그때까지 게으르게 잠들어 있던 정서를 두들겨깨우고 눈물샘을 자극한다.

긴지는 눈두덩이 뜨거워지는 것을 느낀다.

눈꺼풀 안에 그득하게 고인 눈물이 넘치며 뺨을 타고 흐른다. 긴지는 우는 얼굴을 보이지 않으려고 벌떡 몸을 일으킨다. 머리를 닦는 척하며 수건으로 얼른 눈물을 훔친다.

가까스로 의식을 회복한 긴지를 보고 마코토의 가족은 크게 기뻐한다. 하나코는 팔짝팔짝 뛴다. 마코토의 아내는 선풍기 스위치를 끄며 소리가 되지 않는 소리를 지른다.

어리둥절한 표정으로 두리번거리는 긴지에게 마코토가 설명한다.

"목욕 멀밉니다, 목욕 멀미."

갑작스럽게 몸을 일으킨 탓인지 다시 머리가 어지럽다. 그러나 이제 더이상 기절은 하지 않는다.

활짝 열어젖힌 창문 너머로는 아득한 파도 소리와 하늘 가득한 별.

그때 마코토가 느닷없이 탄성을 내지르며 긴지의 등을 가리킨다. 그 아내와 하나코의 시선도 문신에 그대로 못 박힌다.

진짜 무지개 속으로 뛰어들었다 해도 그토록 깊이 감동할 수는 없으리라. 세 사람은 입을 떠억 벌리고 미완의 무지개를 뚫어져라 바라본다.

긴지는 왜 그러느냐고 묻는다.

마코토의 말문이 터지기까지 한참이나 걸린다. 그것도 거의 말이 되지 않는 말이다. 그저 굉장하다는 말만 연발할 뿐 전혀 두서가 없다.

문신은 벌써부터 불후의 광채를 뿜고 있다. 절묘하게 조합된 강렬한 색채가 휘황한 성과를 발휘하여 보는 자를 일시에 압도한다.

하나코가 긴지를 거울 앞으로 끌고 가려고 한다.

보고 싶다는 유혹에 긴지 또한 강하게 이끌린다. 그와 동시에, 지금 그걸 봤다가는 끝장이라는 마음도 강하게 든다. 만일 자신의 문신에 가슴이 뭉클해지도록 감동했다가는 그 순간부터 그만 자신이 아니게 되어버릴 것만 같다.

뜻을 다 이루지 못하고 중도에서 쓰러져버리는 건 아닐까. 문신의 지배를 받고, 문신에 의해 확고한 자아가 뚜렷하게 부식되는 건 아닐까.

그런 마음의 동요가 인다.

긴지는 가까스로 하나코의 손을 떼어놓는다. 그리고 완성될 때까지 절대 보지 않기로 했노라고 일러준다.

그렇지만 막상 완성된 뒤에 조각룡 최후의 작품을 감상할지 말지는 아직 정하지 않았다. 어쩌면 죽을 때까지 제 등을 거울에 비춰볼

일은 없을지도 모른다.

　이런 것에 의지했다가는 명확하게 시대에 한 획을 그을 행운은 얻지 못할 것이다. 기껏해야 문신 따위에 정신적 결의의 표현 이상의 효과를 기대해서는 안 된다. 이런 사소한 형식 하나로 외적 조건이 모두 갖춰졌다고 여기는 건 잘못이다. 아니, 뭐가 어찌 됐건 그런 건 보지 않는 게 낫다.

　긴지에게 지금 그런 직감이 강하게 작동한다.

　이윽고 제대로 말문이 터진 마코토는 잔뜩 들떠서 떠들어댄다.

　이전보다 훨씬 더 발색이 선명해졌다. 한번 쳐다보기만 해도 마음이 타오르는 것 같다. 색깔 하나하나에 영원한 새로움이 담겨 있다.

　목욕 멀미를 할 정도로 오래도록 목욕물에 들어 있었던 덕분에 이렇게 좋은 발색이 나온 것인가. 그게 아니면 전적으로 조각룡의 솜씨 덕분인가. 시간이 지날수록 무지개빛이 피부에서 서서히 떠오르게 만들어놓은 것인가. 만일 그렇다고 한다면 조각룡은 그야말로 하늘이 내린 천재가 아닐 수 없다.

　마코토의 격찬은 멈출 줄을 모른다.

　이 무지개야말로 조각룡 최후의 작품이라는 이름에 어울리는 최고의 걸작이다. 이건 단순히 배짱을 과시하기 위한 문신이 아니다. 그리고 제가 가진 실력을 과장하려는 엉터리 문신도 아니다.

　이 문신을 본 자는 분명 무지개에 대한 인상을 바꾸게 될 것이다. 그저 아름답고 신비한 것이라는 생각을 그 자리에서 고치지 않으면 안 될 것이다.

　이것은 지우려야 지울 수 없는, 영원의 무지개다. 이것이야말로 문신을 초월하는 문신이 아니고 무엇인가.

*

 한밤부터 내린 비가 정오 가까이 되도록 질금거린다.
 아무것도 하지 않고 침낭에 든 채 이리저리 뒹굴며 반나절을 허비하는 것을 긴지는 이제 별로 대수롭지 않게 여긴다.
 본인에게는 전혀 그런 자각이 없지만, 긴지는 잠을 한 번씩 잘 때마다 거꾸로 마음의 눈이 뜨인다. 탑에 흘러넘치는 영기를 인식할 수 있게 되고, 희미하기는 하지만 불멸의 실재니 절대선이니 하는 것까지도 붙잡을 수 있게 된다.
 그와 함께 지성의 활동도 꽤 활발해진다. 이곳에 온 뒤로 세계관이 일변하는 양상을 보인다.
 그러나 긴지의 시각을 키워주는 것은 여전히 악과 죽음일 뿐이다. 자칫 실수로라도 선과 삶 쪽은 아니다.
 망망한 공간 속 지상 백 미터 높이에서 잠자고 깨며 살아가는 일이 바로 그 토양이 된다.
 그러나 그것이 진정한 영혼의 개선이라고 할 만한 것인지 아닌지는 아직 정확하지 않다. 그리고 연명의 효과를 낼지 어떨지도 아직 알 수 없다.
 긴지가 항상 쉬임 없이 뿜어내는, 열렬한 격정으로 채색된 악당다움.
 그것은 만년설처럼 부동의 것인지도 모른다.
 서른다섯 나이에 벌써 암흑가 한복판에 올라서서 대지진을 일으킨, 담력과 지력이 모두 뛰어난 이 청년에게는 악운의 날이라는 건 일절 없다. 그리고 불확산 방침과도 전혀 인연이 없다. 그에게는 항상 자신만의 운이 따르고, 그 운을 사방으로 확산시키는 강한 악의 기운이 있다.

그런 긴지에게 올봄은 흡사 기원 원년과도 같은 중대한 의미를 가진다.

이른바 은둔자와 같은 입장에 놓인 긴지지만, 그의 정신은 긴장의 정도에 따라 끊임없이 변형된다.

살인의 경험이 한 번씩 쌓일 때마다 마음의 눈은 투시력을 갖추고, 이제 조금만 더 가면 자신의 미래를 훤히 내다볼 수 있을 만큼 한껏 고양된 상태다.

그러나 심정이 동요하는 횟수는 늘어나기만 할 뿐, 자기 자신의 생의 실체에 이르면 안개 저 너머의 원경처럼 암만해도 파악할 수가 없다.

이는 극히 자연스러운 경과이다. 이제까지 완전히 물질세계에서만 살아온 긴지였기 때문이다.

어쩔 수 없이 사치스러운 생활을 떠나 변방에서 숨어 지내야 하는 처지가 된 후부터 긴지는 전혀 다른 세계를, 보고 싶지도 않은 정신세계를 넘어다보는 횟수가 늘어났다.

그것이 내부로부터 생겨난 변화인지, 아니면 외부의 힘에 의한 것인지, 그것도 아니면 그 양쪽 모두의 작용인지 지금으로서는 무어라고 말할 수 없다.

어느 쪽이 됐건 불가항력의 돌발적 요인이 긴지의 운명을 끌어안으려 한다는 것만은 명백한 사실이다.

조만간 흑백이 가려지리라.

사선으로 흩뿌리는 빗줄기에도 탑은 여전히 끄덕도 하지 않고 이 세상의 맑음과 흐림을 모두 삼키고 위풍당당하게 솟아 있다.

이와 비슷한 수준으로 탄탄하게 지어져 하늘을 찌를 듯 솟아오른 건축물이라면 세상 여기저기에 얼마든지 있다. 그렇지만 긴지처럼 사회로부터 현저하게 일탈한 인간을 이토록 감싸주는 건축물은 이곳 말고는 다시 없을 것이다.

기묘할 만큼의 구심력을 비장한 이 탑은 여차하면 폭력에 가담하려는 경향이 있다. 파괴와 파멸의 태풍을 불러일으키며, 당장이라도 질서가 붕괴될 것 같은 아슬아슬한 시대를 크게 환호하며 맞아들이는 분위기를 품고 있다.

긴지와 긴지에 의해 의인화되어버린 가면은 요즘 한동안 소원하다. 그다지 원만하다고 할 수 없는 사이다.

이미 서로간에 상대의 관심을 끌고 싶은 마음도 없는 것 같다. 관심은커녕 거의 절연 상태다.

그러나 완전하게 '살덩어리와 나뭇조각'이라는 멋없는 관계로 돌아간 건 아니다.

양자는 여전히 어느 지점에선가 한데 묶여 있다. 혈연으로 얽힌 자들의 까닭 모를 미움처럼 언제라도 다시 복구될 상태에 있다. 바닥 없는 침묵 속에서조차도 항상 서로가 서로를 간섭하고 있다.

서로 경쟁하듯 위험한 방향으로 뚝뚝 떨어져간다.

무표정을 유지하면서도 가면은 이미 미간에 자멸의 결심이 넘친다. 한편 긴지는 극단적인 자기 분열에 빠질지도 모를 험로(險路)를 일직선으로 돌진한다.

하루 종일 누웠다 일어났다를 수없이 반복하는 사이에 긴지는 점점 미친 듯한 격정에 내몰려 이단자에 가까워지기도 하고 다시 멀어지기도 한다. 결심이 흔들릴 때마다 마음은 사정없이 휘둘리고 정력이 남김없이 소진된다.

그리고 이제는 스스로의 행동조차 경계하기에 이른다.

꾸벅꾸벅 조는 틈틈이 그려보는 몽상은 네발짐승의 그것과 똑같이 모조리 본능의 맹목적인 빛깔로 물들어 있고, 게다가 지독히 강한 독을 품고 있다.

타인을 한없이 경계하며 짐승만도 못한 짓을 아무렇지도 않게 여기고 절대적인 지배력과 특권을 쥐고 싶어 안달하는 수많은 망상들이 지금은 빗소리에 의해 약간 억제되고 있다.

바로 조금 전에 마코토가 돌아갔다.

하나코 대신 아비가 긴지의 식사를 날라온 것이다. 평소에 하던 대로 도시락을 로프로 끌어올리기에는 비가 너무 많이 왔기 때문이었을 게다. 그리고, 먹을 것 외에도 긴지에게 건네주고 싶은 게 있어서였다.

융통성 없이 길기만 한 나선계단을 올라온 마코토는 그것을 도시락과 함께 긴지의 베갯머리에 놓았다. 과거의 어떤 범죄 때도 쓰인 적이 없는, 경찰 기록에도 올라 있지 않은 신종 무기.

대형 자동권총이 손만 뻗으면 닿을 위치에 놓여 있다.

긴지는 자는 척하면서 눈을 가늘게 뜨고 마코토의 행동을 처음부터 끝까지 모두 훔쳐보았다.

마코토가 기름종이 포장을 풀어 그것을 꺼냈을 때, 이어서 탄알이 들어가고 언제든 발사할 수 있는 상태가 되었을 때, 단 한순간이지만 강한 의심이 일었다. 그런 식으로 마수가 뻗쳐올 것이라고 생각한 것은 그때가 처음이었다.

물론 괜한 걱정이었다.

마코토는 아무 짓도 하지 않았다. 이를테면 총구를 긴지의 이마에 들이박는 일은 없었다. 자신의 미래를 의탁한 사내의 잠든 얼굴을 감개무량하게 잠시 바라보았을 뿐, 한 마리 쥐처럼 그대로 조용히 물러갔다.

그럴 마음만 먹는다면 긴지 쪽에서도 마코토의 목숨을 뺏을 수 있었을 터였다. 계단을 내려가는 마코토의 머리통을 위에서 똑바로 겨냥하여 새 화기의 위력을 시험해볼 기회는 얼마든지 있었다.

실제로 마코토의 발소리가 아직 그리 멀리 가지 않았을 때 긴지는 잽싸게 몸을 일으켜 슬며시 가면의 호흡을 살폈다.

어쩌면 가면이 쏘라고 외칠지도 모른다는 기대감을 품었기 때문이다. 아니면 그 반대로 쏘아서는 안 된다고 고함을 쳐줄지도 모른다고 상상했기 때문이다.

그러나 가면은 여전히 한 조각 낡아빠진 나뭇조각의 입장을 고수하며 아무런 의사 표시도 하지 않았다.

도통 식욕이 나지 않았지만, 애써 만들어준 요리가 식어버리기 전에 한술 떠먹으려고 긴지는 침낭에서 기어나온다. 비 오는 날씨로 인해 썰렁해진 대기가 온몸에 스며든다.

꿈을 꾸는 것처럼 허망하기만 한 상황이 이어지고 있다.

한쪽 창으로 탑의 울타리를 벗어나는 마코토의 모습이 보인다. 하나코의 화려한 우산을 받쳐든 마코토의 모습에서 악에 흠씬 젖은 인간을 떠올리기란 쉽지 않다.

그러나 실제의 마코토는, 아직 이름이 널리 알려진 건 아니지만 '백주 대낮의 긴지'와 마찬가지 수준으로 뒷골목 세계를 어떻게 주물러야 하는지 훤히 꿰뚫고 있는 신진 야쿠자로서 두각을 드러내고 있다. 게다가 긴지와의 삶의 방식의 차이가 점차 선명하게 드러나고 있다.

남의 가랑이 사이를 기어나가지만 틈을 보아 그자의 물건을 총으로 날려버린다. 마코토가 목표로 삼는 건 분명 그런 악당이다.

참으로 내세가 걱정되는 인간.

탑의 처마 밑에 둥지를 튼 흰털발제비의 새끼들이 어미새들이 날아올 때마다 한바탕 소란을 떤다.

들판을 가득 채운 식물은 어느 것이든 진종일 내리는 비의 도움을 받아 키를 늘이며 얼마 뒤에 찾아올 여름의 충일에 대비하려 애쓴다.

계절풍의 종류가 변하면서 크게 뒤바뀐 대기에는 바닷가임에도 불구하고 삼림지대의 향기가 섞여 있다.

지겹지도 않은지 끝없이 반복되는 파도 소리에는 영겁의 특성이 고스란히 내포되어 있다.

긴지의 시선은 자기도 모르는 사이에 그 무덤으로 향한다.

허식을 완전히 배제한 그것은 지금 만물과 함께 있다. 그런 곳에 올봄 막 세상을 뜬 세 사람과 한 마리 검은지빠귀가 묻혀 있으리라고는 아무도 상상하지 못하리라.

죽는 모습은 세 사람이 저마다 달랐다.

한 사람은 자연사.

한 사람은 자살.

또 한 사람은 타살.

탑이 이런 말을 중얼거린다.

그 세 사람이 살 만큼 살았는지 아니면 비명횡사했는지, 그런 문제를 놓고 타인들이 이러쿵저러쿵할 건 없다. 한 덩어리 부패한 살집에 헛된 사유를 채워넣어서는 안 된다.

긴지는 문득 생각에 잠긴 모습으로 마음의 귀를 기울여 들새 소리를 듣는다.

생의 무언가를 찾는 발랄한 울음소리가 파도 소리를 교묘하게 넘나든다. 그것은 인간이 품은 개개의 관념처럼 복잡하게 뒤엉켜 있지만, 인간 사회와 마찬가지로 전체적으로는 통일되고 균형이 잡혀 있다.

검은지빠귀가 노래하던 죽음의 찬가를 다시 한번 듣고 싶다. 긴지는 은밀히 그런 바람을 품는다. 그러나 검은지빠귀의 순교 정신이 가득한 지저귐은 아무리 기다려도, 그 어디에서도 날아와주지 않는다.

유난히도 비가 잘 어울리는 이 바다는 좌절과 자멸의 예견을 품은 채 넉넉한 호를 그린다.

낮게 드리워진 답답한 구름은 해양성 기후의 영향을 온전히 다 받고 있다.

바다 위를 달리는 자그만 선박은 모두 표류물처럼 보인다.

이런 종잡을 수 없는 풍광 전체가 실체와 비실체의 틈새에서 조용하게 흔들리고 있다.

지금이라면 창을 통해 뛰쳐나갈 수 있을지도 모른다.

검은지빠귀가 단 한 구절만 울어주어도 두 팔을 날개처럼 펼치고 창턱을 있는 힘껏 박차고 대기 속으로 과감하게 날아오를 수 있을지 모른다.

육안과 쌍안경을 번갈아 써가며 긴지는 저승사자의 모습을 찬찬히 찾아본다.

그러나 저승사자는 자취도 없다.

만일 저승사자가 이 근처를 어슬렁거리고 있다면 운명을 적으로 돌려서라도 불러들이리라고 마음먹는다. 그것도 괜찮은 심심풀이가 아닐까 하고 생각한다.

뒷골목 세계의 특권 계급을 결속시켜 그 위에 군림하겠다는 원대한 계획.

그런 어려운 일을 실현한다 한들 대체 무슨 가치가 있으랴. 만 번 죽어 단 한 번의 생을 얻는, 긴급 피난의 연속과도 같은 나날을 질질

이어가는 인생에 대체 무슨 의미가 있으랴.

　죽은 자를 산처럼 쌓아놓은 뒤에 과연 어떤 무지개를 볼 수 있다는 건가. 혼신의 용맹을 다 털어넣은 뒤에 자신을 뒤돌아보고는 그 정신의 궤적이 너무도 빈약한 것에, 너무도 오염된 것에 충격을 받아 순식간에 영혼이 돌로 변하는 건 아닐까.

　그러나 긴지에게는 아직 삶의 방식을 전환해야 한다는 절실한 자각이 없다. 그리 멀지 않은 장래에 새로운 경지에 가 닿게 될지 모른다는 예감조차도 없다.

　불기 없는 방에 있는 것을 비로소 쓸쓸하게 생각한, 그런 정도일 뿐이다.

　긴지가 목하 믿어마지않는 것은, 이 비가 갤 때면 틀림없이 무지개가 나올 것이라는 사실이다.

　확신의 근거는 아무것도 없지만, 무턱대고 바라는 것과는 명확하게 다르다.

　무지개의 명소라는 이름이 붙은 지역이니만큼, 그에 어울릴 만한 장려한 무지개가 분명 나와줄 터다.

　긴지의 등에서 숨을 쉬기 시작한 무지개도 그렇게 생각하고 있다.

　문신의 무지개는 주인의 산만한 생각을 하나로 끌어모으는 역할을 한다. 그러나 그것이 길(吉)이 될지 흉(凶)이 될지, 그것까지는 완벽하게 파악하지 못한다.

　날이 개면 조각룡이 오기로 되어 있다. 마지막 일곱번째 색깔을 넣고 무지개를 완성시킬 만반의 준비가 되어 있다.

　조각룡은 남은 색깔을 정했을까. 혹은 아직도 망설이는 중일까. 그도 아니라면 역시 진짜 무지개를 그대로 본떠 보라색으로 할 작정일까.

그 한 색깔이 성패를 가를 것이다.

조각룡은 그렇게 말했다.

눈이 휘둥그레질 작품이 될지 아니면 보는 사람이 창피해질 정도의 태작이 될지, 그 둘 중의 하나라고 잘라 말했다. 어중간하게 평범한 작품은 절대 나오지 않을 것이라고 단언했다.

운이 좋다면, 완성되는 순간에 이 무정한 들판의 상공에 거대한 무지개가 걸릴지도 모른다. 만일 그렇게 된다면 양쪽 무지개를 차분히 비교해볼 수 있다.

긴지는 지금, 자신의 몸 속을 돌고 있는 더운피를 느낀다.

그 가슴속에 한 가지 큼직한 도박거리가 떠오른다.

조각룡이 성공을 거둔다면 이대로 무법자의 길을 돌진하여 이 세상 어떤 자도 감히 뒤따라오지 못할 완전무결한 무뢰한이 되어주리라. 만약 실패했을 경우에는, 과연 가능할지 어떨지는 모르지만, 깨끗하게 체념하고 다른 길을 걸으리라. 마코토를 대신해서 어부라도 되어보자.

이제 새삼스럽게 성실한 삶은 살 수 없을지도 모른다.

그러나 저 옛 열쇠 가게 노인이 보여준, 그 정도의 인생이라면 그럭저럭 꾸려갈 수 있을 것 같은 기분이 든다. 아내가 있는가 없는가는 별도로 하고, 검은지빠귀를 기를 것인가 말 것인가는 별도로 하고, 그것과 비슷한 생활이라면 별 문제 없이 해낼 수 있을 것 같다.

그때는 이름을 버리자. '백주 대낮의 긴지' 따위의 이름은 어차피 독선에 가득 찬 인간 쓰레기들 사이에나 통용되는 허세와 허위에 찬 명성일 뿐이다.

긴지는 오싹하리만큼 차디찬 돌바닥에 앉아 식사를 시작한다.

이제까지 무언가를 먹는 자신의 모습을 객관적으로 머릿속에 떠올린 적은 단 한 번도 없었는데, 왠지 새삼스레 그런 짓을 해본다. 또하나의 긴지가 바닥에 털썩 주저앉아 남이 만들어준 도시락을 먹는 떠돌이 사내를 어깨너머로 바라보고 있다.

고독의 극치라는 생각만 들 뿐, 완전하게 자립한 사내의 위용 따위는 털끝만큼도 느껴지지 않는다.

그 고독은 인기를 한몸에 누리는 희극 배우의 그것보다 깊고, 버림받은 자식의 그것보다 깊으며, 이제 서서히 몸이 망가져가는 알코올 중독자의 모습과도 같다.

비에 흐려진 원경 너머로 무해한 천둥번개가 우릉우릉 울려퍼진다. 바람에 흔들리며 바스락거리는 푸른 잎 돋은 산벚나무와 거여목 꽃이 자꾸만 허무한 추회(追懷)의 정을 불러일으킨다.

이따금 탑 아래에서 위까지 단숨에 돌풍이 불어닥치며 세상 만사는 그저 운을 시험해보는 것일 뿐이라고 우겨댄다.

흑백의 반점이 있는 바닷새가 애초에 출발점을 잘못 잡았어, 라고 우짖으며 아름다운 해안선을 따라 날아간다.

쉬임 없이 밀려드는 물결은 이런 말을 흩뿌리듯 내뱉는다.

무엇이건 네 마음대로 해라, 무엇이건 네 마음대로 해라.

*

밤바람 소리에 눈을 뜬 긴지는 이내 이변을 깨닫는다.

깨닫지 않을 도리가 없다. 중력으로부터 완전히 해방된 제 몸뚱이를 기이하게 느끼지 않을 재간이 없는 것이다.

긴지는 지금 자신의 육체를 전혀 의식할 수 없을 정도로 생생한 부양감(浮揚感)에 휩싸여 있다. 정신만 가진 존재라는 이상한 자각에 극심한 당혹감을 느낀다.

그리고 그 어느 때보다 강력하게 자아를 의식한다.

그렇다고 온몸이 완전히 소멸된 건 아니다. 팔다리도 머리도 몸뚱이도 틀림없이 달려 있다. 어쨌건 육체의 형태는 그대로 지니고 있다.

그런데 아무리 이리저리 뒤척여봐도 돌바닥의 거칠거칠한 감촉이 전혀 느껴지지 않는다. 게다가 누워 있는 곳이 평소보다 이삼 미터 높은 곳이다.

결코 기분 탓이 아니다.

그 증거로, 돔 형태의 천장이 바로 이마 위에 있고 창문은 긴지보다 훨씬 아래에 있다.

분노를 담고 불어제치는 강풍이 휘황한 달빛을 받은 들판과 바다를 휘젓는다. 난폭한 것은 바람뿐, 빗방울은 전혀 떨어지지 않는다.

거세게 몰아치는 파도가 보이고, 분노에 찬 듯한 파도 소리가 들린다.

긴지는 자신이 정말로 잠에서 깨어났는지 그것부터 의심스럽다.

그래서 일단 눈을 꾹 감았다 다시 한번 떠본다. 몇 차례나 같은 행동을 반복한다.

그러나 사태는 조금도 변하지 않는다. 여전히 기괴한 존재로 남아 있다.

말하자면 공중에 뜬 것이다.

더욱 놀라운 것은, 그야말로 기절할 정도로 깜짝 놀란 것은, 바로 아래에 또하나의 자신이 누워 있다는 것이다.

그 또하나의 자신은 다른 물질과 똑같이 이 별의 인력의 지배를 받아 얌전히 바닥에 붙어 있다.

긴지는 바로 아래의 자신을 바라보는 게 너무 괴로워, 지나치게 확연한 부조리를 견딜 수 없어 자기도 모르게 얼굴을 돌려버린다. 절체절명의 위기에 몰린 것이다.

잠시 후에 나온 답은 죽음이다.

결국 죽고 말았는가. 내가 가 닿을 곳이 이곳이었던가. 아무리 그렇다지만, 정말 용 한 번 못 써보고 얌전히 죽어버렸구나.

긴지는 어쩔 줄을 모른다.

마음은 불안으로 가득하다. 이런 어이없는 최후는 아무래도 인정할 수가 없다.

저승사자가 그토록 끈질긴 집념으로 자신의 주위를 맴돌았던 이유를 이제야 확실히 알 것 같다. 그자는 이런 죽음이 찾아올 것을 미리 알고 있었던 게 틀림없다.

그렇지 않다면, 그자가 저승 명부에 제멋대로 손을 대 강제로 죽음으로 밀어넣었는지도 모른다. 그렇다, 이건 저승사자의 공작에 의한 부당한 죽음일 가능성이 높다.

얼마간 침착성을 되찾은 긴지는 이윽고 사인(死因)이 궁금해진다.

병으로 죽었을 리는 없다. 서른다섯 나이의 건전한 신체에 병마가 끼어들 여지는 절대로 없었을 것이다. 절식이 필요할 정도로 비만한 몸도 아니었고, 위험한 약물에 의존하던 몸도 아니었다.

긴지는 다시 한번 바닥에 누운 긴지를 내려다본다. 정신을 바짝 차리고 죽은 자를 곰곰이 관찰한다.

보기에도 사나울 만큼 험한 꼴은 아니다.

이를테면, 험악한 인상의 인물이 도끼눈을 뜨고 슬며시 기어들어 자신이 잠든 사이에 쥐도 새도 모르게 숨통을 끊은, 그런 불명예스러운 흔적은 찾아볼 수 없다. 누군가 흙발 그대로 실내에 침입한 흔적도 없고, 총탄이 뚫고 지나간 구멍으로 다량의 피를 흘린 것도 아니다.

그리고 가느다란 철사줄로 목이 졸린 푸르둥둥한 흔적도 없다. 사반(死斑)도 나타나지 않았다.

얼굴은 더할 수 없이 평온하다. 아직 핏기도 남아 있다. 초췌해진 느낌조차 들지 않는다.

더군다나 수명이 다해 죽었다고는 생각도 할 수 없다.

아직 완전히 죽은 게 아닌 걸까. 아니면 이제 곧 숨이 끊어지려는 참일까. 혹시 독약이라도 마신 걸까.

만일 그런 짓을 할 놈이 있다면 마코토 말고는 없다. 어제 식사를 날라온 건 하나코가 아니라 마코토였다.

그러나 독약이라고 하기에는 괴로워한 기억이 전혀 남아 있지 않다. 왜일까. 괴로워할 틈도 없을 만큼 강한 약을 쓴 걸까.

갖가지 가정과 추정이 긴지의 뇌리를 마구 휘젓는다.

마코토는 애초부터 긴지를 내세워 강력한 조직을 만들 생각 따위는 없었던 게 아닐까. 그런 엄청나고 위험한 계획이 제대로 이뤄질 리 없다는 것을 처음부터 알고 있었던 게 아닐까.

긴지가 일으킨 예의 사건을 신문 기사를 통해 알게 되었을 때부터 마코토는 긴지의 말로를 뻔히 내다보고 있었던 걸까. 치밀하게 조직화된 범죄 집단의 저력이 얼마나 막강한 것인지 다른 누구보다, 어쩌면 긴지보다 더 잘 알고 있었던 걸까.

그리하여 마코토는 긴지를 팔아치울 기회만 엿보고 있었던 것일까.

그럴 리는 없다. 그러기에는 앞뒤가 맞지 않는 일이 너무 많다.

만약 그렇다면 어째서 문신 같은 걸 등에 새기게 했겠는가. 어째서 죽느냐 사느냐의 일대 모험을 감행하면서까지 군자금을 마련하려고 했겠는가.

양대 조직이 눈이 벌게져서 찾아다니는 '백주 대낮의 긴지'를 팔아치울 마음이 있었다면 진작에 그랬을 것이다.

그게 아니라면, 도중에 마음이 바뀌었는가.

그 추측에도 무리가 있다. 가령 자신을 팔아넘겼다 해도, 긴지의 목숨을 사들인 자들이 이렇듯 편안한 죽음을 안겨줄 리가 없다. 저 정도라면 숨골을 정확히 맞고 즉사한 인간과 그리 차이가 나지 않는다.

탄알을 장전한 새 권총이 언제든 사용할 수 있는 위치에 놓여 있다. 그것이 만일 자신을 향해 발사되었다면 어딘가에 탄창이 떨어져 있어야 할 것이다. 그리고 머리 일부분이 터져 근처에 뇌수가 흘러나와 있어야 할 것이다.

안전장치는 걸린 그대로다.

이리저리 궁리하는 사이 긴지는 아래에 누워 있는 긴지의 숨소리를 깨닫는다.

긴지는 천천히 바닥에 누운 긴지 쪽으로 내려간다. 공간을 마음대로 이동할 수 있는 자신이 암만해도 익숙해지지 않고, 또 믿어지지도 않는다. 믿을 수 없는 채로 몸을 움직여 편안하게 잠든 긴지에게 슬그머니 다가가 심장에 귀를 대본다. 호흡도 심장 고동도 모두 정상이다.

나는 누구지?

나는 뭐지?

그런 자문을 초조하게 던지면서 긴지는 잠에 빠진 또하나의 자신을 찬찬히 살펴본다.

긴지의 혼미는 점점 깊어갈 뿐이다. 자기 자신을 흔들어 깨워야 할지 말지 주저한다.

이자는 육체를 가지지 않은 자신을 본 순간 너무나 큰 충격으로 정말로 죽어버릴지도 모른다.

그렇다면 이자가 잠든 사이에 다시 안으로 되돌아가야 하는 게 아닐까. 그렇게 하는 게 제일 좋은 방법일 것이다.

육체와 영혼의 흔들림 없는 합치가 있음으로 해서 비로소 생명일 수 있다.

그렇다고 해도, 어떻게 육체로 돌아가야 한단 말인가.

영혼인 긴지는 육체인 긴지 곁에 완전히 똑같은 자세로 누워본다.

그러나 아무런 변화도 일어나지 않는다. 좀더 바짝 붙어봐도, 반투명의 몸을 비비적거리며 바짝 붙여봐도 별다른 변화가 없다.

영혼인 긴지는 작심하고 무리하게 제 몸을 제 몸 위에 겹쳐본다.

그러자 두 사람은 한치의 틈도 없이 합체된다.

그러나 그것은 어디까지나 표면상의 결합에 지나지 않고, 완전한 조화에는 이르지 못한다. 아무리 시간이 지나도 육체를 의식할 수가 없다. 몸 속을 흐르는 피의 감촉이 없다. 아무리 애를 써봐도 다른 몸이라는 느낌을 부정할 수 없다.

조금이라도 긴장을 늦추면 마치 유리그릇에서 미끄러져나오는 젤리처럼 스윽 육체 밖으로 나오고 만다. 나왔다 들어가고, 들어갔다가 나오는 일이 하염없이 이어진다.

이렇게 되면 두들겨깨우는 수밖에 없다.

그렇게 생각한 긴지는 상대의 어깨에 손을 댄다. 그러나 그 손은 아무런 저항도 없이 어깨 속으로 쑥 들어가고, 게다가 돌바닥까지 뚫고 들어가버린다.

긴지는 초조하다.

그러나 아무리 초조해도, 생각나는 대로 여러 가지 시도를 해보아도 전혀 말을 듣지 않는다. 괜한 시간만 낭비할 뿐이다.

갑자기 무어라 말할 수 없는 적막감이 엄습한다.

그저 쓸쓸한 것만이 아니다. 슬픔이 반 이상을 차지하고 있다. 그 슬픔을 받치고 있는 내적 요인이 무엇인지 긴지는 아직 알 수 없다.

알고 있는 것은 그것이 도저히 구원받을 수 없는 차가움과는 정반대의 것이라는 사실이다. 햇빛에 내다말린 이불 속으로 기어들었을 때처럼 어떤 불행도 다 잊게 해주는 따뜻함이 느껴진다.

적막과 슬픔을 모조리 메워주고도 남을 따뜻함에 흠뻑 젖어 있는 사이에 긴지는 산 채로 영혼이 되는 것도 그리 나쁜 건 아니라는 생각이 들기 시작한다.

이것이야말로 진정으로 바라던 참된 자유가 아닌가. 귀찮기만 한 육체에 딸린 자아라는 건 결국 가짜 자아가 아니었을까.

육체는 자기가 아니었다.

욕망을 충족시키는 것밖에 모르는 육체는 옷가지 같은 정도의 의미밖에 없는, 마멸과 파멸을 향해 나아갈 뿐인 실로 경박한 존재였다. 이렇게 되고서야 비로소 그걸 깨닫는다.

절호의 기회를 놓칠 수는 없다. 이참에 몸뚱이는 내버리자.

육체라는 옷을 벗어던지고 벌거숭이가 된 이 상쾌감.

약간의 불안은 부정할 수 없지만, 이편이 몇 배, 아니 몇십 배나 쾌적하다.

내버린 옷이야 어떻게 되건 알 바 없다. 새기던 문신 따위 옷에 인쇄된 무늬 정도의 가치나 있을까.

고뇌의 대부분은, 아니 전부는 실은 육체로부터 발생한 것이다.

난처한 건 어느새 귀찮기 짝이 없는 옷 속으로 다시 되돌아갈지 모른다는 것이다.

긴지는 이제 그 점을 두려워한다.

그러나 신속한 행동 전환이 신조인 긴지는 이런 심각한 문제를 앞에 두고도 숙고하는 법이 없다. 이미 특이한 형태의 자신의 존재를 인정하고, 급속히 익숙해지고 있다. 묘한 자부심에 휩싸여 육체에서의 영원한 이탈을 진심으로 검토해본다.

다만 이것이 저승사자가 꾸민 일이라면 이야기는 달라진다. 어딘가 가까운 곳에 그자가 대기하고 있는 건 아닌지 샅샅이 확인해야 한다.

그런 요망한 것에 이끌려 다른 세계로의 여행을 떠나고 싶지는 않다. 그곳이 가령 천국이라 해도 결단코 거부해야 한다. 지옥이라면 더욱 두말할 것도 없다.

만일 이런 형태의, 죽음과 다를 바 없는 특권적인 존재가 허용된다면 하늘 높은 곳에 오를 수 없다 해도 좋다. 이대로 솜처럼 가벼운 기분으로 바람처럼 마음 내키는 대로 이 세상을 헤매며 안락하게 사는 것도 나쁘지 않다.

그렇게 생각한 긴지는 깊은 잠에 빠진 긴지 곁을 조용히 물러난다.

그리고 남쪽 창문으로 다가간다.

경적이 들린다.

배에서 나는 소리가 아니라 야간 열차가 내는 경적이다. 그것은 긴지의 마음속의 빛을 이끌어내는 상징의 소리다.

단선궤도를 타고 좁고 긴 빛의 띠가 엉금엉금 기듯이 들판 저편에서 다가온다.

차량에서 나오는 따뜻한 '행복'의 빛은 긴지를 향해 이렇게 말을 건넨다.

그곳은 네가 있을 곳이 아니다. 그런 음울한 탑에 오랜 시간 갇혀 있으면 언젠가는 싸구려 양심의 고통에 가책을 받게 될 것이다.

이미 범한 죄와는 되도록 아무런 관계도 가지지 않는 게 좋다. 개심이란 어차피 지나치게 선을 사랑하는 유약한 정신의 산물일 뿐.

선이 그렇듯, 악 또한 그 자체가 독립적으로 존재하는 일은 결코 있을 수 없다. 악이 미완성의 선이라는 설도 잘못되었다. 단순한 말장난에 현혹되어서는 안 된다. 이 세상에는 악도 없고 선도 없다. 따라서 죄에 심판을 내릴 수 있는 절대자 따위는 있을 턱이 없다. 살아 있는 동안은 물론 죽은 뒤에라도 그런 작자는 없다.

경적 또한 열심히 권하고 유혹한다.

어서 그 창에서 뛰어나와 감옥 같은 탑을 탈출하라. 이미 육체를 가진 것도 아니니 삶도 죽음도 없다. 물질세계의 규율에 신경을 곤두세울 필요도 없거니와, 용서받을 수 없는 죄라는 환영에 휘둘리지 않아도 된다.

존재하는 것을 두려워할 필요가 어디 있는가. 만일 악이 있다면 공포야말로 악이다. 너는 이미 부자유스런 육체의 내부에 머물 수밖에 없는, 그런 애매하고도 비극적인 존재가 아니다. 지금의 너 자신을 똑똑히 자각하라.

긴지는 다시 한번 뒤를 돌아본다.

그리고 편안한 잠에 빠진 강건한 무법자를 새삼스럽게 바라본다. 마치 감정사와도 같은 냉철한 시선으로 자신의 육체를 둘러싼 갖가지 과거를 본다. 인류에 어긋나는 수많은 행위들을 떠올린다. 그중 어느 하나 불쾌하지 않은 것이 없다. 지긋지긋하다는 생각밖에 나지 않는다.

그자를 자신과 동일한 개체로 보고 싶은 마음이 점점 희박해져간다. 두 번 다시 그자를 따를 마음은 없다. 최소한, 그곳에 다시 돌아가고 싶은 바람은 없다.

그자의 잠든 숨소리는 죽은 자의 한숨이다. 지금이라면 생선에서 눈알을 빼내듯 간단히 인연을 끊을 수 있으리라.
그때 가면과 눈길이 마주치고 만다.
어느샌가 가면은 나뭇조각을 뛰어넘는 존재로 돌아와 있다. 생생한 표정이 되살아나 있다. 긴지의 결단에 분연히 반발하는 표정이다.
가면은 오랜만에 입을 연다.
경솔한 짓을 해서는 안 돼. 가면의 꾸짖는 소리는 그 어느 때보다 준엄하다.
생각 없는 행동에 선뜻 나서서는 안 된다. 살려면 살고 죽으려면 죽는 것으로 확실하게 정해야 한다. 실수로라도 가상과 실재의 경계 선상을 헤매는 짓거리를 해서는 안 된다. 자칫 경거망동하다가는 최면술에 걸린 것처럼 의식이 모호한 채로 가련한 망령이 되고 말 것이다.
긴지는 상대의 기세에 눌려 한순간 겁을 집어먹는다.
그러나 가면의 설득은 그저 일방적이기만 한데다 막무가내로 끈덕지다. 삶과 죽음의 양극단에 서는 것이 어떻게 위험하다는 것인지 명확하고 적절하게 지적하지 못한다. 가면 스스로의 좌표축이 상대와 절대의 중간에서 맴돌며 어느 쪽으로도 확실하게 자리를 잡지 못했기 때문이다.
가면은 동물적인 성향을 무엇보다 중시하며 살아가는 인간의 근원적인 모습으로 어서 돌아가라고, 그렇게 말하고 싶은 모양이다.
그러나 어차피 국외자의 참견일 뿐이다. 또하나의 생기 잃은 긴지가 빚어낸 어리석은 망상, 그 망상에서 나온 오지랖 넓은 참견에 지나지 않는다.
야간 열차는 향수가 듬뿍 담긴 소리를 내며 긴지를 부른다. 경적이 메아리칠 때마다 그 부름에 응하고 싶은 마음이 점점 강렬해진다.

긴지는 창턱에 쭈그리고 앉는다. 발 아래를 본다. 아무리 봐도 그곳이 나락으로 통하는 공간이라는 생각은 들지 않는다.

긴지는 갑자기 두 팔을 날개처럼 넓게 펼친다.

공포도 느껴지지 않고 가슴을 짓누르는 긴장감도 없다. 누구에겐가 등을 떠밀릴지도 모른다는 걱정도 전혀 없다.

지금 긴지가 취하려는 행동은 처음부터 끝까지 모두 자발적인 것이다.

긴지의 등뒤에서 가면이 열혈한의 웅변을 흉내내며 이렇게 외친다. 우정의 발로에서 나온 말에 부디 귀를 기울여달라. 그렇게 가고 싶다면 나도 데려가달라.

그러나 자신의 육체와도 깨끗하게 결별을 고한 긴지가 가면 따위에 설복당할 리 없다.

그 순간 긴지는 성숙할 대로 성숙한 정신의 생명을 여실히 느낀다. 동시에 긴지는 밤하늘을 향해 발 밑을 힘껏 박차고 몸을 날린다.

예상했던 대로 낙하 현상은 일어나지 않는다. 따라서 충돌도 있을 리 없다.

긴지는 허공을 날고 있다.

저 세상에서가 아니라 이 세상에서 마음껏 활공하고 있다. 눈에 익은 쓸쓸하고도 따스한 밤 풍경 속을, 미니어처 정원과도 같은 풍경 속을 휜털발제비처럼 힘들이지 않고 비상한다.

방향도 고도도 속도도 마음대로다. 그런 움직임을 정하는 순간 순간마다 다른 누구도 아닌 긴지 자신의 의사가 전폭적으로 반영된다.

기껏해야 십여 초도 안 되는 사이에 긴지는 무어라 말로 표현할 수 없는 이 밤과 이 공간을 제 것으로 만들어버린다.

바로 아래에는 팽팽하게 부푼 젖무덤 같은 모래산이 있다. 모래산 건너편에는 집이라기에는 너무도 허름한, 폐자재를 주워모아 얼기설기 지어놓은 마코토의 처소가 있다.

낮게, 더욱 낮게 날아 창가로 다가가자 전형적인 단란한 한 가족의 모습이 보인다.

어린 딸은 텔레비전에 나오는 가수를 흉내내며 춤추고 노래한다.

아이의 어미는 만삭의 배를 안고 등받이에 기대 아직 본 적 없는 사랑스런 아이를 위해 열심히 뜨개질을 한다. 그 표정에서 미래에 대한 불안의 그림자란 찾아볼 수 없다. 무지개보다 선명한 행복을 철석같이 믿는 표정이다.

그녀의 남편은 어떤가. 악의 세계에서 일인자가 되겠다는 인생의 목표를 향해 돌진하기 위해 긴장은 반만 풀어두고 쉬고 있다. 그 얼굴에는 비장한 결의가 가져다주는 충일감이 감돈다.

이 가족에게 '백주 대낮의 긴지'는 복을 몰고 온 신이었던가.

아니면 역신(疫神)이었던가.

잠시 후 긴지는 디젤 기관차를 머리에 단 네 칸짜리 기차의 뒤를 쫓아 들판의 상공을 똑바로 뚫고 나간다.

문득 돌아보니, 과시하는 듯한 구조이면서도 어딘가 배타적인 인상을 주는 탑이 빠르게 멀어져간다.

그곳에 남겨두고 온, 잠자는 것 외에는 아무것도 하지 못하는, 적의를 서서히 잊어가고 있는 무관의 제왕과는 아무런 호응의 느낌도 없다. 이미 육체와 영혼의 근본적인 결합 따위에는 미련이 없다. 오히려 마음이 가뿐하다.

그야말로 전형적인 생령(生靈)이 된 긴지는 남겨두고 온 육체인 긴지를 향해 이렇게 말한다.

너같이 영혼이 빠져버린 껍질은 총과 가면과 본능에 휘둘리고 저승사자 따위의 마물에게 희롱당하며 구원받을 수 없는 폭력의 나날에 처박혀 있으면 된다.

너처럼 박멸의 대상이 되어 마땅한, 사멸하는 게 마땅한 생물에게는 원래부터 마음도 정신도 쓸모가 없었다. 그런 너에게 완전히 질려버렸다. 너에게 철퇴를 내리는 자가 나타나기 전에 내가 너를 버려주마.

기차가 철교를 건너가며 덜컹거리는 소리, 저절로 향수를 불러일으키는 그 소리가 점점 가까워진다. 강 표면에 비친 기차의 모습은 실제의 그것에 조금도 뒤지지 않을 만큼 아름답다.

긴지의 지각 표상에 선명하게 반응하는 것은 결코 가상의 세계가 아니다. 가령 거꾸로 비친 풍경의 그 어디에서도 자신의 모습을 찾을 수 없다 해도, 이 광경이 현실이라는 점에는 의심의 여지가 없다.

긴지의 존재 형태는 크게 변했어도, 이 세상에 존재하는 방식에는 아무런 변화도 없다. 그리고 긴지 또한 여전히 바로 긴지 자신이다.

구식 디젤 기관차가 일장춘몽으로 끝나버릴 수밖에 없는 인생을 끌고 부지런히 달린다.

객차는 세 칸 모두 썰렁해 보이지만 승객이 전혀 없는 건 아니다. 드문드문 자리를 차지하고 앉은 사람들이 보인다.

열차가 철교를 다 건넜을 때, 긴지는 한가운데 차량의 지붕에 사뿐히 내려앉는다. 그와 동시에 기차 지붕을 너무도 간단하게 뚫고 지나가, 긴지가 그것을 깨달았을 때는 이미 닳아빠진 딱딱한 좌석에 앉아 있다.

띄엄띄엄 자리잡고 앉은 승객 중의 어느 누구도 갑작스레 나타난 긴지를 보고 깜짝 놀라거나 하지 않는다.

그럴 만도 하다. 그들의 눈에는 전혀 보이지 않을 테니.
시험 삼아 창유리를 들여다보았지만 역시 자신의 모습은 없다.
대충 훑어보니 남자도 여자도 늙은이도 젊은이도 극히 평범하고 생기 없는 인생을 그저 조용히 보낼 듯한 사람들뿐이다. 그들은 인생의 고락에 한없이 신중하고, 그들이 헛되이 흘려보내는 운세는 한없이 겸손하기만 하다.
이념으로 사는 자는 한 사람도 없다. 그리고 경쟁 의식에 엉덩이를 걷어차이며 사는 자도 보이지 않는다.
그들에게서 느껴지는 것은 소심한 성격과 적당주의가 바탕에 깔린 흔해빠진 협동과 화합의 정신, 기껏해야 그 정도다.
젊은이들은 저마다 그저 그런 일에 종사하며 제 가족과 제 몸을 건사하고, 나이 든 축은 수동적인 나날을 자질구레한 즐거움으로 채워가며 남은 목숨을 건사하려고 한다.
야학에 다니는 새파랗게 젊은 아이들은 어떤가. 안팎으로 심각한 문제가 산처럼 쌓여 있는데도 그저 꾸역꾸역 일만 하며 살아간다.
술에 취해 정신없이 잠든, 날마다 삶의 목표를 배당받지 않으면 살아가지 못하는 노동자. 매일 밤마다 엄청난 양의 알코올을 들이켜 쭈그러든 그 얼굴에는 술 마실 돈을 벌기 위해 일하노라고 명백하게 씌어 있다.
읍내 병원에서 돌아오는 길인, 가벼운 경기를 일으켰던 젖먹이 아이는 이제는 완전히 회복되어 희미한 희망의 불빛을 의지하며 다시금 성장을 향한 머나먼 여정을 타박타박 걸어간다.
그런데 아이를 안은 여인의 표정에는 부모의 의무를 조금이라도 덜어보려는 태만이 가득하다.
고기를 잡는 친척에게서 싼값으로 사들인 신선한 생선을 오늘도 남김없이 다 팔아치운 새우등의 노파, 그녀는 손자에게 선물하려고 산 풍차를 바라보다 자신의 어린 시절을 생각한다. 그 시대야말로 좋은 시대였다는 말을 가슴속에서 하염없이 입버릇처럼 중얼거린다.

그들은 선조들이 걸어온 가장 무난한 길을 꼭 그대로 아무런 의심도 품지 않고 답습한다. 단순한 추종자가 되어 그저 한평생 안일만을 탐하는 것, 그것이 바로 온 시대를 일관하여 변하지 않는 유일무이한 목표다.

그들은 존경받는 일이 없는 대신 뱀이나 전갈처럼 남의 미움을 사는 일도 없다. 그들은 권력의 자리에 진을 친 자들을 이용할 만큼 머리 좋은 사람들은 아닐지 모르지만, 그렇다고 인생의 중턱에서 시들어버릴 만큼 어리석은 자들도 아니다.

그들이 지겨워하는 법도 없이 소망하고, 끝도 없이 산출해내는 것은 생을 위한 생이지 결코 죽음을 위한 생이 아니다. 긴지의 입장에서 보자면 짜증스럽기만 한 나날이지만, 그들은 아무런 의심도 품지 않고 그런 나날을 마음껏 만끽한다.

세 칸 객차 중의 가운데 칸인 이 차량에는 수상쩍은 인간이라고는 한 사람도 없다. 품속에 칼이나 권총을 품고 있거나 등에 문신을 새긴 자는 없다. 장난 삼아 남을 반죽음 상태로 만드는, 그런 으스스한 경험을 가진 이도 없다.

더구나 살인자 같은 인간은 단 한 사람도 없다.

그들 사이에서 한번 반짝했던 건 국가 단위의, 전쟁이라는 형태의 대규모 학살 사건밖에 없었다. 그것도 반세기나 지난 옛이야기다. 다른 나라는 어쨌건 이 극동의 섬나라에서는 그렇다.

그들의 무엇보다 큰 강점은 자극과 변화의 규범을 낱낱이 꿰뚫고 있다는 것이다.

그러나 그런 그들에게 편안하고 느긋하게 지낼 수만은 없는 위험한 징후들이 서서히 다가들고 있다. 전횡의 권력자들이 강요하는 무리하고도 힘든 문제를 억지로 풀지 않으면 안 되는 시대가 이즈음에 이르러 다시 준동하고 있다. 이 사람들이 저 탑 주위에 눌러앉아 사라지지 않는 병사의 망령 같은 꼴이 될 날도 그리 멀지 않다.

그들에게는 각자 돌아가야 할 집이 있다. 나름대로 힘든 사정들을 안고 있지만, 그곳 말고는 돌아갈 곳이 없다는, 신념과도 같은 안락한 체념이 있다.

그러나 긴지에게는 그것이 없다.

그것이 없다는 것을 오랜 세월 제 장점으로 내세웠던 긴지지만, 이제부터는 다르다. 긴지는 지금 앞날이 막막하다. 게다가 모종의 수치감 같은 것까지 느낀다.

투쟁으로 점철된 인생, 이제껏 온 힘을 다해 달려왔던 그 노고는 대체 무엇이었을까. 온 영혼을 기울였던 그 신념이라는 것은 대체 무엇이었을까. 무엇으로 나 자신의 생애를 장식하려 했던 것일까.

이제까지는 이기기 위해 죽이기를 원했지만, 앞으로는 죽기 위해 살해당하기를 원해야 하는가.

영령들의 땅, 낡은 전파탑에 놓아두고 온 육체뿐인 긴지.

그는 지금 완전히 무방비 상태다. 오늘밤만큼 경계를 게을리한 적은 한 번도 없다. 기습을 노리는 심상치 않은 생김새의 사내들에게는 최적의 조건이 구비되어 있다. 그자들에게 긴지는 열 번을 죽여도 시원치 않을 존재다.

하고 싶은 대로 하라지.

광막한 황야를 달리는 기차 안에서 정신만으로 존재하는 긴지는 그렇게 생각한다.

무슨 일이 일어나건 두 번 다시 그곳에는 돌아가지 않으리라.

이미 그렇게 마음을 정했다.

그런 넝마주이의 보따리 같은, 먹다 남긴 과자 부스러기 같은 육체에 더이상 봉사할 마음은 없다. 누가 몰아가기도 전에 스스로 막다른 길에 들어선 그런 겁쟁이 육체 따위에게는 어떠한 구속도 받고 싶지 않다.

가령 탑 쪽에서 고통스런 비명 소리가 들려온다 해도 못 들은 척하리라. 그저 이대로 기차에 흔들리며 갈 데까지 가버리리라.

승객이 한 사람도 남김없이 하차하고 바퀴가 움직임을 멈추고 차내의 불이 전부 꺼진다면, 그때는 밤새 달리는 장거리 기차로 갈아타면 된다. 가장 먼 땅 끝에 가 닿거든 이번에는 수영장이 딸린 호사스런 여객선으로 갈아타자. 배에 승선하지 못한다면 최신 제트 여객기에 슬쩍 기어들어 드넓은 바다를 단숨에 날아가버리자.

그런 공상을 해보는 긴지, 그러나 갑자기 주체할 길 없는 묘한 느낌이 엄습한다. 견딜 수 없다. 처음에 느꼈던 도취감은 어느샌가 정체를 알 수 없는 중압감으로 바뀐다.

갑자기 승객들을 바라보기가 몹시 괴롭다. 보지 않으려고 얼굴을 숙여도 별 효과가 없다.

그 이유를 어렴풋이 알 것도 같다.

똑똑히 알아버리기 전에 긴지는 자리에서 일어나 뒤쪽 차량으로 이동한다. 열려 있던 문을 닫으려 해보지만, 손잡이를 잡아도 손가락은 문고리를 통과해버릴 뿐 공기를 붙잡은 것처럼 손에 잡히는 건 아무것도 없다.

긴지는 맨 끝자리에 앉아 깊이 한숨을 내쉰다. 그 차량에도 승객이 있다는 걸 긴지는 안다.

긴지는 누구의 얼굴도 보지 않으려고 애써 눈을 내리깐다. 그런 모습으로, 어쩐지 남들이라고 여겨지지 않는 이들과 함께 의미도 없이 같은 방향을 향해 나아간다.

역에 정차하여 출입문이 열릴 때마다 개구리 울음소리가 들려온다. 승객이 눈에 띄게 줄어든다. 새로 타는 사람은 없다.

그러나 웬일인지 세번째 칸의 승객은 전혀 변화가 없다. 아무리 기차가 달리고 역마다 멈춰도 승객들은 그대로다. 이상하게 여긴 긴지는 가장 먼 좌석부터 승객들을 확인해본다.

저절로 웃음이 피어오르는 정경.

아직 젊은 어머니가 가슴을 풀어헤치고 통통하게 살이 오른 아기에게 젖을 물리고 있다. 그 곁에서 이제 겨우 걷게 된 큰아이가 태어난 지 얼마 안 된 아우의 머리를 사랑스럽게 쓰다듬는다.

그들의 앞길이 희망으로 가득하다는 건 누구의 눈에도 분명하다. 적어도 극단적인 불행만은 없을 것이다.

친정에서 둘째아이를 낳고 남편에게 돌아가는 젊은 여인의 얼굴은 어머니다운 자신감이 넘친다.

아기는 젖꼭지를 세게 빨면서 또랑또랑한 눈을 긴지 쪽으로 향하고 있다. 분명하게 상대를 인식하는 눈초리다. 아무래도 그 아이만은 육체를 지니지 않은 긴지를 알아보는 모양이다.

옆에 있는 건 다른 가족이다.

동생은 나들이옷을 차려입었고 형도 새로 산 구두를 신고 있다. 외할머니 댁에서 입학과 진급을 축하하는 선물로 받은 모양이다. 어쩌면 누이동생의 생일까지 겹쳤는지도 모른다.

어찌 된 셈인지 긴지는 그런 걸 첫눈에 다 알아본다. 바라보는 순간 자기도 모르게 알게 된다.

짐칸에 올려놓은 보따리에 무엇이 들어 있는지도 안다. 찬합이 있고, 그 찬합 속에는 아직 따뜻한 찰밥이며 구운 도미가 그득하다.

보잘것없는 풍채의, 오랜 밑바닥 생활을 잘도 참아온 아버지의 양복 주머니에는 얼마 전에 받은 축하금이 들어 있다.

그의 아내는 축하 술을 받아마신 게 이제 겨우 깨는지 창문을 조금 열어놓고 상기된 얼굴을 식히고 있다. 그녀의 무릎 위에 앉은 어린 딸아이는 차창 너머로 쏟아지는 별빛과 천진난만하게 놀고 있다.

형도 동생도 장래가 유망할 상은 아니다. 공연히 도달할 수 없는 환영을 쫓아 허겁지겁 내달리는 짓은 결코 하지 않으리라. 아마도 어리석은 근면의 원칙에 따라 완만한 인생의 흐름을 거스르는 법 없이 그럭저럭 살아가리라.

동생이 긴지를 향해 의미 있는 시선을 던진다.

그 곁의 가족은 침통한 표정들이다. 친척집 장례식이나 병문안에 다녀오는 길인지 모두 기운을 잃고 무거운 분위기에 휩싸여 있다.

특히 아버지와 어머니의 서글픔은 이루 말할 수 없다. 아무리 끔찍한 꿈을 꾼 뒤라도 그처럼 표정이 어둡지는 않으리라.

이 가족에게는 쇠운(衰運)의 조짐이 손에 잡힐 듯 생생하다.

이제 막 성인이 된 아들과, 얼마 전에 초경을 치른 딸이 이따금 위로의 말을 건네지만, 아무런 도움이 되지 않는다.

그들이 경찰서에서 돌아오는 길이라는 것을 긴지는 문득 안다.

아들이 아까부터 몇 번이나 거듭하는 말이 차내에 허전하게 울려퍼진다.

"그애 성격으로 봐서 얼마 못 가 돌아올 거라니까요."

그들로부터 조금 떨어진 자리, 즉 긴지와 가장 가까운 자리에는 사춘기를 지난 한 소년이 혼자 오도카니 앉아 있다.

십여 년 전에 유행하던 머리형과 옷차림.

그다지 유쾌하다고 할 것까지는 없지만, 그의 온몸에서는 자르면 피가 뚝뚝 들을 듯한 자유가 넘친다. 한 장의 승차권과 몇 푼의 돈밖에는 지니지 않았지만 집을 나와 작별 인사도 없이 일방적으로 가족과 인연을 끊음으로 해서 손에 넣은 것은 측량할 수 없이 크다.

그는 오늘을 경계로 더이상 상처받기 쉽고 소극적인 소년이 아니다. 이제까지 가정에서 억눌려왔던 이 세상에의 적응력이 마치 마그마처럼 분출하려고 한다.

기회를 알아보는 데 민첩한 그 빛나는 두 눈동자에 차례차례 비쳐지는 것은 사내 대장부의 이름에 빛나는 야수주의와 통쾌하기 이를 데 없는 수많은 사건들뿐이다.

그는 단순한 가출소년이 아니다.

아직 누구도 알아차리지 못하지만 실은 앞날이 무시무시한 열일곱 살이다. 그리고 이건 본인조차도 알지 못하는 것이지만, 그야말로 백 년에 한 명 나올까 말까 하는 암흑가의 걸물이다.

머지않은 장래에 뒷골목 사회의 지도적 역할을 맡는 건 물론이고 엄청난 변혁을 불러일으킬 인물이라는 건 명약관화하다.

소년의 가슴속에서 이것이야말로 이 세상을 살아갈 자신의 운명이라는 감회가 역을 하나씩 통과할 때마다 점점고조된다.

관상쟁이가 아니라도 곧바로 알아볼 수 있는, 거친 세상과 어깨를 나란히 하고 함께 흐르며 변화무쌍한 인생을 보낼 것이 분명한 저 활짝 트인 얼굴을 보라.

어떠한 적도 보란듯이 물리치고, 도저히 승산이 없는 싸움에도 감연히 뛰어드는 완강한 저 얼굴을 보라.

그의 진가를 뒷받침해줄 자가 이윽고 나타나리라. 그의 재능을 주목하고 낚아올려줄 무법 세계로의 안내자가 반년 이내에 나타나리라.

그러나 그 안내자는 이윽고 은혜를 원수로 되받는 지경에 떨어지리라. 품안에 넣고 소중히 키운 자에게 제 목숨을 잃고 말리라.

저 소년에게 다가가려는 자는 주의하라.

소년의 시선은 긴지를 보지 않는다. 보이지 않는 게 아니라 일부러 쳐다보지 않는 것이다. 보고 싶지 않은 것이다. 보는 것도 지겨운 것이다. 살아 있으면서 제 육체를 버린 현재의 긴지로서는 소년의 의기를 꺾을 자격도 없다.

우연히 이 열차를 타게 된 소년과 초등학생과 젖먹이 아이, 그들의 이목구비가 꼭 닮았다.

재빠르게 그리고 끊임없이 오고가는 퇴색된 기억들.

만감이 가슴에 차올라 긴지는 어쩔 줄을 모르고 황급히 자리에서 일어선다. 어서 빨리 자신을 잊자는 생각에 떠밀려 아무 데로나 이동한다.

그러나 기차 밖으로 탈출하려고 하지는 않는다. 한가운데 차량을 눈을 감은 채 지나쳐 선두 차량으로 달아난다. 다행히 그곳에는 승객이 없다.

아니, 한 사람이 있다.

그렇지 않다. 인간이 아니다. 그림자를 주조로 하는 모습이 언뜻 인간의 모습으로 보이지만 내용물은 전혀 다르다.

저승사자는 회갈색 얼굴을 천천히 긴지 쪽으로 돌린다. 지극한 무념의 표정을 빚어내는 그 얼굴에는 음울한 불신이 깔려 있다. 죽음의 악취가 차 안에 가득하다.

드디어 맞으러 왔는가. 육체에서 이미 분리된 영혼이라서 데려가기도 쉬운가.

긴지는 필사적으로 궁리한다.

탑으로 도망쳐야 하는가, 아니면 저승사자에게 이대로 굴복해야 하는가.

두 가지가 다 지긋지긋하다. 그렇다면 이제 저승사자와 정면으로 대결하는 수밖에 없다.

과연 그럴 수 있을까. 총을 쏠 수도 없는 처지에 대체 어떻게 싸우면 좋단 말인가.

지금의 긴지로서는 말 이외에는 의지할 것이 없다.

그러나 간절히 애원하는 따위의 한심한 짓거리만은 절대로 하고 싶지 않다. 당치도 않은 얘기다. 변명조차도 하고 싶지 않다.

떠벌리는 데는 고수인 저승사자를 말로 이길 자신은 처음부터 없다.

긴지는 입을 굳게 다문 채 상대가 어떻게 나올 것인지 지그시 기다린다. 대들 수 있을 때까지 대들어보자고 마음을 정한다. 이런 놈을 격퇴하려면 약간은 비열한 짓도 불사해야 한다.

비위를 거스르지 않도록 조심하면서 약점을 찾아내자. 아직 죽은 것은 아니니 반드시 상대의 허점을 찌를 기회가 있을 터.

사사건건 저런 마물의 지시를 받고 싶지는 않다. 모든 일을 상대적으로 보려 들고 매사에 복종만을 요구하는 이런 자들이 입에 침을 튀기며 자랑하는 그 잘난 다른 세상, 그런 건 어차피 뻔한 속임수다.

가령 그런 세계가 존재한다 해도 그곳이 천국이 아니라는 것만은 확실하다.

소름이 오싹 돋을 만큼 차가운 눈초리가 육체에서 이탈한 긴지의 모습을 뱀처럼 핥는다.

잠시 뒤에 저승사자는 그야말로 씁쓸한 말투로 이렇게 내뱉는다. 그것은 긴지로서는 예상하지 못했던 말이다.

탑으로 돌아가라.

저승사자는 고양이라도 어르듯 부드럽게 말한다.

그러고는 큰 선심을 쓴다는 듯 그 이유를 늘어놓는다.

생령(生靈) 따위에는 전혀 흥미가 없다. 그런 형태로는 어떤 곳으로도 안내해줄 수 없다. 지복(至福) 그 자체인 빛의 세계로 나아가려면 완전한 죽음이 필수조건이다.

너는 해서는 안 될 어중간한 짓을 하고 있다. 너답지 않은 짓이다. 죽을 거면 죽고 살 거면 살아라. 양단간에 확실히 결정을 해야 한다. 그러지 않았다가는 가슴이 터질 듯한 슬픔과 함께, 영원히 인생의 구덩이를 헤매게 될 것이다.

아무래도 저승사자는 이런 형태의 긴지에게는 전혀 흥미가 없는 것 같다. 혹은 손에 쥐어지지 않는 영혼은 잡지 못하는지도 모른다.

상대의 약점을 재빠르게 간파한 긴지는 틈을 두지 않고 대든다.

"인간의 목숨 하나 제대로 처리하지 못하는 주제에 저승사자라고 할 수 있나?"

그렇게 일침을 놓는다.

그러자 코가 문드러질 듯한 악취를 풍기며 저승사자는 가슴을 내밀고 한껏 뻐기며 이렇게 대답한다.

"내 비록 이름은 저승사자다만, 이래뵈도 꽤 연륜 깊은 신이니라."

그러나 긴지는 상대의 위풍에 눌리지 않는다. 게다가 존경하는 마음 따위는 털끝만큼도 없다. 상대를 한껏 경멸하는 눈길로 바라보며 피식 웃고는 그래서 어떻다는 거냐고 소리친다.

"내 문제에 더이상 상관하지 마라."

그 순간 양자간에 일촉즉발의 긴장감이 형성된다.

일개 생령에게 톡톡히 비웃음을 당한 저승사자는 불끈 화가 나 있다. 긴지 역시 냉소를 거두지 않는다. 서로 타협할 기색이라고는 전혀 없다.

가까스로 관대한 마음을 되찾은 저승사자는 금관악기처럼 째지는 소리를 높직이 올려 이렇게 말한다.

신도 저승사자도 그리고 악마조차도 너의 자아의 대부분을 이루는 존재이고, 네 영혼의 근본이 되는 존재다. 따라서 우리를 모독하는 건 너 자신을 모독하는 것이나 마찬가지다.

너는 너를 멸시할 참이냐. 너는 얼마나 너 자신을 거스를 작정이냐. 네 안의 악을 바로잡으려 애쓰는 너 자신을 아직도 깨닫지 못하느냐.

네가 너 자신을 바른 길로 돌아가게 해주려고 애쓰고 있는 거다. 한 단계 차원 높은 존재가 되기 위한 뚜렷한 진보다. 너는 이미 그 답을 알고 있다. 그리고 그 방법에 대해서도 결심한 바가 있다. 죽음 이외에 구원의 길은 없다고 판단한 건 다른 누구도 아닌 바로 너 자신이다.

그때 경적이 사납게 울려퍼진다. 그것은 터널에 들어가기 전에 울리는 경적과는 분명하게 다르다. 지옥으로 출발한다는 신호임이 분명하다.

경적과 함께 저승사자의 웃음소리가 울려퍼진다. 죽음의 악취가 차 안 가득 피어난다.

예사롭지 않다고 깨달은 긴지는 순간적으로 그 자리를 벗어나려 한다.

그러나 몸을 반쯤 떠올리려는 찰나 차량 전체에 강렬한 충격이 전해지며 순간 차바퀴가 선로에서 벗어나고 만다.

긴지가 볼 수 있었던 것은 쇠와 쇠, 쇠와 자갈이 거칠게 마찰하며 튀어올린 불꽃과, 승객들이 비명을 내지를 사이도 없이 전복하며 지그재그로 망가져버린 열차의 무참한 꼬락서니다. 선두 차량은 레일 아래의 진흙탕에 머리를 들이박고 거꾸로 서버렸다.

긴지의 눈에 보인 건 거기까지다.

그뒤에는 어떻게 되었는지 알지 못한다. 차량에서 튕겨나가는 순간 불꽃처럼 공중으로 높이 솟구쳐올랐기 때문이다.

긴지는 쑥쑥 고도를 높여 솟구친다. 쉽사리 이해되지 않는 선과 악에 대한 번민도 없어지고, 죄에 대한 떳떳지 못한 느낌도 사라진다. 몇백, 몇천억이 넘는 별들이, 살아 있는 동안이 아름답다고 이구동성으로 부르짖고, 그 곁의 은하들까지 확실하게 식별할 수 있을 정도가 되었을 때, 더할 수 없이 맑은 순간이 찾아온다. 주변은 고요하게 가라앉고, 광속을 훌쩍 뛰어넘는 움직임이 뚝 정지한다.

대우주를 관통하는 숙명과 인과는 절대적인 것이다.

긴지는 강렬하게 그런 생각에 빠진다.

존재의 동일성이 긴지의 감성에 강하게 작용하여, 칠흑의 어둠 저 깊은 곳으로부터 '굳이 예외는 두지 않는다'라는 의미의 엄숙한 소리가 들려오는가 싶더니 바닷가에 밀려드는 파도 소리의 느슨한 음향이 문득 긴지를 불러들인다.

이번에는 반대로 끌려 돌아오는, 저항하기 힘든 회고적인 힘이 긴지를 원래의 세계로 데려가려 한다. 하늘을 나는 유민(流民)의 영혼은 죽음의 여지를 얼마간 남기면서도 다시금 혼돈에 빠진 생의 세계로 내던져진다.

그리고 겨우 몇 초 사이에, 분명 독초도 섞여 있을 게 분명한 아름답고도 광대한 들판이 다가온다.

짙푸른 밤의 저 밑바닥에 창을 거꾸로 꽂은 듯한 대하고루(大廈高

樓)가 보인다.

　그 꼭대기 방에 누운 야차 같은 몰골의 사내.
　그자는 곧 숨이 끊길 것처럼 헐떡거린다.
　긴지는 그곳을 향해 엄청난 기세로 낙하한다.
　아슬아슬하게 때를 놓치지는 않을 것 같다.

*

　긴지는 경적 소리에 눈을 뜬다.
　그러나 그곳은 기차 안이 아니다. 벽돌과 돌과 시멘트와 철골로 지어져 아직껏 패전의 쓸쓸함을 안고 있는 낡은 탑 꼭대기다.
　허물을 벗고 기어나오는 애벌레처럼 긴지는 침낭에서 빠져나온다. 그대로 페트병을 들어 마신 물이 오장육부에 속속들이 스며든다.
　우선은 잠이 덜 깬 눈으로 자신을 살핀다. 그것이 허물만 남은 육체가 아니라는 것을 확인하려고 뺨을 꼬집어보고 손발이 내 뜻대로 움직이는지 흔들어본다.
　영혼과 육체는 완벽하게 일치하고 있다.
　규칙적인 심장의 고동과 호흡은 다사다난할 미래를 대비하여 혈액과 산소를 열심히 뇌로 흘려보낸다. 예리한 반사신경은 어떤 괴로움도 타파할 수 있도록 명징하게 벼려져 있다.
　열차가 평소 그대로 운행되는 걸 보니 처참한 탈선 전복사고는 없었던 모양이다. 그건 분명 긴지의 마음속에서만 일어난 사건인 것 같다.
　긴지는 여전히 긴지 자신이다.
　다시 태어난 듯한 조짐은 찾아볼 수 없다. 자기 자신에 전념할 수 있는, 언제든 불의의 습격을 받을 수 있는 상황에서도 태연자약한, 바로 그 익숙한 긴지가 이곳에 있다.

긴지는 지금 육체와 함께 존재하는 자신에게 취해 멍한 상태다. 긴지의 목숨 전체를 포괄하는 외고집이며 위험스럽기 짝이 없는 정신에는 아무런 변화도 없다.

곁에는 탄환을 가득 채운 은빛 자동권총이 놓여 있고, 그 건너편에는 어딘지 사신(邪神)을 떠올리게 하는 가면이 벽에 기대 세워져 있다.

가면은 높이 떠오른 태양만을 노려보며 긴지와는 시선을 마주치지 않으려고 한다. 수없이 들려준 충고에 조금도 귀를 기울이지 않는 긴지에게 분명하게 불쾌한 빛을 드러내고 있다.

긴지는 손목시계를 본다.

벌써 정오를 넘긴 시간이다. 길고긴 수면, 한없이 죽음에 가까운 수면이었다. 그런데도 여전히 잠이 부족한 느낌이다.

창문 너머로는 무슨 짓을 하건 쓸쓸한 느낌이 들 것 같은 오후의 푸른 하늘이 늙은 소처럼 게으르게 누워 있다.

들판은 보는 이의 마음을 누그러뜨리고 바다는 꿈에서 희망으로 얼마든지 저어갈 수 있다는 착각에 빠지게 한다.

기막힌 향기를 품은 초록 바람에는 행복을 전파하는 화사한 힘이 감춰져 있다.

번영으로 향하는 계절은 어느 곳을 둘러봐도 얼굴이 찌푸려질 만한 구석이라고는 하나도 없다.

잠시 뒤에 긴지는 배가 고프다는 것을 느끼고, 이어서 아직 도시락이 오지 않았다는 것을 깨닫는다. 탈출용 로프를 늘어뜨린 창문으로 얼굴을 내밀고 아래를 내려다본다.

그러나 그곳에 하나코는 없다. 이쪽을 향해 타박타박 걸어오는 모습도 보이지 않는다.

긴지는 다시 한번 손목시계를 바라보고, 태양의 위치도 확인한다. 틀림없다. 점심시간은 이미 지났다.

단번에 경계심이 높아진다. 신경이 한순간에 팽팽히 당겨진다.

긴지는 쌍안경으로 마코토의 집을 확인한다. 창은 닫힌 그대로다. 이런 날씨에 문이 닫혀 있다는 건 변고다. 어제 널어놓은 빨래를 걷어들이지 않은 것도 이상하다.

긴지는 사방을 빠짐없이 주시하며 제삼자의 존재를 살핀다. 그러나 이쪽을 향해 다가드는 흉흉한 인기척 따위는 없다.

호랑이 무늬 고양이가 혼자 벌판 끝을 헤매고 있을 뿐, 온통 들새들의 낙원이다.

그러나 그런 나른한 분위기에 현혹될 긴지가 아니다. 앞뒤 사정을 따져보면 분명 무슨 일인가 일어난 게 분명했다.

심상치 않은 일이라서 일단 휴대전화를 걸어본다. 그러나 휴대전화는 작동하지 않는다. 배터리가 방전된 상태다. 요즘 한동안 충전을 소홀히 해왔다.

긴지의 유연한 뇌는 활발하게 움직인다. 무엇을 어떻게 하면 좋을지, 순서에 맞게 계획을 짠다. 계획은 겨우 십여 초 만에 결정된다. 결정과 동시에 행동이 개시된다.

비스킷과 주스로 대충 배를 채운 뒤 예비 탄환을 모조리 호주머니에 집어넣고는 안전장치를 푼 권총을 쥔 채 나선계단을 신중하게 내려간다.

이미 심각한 사태가 벌어졌을 가능성이 있다.

마코토 일가가 어떻게 되었는지 지금으로서는 짐작도 할 수 없지만, 어떻든 자신은 아직 괜찮다. 목숨이 붙어 있는 한 어떤 경우에도 체념이라는 것을 모르는 긴지가 지옥으로 통할 것 같은, 바닥도 없을 것 같은 계단을 천천히 내려간다.

긴지의 내부에 치밀한 방어를 위한 생생한 기운이 출렁인다.

아무 일도 일어나지 않고 적이라고는 자취도 없는, 노상 대기중인 상태로 운명의 의향만 타진해보는 그런 뜨뜻미지근한 나날이 진작부터 지긋지긋하던 참이다.

저승사자 따위에 흘렸던 것도 따지고 보면 심심한 나날이 지나치게 길었던 탓이다. 이곳에 온 뒤 겪었던 일련의 혼란은 자기 자신과 대면하는 시간이 지나치게 길었기 때문에 생긴, 범속하기 짝이 없는 방황이다.

삶과 죽음의 틈새에서 이리저리 휘둘리는 안색 창백한 긴지는 이미 어디에서도 찾아볼 수 없다.

창문이 나올 때마다, 그리고 풀냄새가 짙어질수록 야만적인 투지를 불태우는 이 사내는 자신이 살해당하기 전에 상대를 살해해버리는, 암흑가의 인간 모두에게 그 존재 가치를 널리 알려 그들 거의 모두에게 가장 시급한 표적이 된 '백주 대낮의 긴지'다.

돈을 있는 대로 허리춤에 챙겨넣은 것은 물론 도주할 경우를 대비한 것이다. 그러나 방해가 된다면 당장 내던질 생각이다. 무슨 일이 일어날지 전혀 짐작할 수 없는 상황이라는 것을 긴지는 너무도 잘 알고 있다.

그러므로 탑에서 한 걸음 나와 뜨거운 볕의 도가니에 몸을 던진 뒤에도 더더욱 경계심의 끈을 조인다. 느닷없이 공격을 받는 순간의 심장이 터질 듯한 긴장감이 들판 곳곳에 가득하다.

바닷가에서 노니는 물새들이 부쩍 늘었다. 한껏 키를 돋운 풀들은 이번에는 초록의 농도를 더욱 짙게 하려고 햇빛과 탄산가스를 흡수하는 데 여념이 없다.

곤충은 개구리를 겁내고 개구리는 뱀을 겁내고 뱀은 긴지에게 잔뜩 겁을 먹고 슬금슬금 꼬리를 감춘다. 긴지가 무엇보다 두려워하는 건 잠복이다. 불의의 기습이다.

아니, 긴지는 아무것도 두려워하지 않는다.

그렇지 않다면 견고한 방위 진지가 될 요새에서 선뜻 나서지 않았으리라. 살기를 느낀 그 순간에 당장 도망쳤으리라.

그리고 지금쯤은 해변 바위 그늘에 숨겨둔 고무보트를 타고 아득히 먼 바다까지 내뺐을 것이다. 바다 위에서라면 급습이란 있을 수 없다. 그러므로 일단 육지에서 벗어나면 우선 급한 재난은 면할 수 있을 터다.

어쩌면 모래산 너머에는 험상궂은 인간들이 사냥감을 기다리며 숨을 죽이고 새까맣게 엎드려 있을지도 모른다.

그런 의심이 들어 긴지는 우회한다. 계속 주위를 빠짐없이 살피며 모래산 옆구리 쪽을 슬그머니 지나간다.

모래산의 뒤쪽이 훤히 보이는 곳까지 물러서서 이번에는 발길을 돌려 마코토의 집으로 향한다.

그러나 현관으로 가지 않는다. 먼저 부엌문 쪽의 상황을 살필 작정이다.

긴지의 시야 정면에 탑이 우뚝 솟아 있다. 그곳에서는 갈매기와 까마귀들이 영역권을 둘러싸고 치열한 다툼을 펼치는 중이다.

구덩이에 몸을 감추고 귀를 기울인 긴지에게 들려오는 것은 위험과는 전혀 관계없는 소리뿐이다. 마코토의 집에서는 기침 소리 하나 들리지 않는다.

마코토의 트럭이 없다.

가족이 모두 함께 쇼핑이라도 나간 걸까. 아니면 뜻하지 않게 활짝 펼쳐진 미래를 축하하려고 외식이라도 나간 걸까. 그것도 아니면 하나코를 유치원에 보내기 위해 수속을 밟으러 나간 걸까.

그런 것이라면 전혀 문제는 없다.

그러나 만일 그렇다 해도 그들이 설마 손님의 식사를 잊어버릴까. 게다가 휴대전화가 연결되지 않는다는 것을 알면서도 아무런 조치도 취하지 않을 수 있을까.

눈치 하나는 기막히게 빠른 마코토다. 분명 상황을 살피러 왔을 것이다.

남루한 집에 슬금슬금 접근한 긴지는 부엌 창 아래로 재빨리 다가 들어 몸을 낮춘다. 그리고 다시 귀를 쫑긋 세운다.

발치에 개미의 기다란 행렬이 꾸불꾸불 이어지고 있다. 처마 밑에 둥지를 지은 벌의 날갯짓 소리가 파도 소리, 녹슨 풍경 소리와 잘도 어울린다.

긴지는 몸을 숙인 채 바깥 벽을 따라 조금씩 이동한다. 여전히 인기척이라고는 없다. 말소리도, 발소리도 없다.

모래 위를 꼼꼼히 살펴봐도 낯선 신발 자국은 발견할 수 없다. 있는 것이라고는 하나코와 마코토, 마코토 아내의 어지러운 발자국뿐.

읍으로 향한 트럭의 바퀴 자국만 선명하게 남아 있다. 어지간히 화급한 질주가 아니라면 이렇듯 깊이 파일 리가 없다. 급한 볼일이 생겨 튀어나간 게 분명하다. 그것도 처자식을 함께 데리고.

긴지는 현관문을 슬쩍 밀어본다.

간단하게 열린다. 짐작했던 대로 집 안에는 아무도 없다. 방마다 텅 비었다. 먹던 아침 밥상이 그대로 어질러져 있다.

그러나 실내를 뒤엎은 흔적은 전혀 없다. 누군가의 침입에 의해 납치되었다면 이렇지는 않을 터다.

장롱 속이며 화장실까지 살펴본다.

아무도 없다는 것을 확인한 뒤에, 휴대전화부터 충전기에 꽂는다. 그리고 긴지는 식은 국과 반찬을 데워 밥을 먹는다.

경계는 반밖에 풀지 않는다. 이해할 수 없는 점들이 아직 많이 남아 있다.

입은 옷 채로 달아나지 않으면 안 될 상황이 벌어졌던 걸까. 탑에 연락할 시간도 없었을까. 휴대전화가 불통이라는 것을 알자마자 형님을 냉큼 포기하고 자기들만 탈출을 시도한 걸까. 이제 잠시 뒤에 누군가 이 집을 덮치고 들어올까.

만일 그렇다면 이렇게 멍하니 있을 수 없다. 이렇게 주저앉아 있을 때가 아니다.

긴지의 움직임이 갑자기 급해진다.

밥 먹던 것도 그만두고 집 안의 창문이란 창문을 다 열어 사방을 감시할 수 있게 해둔다. 어쨌건 마코토가 돌아오기를 기다리는 수밖에 없다.

잽싸게 도망칠 수 있다는 점에서는 탑보다 이쪽이 차라리 안전할지도 모른다.

휴대전화가 충전이 다 되면 연락을 해보자. 만일 마코토의 휴대전화도 전원이 끊겨 있다면 서둘러 이곳을 떠나야 한다.

왜냐하면 그것은 곧 버림받았다는 뜻이기 때문이다. 아니, 배신을 당했다고 봐야 한다.

만일 마코토가 배신을 했다면, 과연 어느 쪽에 팔았을까. 동업자에게? 아니면 경찰? 그것도 아니라면 그저 단순히 내팽개치고 간 것뿐인가.

　마코토는 이미 금전적인 면에서는 성공을 거뒀다. 부자들 중에서도 단연 눈에 띌 만한 거부가 되었다. 섬 여러 곳에 감춰두었다고 했던 그 물건들은 엄청난 재산이다. 아무리 헐값으로 팔아도 마코토 가족이 평생 놀고먹을 수 있는 액수다.

　그렇다면 더이상 위험을 감내할 이유도 없을 것이다. 만일 그 돈을 정말 '백주 대낮의 긴지'를 위한 군자금으로 사용하려 했다면, 마코토는 너무도 머리가 모자란 인간이다.

　가장 바람직한 선택은 긴지를 깨끗이 단념하고, 실패로 점철된 비뚤어진 과거 따위는 분연히 잘라내고 어디 먼 곳으로 떠나 악당과는 철저하게 인연이 없는 새로운 생활을 시작하는 것이다. 경찰의 주목을 받을 만큼 지나치게 펑펑 써대지만 않는다면, 그 행복은 손자는 물론 증손자 대까지 이어질 것이다.

　마코토가 그렇게 하더라도 긴지는 결코 분노하지 않을 것이다. 기만당했다는 마음도 갖지 않을 것이다. 그러기는커녕 도리어 안도의 한숨을 내쉬리라.

　마코토 일가가 이런 식으로 깨끗이 사라져주기를 내심 바라마지 않았다. 마코토는 그렇다 쳐도 그 아내와 하나코까지 이번 일에 끌어들이는 건 정말 참을 수 없는 일이다. 가령 언젠가 보답을 받을 수 있는 헌신이라 해도, 이제 제발 그만두었으면 싶다. 여자들의 도움까지 받아가며 성공을 거둬야 한다면 '백주 대낮의 긴지'라는 이름이 부끄럽지 않은가.

　마코토에게는 가정이 어울린다. 남편으로서 아비로서 나무랄 데가 없다. 이제 남은 건 제대로 된 직업을 가지느냐 마느냐 하는 문제뿐이다.

돈에 약간의 여유만 있다면 그리 어려울 게 없다. 지금 마코토에게 문젯거리라고는 그것뿐인지도 모른다.
그러던 마코토가 마침내 목돈을 쥐었다. 분에 넘치는 사치로 제 신세를 망치는 우만 범하지 않는다면, 야쿠자 인생에서 저 자신을 구원해내고 그럭저럭 모범적인 인간을 흉내내가며 살 수 있을 것이다.
그러나 그런 나날이 과연 마코토의 본성에 적합한지는 또다른 문제다. 가정적으로 편안하고 물질적으로 넉넉한 인생으로 그의 마음에 뚫린 바람구멍을 과연 막을 수 있을지.
대학에서 심리학을 배웠다는 괴짜 야쿠자 형님이 엉망진창으로 취해서 긴지를 붙잡고 이런 말을 주절거린 적이 있었다.
"우린 말야, 이놈 저놈 할 것 없이 죄다 죽고 싶어 안달이 난 인간들이야. 쉽게 말하자면, 높은 산을 정복하겠다는 놈, 깊은 바다에 잠수하겠다는 놈, 그런 말도 안 되는 짓거리를 하고 다니는 놈들과 똑같다 이거야."
그리고 박사님이라는 별명을 가진, 이념의 우월성을 비웃다가 그만 일탈하고 만 다른 야쿠자 친구는 이류 조직 두목의 축하연에서 곁에 앉았던 긴지에게 이렇게 말했다.
폭력단체, 과격한 정치 결사, 군대 등등 어떤 집단이나 조직도 본질적으로는 광적인 사교 집단과 전혀 다를 게 없다. 즉 혈연으로 맺어진 진짜 가족을 초월하는 보다 강력한 가족으로 뭉쳤다는 연대감의 환영에 홀딱 빠져 스스로 자유 의지를 포기하고, 인생의 중도에서 타인에게 제 운명을 내맡겨버린 교활한 인간들의 집합체다.
그는 이어서 말했다.
선택의 자유라는 지상 최대의 혜택을 선물받고도 어쩔 줄 몰라 벌벌 떠는 얼간이가 세상에는 쌔고 쌨다. 그런 얼간이들 위에 군림하는 주제에 잘난 척 무소불위의 권력을 휘두르는 작자들이란 제법 두목다운 풍모를 내보이며 이상적인 두목 상을 창피한 줄도 모르고 과장되게 연기하는 재주밖에 없는 자들이다.

"긴지, 이상한 건 말야, 자네는 그중 어디에도 속하지 않더란 말야. 진짜 괴물이 이 뒷골목 세계에 멋모르고 섞여들었어."

언젠가는 신출내기 젊은 사진가가 간부의 후원을 받아 조직 사무실 출입을 허락받은 적이 있었다. 적극적으로 악의 열락을 추구하며 사는 인종에게 피사체로서 흥미를 느꼈던 것일 게다. 혹은 충격적이라는 것을 내세워 제 이름을 팔아보려는 안이한 발상이었는지도 모른다.

노상 이목을 끌고 싶어 안달인 조직원들은 경찰이나 적에게 쫓기던 자들만 빼고는 모두 자신을 찍어주기를 바랐다. 이발소에 들락거리고 단벌 옷을 쫙 빼입은, 우스꽝스럽기까지 한 화려한 차림새와 극적인 표정을 그 사진가 앞에서 한껏 과장되게 연출하곤 했다. 개중에는 그 가난한 사진가에게 용돈을 쥐여주는 놈까지 있었다.

그런데 그 젊은 사진가는 마지막에는 긴지에게만 눈독을 들여 줄곧 따라다니면서 아무 데서나 팍팍 찍어댔다.

귀찮아진 긴지는 그자의 멱살을 올려잡고 물었다.

"왜 나만 찍냐, 엉?"

그러자 그 애송이 사진가가 모기 우는 소리로 앵앵거렸다.

처음에는 묘한 힘에 압도되어 이 사람 저 사람 마구 찍어댔지만, 조금 익숙해지면서 파인더 안의 얼굴을 냉정하게 관찰할 수 있게 되었다. 그러자 처음 가졌던 기대가 차례차례 어긋나고 말았다. 렌즈를 통해 보이는 얼굴은 모조리 추레하고 음침하며 잔뜩 비뚤어진 표정뿐이었다.

예외는 긴지 단 한 사람뿐이었다고 했다.
"형님의 얼굴을 만난 뒤로 사진가로서의 자부심을 느꼈습니다."
암흑가에 몸을 담고서도 해바라기처럼 성큼성큼 자라는 긴지.
그렇듯 눈부신 긴지가 마코토의 눈에는 갑자기 퇴색된 존재로 보였던 걸까. 악의 상징자로서의 한계를 발견한 걸까. 이단자의 활약도 이제 끝장이라고 결론짓고 냉큼 떠나버린 걸까.
근근이 생을 연장하였으되 그 다음에 어떻게도 날아오를 방도를 찾지 못한 채 끝나버릴 인물.
마코토는 긴지를 그런 식으로 평가한 걸까. 이제는 몰락해버린 반역자의 구슬픈 말로라고? 무지개 문신의 완성을 기다릴 것도 없이 '백주 대낮의 긴지'를 아예 포기하기로?
아닌게 아니라 이곳에 온 뒤 긴지는 마음을 앓는 날이 많았다. 긴지 자신도 그 점은 인정할 수밖에 없다.
추억과 회상에 빠지는 일이 갑자기 많아졌다. 수없이 많은 폭력의 기억이 날마다 무겁게 덮쳐들었다. 둘째손가락에 잠깐 힘을 넣는 것으로 간단히 탈취하곤 했던 타인의 목숨이 차츰 묵중하게 느껴졌다.
자신이 이상한 존재라는 것을 느꼈고, 인간 세상의 애환을 돌아볼 줄 아는 인간으로 서서히 기울어갔다.
긴지의 그런 변화를 저승사자는 '진보'라고 잘라 말했다.
긴지는 긴지대로, 다른 누구도 아닌 자기 자신이 곧 저승사자라는 인식을 갖기에 이르렀다. 지극히 위험한 유전자가 뒤섞인 희귀한 인간, 하루빨리 말살되어야 할 인간이 아닐까 하는 두려움을 품기에 이르렀다.
고뇌의 싹이 그새 수북하게 자랐다. 끊기 힘든 애증의 감정이 쉴 새없이 가슴을 스친다. 순간에 살고 순간에 죽는 삶이 자꾸만 어색하게 거치적거린다.

그러나 그런 변화들은 아직 긴지에게 치명상이 될 만큼 크지는 않다. 자신과는 도무지 맞지 않는 세상에 태어났다는 생각도, 나아가 애초에 이 세상에 태어난 게 잘못이었다는 생각도 없다.

긴지는 아직도 기백이 넘친다.

무뢰한으로서의 주권을 하나도 잃지 않았다.

긴지의 발목을 잡고 있는 건 기껏해야 단 한 번의 주먹질로 날아가버릴 일천한 방황일 뿐이다. 품에 든 권총의 첫번째 총알이 대기를 찢는 그 순간부터 긴지의 피는 다시금 황금에 부어진 왕수(王水)처럼 끓어오를 것이다.

그렇다고 인간이 인간으로서의 자격을 가지는 근본 이유조차 팽개치고 전면적으로 본능에만 매달리겠다는 건 아니다.

야만적인 행위 속에야말로 살아 있는 수컷으로서의 굳건한 진리와 철학이 감춰져 있다.

그런 말을 남긴 건, 별것도 아닌 경험에서 그럴싸한 인생 철학을 끌어내는 재주가 비상하던, 머리통이 유난히 크던 야쿠자 친구였다.

그자는 마지막까지 동료들의 존경을 얻지 못하고 상부의 신임도 얻지 못하고 그렇다고 자신을 개선하지도 못한 채 교묘하게 얽혀든 음모의 희생자로 이 세상을 떠났다.

푹푹 찌던 어느 여름날 저녁, 그 친구는 바로 등뒤에서 쏜 총을 맞고 죽었다. 시궁창에 얼굴을 처박은 채 죽는 바람에 콧구멍에서 실지렁이가 솔솔 기어나왔다고 한다.

흰개미가 파먹은 나무기둥에 붙어 선 채 긴지는 미동조차 하지 않는다. 끊임없이 움직이는 건 눈동자뿐이다.

열어젖힌 세 군데의 창을 번갈아 훑는다. 특히 북쪽으로 뚫린, 멀리 읍내가 보이는 창에 끊임없이 시선을 던진다.

경계심이 더욱 강해진다.

그러나 현재로서는 긴지의 주의를 끌 만한 일은 아무것도 없다. 아무리 기다려도 사람은 그림자도 없고 트럭 엔진 소리도 들리지 않는다. 햇빛에 뒤덮인 들판이 심심하게 하루를 마감하려 할 뿐이다.

비스듬히 기운 햇빛을 저녁 물결이 비단결로 수놓는다. 이제 조금 있으면 희미한 달이 얼굴을 내밀 시간이다.

반세기에 걸쳐 크고 작은 지진의 공격과 비바람에 시달리면서도 꿈쩍도 하지 않았던 탑. 그러나 마치 망령처럼 존재감이라고는 찾아볼 수 없는 비극적인 고층 건축물.

그 전파탑이 대어를 노리는 작살 모양의 거대한 그림자를 바다를 향해 길게 뻗고 있다.

긴지의 동물적인 직감력은 그저 헛되이 낭비될 뿐이다.

권총을 움켜쥔 손이 땀에 젖는다. 낡은 벽시계가 시간을 알릴 때마다 팽팽히 당겨졌던 신경이 분산되고 의식이 물컹 흔들린다.

손톱만한 파리가 마치 제 집인 양 마음대로 휘젓고 날아다닌다.

한여름 같은 열풍이 아득히 먼 산맥 쪽에서 불어온다. 그것은 들판을 건너 바깥 바다로 사라져간다. 뒤에 남겨지는 건 한없는 이완의 분위기.

강렬한 서녘 해를 받은 넝마 같은 집 안에서 긴지는 급속하게 기운을 잃어간다.

결연하던 목적은 흐려지고 담백한 기질만이 앞장선다.

대담하고 사려 깊고 그윽한 품성을 가진 희귀한 야쿠자는 이제 완전히 사라진다. 지금 이곳에 서 있는 자는 조야하고 무력하며 생기 없는 사면초가의 도망자. 단 하루 만에 쫓겨날 구원받기 힘든 식객

일 뿐이다.

목이 마르다.

긴지는 냉장고를 열고 마실 것을 찾는다. 보리차가 차갑게 식어 있다.

그러나 한 모금 마시면서 벌써 부족하다는 생각이 밀려들어 오히려 갈증이 더 심해진다. 이번에는 캔맥주를 꺼내 망설일 것도 없이 다 마셔버린다.

문신을 새기는 중에는 술은 피해야 한다.

조각룡의 그런 충고 따위는 깨끗하게 날아가고 없다.

오랜만에 마신 맥주는 긴지를 금세 해방시켜준다. 알코올에 의해 마음이 풀린 뒤에야 이제까지 품고 있던 긴장이 얼마나 강한 것이었는지 비로소 깨닫는다.

하나 둘 맥주 캔을 비우는 사이에 한 잔만 마시려던 생각이 서서히 사라져간다.

이취(泥醉)의 심연이 바로 코앞에 크게 입을 벌린 채 떨어지는 긴지를 삼키려고 기다린다. 맥주에서 소주로 바뀐 것도 모르는 판이다. 술에 취해 동료들을 이끌고 번화가를 누비던 시절에도 이렇게 억병으로 취했던 적은 없었다.

참을 수 없는 상황에 빠져 있기 때문인가. 실은 그 동안 지나치게 무리한 탓에 죽도록 피곤했던 걸까. 제 실력에 넘치는 엄청난 일에 손을 댄 건 아닐까.

부엌 바닥에 사체처럼 널브러진 긴지.

이 사내의 어느 구석에도 다른 사람 위에 올라설 인물다운 위엄은 없다. 이미 자신을 제대로 가누는 것조차 불가능한 몰골이다.

마비된 영혼이 바람에 펄럭거리는 빨래, 냉장고 모터 돌아가는 소리 따위에 흠칫 놀라 파르르 떤다.
 긴지는 기절과도 같은 깊은 잠 속으로 떨어져내려간다.
 알코올에 의한 건강하지 못한 수면은 죽음의 요소들을 차례차례 끌어들여 생나무 짜개듯 영혼과 육체를 분할하려 한다. 물론 그런 일이 가능할 턱이 없어서 취기가 서서히 걷히면서 긴지의 생명력은 다시금 기세를 돌린다.
 다만 눈을 떴을 때 주위가 온통 암흑이었기 때문에 긴지는 마침내 저 세상이란 곳에 와버렸다는 착각에 빠졌다. 그런데 이른바 저 세상이란 게 저승사자가 그렇게도 자랑해마지않던 것과는 전혀 다르다는 생각이 들었다.
 긴지는 자기도 모르게 중얼거렸다.
 속았구나. 내 이럴 줄 알았어.
 머리가 욱신거리고 가슴이 메슥거리는 통에 긴지는 이윽고 자신이 아직 세상을 뜨지 않았다는 걸 깨닫는다. 그리 오래 잠들어 있었던 것 같지는 않다.
 어느새 해는 뚝 떨어졌다.
 어둠 속에서 형광등 줄을 찾는 게 꽤 힘들다. 열어놓은 창을 통해 밤 기운이 용서 없이 침입한다. 날개 달린 벌레들이 불빛을 바라고 일제히 몰려든다. 그리고 바라보는 자를 어지럽게 하는 찰나적인 곡선을 그리며 제멋대로 날아다닌다.
 긴지는 서둘러 창을 닫는다.
 여전히 긴지는 혼자다. 마코토 일행이 귀가한 흔적은 어디에도 없다.
 충전이 다 된 휴대전화로 연락을 취해본다. 상대편 전원이 끊겨 있다는 사무적인 여자 목소리만 들려올 뿐이다.

소주병에 시선이 미치자 갑자기 구토감이 치민다.

긴지는 급히 밖으로 뛰어나가 괴상한 소리를 내며 토한다. 그 소리는 어쩌면 전파탑에 가 닿아 엄청나게 증폭되어 허무한 세상 구석구석까지 퍼졌는지도 모른다.

위가 텅 비자 긴지는 갑자기 생생한 고독을 느낀다. 그 고독이 상상했던 것보다 몇 배나 깊다는 것을 그제야 안다. 지옥에 내던져지는 편이 오히려 나을 정도다. 심경의 혼미가 한꺼번에 격해진다.

기분을 바꾸려고 긴지는 샘물로 입 안을 헹군다.

그러고는 어둠의 저 깊은 안쪽을 향해 있는 힘껏 소리를 지른다. 아무 의미도 없는 고함.

그러나 그저 기분풀이 삼아 내지른 절규와는 다르다. 그것은 자신 이외의 누군가를, 그러나 전혀 낯선 타인이 아닌 누군가를, 참된 이해자를 바라마지않는 절절한 암호다.

아무리 외쳐도 응답해주는 자는 없다.

파도 소리 사이를 누비며 와 닿는 것은 곶을 돌아 항해하는 선박의 허망하기 짝이 없는 기적 소리뿐. 그리고 그것조차 끊긴 지금, 긴지가 천성적으로 타고난 명랑 활달한 잔학성이 거짓말처럼 물러나고, 어둠 속에서도 그 눈이 이상하리만큼 맑다.

갖가지 악과 그 악의 밑바닥까지 바라볼 줄 아는 그 시선이 어쩔 줄 모르는 긴지 자신에게 쏟아진다.

긴지는 자신의 그런 시선을 더이상 견딜 수 없어 결국 슬금슬금 짐승 우리처럼 허름한 집 안으로 도망친다.

상상도 할 수 없는 과오를 범하고 만 사람처럼 거실의 미덥지 못한 형광등 밑에 주저앉아 텔레비전의 음량을 최대한으로 높인 채 무릎을 끌어안고 부들부들 떤다.

긴지는 돌연 품속에 지닌 돈을 모조리 꺼내 꼼꼼하게 세어본다.

그렇게 해서 기분을 가라앉히려고 해보지만 아무 도움도 되지 않는다. 오히려 불안감이 커지기만 한다. 몇 번을 세고 또 세어봐도 그때마다 액수가 다르다.

어찌 됐건 부족하다. 너무도 부족하다. 이런 돈으로는 도무지 안심할 수 없다. 이 돈의 열 배, 아니 백 배가 있어도 부족할 정도다.

부족한 건 돈뿐만이 아니다. 탄알도 마찬가지다.

돈다발과 자동권총을 꽉 끌어안은 긴지는 겁에 질려 있다.

그런 긴지의 의식을 달래주는 건 손때 묻은 자기 변호의 말뿐이다. 마음을 달래려는 문구들이 한바탕 이어진다.

인간이라는 존재에게는 영원한 근원일 터인 본능적인 공포가, 세상 무서운 줄 몰랐던 긴지의 마음을 용서 없이 잠식해들어온다. 이제는 절규할 힘조차 없다.

탑에 돌아갈 마음도 생기지 않는다.

더이상 그런 곳에는 돌아가고 싶지 않다. 그곳은 둥지도 아니고 안전한 은신처도 아니다. 그저 군화 소리에 세뇌된 죽은 영혼들의 집합소일 뿐. 덩치만 커다란 돌무더기, 혹은 생김새도 괴상한 납골당일 뿐.

바깥 벽을 꼼꼼하게 조사하면 분명 묘비명을 찾아낼 수 있으리라. 어쩌면 그곳에는 긴지의 이름도 새겨져 있을 것이다. 게다가 이제는 아무 가치도 없는 본명으로.

긴지의 입에서 새어나오는 건 애통함과도 같은 비명이다.

등을 갑충처럼 둥그렇게 말고 팔다리를 한껏 모은 채 눈을 꾹 감고 아직도 빠져나가지 않은 알코올 기운에 감정을 농락당하며 가늘고 기나긴 슬픔의 고함을 지른다.

만일 이런 모습을 마코토가 본다면 그때야말로 끝장이다. 긴지의 신용은 여지없이 땅에 떨어질 것이다.

하나코조차 긴지를 업신여기리라. 조각룡이라면 문신 작업을 중간에서 그만 걷어치우고 도구는 통째로 바다에 내던지고 입을 굳게 다문 채 다시 은거 생활로 돌아갈 것이다.

고작 그만한 술에 맥없이 무너진 긴지는 이미 어느 누구와도 우열을 가릴 자격이 없다. 넘기 힘든 장애를 뛰어넘으며 척척 전진하는, 혜안과 실천력을 지닌 자의 자취는 어디에도 없다.

야쿠자의 추한 본성이 그대로 드러난 한 사내가, 막다른 궁지에 몰려 어쩔 줄 모르는 서른다섯 살의 사내가 버려진 아기 고양이처럼 쪼그리고 있다.

저승사자조차 두려워하며 물러갔던 그 사내는 대체 어디로 가버린 걸까.

죽은 것이나 매한가지인 한심한 모습을 그대로 비춰내는 형광등도 역시 끝장이 머지않았는지 마지막 숨을 헐떡거리며 자꾸 껌뻑거린다.

긴지의 눈은 열심히 저승사자를 찾는다. 이제 매달릴 상대라고는 그 마물밖에 없다.

그러나 아무리 둘러봐도, 긴지가 자진하여 그토록 불러대도 삶과 죽음을 중개하는 수고를 기꺼이 맡겠다던 그 오지랖 넓은 참견자는 나타나지 않는다.

정말 숨이 끊겼을 때나 나타나려는가. 아니면 이런 한심한 꼬락서니를 보고 그만 흥이 깨져버린 걸까. 일부러 마중까지 나와서 맞아들일 가치도 없는 영혼이라고 본 것일까. 노쇠로 죽은 자가 훨씬 낫겠다는 판단을 내린 걸까.

긴지의 번민은 조금도 가라앉지 않는다.

가라앉기는커녕 점점 더 지독해질 뿐이다. 만일 이곳에 긴지의 운명을 좌우할 만큼 막강한 영향력을 가진 저 가면이 있었다면, 긴지는 분명 총구를 자신의 정수리에 들이댔으리라.

저승사자와 가면.

긴지에 대한 그 둘의 목적은 결코 같은 선상에 놓일 수 없다. 전자의 그것은 희귀한 영혼의 수집이고, 후자의 그것은 파멸 그 자체뿐이다.

그러나 다행인지 불행인지 가면도 없고, 눈물까지 글썽이며 애타게 불러도 저승사자 또한 긴지를 찾아오지 않는다.

긴지 혼자 힘으로는 죽는 것도 마음대로 되지 않는다.

그때 파도 소리도 개구리 울음소리도 아닌 소리를 긴지의 예민한 귀가 붙잡는다.

거짓 없이 진솔한 간원(懇願)을 듣고 마침내 저승사자가 등장하는가 했더니 그게 아니다.

자동차 엔진 소리다. 마코토의 트럭 소리.

긴지는 벌떡 일어나 목욕탕으로 달려가 얼굴을 씻고 입을 헹구어 술냄새를 지운다. 그 겨를에 거울을 보며 옷차림을 단정히 하고 머리까지 가다듬는다. 현금 다발과 권총을 품속에 간수하고 소주병과 맥주 캔을 서둘러 정리한다.

어찌 됐건 겉모습만은 평소의 '백주 대낮의 긴지'로 돌아왔다. 다음에는 현관문을 밀어젖히고 힘차게 밖으로 튀어나간다.

아직 저 먼 곳에서 끊임없이 흔들리며 달려오는 헤드라이트에 집중된 긴지의 눈은 벌써 솜씨와 배짱 두둑한 자의 범상치 않은 광채를 뿜고 있다.

분명 마코토의 트럭이다.

그러나 단정은 금물이다. 마코토의 트럭으로 위장한 적인지도 모른다. 긴지를 배신한 마코토의 귀띔을 받아 일부러 그 차를 몰고 온 건지도 모른다.

혹은 미끼로 이용하기 위해 손발을 꽁꽁 묶은 마코토 일가를 짐칸에 태우고 오는지도 모른다.

트럭의 속도가 평소와 달리 느리다. 아무리 밤이라지만, 아무리 임산부를 태우고 있다지만 지나치게 느리다.

수그러들던 아집이 긴장감에 의해 다시금 머리를 쳐든다.

유례없는 악한으로서 본분을 다하기 위해, 감정이니 애정 따위를 거부하는 쪽으로 순식간에 기운다. 긴지의 뇌수에서 방출되는 것은 유물론적인 수많은 계획들이다.

이쪽으로 슬슬 다가드는 트럭에 적이 타고 있을 경우를 대비하여 긴지는 현관에서 멀리 벗어나 전등불이 닿지 않는 집 뒤쪽으로 돌아간다.

박쥐처럼 판자 벽에 바짝 달라붙은 긴지는 피에 잔뜩 굶주렸음에도 자제심을 잃지 않는, 또한 저승사자를 보고도 콧방귀조차 뀌지 않는 일류 악당으로 되돌아와 있다. 어떤 곤경에도 흔들리지 않는 신념과 소기의 목표만은 평생 굳건히 지니고 있을 운명의 아들이다.

달빛도 긴지와 한편이 되어 일단 구름 뒤에 숨는다.

접근해오는 상대가 만일 적이라 해도 등뒤에서 느닷없이 총탄 세례를 퍼붓기 전에 꼭 점검해야 할 일이 있다. 인질이 있는가 없는가 하는 점이다.

그러나 아우의 목숨까지는 염두에 없다. 이 세계에 발을 들인 이상 최악의 상황에 대한 각오를 해야 하는 것이다. 여차하면 체념하는 수밖에 없다.

그러나 아무리 아우라도 그 가족이 여자와 어린애라면 이야기가 달라진다. 아녀자들까지 죽게 내버려둘 수는 없다. 뭔가 다른 방법을 찾아야 한다.

그러나 아무리 지혜를 쥐어짜도 어쩔 수 없을 때는 그 역시 체념하는 수밖에 없다. 정면돌파를 시도해 적이고 아군이고 인질이고 가릴 것 없이 마구 쏘아붙일 수밖에.

긴지의 총은 트럭의 움직임을 따라 겨냥이 옮겨간다.

비교적 평평한 도로에 들어섰는데도 표적은 전혀 속도를 올리지 않는다. 마치 집에 들어가는 게 싫은 아이처럼.

상대가 어떤 자이건 문제는 그 트럭에 몇명이나 타고 있는가 하는 것이다. 처음 아홉 발의 탄환으로 움직임을 봉쇄하지 않으면 뒷일이 번거롭게 된다. 다음 아홉 발을 장전하는 사이에 반격을 당할 우려가 있다.

이윽고 헤드라이트 빛이 집에 와 닿는다. 역시 마코토의 트럭이다. 좌우가 짝짝이인 사이드 미러가 눈에 익다.

일단 짐칸에는 사람이 없는 것 같다. 혹은 납작 엎드려 있는지도 모른다. 그러나 아직 발사하기에는 이르다.

긴지는 기습할 준비를 시작한다.

창고 지붕에 올라가 그곳을 발판으로 삼아 집 지붕 위로 오른다. 텔레비전 안테나를 받쳐둔 철기둥에 몸을 의지하며 녹슨 지붕 꼭대기까지 간다.

그곳에서라면 전부 보인다.

게다가 상대는 이쪽을 파악하기 어렵다. 그쪽에서 알아챘을 때는 십중팔구 승패가 결정난 뒤다.

트럭을 현관문 곁에 갖다댈 것이라고 짐작한 긴지는 슬금슬금 지붕을 타고 그쪽으로 이동한다. 되도록 가까이 접근하는 편이 좋다. 세운 양 무릎 사이에 손목을 끼워 무기를 고정한다.

아름다운 밤이다.

신명을 바칠 만한 가치가 있는 기막히게 아름다운 밤이다. 만일 오늘밤 죽게 된다면 그것이 사나이다운 용감한 일생이었든 아니었든, 긴지는 크게 만족할 것이리라. 헛되이 길게 사는 것보다 얼마나 멋있는가.

트럭의 속도는 여전하다.

그러나 주위를 경계하며 달리는 것 같지는 않다. 집 안에 있는 자를 경계한다면 그렇게 일정한 속도로 달려오지는 않는다.

조수석에 탄 자의 윤곽이 어렴풋이 보인다.

머리 크기나 앉은키로 보아 어른이 아니다. 하나코일 것이다.

그러면 운전석에 있는 건 마코토다. 하나코의 어머니는 어찌 된 걸까.

그제야 긴지는 다른 발상이 떠오른다. 지금까지 어째서 그걸 생각하지 못했는지 이상할 정도다.

그렇다, 마코토의 아내는 산달이었다. 갑자기 산기를 느끼고 병원에 나갔던 게 틀림없다. 분명 그렇다. 그래서 예단을 허용할 수 없는 입장에 처한 형님까지 놔두고 사라졌던 것이다.

그렇지만 전화 연락조차 하지 않았다는 점은 이해할 수가 없다.

병원으로 가는 길에 어째서 휴대전화로 연락을 하지 않았는가. 그 정도는 들판을 건너가는 도중에도 얼마든지 할 수 있지 않은가.

마코토답지 않다. 처음 겪는 출산도 아니니 그렇게 당황할 리도 없다.

핸들을 쥔 건 역시 마코토다. 얼굴 윤곽을 통해 금세 알아볼 수 있다.

저렇게 느리게 달려오는 건 엔진이 고장났기 때문일까. 혹은 타이어가 펑크난 걸까.

그중 어느 것도 아니다. 배기음이 일정하고 차체는 단정하게 수평을 유지하고 있다.

그러나 트럭이 얌전하게 현관문 앞에 다가왔을 때 긴지의 의문은 남김없이 풀린다.

뜻밖의 일이다.

너무 놀란 나머지 몸을 받치고 있던 발과 엉덩이의 힘이 빠져버리고, 슬쩍 미끄러지는가 했더니 그대로 아래로 미끄러져 떨어진다.

몸이 아직 공중에 떠 있는 순간, 떨어지는 힘에 거역하는 것보다 착지 태세를 취하는 게 낫다는 것을 깨달은 긴지는 무릎을 능숙하게 놀려 트럭 정면에 사뿐히 내려선다.

착지하기 직전에 긴지의 눈은 짐칸에 실린 것을 다시 한번 확인한다.

아비와 딸, 둘이서만 귀가한 게 아니다. 세 사람, 아니, 정확하게는 네 사람이 돌아온 셈이다.

짐칸은 텅 빈 게 아니다. 하얀 관 두 개가 나란히 실려 있다. 하나는 어른용, 또하나는 아이용.

느닷없이 눈앞에 나타난 긴지를 보면서도 마코토도 하나코도 그리 놀라지 않는다. 놀랄 여유가 없다. 너무도 피곤하고 지친 두 사람은 말이 없다. 긴지 역시 말을 잃는다.

아내와 영아를 한꺼번에 잃은 젊은 아버지는 녹초가 되어 있다. 불행이 겹친 마코토는 사형 집행이 확정된 수인처럼 완전히 기운을 잃었다.
 상황을 선뜻 믿을 수 없는 속에서도 긴지는 관의 운반을 돕는다.
 사자의 무게에 대해서는 익숙히 알고 있는 긴지지만, 이토록 묵중한 줄은 미처 몰랐다. 작은 관 역시 묵중하다. 그 무게가 긴지를 엄숙한 현실로 밀어넣는다.
 하나코가 앞장서서 현관문을 연다. 그리고 거실로 들어가 주섬주섬 밥상을 치운다.
 그때, 곧 죽을 듯 깜빡거리던 형광등 하나가 마침내 꺼진다. 방 안의 밝기는 반으로 줄어들고 비극은 두 배로 부풀어오른다.
 마코토는 위로하려는 긴지의 얼굴을 되도록 보지 않으려 애쓰며 일의 전말을 대충 털어놓는다. 어머니와 아기의 사인에 대한 설명은 생략해버리고, 이제부터 유체를 어떻게 할 것인지에 대해서만 이야기한다.
 초상은 하나코와 둘이서만 치르겠다. 장례식도 집에서 둘이 치르겠다. 그리고 내일 읍내 화장터에서 화장한 다음 뼈를 가져와 집에 모시겠다. 무덤은 필요 없다. 땅 밑에 묻어버리면 그걸로 끝이 아닌가. 그렇게는 하고 싶지 않다. 우리 네 사람은 앞으로도 함께 살 거다. 더구나 이 땅에서는 앞으로 길게 살 마음도 없다.
 거기까지 말하기도 힘겨웠다.
 마코토는 와락 울음을 터뜨리며 관에 매달린다. 장성한 사내가 꺽꺽 우는 모습을 긴지는 그저 지켜볼 수밖에 없다.
 하나코는 손전등을 들고 밖으로 뛰어나갔다가 곧바로 돌아온다. 품에 가득 안은 건 들꽃이다. 색깔도 가지각색인 꽃들이 가련한 죽음을, 그뒤에 남은 제의(祭儀)를 정성껏 꾸며준다.
 예상도 못 했던 일의 추이에 긴지는 어찌할 도리가 없다.

오래도록 흔들리는 마코토의 어깨를 망연히 바라보며, 아무리 꺾어와도 여전히 모자란 것 같은지 몇 번이고 꽃을 꺾으러 들락거리는 하나코의 바쁜 발소리를 멍청히 들을 뿐이다.

*

가면이 말한다.
"너는 역신(疫神)이야."
이걸로 세번째다.
그러나 긴지는 이의를 달지 않는다. 오히려 그 말이 맞다고 인정한다.
이곳에 오고 난 뒤부터 긴지 주변에는 갖가지 죽음이 아로새겨졌다. 이곳보다 인구 밀도가 낮은 지역은 없을 터인데, 긴지와 알게 된 자들이 차례로 세상을 떴다. 아무래도 그저 우연이 아닌 것만 같다.
긴지가 반론을 하지 못할 거라고 판단한 가면은 더욱 오만한 말투로 신이 나서 떠들어댄다.
"긴지, 네가 바로 저승사자야."
그 말에 긍정도 부정도 하지 않는 긴지의 부어오른 눈에는 빗물에 흐려진 들판과 바다가 비칠 뿐이다.
공중누각과도 같은 비일상적인 높이, 그곳에서 내다보이는 풍치에는 평소에 보던 대자연의 충일 따위는 없다. 두터운 비구름과 장맛비가 목숨 있는 것들의 자그마한 기쁨을 송두리째 빼앗고 대기를 비애의 빛으로 물들이고 만다.
긴지가 느끼는 감정의 분열은 어느새 극에 달한다.
극에 달한 그 지점에서 가슴속이 도리어 조용히 가라앉는다. 지금은 얼마간 안정을 되찾아 한적함을 즐기는 여유까지 생긴다.

최근 이틀 동안 겪은 마음의 갈등은 참으로 엄청난 것이었다.

긴지의 내부에서 영혼을 어지럽히는 이변이 연달아 일어났다. 이 세상 갖가지 가치관의 반목이 뒤엉키면서 자기 파괴 작용으로 이어지고, 수없이 가지를 뻗은 선택의 갈림길 앞에서 거센 충돌의 불꽃이 튀었다.

그 동안 긴지는 탑에 틀어박혀 있었다. 밖에 나간 것은 용변을 볼 때뿐이었고, 그것도 비를 피하기 위해 되도록 탑 근처에서 벗어나지 않았다.

거센 빗발이 새로운 국면에 접어든 사태를 상징하고 있다.

도시락이 뚝 끊겼다. 만들 사람이 없으니 당연한 일이다. 그녀는 아이를 낳다 죽었다. 그녀가 손수 만든 도시락은 고사하고 음식이라고는 일절 오지 않는다. 긴지는 축축해진 비스킷과 건빵, 그리고 남아 있던 주스만 마시며 지냈다.

전화도 걸려오지 않았다. 그것도 당연하다. 마코토와 하나코는 죽은 이를 떠나보내는 의식을 단둘이 치러야 했기 때문이다. 아마 그들도 제대로 먹지 못했으리라.

조문객은 없었다.

그러나 훌륭한 장례식이었다. 훌륭한 장례였다는 것을 긴지는 탑 위에 앉아서도 똑똑하게 알 수 있었다.

쌍안경에 드러난 광경은 모두가 애조를 띠고 있었고 한순간 한순간 가슴을 저미게 하는 부분이 있었다. 이따금 눈물을 뚝뚝 떨구는 일까지 있었다.

이토록 가까이 있건만, 또한 그토록 큰 신세를 진 사람이건만 긴지는 장례식에 초대받지 못했다. 그러나 그것이 전혀 의외로 여겨지지 않았다. 오히려 다행스럽게 여겼을 정도다.
 그건 가족끼리 치러야 할 장례였다. 제삼자가 끼어들 일이 아니었다. 더구나 경찰은 물론 동료들에게까지 쫓기는 처지의 야쿠자가 나설 자리가 아니었다. 공연히 얼굴을 내밀었다가는 정성스러운 장례식이 오히려 더럽혀지리라.
 긴지는 그렇게 생각했다.
 그것은 세상 어디에서나 일어날 수 있는, 악덕과는 전혀 관련이 없는 죽음이었다. 뒷골목 세계와는 아무런 관계도 없는, 골수에 사무치는 고통이 함께하는 정당한 죽음이었다.
 긴지는 물었다.
 네 아내와 갓난아이를 죽게 내버려둔 병원에 책임을 물어야 할 게 아니냐. 정당한 보상을 받아야 할 게 아니냐.
 그것이 긴지가 마코토에게 해줄 수 있는 유일한 위로의 말이었다.
 그러자 마코토답지 않은 대답이 돌아왔다.
 의사에게 감사는 할망정 원망할 일은 없다. 병원 관계자들은 마지막까지 최선의 노력을 해주었다.
 "의사 선생도 간호사들도 함께 울어줬습니다. 남들이 모두 나서서 내 일에 울어준 건 이게 처음임다."
 관 옆에서 밤을 지새운 그날은 밤새 불이 켜져 있었다. 아마 전등이란 전등은 다 켜두었으리라.
 어떻게도 메울 수 없는 자신들의 적막감을 메우기 위함인가. 아니면 승천하는 영혼에게 보내는 이별의 메시지인가.
 그 빛은 들판에 사는 곤충들의 주의를 끌었고, 한꺼번에 몰려든 날개 달린 곤충들을 노리며 들판 귀퉁이 허름한 그 집에 개구리들이 떼지어 몰려들었다.

창에 비치는 마코토와 하나코의 그림자는 날이 밝도록 거의 형태가 변하지 않았다. 두 사람은 한숨도 자지 않은 것이다.

어둠이 걷히고 태양이 떠오르자 느닷없는 검은 구름이 나타나 금세 온 하늘을 뒤덮었다. 그때부터 내리기 시작한 비는 내내 멈출 기미를 보이지 않고 음울한 하루를 더욱 고통스럽게 했다.

스님도 오지 않았고 영구차도 오지 않았다. 친척과 친구들이 울며 달려오는 일도 없었다.

오전 열시를 알리는 종소리가 읍내에서 흘러나오자 관은 다시금 집 밖으로 옮겨졌다. 현관문에 트럭 짐칸을 바짝 붙이고 푸른 비닐 시트로 감싼 관을 하나씩 신중하게 실었다.

작은 관은 괜찮았겠지만, 큰 관을 마코토와 하나코 둘이서 올리려면 퍽 힘들었을 것이다. 그때 하나코가 발휘한 힘은 다섯 살 아이의 것이라고는 여겨지지 않을 정도였다.

빗물이 안개처럼 보얗게 피어오른 속으로 관을 실은 트럭이 출발했다. 병원에서 돌아올 때보다 더 신중하게, 도보보다 약간 빠른 속도를 끝까지 유지했다.

그러므로 탑 위에서 눈으로 배웅하는 긴지의 시야에 트럭은 오래도록 머물러 있었다. 그사이에 세 척의 대형 화물선이 수평선 건너편으로 빨려들어갔고 비구름이 그 자리에 냉큼 들어와 앉았다.

마코토 일가가 들판을 가로질러 읍내에 들어선 순간 한바탕 천둥번개가 울려퍼지고 대기가 부르르 떨었다.

그 거대한 음향은 순간적으로 탑 위의 긴지에게 영혼의 불멸에 대한 굳건한 믿음을 주었다. 이론이 아니라 순간의 깨달음과도 같은 강렬한 감각으로 그것은 뇌의 구석구석까지 울려퍼졌다. 그러자 긴지의 마음은 얼마간 가벼워지고 심호흡을 할 때마다 가슴속의 답답

함도 줄었다.

　차축(車軸)을 휩쓸어갈 듯 엄청난 비가 쏟아지면서 건너편 산맥이 뿌옇게 흐려졌다.

　오후가 되면서 긴지는 허탈한 상태에서 빠져나올 기회를 잡을 수 있었다. 정과 한이 한데 뒤엉키면서, 마코토에게 갑작스럽게 들이닥친 불행에 대한 해석에 약간의 변화가 생겼다.

　저 밀입국 여인에게 저지른 행위에 대한 당연한 대가.

　그렇게 생각하자 다소 마음이 편해졌다.

　죽은 어미와 갓난아이에게는 가혹하기 짝이 없는 견해지만, 그 발상은 당장 긴지 자신에게도 적용되었다. 즉 암흑가에 사는 자들의 목숨은 그렇다 쳐도, 이제 곧 정년을 맞이할 시골 경찰관의 목숨을 거침없이 빼앗은 것에 대해 언젠가는 분명 그 대가를 치르리라는 생각이 들었다. 대체 어떤 대가를 치러야 할지는 짐작도 가지 않지만.

　그 순간 틈을 두지 않고 참견이 날아왔다.

　"너만은 절대 안 죽어."

　그렇게 말한 건 가면이었다.

　예언자와도 같은 가면의 말은 조금 더 이어졌다.

　"저승사자가 죽을 리가 없지. 너야말로 세상 끝까지 살아남을 자야."

　명확히 가시 돋친 말이었지만, 긴지는 화를 내지 않았다. 돌아보는 순간 그대로 총질을 하지도 않았다. 달관한 인물이 된 것처럼 그런 충동조차 일지 않았다.

　마코토의 아내가 유체가 되어 돌아온 그날 밤 이래, 긴지는 권총에 손도 대지 않았다. 뿐만 아니라 눈에 띄지 않도록 수건으로 둘둘 말아 침낭 속에 처넣어버렸다. 잠든 틈에 습격을 받았을 경우 얼른 꺼내기 힘들 터였지만, 긴지는 그런 건 전혀 고려하지 않았다.
 언제 습격을 받을지 모른다는 긴장감이 말끔히 사라졌다. 막연히 형세를 관망하는 눈초리로 변했다.
 긴지는 고배율의 쌍안경을 읍내 쪽으로 돌려 굴뚝을 찾았다.
 아무리 살펴봐도 몇 개나 되는 굴뚝 중에 어떤 것이 화장터의 굴뚝인지 확실하게 알 수 없었다. 그러나 긴지는 산 틈새에 숨은 밋밋한 색깔과 형태의 굴뚝을 하나 골라 그곳에서 피어오르는 가느다란 연기를 향해 마음속으로 합장했다. 극히 자연스럽게 머리도 숙였다.
 그런 긴지의 등을 향해 가면이 지독한 말을 퍼부었다.
 이제까지 너는 수많은 인간을 사지로 내몰았다. 여기서 네가 직접 손을 댄 것은 경찰 한 명뿐인지 모르지만, 다른 죽은 자들이 모두 너와 밀접하게 관련되어 있다.
 만일 네가 이곳에 나타나지 않았다면 죽지 않았을 사람들이 아닌가. 그걸 알기나 하는가.
 이대로 가다가는 조각룡도 마코토도 분명 죽을 것이다. 하나코도 결코 예외가 아니다.
 그런데도 너 혼자만 끝까지 살아남을 작정인가. 참으로 그럴 자신이 있는가.
 반드시 핵심을 찌른 말이라고는 할 수 없지만, 그 말을 듣자마자 긴지는 당장 벌떡 일어섰다.
 더이상 죽은 이를 만들어서는 안 된다는 생각이 가슴에 피어올랐다. 그리고 이 땅을 떠날 결심을 했다.
 마코토가 아직 돌아오지 않은 사이에 어디론가 떠나는 게 제일 좋은 선택이라고 생각했다. 무기도 현금도 남겨둔 채 입은 옷 그대로 이 땅을 떠나기로 마음먹었다. 단 한순간의 유예도 있을 수 없다고 생각했다.
　나선계단을 막 내려서는 순간 휴대전화가 그의 발목을 잡았다.
　긴지는 망설였다.
　전화를 받아야 할까, 아니면 이대로 떠나야 할까.
　그냥 못 들은 걸로 하고 다시 계단을 내려가다 이번에는 마코토가 도움을 청하는 전화인지도 모른다는 노파심이 뇌리를 스쳤다.
　혹시 내 도움이 필요한 긴급 사태가 발생해서 연락한 건 아닐까.
　만약 그렇다면 어떤 어려운 일이라도 당장 달려가 도와주어야 한다. 마코토는 그렇다 쳐도 하나코만은 어떻게든 구해야 한다. 만약 제 아비가 죽기라도 한다면 하나코는 천애 고아의 몸이 되고 만다. 언젠가는 누구나 고아가 되지만, 그러나 하나코는 아직 너무 이르다.
　만일 대단한 일이 아니라면 적당히 대꾸해주고 잽싸게 이곳을 떠나자. 안전을 보장할 수 없는 땅에 가게 된다 해도, 당장 추격자들의 눈에 띌 곳이라 해도 상관없다.
　이렇게 숨어 지내는 건 이제 지긋지긋하다. 이것만이 유일한 방도라 해도 이참에 다 내팽개치리라.
　탑 꼭대기로 돌아온 긴지는 급히 휴대전화를 집어들었다.
　마코토는 말했다.
　"내일 문신을 완성시키자고 조각룡에게 전했으니까, 오늘밤에 목욕하러 오십쇼."
　마코토의 목소리는 차분했다. 적어도 재기불능의 상태에 빠진 자의 말투는 아니었다. 거역할 수 없는 울림마저 느껴지는 말투였다. 한숨도 자지 않고 밤을 새운 뒤에 아내의 뼈를 주워모아 집으로 돌아오는 길의 사내가 하는 말이라고 여겨지지 않을 정도였다.
　어떻게 그토록 빠르게 마음을 정리할 수 있을까.

마코토는 다시금 신속한 행동가로서의 본모습을 회복했다. 혹은 그 이상의 사내가 되었는지도 모른다.

긴지의 예상으로는 반년 가까이는 다시 재기할 수 없을 터였다. 이렇듯 쉽게 털고 일어서는 아우에게 긴지는 불길한 중압감을 느꼈다.

그래서 마코토가 문신에 대해 아무리 진지하게 이야기해도 긴지의 결심에는 전혀 변화가 없었다. 이제 조금 있으면 완성될 무지개 따위, 아쉬운 마음은 들지 않았다.

전화를 끊자마자 다시 나선계단을 내려갈 작정이었다. 마코토와 하나코가 화장터에서 돌아오기 전에 도보로 남하하자고 마음먹었다. 그렇지 않으면 모래사장 바위 뒤에 숨겨둔 고무보트를 타고 바다로 나가는 것도 한 가지 방법이다.

만일 전화를 끊기 직전에 마코토가 그 말을 하지 않았다면 긴지는 틀림없이 흔적도 없이 사라졌으리라.

마코토는 이렇게 말했다.

죽은 아내가 무지개 문신이 완성되기를 얼마나 학수고대했는지 모른다. 태어날 둘째아이에게도 꼭 보여주고 싶다고 했다. 그런 뜻에서도 뼈를 집에 가져가려고 한다. 우리 네 가족이 일곱 빛깔의 기막힌 무지개를 실컷 볼 수 있게 해달라.

그리고 마코토는 말했다.

"형님, 뭐 드시고 싶은 거 없습니까? 어려워하지 마시고 말씀만 하십쇼. 뭐든 꼭 사가겠습다."

그날 밤, 긴지는 마코토의 집에서 초밥을 배불리 먹었다. 목욕을 하러 들어가자 하나코는 새 속옷과 바지를 챙겨주었다. 하나코는 어머니가 하던 역할을 제 손으로 해내려고 애쓰고 있었다. 아직 어린 아이치고는 정말 훌륭했다. 된장국도 끓이고, 세탁기도 돌렸다.

단지 뼈가 담긴 항아리 곁을 지나갈 때만은 고개를 숙이며 늙은이 같은 한숨을 내쉬는 것이었다.

긴지가 더욱 놀란 건 마코토의 태도였다. 완전히 평소의 명랑한 모습으로 돌아온 건 아니지만, 그러나 눈물 한 번 글썽이는 법이 없었다. 운명을 저주하는 말도 내뱉지 않았고, 추억담을 늘어놓으며 슬픔에서 달아나려고 하지도 않았다.

게다가 마코토는 술을 한 방울도 입에 대지 않았다. 긴지 앞이라 조심하려는 게 아니었다. 그날로 술을 끊겠다고 했다. 절대로 꺾이지 않을 결심이 온몸에 넘치고, 특히 그 눈초리에는 범상치 않은 광채가 번뜩였다.

너무나 큰 슬픔이 마코토를 무턱대고 앞으로 전진하게 하고 있었다. 아직도 긴장이 풀리지 않은 게 분명했다.

크나큰 슬픔의 습격을 받는 건 아직 한참 뒤다. 막상 그때가 되면 앞으로 전진하기는커녕 끝없이 추락하게 되리라.

긴지는 그렇게 파악했다.

마코토는 통곡하는 대신 '백주 대낮의 긴지'에게 건 희망에 대해 한없이 늘어놓았다. 반드시 맞이할 새로운 시대. 그 깃발을 쥐는 건 자기 일파 외에는 없노라고 침을 튀겼다. 그렇게 쌓아올린 조직은 앞으로 몇 세대에 걸쳐 강력한 힘을 떨칠 거라고 큰소리를 쳤다.

술도 마시지 않은 맨송맨송한 얼굴로 잘도 거창한 소리를 늘어놓는구나 하고 감탄하면서 긴지는 시종 들어주는 입장에 서 있었다.

그저 아무 말 없이 듣고 있었던 것만은 아니다.

반드시 실현 불가능한 것도 아닌 그 희망에 박자를 맞추며, 반기를 쳐든 야쿠자들의 존경을 한몸에 받기에 걸맞은, 머지않아 그 재능이 열매를 맺을 사내의 역할을 열심히 연출해 보여주었다. 야쿠자의 탐욕에 찬 허영심을 슬슬 만족시켜주면서, 그 이름이 후세에 길이 남을 '백주 대낮의 긴지'라는 허상을 믿게 해주려고 나름대로 애를 썼다.

그러는 사이에 어느새 긴지 자신도 완전히 똑같은 기분이 되었다. 반드시 해야 할 일이라는 생각이 들면서, 이제부터 찬란한 순간들이 연이어 찾아올 것이라는 강한 예감에 휩싸였다.

이곳에서 보내는 날들은 엄청난 기력이 필요한, 위대한 비상을 위한 시련의 장이라고 규정했다.

인간이기를 사양하고 말 그대로 저승사자가 되어보는 것도 나쁠 것 없다는 생각이 들었다. 그렇다, 저승사자가 되지 않고서는 마코토가 바라마지않는 그 지위에는 도저히 이를 수 없다고 긴지는 확신했다.

어느새 두 사람은 체면과 위세에 휘둘리는 비속한 격정가의 모습으로 다시 돌아왔다. 두 사람의 입에서 화살처럼 튀어나오는 과격한 말들은 멈출 줄을 몰랐다.

오늘의 긴지가 있게 된 것은 자신의 뜻을 거스르는 자들을 남김없이 처치해왔기 때문이며, 앞으로도 그렇게 할 수밖에 없다는 데 두 사람은 완벽하게 의견의 일치를 보았다. 이어서 긴지는 자신에게 갖춰진 악의 능력을 있는 힘껏 발휘하여 치고 올라가겠다는 각오를 아우 앞에서 새삼 결의했다.

그들 곁에는 막 모셔놓은 두 개의 유골함이 나란히 자리잡고 있었지만, 그런 건 전혀 마음에 걸리지 않았다.

술도 없이 이야기가 그렇게까지 진전된 것은 아마 두 사람 다 고독의 공포에서 도망치고 싶었기 때문일 것이다.

그러나 그들은 아직도 자신들이 무엇을 두려워하는지 제대로 깨닫지 못하고 있었다.
 마코토는 말했다.
 손에 넣고 싶은 건 돈뿐만이 아니다.
 긴지는 말했다.
 이제껏 그 누구도 이룩하지 못한 암흑가의 완전 제패를 내 손으로 반드시 이루겠다.
 그것이 그저 공염불로 끝날지 어떨지는, 전적으로 긴지의 운명에 달려 있다. 거사를 위한 자금은 넉넉하다. 그리고 긴지도 마코토도 제 역할을 충실히 하고 있다. 지금까지 이렇다 할 실수도 없었고, 시급하게 쫓기는 일도 없다.
 할 일은 산처럼 쌓여 있고 갈 길은 멀고 험하지만 두 사람이 단단히 결속하여 일을 처리해나가면 소망하던 대로 야쿠자 세계에서 눈부신 후광을 거느린 전인미답의 성공을 거둘 수 있을 것이다.
 문득 이야기가 끊긴 순간, 긴지와 마코토의 시선은 동시에 유골함으로 갔다. 그리고 다시 돌아온 시선이 이번에는 동시에 하나코에게가 박혔다.
 하나코는 두 사람이 이야기를 나누는 동안 혼자 목욕을 하고 혼자 몸을 닦고 혼자 거울 앞에 앉아 머리를 빗었다. 그런 일련의 동작이 어미의 몸짓 그대로였다.
 그러나 아무리 어른스럽게 굴어도 제 손으로 편 이불 속에 들어갈 때의 모습은 고스란히 다섯 살 아이였다. 그간의 피곤이 한꺼번에 몰려온 것이리라. 곧바로 고른 숨소리가 들리고, 잠시 뒤에는 잠꼬대가 한바탕 이어졌다.
 마코토가 느닷없이 텔레비전 화면을 손가락질하며 소리를 질렀다.
 "저 새끼들은 인간도 아닙다. 저런 놈들은 인간도 아녜요!"

브라운관에 비친 것은 순백의 부드러운 모피 때문에 인간들의 손에 차례로 죽어가는 어린 바다표범들이었다.
긴지는 말했다.
"너도 피곤할 테니 좀 자라. 나도 그만 가야겠다."
우산을 받쳐들고 어둠 속으로 한 발을 내딛는 순간 긴지는 갑자기 자신으로 돌아왔다.
반역의 깃발을 쳐들고 전횡을 부려야 할 '백주 대낮의 긴지'는 어디론가 사라지고 잔뜩 기가 죽은, 진퇴가 꽉 막힌 일개 백수건달로 전락했다. 마음가짐조차 급하게 퇴락으로 기울었다.
전파탑의 무거운 철문을 열 즈음에는 앞으로 무엇을 의지해 살아가야 할지, 대체 어디에 무게중심을 두고 살아가야 할지 도무지 알 수 없는, 저승사자의 기척에도 가슴이 덜컹 내려앉는, 대책 없이 무위의 나날을 보낼, 재능이라고는 털끝만큼도 없는 사내가 되어 있었다.
긴지는 정성스런 도시락은 일치감치 포기하고 있었다. 만들어줄 사람이 죽었으니, 이제부터는 빵으로 끼니를 때울 각오를 한 참이었다.
그런데 다음날이 되자 평소와 같은 시간에 하나코가 막 만든 도시락을 들고 왔다. 음식에 빗물이 들어갈까봐 로프도 이용하지 않고 굳이 나선계단을 올라 가져다주었다.
놀랄 일은 그것만이 아니었다.
그 도시락을 만든 사람은 마코토가 아니라 하나코였다. 뚜껑을 열어보니 틀림없이 아이가 만든 도시락이었다. 아이다운 재주를 부리느라 밥 위에 달걀 부침이며 조림, 단무지 등속을 마치 꽃밭처럼 늘어놓았다.
하나코는 작은 냄비에 담아온 된장국을 휴대용 가스레인지에 다시 데우고 차까지 끓여주었다. 그 도시락이 순순히 목구멍을 넘어가지 않았던 것은 음식 맛 때문이 아니었다. 씩씩하게 일을 해치우는 하나코의 모습을 지켜보다 갑자기 가슴이 뻐근해졌기 때문이었다.

긴지는 이제 막 어미를 잃은 하나코의 얼굴을 똑바로 바라볼 수 없었다. 뭐라고 말을 붙여야 할지 알 수 없어, 겨우 내뱉은 건 그저 그런 한마디였다.

"이렇게 매일 비만 오니까 정말 싫다. 그렇지?"

그러나 하나코는 긴지를 똑바로 바라보며, 아비의 말 심부름을 똑똑하게 전했다. 조각룡이 갑자기 오지 못하게 되었다는 것이었다.

그 이유에 대해서는 말하지 않았다. 아비가 그것까지는 일러주지 않았는지도 모른다. 혹은 마코토도 그 이유를 알지 못하는지도 모른다.

그로부터 이틀이 지났다.

그러나 조각룡에 관한 정보는 들어오지 않는다. 뿐만 아니라 마코토의 연락도 없다.

정해진 시간에 하나코가 어두운 빗속을 걸어 도시락을 날랐다. 하나코는 도시락을 먹는 긴지, 전기 면도기로 수염을 깎는 긴지를 맑은 눈동자로 뚫어지게 지켜보다가 주머니에 넣어두었던 티슈로 코를 풀기도 하고 불온한 부랑자를 상대로 몇 마디 재잘거리다 빈 도시락을 륙색에 담아넣고 돌아간다.

오늘 긴지는 오랜만에 하나코의 노랫소리를 들었다. 나선계단을 내려가다가 갑자기 노래를 부르기 시작한 것이다.

그러자 요즘 들어 갑작스레 심한 곰팡내를 풍기던 탑이 덧없는 희망으로 가득 찼다. 긴지가 가까스로 광기를 면하고 있는 건 하나코의 반짝이는 생명력 덕분이다.

한 조각의 양심도 없이 그저 이지력에만 기대어 죄의 무거운 짐을 면할 수는 없다.

그런 뜻의 말을 점점 원숙미가 더해가는 인간의 표정을 그대로 흉내내며 가면이 중얼거렸다.

술이나 약을 한 것도 아닌데 긴지는 날이면 날마다, 밤이면 밤마다 갖가지 환상에 휘둘린다. 갑자기 어디 먼 곳으로 도망치고 싶은 순간이 하루에도 몇 번이고 찾아온다. 그와 동시에 인간 세상을 관조하는 명상에 찬 안락의 시간도 물 흐르듯 흘러간다.

세상 구석구석 빗소리로 가득 찬 공소한 하루하루가 긴지를 끊임없이 찍어누른다.

생에 대한 긍정적인 확대 해석을 한없이 허용해주는 넓은 바다가 긴지에게 분방한 마음을 가져다준다.

하나코의 말에 의하면 마코토는 무지하게 바쁘다고 한다. 아침 일찍 집을 나가 밖이 컴컴해질 때가 아니면 돌아오지 않는다고 한다.

그것은 사실이다. 분명 꼭두새벽에 트럭의 헤드라이트가 진창투성이 들판을 가로질러 떠나곤 한다.

그러나 마코토가 어디서 무엇을 하는지 긴지는 짐작도 가지 않는다. 동료 어부들이나 경찰의 눈을 속이기 위해 바다로 나가 일을 하는 걸까. 아니면 고스란히 잃고 만 아내와 갓난아이의 거대한 그림자에 짓눌리고 싶지 않아 변변한 돈벌이도 되지 않는 낚시에라도 몰두하고 있는 걸까. 혹은 묘한 신음 소리로 쾌락을 기막히게 표현해주는 여자의 집에 기어들어 과도한 방사로 슬픔을 잊으려고 하는 걸까.

혹은, 목표점을 향해 활동을 시작할 수 있도록 적의 동정을 살피고, 비뚤어진 재능을 한껏 발휘하여 사전 공작을 위해 동분서주하는 걸까. 그렇게 해서 '백주 대낮의 긴지'의 첫째 아우로서의 직분을 다하려고 하는 걸까.

그중 어떤 것이든, 모두 집에 가만히 있는 게 견딜 수 없어서 벌이는 짓들이다. 언제가 되었건 마코토는 자신의 거친 행동에 스스로 희생되고 말리라.
　자기 일은 제쳐두고 긴지는 그렇게 확신한다.
　홀로 내팽개쳐진 하나코가 아무래도 마음에 걸린다.
　오늘 긴지는 하나코에게 넌지시 이런 수작을 붙여보았다.
　화투라도 치고 놀까?
　그러나 하나코는 선뜻 응하지 않았다.
　그래서 긴지는 집에서 무얼 하느냐고 물어보았다.
　하나코는 정색한 얼굴로 이렇게 대답했다.
　엄마랑 남동생이랑 셋이서 텔레비전을 본다.
　사산된 아이는 사내아이였던가.
　긴지는 생각했다.
　조금이라도 더 하나코 곁에 있어주고 싶은 마음은 굴뚝같지만, 그러면 그럴수록 하나코에게 위험이 커지는 결과가 된다. 자칫 어른들의 일에 휘말려 같이 희생될 확률이 높아진다. 이 들판에는 이제 세 사람밖에 없다. 그중의 두 사람은 언제 목숨을 잃을지 모른다.
　자신은 재앙을 몰고 다니는 불길한 악당이라고, 긴지는 인정한다.
　오후가 되면서 빗발이 한층 더 거세진다.
　보릿고개에 적절하게 내려주는 비가 흉보를 몰고 올 듯한 음울한 장맛비로 변해간다. 구름 사이로 언뜻언뜻 보이던 해는 좀체 얼굴을 내밀 기미를 보이지 않는다. 하늘이 맑은 자리 한 번 내보이는 일도 없이 그대로 해가 저물 것 같다.
　긴지는 요즘 일과가 된 팔굽혀펴기를 시작한다. 상체의 각도와 양 팔의 폭을 바꿔가며, 간간이 쉬어가며 수십, 수백 번을 계속한다.
　그런 긴지의 얼굴 바로 앞에 가면이 있다. 아무렇게나 벽에 기대

세워놓은 그것은 마음보가 비뚤어진 탓에 고개마저 갸웃 기울어진 것처럼 보인다. 총탄이 뚫고 나간 바람에 더욱 커다랗게 떠진 눈은 긴지의 앞길을 항시 주시한다.

이마에서 뚝뚝 떨어지는 땀방울이 눈에 스미고 피로가 극에 달하면 긴지는 가면에 자신의 얼굴을 겹치듯 털썩 쓰러진다. 그렇게 긴지의 코끝이 부딪치기라도 하면 가면은 얼굴을 홱 돌리며 노골적으로 혐오감을 드러낸다.

긴지도 증오감에 휩싸여 갑자기 가면을 힘껏 내려친다.

기생하는 존재.

무책임한 사기꾼.

가소롭기 짝이 없는 열변을 토하는 선동가.

아무래도 마음에 들지 않는 녀석.

그런 생각에 벌컥 화가 난 것이다.

그러나 나뭇조각은 얄팍한 주제에 제법 단단해서 금 하나 가지 않는다. 뼈까지 전해지는 통증에 더욱 화가 난 긴지는 가면을 창가로 들고 가 왼손으로 그 끝을 잡고 오른손으로 권총을 겨눈다.

드디어 가면과 인연을 끊을 때가 왔다. 싱글싱글 제멋대로 까부는 것도 이제 끝이다. 몇 초 뒤에는 사라질 목숨이다.

긴지는 정말로 쏠 생각이다.

가면은 말한다.

"나를 쏘는 건 너 자신을 쏘는 거야. 그래도 좋으냐?"

그러나 긴지에게는 전혀 통하지 않는 말이다.

가면은 필사적으로 외친다.

"잘 들어, 내가 조각나면 네 영혼도 함께 해체된단 말야. 그래도 좋다면 어서 쏴보시지."

긴지는 이미 가면을 처형하기로 결심하고 실행에 옮길 작정이다.

막 방아쇠를 당기려는 순간 휴대전화가 울린다.

잠시 집행이 연기된 가면의 얼굴에 구슬땀이 맺힌다.

가면은 긴지의 육성과 흡사한 목소리로 말한다.

"너, 정말 죽을 생각이로구나."

그러나 그 목소리는 긴지의 귀에 가 닿지 않는다. 긴지에게 들리는 건 전화 목소리뿐이다.

마코토일 거라고 생각했는데 조각룡이었다. 마코토에게서 전화번호를 들었다고 한다.

조각룡은 은근한 말투로 긴히 상의할 일이 있다고 한다. 무슨 중대한 일인가 싶어 긴지는 배에 잔뜩 힘을 넣고 귀를 기울인다.

그러나 막상 들어보니 그저 문신 얘기다.

조각룡은 내내 결단을 내리지 못했었다고 한다. 일곱번째 색깔을 정할 수가 없었다고 한다.

실제 무지개처럼 보라색으로 할까. 아니면 전혀 엉뚱한 색깔을 택해 마지막 작품의 마무리를 지을까.

매일 밤 무지개 꿈을 꾸었다고 한다. 무지개 귀신에 씐 것만 같았다고 한다.

그러다 며칠 동안 자신의 허벅지에 갖가지 색깔을 넣어 효과를 시험해보았다. 그 보람이 있어 오늘 엄청난 색깔의 조합을 발견하기에 이르렀다.

조각룡은 자랑스럽다는 듯 이렇게 말한다.

"어쩌면 내가 진짜 명인이 될 것 같소."

그리고 내일 가고 싶은데 몸 상태는 어떠냐고 묻는다. 긴지는 그 자리에서 아무 문제 없노라고 대답한다.

조각룡은 약간 흥분한 것 같다.

들뜬 목소리로 여간해선 전화를 끊으려 하지 않는다. 내일까지 기다리기가 힘들어 오늘 당장 달려올 듯한 열정을 말끝마다 풍긴다.

긴지는 조각룡의 말을 막으며, 이 빗속에 어떻게 오토바이를 타고 오겠느냐고 묻는다.

내일은 비가 더 올 것 같지 않으냐. 다행히 비가 그친다 해도 진창에 빠져 제대로 달릴 수 없을 것이다.

그러자 조각룡은 그건 걱정 없다고 한다. 마코토가 트럭으로 데려가고 데려다줄 테니 괜찮다. 문신이 완성된 기념으로 술을 진탕 마셔도 될 것 같다.

긴지는 묻는다.

혹시 아직 모르는 게 아닌가 싶어 마코토 아내의 죽음에 대해 슬쩍 물어본다.

짐작했던 대로다. 너무 뜻밖의 얘기라는 듯 조각룡은 말문이 막힌다.

아직 일 주일도 지나지 않았는데 문신이 완성되었다고 잔치를 벌일 수는 없노라고 긴지가 말을 잇는다.

조각룡은 얼이 빠진 듯 그저 전혀 몰랐노라고 거듭 말할 뿐이다.

잠시 뒤에 다소 침착해지는 듯하더니, 정말로 그런 큰일을 겪은 사람으로는 보이지 않았다고 한숨을 내쉰다. 마코토의 태도를 두고 하는 소리다.

미리 연락도 없이 조각룡의 거처를 불쑥 찾아왔던 마코토는 슬픈 기색이라고는 전혀 없었다고 한다. 슬프기는커녕 눈을 반짝이며 시종 벙글거렸고, 절벽에 새긴 계단을 내려갈 때의 발걸음도 전에 없이 가벼웠다고 한다.

"그렇군요. 그런 큰일이 있었군요."

그러면서도 조각룡은 문신의 완성을 연기하는 게 좋겠다는 제안은 하지 않는다. 일곱번째 색깔 이야기로 돌아가자 다시금 열띤 말투로 돌아간다.

세상일을 모두 체념하고 은퇴한 자신에게 일생일대의 걸작에 도전할 기회가 주어지리라고는 꿈에도 생각하지 않았다. 고도로 단순화된 것 속에 도리어 참된 아름다움이 숨겨져 있다는 것을 비로소 깨달았다. 분명 지금까지 수많은 문신사들이 달성하지 못한 불후의 명작이 될 것이다. 그런 예감이 분명히 든다.

그건 전적으로 조각룡의 절차탁마의 결과가 아니겠느냐고 긴지는 말해준다.

마지막에 조각룡은 마코토가 아침 아홉시에 데리러 온다고 했으니 늦어도 열시에는 작업에 들어갈 수 있을 거라며 전화를 끊는다.

잠시 동안의 침묵 끝에 가면이 말참견을 한다.

"어째 좀 이상한 것 같지 않아?"

그 한마디로 가면은 목숨을 건졌다.

긴지는 일단 사형 집행을 중단한다. 가면은 제자리에 갖다놓고, 자신은 맞은편 벽에 기대서서 다음 말을 기다린다.

가면은 망설임 없이 중얼거린다.

마코토의 신바람 난 꼴이 어째 수상하지 않은가. 애초에 자세가 틀려먹었지 않은가. 어떻게 그럴 수가 있는가. 한동안 상주답게 조용히 근신하는 것이 상식적인 자세가 아닌가.

그러나 긴지는 그 의문을 일소에 부친다.

"상식적인 자세를 가진 놈이라면 처음부터 이런 위험한 짓거리에 뛰어들지도 않았겠지."

그러나 가면이 다음에 제기한 의문은 웃어넘길 수가 없다.

"내일 마코토가 제 트럭으로 조각룡을 데려오고 데려간다는데, 그게 아무래도 마음에 걸린단 말야."

그러면서 가면은 이맛살을 찌푸린다.

오는 건 그렇다 치고, 문제는 돌아가는 길이라고 한다.

문신을 완성시켜 이제 더이상 쓸모가 없게 된 조각룡이 과연 무사히 들판을 건너 제 거처에 돌아갈 수 있을까. 천연 온천과 고가의 음향장치가 갖춰진 그 동굴 집에서 필생의 작업이었던 무지개 문신을 좋은 추억으로 간직하며 조용히 여생을 누릴 수 있을까. 혹시 입을 봉해야 할 대상이 되는 건 아닌가.

긴지도 거기까지는 미처 생각하지 못했다. 그러나 말을 듣고 보니 과연 그럴 법하다.

아내와 둘째아이를 한꺼번에 잃은 마코토의 야망과 광기는 점점 더 타오르고 있다. '백주 대낮의 긴지'를 부활시키겠다는 야망에 편승하기 위해서라면 어떤 비열한 수단도 가리지 않을 것이다. 만에 하나라도 절대로 실수가 있어서는 안 된다고 생각하고 있을 것이다.

마코토는 방해가 될 만한 자의 죽음을 발판으로 삼아 살아남고, 제 가족의 죽음을 발판으로 삼아 저 높은 곳을 바란다. 근본을 알 수 없는 스물다섯 젊은 녀석이다. 희귀한 성품인 건 분명하지만, 목숨을 내걸고 사는 것을 진심으로 즐기는 긴지와는 전혀 질이 다른 인간이다.

그러나 긴지에 대한 결정적 배신 행위는 아직 한 가지도 없었다. 게다가 긴지를 보좌할 책략가로 마코토보다 더 나은 적임자는 없다. 긴지에 대한 공헌도가 엄청난 것이다. 이미 발생한 문제와 앞으로 일어날 가능성이 있는 문젯거리들을 마코토는 대단한 솜씨로 해결하고 신속하게 처리했다.

좋건 싫건 '백주 대낮의 긴지'에게 마코토는 이미 때려야 뗄 수 없는 존재가 되었다.

마코토에 비하면 다른 대부분의 야쿠자들은 선뜻 체념도 못 하고 그날그날을 겨우 버티는 생활에 안주하면서, 그런 주제에 한가락 하는 인물로 보이고 싶어 안달하는 경박하고도 저능하며 잔악한, 하는 일 없이 빈둥거리는 건달들뿐이다.

그렇다고 조각룡처럼 정직하고 예의 바른 사람에게는 '백주 대낮의 긴지'를 떠받들 능력이 없다. 그가 도와줄 일이라고는 문신 한 가지밖에 없는 것이다.

마코토는 아무리 악행을 거듭해도 그것이 영혼에 축적되는 법이 없다. 그러기는커녕 죄악이 그의 마음의 양식이 된다. 세상에 떨어진 그 순간부터, 어쩌면 뱃속에서부터 이미 악덕의 세계 한복판에 발을 들인 급진분자였는지도 모른다.

가족의 유무를 떠나 결국 마코토는 평범한 인간의 길을 걸을 수 없는 존재였다.

아내와 둘째아이의 급작스런 죽음에 의해 마코토의 죄 가득한 배는 드디어 물거품을 일으키며 항해를 시작했다. 과도한 야심의 사주를 받아 지력과 체력과 배짱을 총동원하여 암흑가를 한꺼번에 뚫고 나가려고 고집스럽게 준비를 진행하고 있다.

마코토가 지니고 있던 미약한 영혼은 죽은 아내가 저 세상으로 가져가버렸을까. 혹은 마코토 쪽에서 그것을 그녀에게 맡겨버린 것일까.

그런 마코토의 마음을 거칠게 몰아세우는 건 다름아닌 '백주 대낮의 긴지', 바로 너다.

가면은 그렇게 단정지으며 여전히 지껄인다.

마코토로서는 긴지가 항상 내뿜는 지배욕의 아우라는 약육강식의 원리에 기초를 둔 지고지순한 목표다. 긴지의 그 아우라에 휘말린 자들, 성장 과정 때문에 제대로 된 삶을 살 수 없게 된 불행한 자들은 그 아우라에 의해 왜곡된 열정을 품고 미친 듯이 날뛰며, 싸움의 악취가 물씬 풍기고 피비린내가 코를 싸쥐게 하는 나날로 불나방처럼 뛰어든다. 그들은 긴지의 뇌 속에서 격렬하게 소용돌이치는 터무니없는 목적을 실현하겠다고 제 뼈와 살을 깎아가며 일한다. 그것이 굴욕적인 의존심에서 비롯된 행위라는 건 꿈에도 모른 채.

가면은 엄숙하게, 약간은 불손하게 선언한다.

유독 마코토만 이상해진 게 아니다. 일단 너에게 말려든 자들은 모두 하나같이 사고가 흐려져 악에 빠지는 줄도 모른 채 폭력을 휘두르고, 환희가 가득할 승리의 날만 믿으며 엄청난 태풍이 몰아치는 바다에 뛰어든다. 그러나 결국에는 어떤 놈이건 힘없이 무너지고 덧없이 조난당하는 신세가 되고 말 것이다.

한계를 넘은 너의 욕망과 군계일학의 카리스마는 그들의 빈약한 영혼을 용서 없이 짓밟고 뿌리까지 뽑아버린다. 너야말로 저승사자의 능력을 그대로 구현하는 자다.

그런 너에게도 언젠가는 반드시 소진의 때가 찾아온다. 죽은 영혼들의 징계를 받을 날이 반드시 찾아온다. 너의 총질에 크게 뚫려버린 내 눈에는 곧 너의 목숨에 들이닥칠 위험한 순간이 똑똑히 보인다. 이 성채를 비워줄 날도 그리 멀지 않았다.

깊은 침묵에 갇힌 시간이 방치되고 있다.

우회도 하지 않고 노골적으로 내뱉어버린 것에 긴지가 크게 반발할까봐 가면은 눈을 치켜뜨고 상대의 모습을 살핀다.

그러나 긴지의 마음속은 권태감과도 같은 것에 지배당해 조용하게 가라앉아 있다. 화가 난 것도 아니고, 잡다한 상념에 지친 것도 아니다.

긴지는 눈을 감는다.

이제까지 접했던 다양한 형태의 죽음이 눈꺼풀 안쪽으로 차례차례 스쳐간다. 의식의 밑바닥에서 깊은 탄식이 간헐적으로 터져나온다.

그렇다고 수많은 죽음을 일일이 저 자신으로 치환하여 고민하지는 않는다. 따라서 패배의 중압감에 허덕이는 일도 없다.

그저 평소의 긴지와 크게 다른 점이라면 완전히 자신을 접어버렸다는 것이다. 가면의 말을 얼간이처럼 고스란히 받아들이는 점이다. 그것이 다르다.

가면도 이제 그만 물러설 자리라는 걸 잘 알고 있다. 형세가 불리해진 상대를 가차없이 때려누이는 짓은 하지 않는다. 느물거리며 긴지의 다음 말을 기다리는 불손한 태도도 취하지 않는다.

지금은 그저 나뭇조각의 입장으로 돌아가 사색으로 생을 보내는 자와도 같은 표정을 유지하고 있다. 그런 가면이 긴지에게 진심으로 바라는 것이 과연 무엇인지, 그건 여전히 수수께끼다.

이제까지 해왔던 것보다 더 과격하고도 질긴 생을 바라는 걸까. 아니면 부르르 몸이 떨릴 만큼 잔혹한 죽음이 덮쳐오기를 기다리는 걸까.

끊임없이 노후되어가는 탑은 산성비를 빨아들일 대로 빨아들여 더욱 깊이 늙어간다.

창문으로 튀어들어온 빗물이 모여서 한 줄기 흐름을 만들며 나선계단을 타고 내려간다. 아래로 가면 갈수록 그 양이 불어나 지면 가까운 곳에서는 작은 시냇물이 되어 철문 틈새로 흘러나가 바깥 땅바닥으로 스며든다.

　그런 일련의 물소리가 탑의 내부에 울려퍼져 마치 폭포와도 같은 거창한 소리를 내며 긴지를 위압한다.

　이곳은 개인적인 싸움으로 인생을 허비하는 저질의 무리들을 위한 건축물이 아니다. 국가 대 국가로서 핏빛 불꽃을 쏘아올릴 때 사용되었던 유서 깊은 탑이다. 경찰과 동료들의 추적을 받아 사면초가에 빠진 야쿠자 따위가 이런 성스러운 곳에 웅크리고 있다니, 이건 언어도단이다.

　이제 제가 나설 무대라고는 두 번 다시 없을, 다 늙어 쓰러질 위험에 처한 판국에도 여전히 격식을 따지는, 영웅의 혼령이 될 수 없었던 탑은 그런 말들로 크게 꾸짖고 나선다.

　그러나 긴지는 태연히 들어넘긴다. 상대가 탑이건 가면이건 혹은 저승사자라 해도 일일이 반론하는 것조차 그저 귀찮기만 하다.

　조각룡은 내일 찾아온다.

　목욕을 해두는 게 좋겠다고 긴지는 생각한다. 어두워지면 마코토 집에 가자. 그때까지 아무 할 일이 없다. 자고 싶지는 않지만 한숨 더 자두자. 깨어 있으면 그럴듯한 생각은 없고 머릿속이 복잡하기만 하다. 사고는 공회전을 반복하고 추억이 어지럽게 맴돌 뿐 좋은 생각이라고는 하나도 떠오르지 않는다.

　이미 정평을 얻은 '백주 대낮의 긴지'라는 인물이 저승사자니 가면이니 하는 환영 따위에게 지독하게 곡해를 당할 뿐이지 않은가.

　은신하며 때를 기다리는 중에는 그런 종류의, 즉 무엇을 위한 삶이고 죽음인가 하는 식의 논의는 절대로 피해야 한다. 그렇지 않으면 환멸의 거센 태풍에 휘말려 자신을 잃고 만다.

　긴지는 창문 한 곳에서 움츠러든 제 물건을 꺼내 볼일을 본다. 오줌과 빗방울이 구별되지 않는다.

벌써 오래도록 전선이 정체하고 있다. 납빛 구름이 온 하늘을 뒤덮고, 바다도 같은 계열의 색깔로 물들었다.

들판은 어떤가. 두툼한 구름으로 뒤덮인 날씨에도, 줄창 내리는 비에도 전혀 기가 꺾이지 않고 장마 후에 찾아올 여름의 횡일에 대비하여 착착 준비를 하고 있다.

모래산 건너편에 있는 마코토의 집은 거실 유리창이 푸르스름한 빛에 물들어 있다. 텔레비전 브라운관이 내뿜는 빛이 틀림없다. 하나코가 한 말은 사실이다. 하나코는 텔레비전을 보며 하루를 보낸다. 어머니와 남동생과 함께 셋이서.

긴지는 하나코의 앞일을 진심으로 염려한다. 다섯 살 어린아이에 대한 사랑이 날마다 쌓여간다.

그러나 긴지는 그런 자신을 아직 깨닫지 못한다. 또한 마코토가 하나코의 아비라는 엄연한 사실조차 인정하지 않으려는 자신을 알아차리지 못한다.

긴지는 둥지로 돌아가는 오소리 같은 기분으로 주춤주춤 침낭으로 기어든다. 안도와는 관계가 먼 긴 한숨을 내쉬고는 허공을 향해 물어본다.

그것은 무의식적으로 터져나온 말이다.

나는 도대체 어떤 인간이냐?

너무도 기본적이고 너무도 철학적인 그 자문은 돔 형태의 천장에 부딪쳐 그대로 샤워처럼 긴지 위에 쏟아진다.

돌아온 목소리는 긴지의 것이 아니다. 긴지는 그런 쉰 목소리가 아니다. 게다가 말의 일부도 조금 변해 있다.

너는 도대체 어떤 인간이냐?

장마철의 싸늘한 기운이 긴지를 질척하게 젖은 잠 속으로 이끈다. 이용객이 자꾸 줄어드는 느려빠진 열차가 제 설움을 털어내려고 뿍뿍거리는 소리가 점점 다가온다. 그러나 그 소리가 다시 멀어지기 전에 긴지는 이미 꿈속에 들어 있다.

 긴지는 느닷없이 꿈을 꾼다.

 하나코가 텔레비전 앞에 붙박이처럼 앉아 있다. 텔레비전 화면을 가득 채우고 있는 건 놀랍게도 다름아닌 긴지 자신이다. 품격이고 뭐고 없이 그저 끔찍하도록 선명하기만 한 무지개 문신을 내보이고 있다. 어떠냐는 듯한 얼굴로 카메라 쪽을 돌아보고 있다.

 그런 연극배우 같은, 결국 비천한 제 본색을 드러냈다고 할 수밖에 없는 '백주 대낮의 긴지'에게 하나코는 박수갈채를 보내며 좋아라 날뛴다.

*

 묵을 가는 소리가 빗소리에 녹아들어 한층 침착한 분위기를 빚어낸다.

 그 단조로운 작업은 벌써 꽤 오래도록 이어지고 있다. 삼십 분은 족히 지났을 것이다.

 그런데도 왠지 그리 따분한 느낌이 들지 않는다. 마코토도 하나코도 마치 긴박감이 넘치는 드라마를 보듯 군침을 삼키며 지켜본다.

 조각룡의 규칙적인 팔의 움직임에서는 항상 창의적인 노력을 기울이는 진정한 장인으로서의 자신감과 불안감이 동시에 스며나온다.

 긴지는 흰개미가 무참하게 파먹은 기둥에 기대어 문신의 마지막 작업을 조용히 기다린다.

우여곡절은 많았지만 어찌 됐건 마침내 완성 단계에 이른 것이다.

목욕물은 진작부터 따끈하게 데워져 있다. 긴지가 누울 이불도 깔려 있다. 전부 하나코가 챙겨준 것이다.

그리고 마코토의 죽은 아내와 아이에게 무지개 문신을 구경시켜 주기 위한 준비도 다 됐다. 두 개의 유골함이 서랍장 위에서 이쪽을 내려다보고 있다. 그곳이 특등석이라고 한다.

비가 오는 탓에 창을 통해 들어오는 빛이 부드러워서 발색 효과를 가늠하기에 가장 좋은 조건이다.

조각룡이 그렇게 말했다.

본래 문신과 태양광선은 서로 어울릴 수 없는 사이라고 한다. 실은 달빛에 보는 문신이 가장 멋있다고 한다.

마코토의 트럭을 타고 집에 도착한 상복 차림의 조각룡은 제일 먼저 향불부터 피워올렸다. 그리고 합장한 채 오래도록 머리를 숙이고 있었다. 그러나 회한의 말이나 고인을 추도하는 말은 일절 입에 담지 않았다.

마코토의 아내와 그녀가 낳은 아이의 장래에 의구심을 품고 있었기 때문일까. 문신을 새겼다 지웠다 하는 사내에게 붙어살다가는 어차피 제 명에 죽지 못할 것이라고 훤히 내다봤기 때문일까.

조각룡이 품에서 꺼낸 조의금 문제로 마코토와 조각룡 사이에 약간의 실랑이가 있었다.

마코토는 누구에게도 그런 돈은 받고 싶지 않다며 고집스럽게 거절했다. 조각룡은 조각룡대로 나잇살이나 먹은 사람을 부끄럽게 하는 게 아니라며 물러서지 않았다.

긴지가 끼어들지 않았다면 그 실랑이는 한참 더 계속되었을 것이다. 경우에 따라서는 거북한 상황이 벌어졌을지도 모른다.

긴지는 조각룡에게 말했다.
"실은 나도 안 냈습니다."
겨우 조의금을 다시 주머니에 넣은 조각룡은 서둘러 옷을 갈아입었다. 오랜만에 옷장에서 꺼냈는지 나프탈렌 냄새가 물씬 나는 상복을 벗고, 보자기에 싸온 평소의 작업복을 꺼내 입었다. 그러자 당장 창작에 전념하는 엄격한 장인의 얼굴이 되돌아오고, 물 대신 알코올을 벼루에 부어 먹을 갈기 시작했을 때는 죽은 이에 대한 애도의 마음 따위는 대번에 멀리 사라져 있었다.
질문을 던지기 전에 먼저 조각룡이 설명을 해주었다.
어째서 안료가 아닌 먹을 쓰는가. 어째서 보라색이 아니고 먹빛인가.
조각룡이 전화로 긴지에게 알려온 발견이란 게 바로 그것이었다.
조각룡은 말을 이었다.
확신은 있지만 체질에 따라 다르니 반드시 성공을 보장할 수는 없다. 실패할 리는 없을 거라고 생각하지만, 어쩌면 바라던 효과가 충분히 나지 않을지도 모른다. 그때는 책임을 질 생각이다.
틈을 두지 않고 마코토가 다그친다.
"어떻게 책임을 지겠다는 겁니까?"
긴지가 곁에서 한마디 한다.
"뭘 그리 야단이야? 기껏 문신 하나에 그렇게 심각한 얼굴들 하지 마쇼."
그러나 두 사람은 진지한 얼굴로 말씨름이다.
"그래도 앞으로 이쪽 세계를 책임질 분인데 목욕탕 그림 같은 문신이면 그건 큰 웃음거립다."
마코토가 진지하게 대든다.

무지개여, 모독의 무지개여 269

"우리 세계에선 문신은 간판이나 마찬가지잖습니까? 멋있을수록 효과가 있다 그 말입다."

조각룡은 조각룡대로 이런 말까지 한다.

만일 돌이킬 수 없는 결과가 나온다면 손가락 한두 개로 대충 얼버무리지는 않겠다.

그때 하나코가 던진 한마디로 결론이 나버려 더이상 아무도 그 얘기는 하지 않았다.

하나코가 태연히 이렇게 말한 것이다.

"죽어서 뼈가 되는 수밖에 없지, 뭐."

그런 무시무시한 말을 아무렇지 않게 내뱉는 조숙한 딸아이를 아비는 전혀 꾸짖으려 하지 않는다. 화를 내기는커녕 자기도 모르게 입가에 웃음이 번진다.

갈아댈수록 먹물은 죽처럼 걸쭉해진다.

조각룡은 풍부한 경험에 안주하지 않고 세심한 주의를 기울여 먹물의 농담을 확인한다. 몇 번씩이나 두 팔뚝의 가장 흰 부분에 직접 칠을 해보면서 시험한다. 그러고는 스스로 마음을 다잡으려는 듯한 말투로 긴지를 재촉한다.

"자, 시작합시다."

긴지는 늘 하던 대로 윗옷을 벗고 싸구려 요 위에 엎드린다. 조각룡이 소독용 알코올을 듬뿍 빨아들인 탈지면으로 등판을 깨끗하게 닦는다.

바다거북이 할퀸 상처가 아직 남아 있다. 다시금 그 효과의 기막힘에 감탄하며 조각룡은 만면 가득 희색을 담고 이렇게 말한다.

이대로 평생 남겨두는 게 좋다. 그야말로 비 온 뒤의 무지개를 그대로 재현하고 있지 않은가. 그 거북에게 제일 값비싼 술을 대접해주고 싶을 정도다.

전동 침이 작동한다.

회전하는 모터 소리가 조그만 용기에 담긴 먹물을 진동시킨다. 성공을 위해 일부러 길일을 골랐다는 조각룡의 손도 그렇게 보아서 그런지 살며시 떨리고 있다. 서랍장 위의 두 개의 유골함까지 희미하게 떨고 있다.

재빠르게 상하로 움직이는 침 다발이 살을 뚫고 피를 짜내고 그 자리에 먹을 새겨넣는다. 다른 여섯 가지 색깔을 넣을 때보다 오래 걸린다. 지나치리만큼 신경질적으로 신중하게 파들어간다.

어딘가 가까운 곳에서 검은지빠귀가 지저귀고 있다. 본디 숲에 서식하는 새가 어째서 이런 거친 들판을 오락가락하는지 긴지는 알 수 없다.

길을 잘못 들어서는 안 돼.

인간은 끝마무리가 가장 중요한 거야.

검은지빠귀는 훈계를 거듭한다. 가소롭기 짝이 없는 말이라고 긴지는 생각한다.

전동 침의 통증에는 이미 익숙해졌다. 등뼈 바로 위를 가로지를 때도 신음 소리가 비어져나올 만큼 고통스럽지는 않다. 이 정도면 작업 직후에 목욕물에 들어가는 것도 별로 힘들지 않겠다고 쉽게 생각한다.

아무튼 이번을 끝으로 무지개가 완성되는데도 전혀 별다른 감개가 없다. 몇 년씩 견뎌야 할 큰 사업으로 여기고 있었던가. 아니, 어쩌면 영원히 끝나지 않기를 바랐는지도 모른다.

문신을 넣으면 특별한 힘이 생길 거라는 달콤한 기대는 처음부터 갖지 않았지만, 다소나마 심경의 변화는 있을 거라고 예상했다. 아닌게 아니라 처음에는 분명 그 비슷한 것을 느꼈는데, 마지막 단계에 들어서면서부터 이렇다 할 느낌이 없어지고 말았다.

감정은 그저 평이하게 가라앉고 의지는 단단히 고정되어 있다.

그렇다고 구질구질한 허세의 간판을 등에 지고 말았다는 꺼림칙한 기분도 없다. 또한 암흑가의 선구자로서, 혹은 이 세상의 일대 반역아로서 약동적인 생에 과감하게 몸을 던질 각오가 더욱 굳건해지지도 않는다. 용자(勇者)는 아니더라도 최소한 호한(好漢) 정도에는 가까워졌을 거라는 자각도 없다.

더구나 지금으로선 이것이 축하할 만한 가치가 있는 일인지 아닌지도 알 수 없는 심정이다.

지금 여기 엎드려 있는 자는 미완성으로 끝나버릴 인격의 주인.

아니면 비정상적인 정열로 가득 찬 떠돌이.

지금 긴지가 가장 마음에 걸리는 것은 문신의 발색 따위가 아니다. 무지개를 완성시킨 뒤의 조각룡의 신변 안전이다.

마코토는 이제껏 지나치게 날뛰었다. 앞으로도 그럴 것이다. 그러나 다른 사람도 아니고 조각룡까지 입을 봉해야 할 대상으로 삼는 것은 잘못이다.

새삼스럽게 도의를 따지자는 건 아니지만, 조각룡에 대해서라면 그걸 따져야 한다. 어떻게든 막아야 한다.

조각룡이 마코토와 함께 집으로 돌아가는 일만은 어떻게든 피해야 한다. 대도시도 아니고 이런 시골에서 이제 더이상 변고로 죽는 이가 나오는 꼴은 볼 수 없다.

모래산 근처까지 날아온 검은지빠귀가 느닷없이 인간의 말로 지저귄다.

"죽는 건 네가 아니야. 너는 이미 죽은 것이나 다름없는 몸. 죽는 건 네가 아니야. 너는 이미 죽은 것이나 다름없는 몸."

검은지빠귀가 제멋대로 말을 흩뿌리고 다니는 동안에도 조각룡의 일은 착착 진행되어 고통과 정성이 깃든 무지개는 완성 단계로 접어든다.

완성을 목전에 둔 긴지의 마음은 여전히 딱딱하게 굳어 있다. 가령 바라던 결과가 나오지 않더라도, 마코토의 표현대로 목욕탕 그림 같은 문신이 되었다고 해도, 화를 내거나 기가 꺾이는 일은 없을 것이다.

그럴싸한 풍채는 남의 위에 군림할 자의 중요한 조건이긴 하지만, 그것이 전부는 아니다. 그 따위 허상만으로 치고 올라갈 수 있는 그런 만만한 세계가 아니다. 마지막에 승부를 결정짓는 것은 역시 실력이다.

긴지는 지금 난관에 봉착해 있다. 문신 정도로 이 난관을 헤쳐나가는 것은 불가능하다.

긴지는 일부러 의식을 문신에 집중한다. 그렇게 해서 사념을 떨치려고 한다.

그런데도 여전히 마음이 복잡하게 뒤얽힌다. 신음을 틀어막기 위한 거친 욕지거리도 아주 잠깐의 위안일 뿐.

등의 어디에 어떻게 먹물이 들어가는지 직접 들여다보듯 느껴진다. 알 수 없는 건 조각룡이 그렇듯 부심하며 골라냈다는 색깔의 효과다. 조각룡의 말을 빌리면 그것은 '백주 대낮의 긴지'의 운명을 결정할 색이라고 한다.

그렇다면 야망의 중도에 쓰러질 색깔인지도 모른다. 어이없는 종말을 상징하는 색깔인지도 모른다.

무지개의 완성이 가까워질수록 긴지의 순환기 작용이 활발해진다. 심장의 고동은 태아의 그것처럼 힘차다. 몸이 자꾸만 축 처져서 움직이는 것조차 성가시고 귀찮던 건 이미 먼 옛일이다. 세포 하나 하나가 노화의 흐름을 거슬러 다시 젊은 기운으로 가득 찬다. 몸도 마음도 일제히 노화에 대항하는 방향으로 돌진한다.

　모터의 울부짖음이 뚝 멈춘다. 동시에 검은지빠귀의 괴롭기만 한 지저귐도 소멸한다.

　조각룡은 거칠게 심호흡을 한다. 그렇게 해서 흥분을 진정시키려고 한다. 마디 굵은 손가락이 가늘게 떨린다.

　긴지는 제삼자의 반응을 기다리다 지친다.

　아무리 기다려도 마코토의 입에서도 하나코의 입에서도 감탄의 소리가 새어나오지 않는다. 두 사람은 한없이 입을 다물고 있다.

　본인인 조각룡도 입을 굳게 다물고 있다. 성공이라고도 실패라고도 하지 않는다. 아무리 말수가 적은 사람이라지만, 이런 때 한마디 말도 없다는 게 뭔가 이상하다.

　이윽고 입을 열더니 잔뜩 억눌린 목소리로 겨우 이렇게 말할 뿐이다.

　"자, 어서 목욕탕에 드시지요."

　긴지는 그대로 목욕탕으로 달려가 달구어진 칼날처럼 뜨거운 물을 가득 채운 탕 속에 첨벙 뛰어든다.

　온몸의 거죽이 벗겨지는 듯한 강렬한 자극이 긴지의 몸을 쿡쿡 찌른다. 앙다문 이 사이로 신음 소리가 튄다. 작업 후의 통증을 만만하게 여겼던 것을 당장 후회한다. 만신창이가 되었다 해도 이토록 아프지는 않으리라.

　가장 큰 격통이 단숨에 긴지의 영혼에까지 가 닿는다.

　넝마 같은 집 안에서 튀어나온 비명 소리가 모래산을 넘어 전파탑으로 빨려들어간다. 그것은 나선계단을 돌개바람 같은 기세로 달려 올라가, 꼭대기 방에서 다시금 밖으로 넘쳐흘렀을 때는 천하를 손아귀에 넣겠다고 호언장담하기에 꼭 어울리는, 우르릉 울려퍼지는 소리로 변한다.

누군가의 기척을 느끼고 긴지는 돌아본다. 세 사람이 서 있다. 긴지의 등에 꽂힌 조각룡과 마코토와 하나코의 시선이 문신의 상처보다 더 따갑다. 그러나 불쾌한 기분이 들지는 않는다.

긴지는 어지럼증이 일어나기 직전까지 꾹 참다 목욕탕에서 튀어나온다. 세 사람을 향해 등을 보여주며 우뚝 서서 묻는다.

"어때?"

아무리 기다려도 대답이 없다. 긴지가 의아해서 고개를 돌린다.

세 사람 모두 눈을 크게 뜬 채로 서 있다.

세 사람 모두 눈이 촉촉이 젖어 있다. 이제 겨우 다섯 살인 하나코의 순진무구한 눈동자에도 예사롭지 않은 감동이 가득 서려 있다. 뭐라고 차마 말을 하지 못하는 모습들이다. 거실로 달려간 마코토는 유골함을 안고 돌아와 사랑하는 아내에게 말을 건다. 곁에 선 사람의 마음까지 울먹이게 하는 그 목소리는 잔뜩 쉬어 있다.

"봤어? 저 무지개?"

"어떠냐, 저 무지개?"

마코토는 들판을 가득 채운 공기를 모조리 들이마실 듯한 기세로 기뻐 날뛴다. 그 동안만은 후천적인 성격이 완전히 모습을 감춘다. 죄악이 무엇인지 모르는, 죽은 아내를 위해 눈물로 세월을 보낼 순수한 스물다섯 살의 젊은이가 되어 있다.

직접 쳐다본 것도 아닌데 긴지는 등에 들어간 무지개의 색깔과 형태를 정확하게 지각한다. 일곱 가지 색깔의 배열까지 훤하게 알 만큼.

육안으로 직접 확인하고 싶은 마음이 강하게 머리를 쳐든다.

긴지는 마코토에게 자기도 보고 싶다고 말한다.

마코토는 긴지를 거울 앞에 돌아앉히고 하나코는 긴지에게 손거울을 건넨다.

긴지는 두 개의 거울을 이용해 처음으로 그 무지개를 목격한다. 등의 문신이 눈에 들어온 순간 긴지는 자기도 모르게 고함을 내지른다. 소리라고 할 수 없는 고함 소리를 내지른다.

긴지는 세속을 초월한 아름다움에 단숨에 압도된다.

그토록 세련되고 또 선정적인 문신은 이제껏 본 기억이 없다. 문신의 영역을 훌쩍 초월한 작품이다.

그리 넓지도 않은 한 인간의 등에 짐작도 못한 웅대한 광경이 전개되어 있다. 대자연의 축도라는 상투적인 묘사로는 충분하지 않다. 그것은 한 단계 높은 생명의 주위를 일주하고 다시금 돌아온, 엄청난 광채를 띤 영원의 무지개다.

완성과 동시에 당대 제일의 문신이 된 것은 조각룡이 범용을 초월하는 솜씨를 발휘한 덕분만은 아니다. 정말 모두가 입을 모아 말하던 그대로다. 바다거북이 만든 상처가 엄청난 박력을 부여했다. 밀화(密畫)를 압도하는 생생함을 띠고 있다.

이것은 소진된 세력을 그 자리에서 회복시켜줄 무지개이며, 어떠한 적이라도 분명코 격파해낼 무지개다. 애집(愛執)의 마음을 끊는 무지개고, 뒷골목 사회에서도 절찬을 받기에 충분한 무지개다. 또한 천마(天魔)조차 매혹당할 무지개다.

어지간히 덤덤한 긴지도 그저 무작정 감동에 빠진다. 그러나 마음에 걸리는 점이 한 가지 있다.

이 무지개가 자신의 육체의 일부로 인정받기까지 대체 얼마나 많은 시간이 필요할까. 악역무도(惡逆無道)한 행태를 과연 어디까지 함께해줄 수 있는 문신일까.

역시 일곱번째 색깔이 엄청난 효과를 낸다. 연약한 보라색이었다면 이런 성공은 거둘 수 없었을 것이다. 먹빛은 아무래도 어울리지 않을 거라고 내심 걱정했었는데, 그 색깔 덕분에 실제 무지개를 훨씬 능가하는 무지개가 되었다.

일곱 가지 색깔 하나하나가 제각기 한없는 악덕의 매혹을 내뿜고, 또한 어떤 심판도 면할 수 있는 광채를 발휘하며 긴지의 앞길을 확실하게 비춰준다.

수많은 악으로부터 탄생한 지적인 소산.

자기도 모르게 눈이 번쩍 뜨일 순수한 아름다움.

반역의 극채색으로 점철된 끝없는 격정.

양심의 가책을 견딜 수 있는 영혼의 비상.

평화를 분탕질하는 모독의 광휘.

장관을 연출한 이 무지개는 쫓기는 신세의 일개 야쿠자가 자기 위안을 위해 내건 간판 따위의 건방진 물건이 아니다.

또한 싸구려로 굴절된 심리를 가진 자가 제멋대로 으스대기 위해 꾸민, 소름 끼치는 장식물도 아니다.

잠시 후에 긴지는 피의 소용돌이에 의한 거친 욕구를 자각한다.

그의 내부에 잠재된 폭력이 출구를 찾아 온몸 곳곳에서 으르렁거리고 꿈틀거린다. 열 겹 스무 겹의 포위망도 보란듯이 돌파할 수 있는, 탄환이 비처럼 쏟아지는 속을 태연히 돌진할 수 있는 힘이 부글부글 끓어오른다.

긴지는 확연하게 깨닫는다.

자신이 선택한 행로에는 털끝만큼도 잘못이 없다는 것을 안다. 눈이 번쩍 뜨일 만큼 새로운 방향으로 승승장구해가는 것을 분명하게 자각한다. 강렬한 충동의 원천이 되는 건 감출 수 없는 욕망과 희구다.

긴지는 악에 물든 자가 아니다. 긴지가 악을 물들이고 있다.

이대로 아무 번민도 없이 미덕과는 정반대의, 기만적인 허식과는 일절 관계없는 길을 두 눈을 부릅뜨고 냅다 달리면 되는 거다. 세상을 온통 피바다로 만들며 암흑가의 패권을 쥐고, 암흑가의 압제자가 되는 거다. 그러면 되는 거다.

그것이야말로 살아간다는 가장 큰 증거가 아닌가.

그것이야말로 '백주 대낮의 긴지'의 삶이 아닌가.

그때, 등에 새겨진 무지개가 처음으로 긴지에게 말을 붙인다.

이 세상에 아무 쓸모 없는 존재는 네가 아니다. 이 세상에서 배제되어야 할 존재는 네가 아니다. 또한 너 이외의 다른 그 누구도 아니다. 빗자루로 쓸어내듯 깨끗이 없애야 할 인간이란 이 세상에 단 한 사람도 없다. 말살시켜야 할 저질의 생물 따위는 어디에도 존재하지 않는다.

생명의 우열을 규정하는 척도.

그런 건 이제까지도 없었고 앞으로도 없으리라.

다닥다닥 둥지를 틀고 크고 작은 갖가지 죄를 저지르며 그저 넙죽 엎드려 덧없는 세상의 끄트머리에 매달려 살아가는 협애(狹隘)한 심성과 비열한 근성의 인간들.

그들의 빈약한 육체와 빈곤한 정신은 그렇다 치고, 감히 누가 그들의 영혼까지 심판할 수 있으랴. 그런 자는 실재하지 않는다. 저 세상에도 그럴 자격을 가진 자는 없다.

그러니 너의 삶에 열심히 매진하라. 생사에는 이유가 없다. 네 삶에 부족함을 느꼈거든 혼백이 되어서라도 흡족할 때까지 이 세상을 헤매어라.

온몸과 온 영혼을 관통하는 말이다.

긴지는 거센 충격에 몸마저 딱딱하게 굳는다.

조각룡은 긴 세월에 걸친 노고가 마침내 결실을 거두었다는 강한 자부심에 취해 굳었던 얼굴이 일시에 풀리며 하염없이 벙글거린다.

마코토는 너무 떠들어 말라버린 목구멍을 차 한 잔으로 적시고 있다.

하나코는 제 어미를 빼닮은 얼굴을 잔뜩 찡그리며 암흑가에서나 통용될 표정으로 기쁨을 표현한다.

네 사람의 번뜩이는 눈에 담긴 의미가 과연 똑같은 것인지는 알 수 없다. 그것이 한결같이 희망이나 야욕이 이끌어낸 최상의 광채인지는 누구도 알 수 없다. 혹은 저마다 눈앞에 벌어진 사실을 서로 다르게 인식하는 것인지도 모른다.

그러나 분명한 것이 하나 있다.

바깥에는 엄청나게 비가 퍼붓는데도, 오늘중으로 무지개가 나올 가능성은 전혀 없는데도, 벌판 한가운데 자리잡은 이 넝마 같은 집에서만은 뜻하지 않은 무지개가 활짝 펼쳐졌다. 악의 제창자, 활력의 원천이 되는 무지개 문신이 그러한 걸작에 꼭 어울리는 상대를 만나 휘황찬란하게 빛나고 있다.

제 손으로 문신을 새겨넣어 무지개를 만들어낸 조각룡 스스로가 감개에 차 떨고 있다. 소독용 연고를 발라주는 손의 떨림이 멈추지 않는다. 지나친 감격에 자기도 모르게 화장실로 달려가 눈물을 훔치는 판이다. 그것을 본 마코토까지 눈시울을 붉힌다.

마코토와 하나코가 부엌에서 축하 요리와 술을 나른다. 목욕을 막 마친 참이라 감기에 걸리겠다고 모두 걱정하는데도 긴지는 셔츠를 입으려 하지 않는다. 내내 웃통을 벗은 그대로다. 이 축하연의 주역이 바로 문신이 아닌가. 활짝 열어 보여주는 게 당연하다는 생각이다.

긴지는 만감이 솟구치는 것을 아무래도 억누를 수가 없다.

이걸로 투쟁의 기반은 다져졌다. 싸움이 벌어지기도 전에 적에게 굴복할 것처럼 음울한 기색이 역력하던 긴지는 이제 어디에도 없다. 살인을 저지르고도 태연한 얼굴로 은밀히 엎드려 숨은 채 웅비할 기회만 노리는 사나이가 컬컬컬 웃는다.

들판에 가득 넘치던 죽음의 그림자가 어느새 말끔히 사라지고 없다.

먹고 마시는 동안에도 저마다 침을 튀기며 무지개 문신을 치켜세운다. 어떤 과장된 말도 전혀 지나친 말이 되지 않는다.

마코토는 간절한 심정으로 이런 말을 한다.

만약 아내가 살아 있었다면 이 무지개를 보고 청력이 되살아나는 기적이 일어났을지도 모른다.

"그 정도로 굉장하단 말임다."

마침내 일생일대의 걸작을 완성시킨 조각룡은 긴장이 풀려 바보처럼 멍해진다. 하나코가 따라주는 술을 받는 대로 비워버린다.

그런 조각룡에게 마코토는 몇 번이나 감사의 인사를 한다. 마지막으로 이렇게 훌륭한 작업을 할 수 있게 해주었으니 인사는 도리어 자기 쪽에서 해야 한다는 조각룡의 손을 잡아 돈다발을 세 뭉치나 쥐여준다. 그것은 긴지가 가져왔던 돈이 아니다. 예의 물건을 조금 빼다 돈으로 바꾼 것이리라.

조각룡은 경우 없는 돈은 받을 수 없다며 한사코 거절한다.

"제가 되레 사례를 하고 싶을 정도올시다."

문신을 위해 술을 입에 대지 않는 긴지는 넙치회를 반찬 삼아 찰

밥을 한 숟가락 떠넣으며 조각룡에게 말한다.
"나는 그 열 배는 드려야 마땅하다고 생각합니다. 얼마 안 되는 돈이라 미안하지만, 그냥 성의라고 생각하고 받아주시지요."
조각룡이 한사코 거절하자 마코토가 이런 제안을 내놓는다.
"그렇담 내가 아까 그 조의금을 받겠슴다. 그 대신 이 돈은 받아주면 되지 않겠습니까?"
그러면서 돈다발을 억지로 조각룡의 도구상자에 쑤셔넣는다. 그 대신 조각룡의 상복에서 조의금 봉투를 꺼내 유골함 앞에 올리고 합장한다.
긴지는 그런 마코토의 행동을 몰래 관찰한다. 마코토를 바라보는 시선이 차츰 온화해진다. 수상한 구석은 전혀 찾을 수 없다. 아무리 봐도 은혜를 원수로 갚을 기색은 없다. 마코토가 조각룡에게 보내는 감사의 마음에 일단 거짓은 없는 것 같다.
말하자면 오늘 조각룡은 무사히 들판을 건너갈 수 있을 것 같다. 그리고 고독하나마 넉넉한 삶을 살아온 이 사내는 여생을 즐기기에 꼭 맞는 자신의 둥지에 의기양양하게 돌아갈 수 있다.
또한 앞으로도 생명의 위협을 느끼는 일 없이, 야밤에 갑작스레 절벽 아래로 내던져지는 일 없이, 세상 한 귀퉁이에서 가만가만 호흡하며 그 희귀한 일생을 마치리라.
술을 끊겠다던 마코토도 오늘만은 마음껏 마신다. 술 한 잔에 노래하고 노래 한 가락에 다시 술 한 잔을 마시다 마지막에는 덩실덩실 춤까지 춘다. 서랍장 위에 올려놓은 유골함이 함께 춤을 춘다.
하나코는 조그만 유골함을 내려 품에 안고 제 아비의 엉성하기 짝이 없는 춤에 맞추어 손뼉을 치며 박자를 맞춘다.
네 사람은 여전히 한가족이다. 하나코의 어미도 동생도 여전히 이

집 안에 살아 있다. 영원한 이별을 서러워하기에는 아직 이르다.

이윽고 조각룡이 제일 먼저 술에 취해 잠이 든다. 후세에 길이 화제가 될 작품을 완성해낸 사내, 그의 감긴 눈에 언뜻 희열의 눈물이 비친다.

긴지는 엄청난 운명에 자신의 생을 통째로 바칠 각오를 더욱 굳건히 다진다. 때가 완전히 무르익지 않았는가.

왜곡된 도덕에 발목을 잡혀 비틀거렸던 신념.

윤리를 설교하는 목소리에 부르르 떨었던 겁쟁이.

아무도 몰래 갈가리 찢기던 마음.

그런 건 이제 남김없이 사라졌다.

은신으로 보내는 나날이 실로 뜻깊은 것으로 여겨진다. 인생을 낭비하고 있는 것 같은 회한이라고는 한 조각도 없다.

이곳에 있는 긴지야말로 거짓 없는 긴지의 참모습이다. 긴지는 지금 본디의 제 위치에 섰다.

비는 점점 더 거세어져 푸른 들판을 더욱 생생하게 바꿔간다.

들판의 외딴 집에는 회색빛 대기를 밀어내는 힘이 있고, 그 중심에서 반짝이는 때아닌 무지개는 우뚝 솟은 독립의 정신을 상징하는 광채를 뿜는다.

어떤 이성의 잣대로도 이 무지개를 배척할 수는 없다. 그것은 긴지의 청춘의 음습함을 보상하고도 남을 빛이다. 탄생의 순간에 이미 죽음의 때가 시시각각 다가드는 그런 허망한 무지개와는 격이 다르다.

네 사람 대신 사방을 경계해주고 있는 낡은 전파탑은 들판 그 어디에서도, 또 바다 위 그 어디에서도 적의 그림자를 감지해내지 못한다. 필사적으로 긴지를 추적하는 자들의 눈은 여전히 어딘가 다른 곳을 헛짚고 있다.

탑도 창 너머로 무지개 문신을 본다.

웃통을 벗은 채 춤을 추는 긴지의 등에서는 악덕을 불러올, 암흑시대의 재래를 불러올 무지개가 한층 더 빛을 발한다. 까르르 웃어젖히며 데굴데굴 구르는 하나코의 투명한 웃음소리는 이제 육친의 죽음을 극복했다는 무엇보다 큰 증거다.

하루빨리 슬픔을 잊으려는 노력이기도 한 그 술자리는 흥이 오를 대로 올라 밤늦도록 이어진다.

술기운은 서서히 걷혀도 무지개에 취한 마음은 계속해서 이어진다.

잠을 깨어 부스스 일어선 조각룡은 이것이 혹시 꿈은 아닌가 싶어 다시 한번 자신이 거둔 결실을 확인해본다. 문신을 위아래로 꼼꼼하게 살펴보고, 두어 걸음 물러서서 전체적인 구도를 재삼 확인하고서야 안도의 한숨을 내쉰다.

조각룡이 불쑥 중얼거린다.

"이 도구상자는 이제 죄다 내버려야겠소."

조각룡은 아이들을 상대로 그림연극을 하며 여생을 보내고 싶다고 한다. 자기 손으로 직접 그린 그림을 들고 다니면서.

"요즘 세상에 그런 케케묵은 그림연극을 보러 올 아이들이 있겠습니까?"

긴지가 묻는다.

"근데 그게 그렇질 않답니다. 요즘 애들이 텔레비전보다 그걸 더 좋아한다는구만요."

조각룡의 대답이다.

"선생이 이번 작업을 끝으로 은퇴해주신다면 저로서도 고마운 일입다."

마코토의 말이다.

마코토는 정색한 얼굴로, 조각룡이 앞으로 이 무지개보다 더 뛰어난 걸작을 만들까봐 내심 걱정이었다고 실토한다. 분명 본심에서 하는 얘기다.
조각룡은 잘라 말한다.
다시 똑같은 주제로 작업을 한다 해도 이런 결실은 절대로 불가능하다. 문신은 단지 새기는 작업으로만 완성되는 것이 아니기 때문이다. 어떤 인물이 문신을 등에 지는가에 따라 인상이 천차만별이다. 다른 누구도 아닌 '백주 대낮의 긴지'였기 때문에 희대의 걸작이 된 것이다. 다른 사람이었다면 결코 이런 발색은 어려웠을 것이다. 그저 평범한 작품으로 끝났을 것이다.
그것이 괜한 추종의 말이 아니라는 건 긴지는 물론 마코토도 잘 안다.
마지막으로 조각룡은 말한다.
이번 일은 우연적인 요소가 크게 작용하고 행운이 겹쳤기 때문에 성공할 수 있었다. 완전히 똑같은 타입의 인물과 작업을 했다 해도 결코 이렇게 나오지는 못했을 것이다.
조각룡의 그 말에 마코토는 점점 더 만족한다. 마치 꿈이 다 이루어진 듯한, 흡사 구세주의 출현에 자신도 입회한 듯한 표정이다.
이렇게 마코토는 이전보다 더욱 확고하게 긴지의 광신적 맹종자가 된다.
마코토에게 무지개 문신을 등에 진 긴지는 진심으로 따르고 숭배해야 할 위대한 인물이다.
오늘밤은 느긋하게 온천에 들었다가 제일 좋아하는 그 명곡을 듣고 푹 잘 거라는 조각룡은 이미 문신사의 얼굴이 아니다.
조각룡에게 긴지의 문신을 부탁한 이래, 마코토의 머릿속에 줄곧

들어 있던 생각은 입을 봉하자는 게 아니었는지도 모른다.

　조각룡을 집에까지 배웅하겠다는 마코토의 표정에 험악한 구석이라고는 전혀 없다. 보는 이의 마음을 얼어붙게 하는 냉혈한의 살기는 자취도 없다. 또한 품에 비수를 감춘다든지 가는 로프를 품는다든지 혹은 손바닥 안에 감출 수 있는 장난감 같은 총을 휴대한다든지 하는 기척은 전혀 감지되지 않는다.

　온순한 성품만이 드러나 있을 뿐이다.

　그런데도 긴지는 주의하고 또 주의한다. 마코토에게서 잠시도 눈을 떼지 않는다.

　축하 술자리가 파하고 조각룡이 트럭에 타기 직전, 긴지는 재빠르게 귓속말을 건넨다.

　집에 도착하면 내게 전화를 해달라. 꼭 연락 주기 바란다.

　그 순간 조각룡은 의아한 눈초리로 긴지를 쳐다봤지만 어쨌건 고개를 끄덕인다.

　조각룡을 무사히 배웅할 가장 확실한 방법은 긴지도 동행하는 것이다. 그러나 마코토의 작은 트럭으로는 어렵다. 이렇게 비까지 쏟아지는데 어른 셋이 탈 수 있는 차가 아니다. 억지로 끼어 간다 해도 읍내에 들어가면 당장 남의 눈에 띌 것이다. 긴지는 여전히 수배중인 몸이다.

　장마철 빗속으로 점점 멀어져가는 트럭을 향해 긴지는 깊숙이 머리를 숙인다.

　시간이 갈수록 점점 더 이채를 띠면서 사내 대장부로서의 품격을 확실하게 높여줄, 긴지만의 문신을 새겨준 것에 진심으로 감사한다. 무지개를 몸에 받으면서, 재생까지는 아니더라도 오랜 화농을 터뜨리듯 미련이니 번민이니 하는 것을 모조리 끊을 수 있었다는 것만은 분명하다. 이제는 정체를 알 수 없는 또하나의 자신의 환영에 주기적으로 흔들리는 일 없이 단 한 곳만을 지향할 수 있으리라.

갑작스레 앞날이 훤히 트인다.

지금은 암흑가의 판세를 주의 깊게 확인하며 은신을 계속할 때다. 그렇다, 잡념 따위는 떨쳐버리고 정해진 계획대로 철저히 시행하면 그만이다. 은신하는 동안 한 사람이라도 더 동지를 규합한다. 그러다 시기가 무르익으면 그때는 과감히 치고 나가는 거다.

그렇지만 긴지가 폭력에만 의존하는 피도 눈물도 없는 극악무도한 인간에 한 걸음 더 다가섰다는 해석은 옳지 않다. 여전히 흉악성을 지니고 있지만 단지 그것뿐인 사내는 아니다.

조각룡을 눈으로 배웅한 긴지는 하나코의 손을 잡고 집 안으로 들어온다. 그리고 술판의 뒤처리를 도와준다.

하나코의 사랑스러운 미소에서는 이제 슬픔을 짚어낼 수 없다. 긴지는 제 아비가 돌아올 때까지 함께 놀아줄 생각이다. 함께 텔레비전을 봐도 좋고 이야기 상대가 되어주는 것도 좋다.

잠시 뒤에 긴지는 무지개의 무게를 통감한다.

끔찍하리만큼 격조 높은 문신에 적합한 사내가 되어야 한다는 부담감이 온몸 구석구석까지 터질 듯 차오른다. 자존심이 급속히 높아진다.

이 무지개에 비추어 부끄러운 짓은 결코 용납되지 않으리라. 어떤 궁지에 몰리더라도 적에게 무릎을 꿇을 수는 없다. 항복은 죽음보다도 못한 행위다. 똑같은 죽음이라도 격이 없는 죽음만은 결단코 피해야 한다.

서랍장 위에 나란히 놓인 두 개의 유골함은 새로 갈아끼운 형광등 불빛을 받아 한층 더 눈부시다. 이제 하나코의 시선이 자꾸만 그쪽으로 향하지는 않는다. 하나코에게 그것은 이미 가구의 일부가 된 것일까.

금방 단념하는 버릇은 제 아비에게 물려받은 것일까. 아니, 이미 제 부친을 능가해버렸는가.

어찌 되었건, 이 집에서 죽음의 잔영은 일시에 멀리 사라졌다. 어두운 운명을 보여주는 징조도 남김없이 사라졌다. 그것도 모두 불사의 무지개가 주재한 일인 게 분명하다.

하나코는 지폐를 센다.

이제까지 긴지에게서 받았던 돈을 있는 대로 방바닥에 펼쳐놓고 한 장씩 곱게 펴가며 몇 번이고 다시 센다. 꽃을 딸 때의 표정과는 사뭇 다르다. 대단한 돈줄을 잡았다고 노골적으로 기뻐하는 표정이다.

어린애의 놀이라고 할 수 없는 그 짓에 싫증이 나자 이번에는 노래를 한다. 하나코의 특색 있는 목소리가 점점 더 밝은 음색으로 변해간다.

어찌해볼 도리 없는 감상(感傷).

솟구쳐오르는 통곡.

그런 건 털끝만큼도 감지되지 않는다.

밤에 잠자리에 들 때는 어떨지 모르지만, 적어도 지금의 하나코는 가련한 구석이라고는 하나도 없다. 눈물 젖은 얼굴은 도무지 상상도 할 수 없다.

억수 같은 비에도, 칠흑 같은 어둠에도 지지 않는 하나코의 노랫소리는 어떤 불행이 닥쳐도 당황하지 않는 전향적인 성격을 뚜렷이 드러낸다. 아쉬운 것은, 노래할수록 어린아이답지 않은 황량한 영혼이 고스란히 드러나는 것이다.

들판에서 자란 하나코는 겨우 다섯 살 나이에 인간 세상이라는 것을 죄다 알고 말았다. 그리고 아비와 똑같은 길을 걷고 있다. 너무도 어린 나이에.

이대로 간다면 반년 이내에 제 험악한 환경을 즐기는 전대미문의 아이가 될 것이다. 제 또래를 업신여기고 유치원 따위는 거들떠보지도 않을 것이다.

목욕물에 첨벙 뛰어든 하나코의 노래는 비극을 기쁘게 맞이하는 소리로 변해간다. 하루하루 마성이 뚜렷해지는 하나코를 긴지는 솔직히 어떻게 대해야 할지 알 수 없다.

긴지는 아궁이 앞에 쪼그리고 앉아 물이 뜨겁지 않냐고 묻는다.

"딱 좋아요!"

그렇게 외치는 하나코는 청춘의 유품이 될 사랑을 만난 아가씨처럼 발랄하다.

가늘게 쪼갠 장작을 하나씩 불 속에 던지며 긴지는 하나코의 노래에 가슴이 저리도록 빠져든다.

퍼붓는 비와 농밀한 어둠 저 깊은 곳에서 무한히 반복되기만 하는 인간의 삶이 어떻게 펼쳐지건 그런 건 알 바 아니다.

긴지와 하나코를 지탱하는 것은 시간과 함께 시들어가는 유폐의 목숨이 아니다. 그것은 운명의 기선조차 제압해버릴 만큼 엄청난 힘을 감춘 목숨이다.

눈이 부시도록 밝은 예감이 두 사람의 미래를 비추고 있다.

오늘밤의 긴지에게는 혐오스러운 건 하나도 없다. 저승사자가 찾아오더라도 크게 환영할 것이다. 그 불길하기 짝이 없는 마물이 지금 모습을 드러낸다면 대뜸 무지개 문신을 눈앞에 들이대줄 것이다.

무지개를 힐끔 보자마자 저승사자의 권위는 당장 땅에 떨어지리라. 입이 떡 벌어지도록 놀라고 얼굴색이 홱 변하여 공포가 가득한 눈을 크게 뜨고 꽁지가 빠지도록 도망치리라. 이후로는 이 세상에 자리잡은 긴지의 존재를 침묵으로 인정할 수밖에 없으리라.

조각룡과의 만남은 참으로 유익했다. 그러나 저승사자나 가면과의 만남은 해가 되었을 뿐이다.

목욕을 하고 나오면서 하나코는 조각룡을 데려다주고 올 제 아비를 위해 목욕물을 채워놓고 불을 더 많이 때달라고 긴지를 조른다.

긴지는 그 말에 고분고분 따른다.

아궁이로 굴뚝으로 세차게 밀려나오는 불길이 미래에 몰입할 것을 열심히 장려한다. 이 세상에도 저 세상에도 두려워할 것 하나도 없다고 힘껏 주장한다. 상실한다 해도 아까울 것 하나도 없다고 한다. 그것이 목숨이라 해도.

망해(亡骸)를 재로 만드는 위력을 지닌 불은 목숨을 업신여기는 말을 거듭한다. 그렇다, 그것은 들어둘 만한 가치가 있는 말이다.

어둠 속에서도 거수(巨獸)의 배설물 같은 이 외딴 집만이 생생하게 살아 있다. 모두가 불의 능력에 의한 업적이다.

한시도 정지하지 않는 시뻘건 불빛은 가까운 모래산과 그 너머로 지옥의 기둥처럼 우뚝 솟아오른 전파탑의 벽을 은은하게 비춘다.

그러나 그것 역시 화려함의 극치인 긴지의 무지개에는 비할 바가 못 된다. 만일 긴지가 맨살을 드러낸다면 어둠은 그 열 배 아니 백 배 천 배로 넓게 멀리 밀려날 것이다.

하나코는 선풍기 바람에 머리를 말린다. 아마도 제 어미가 그렇게 머리를 말렸던 모양이다. 그 모습이 어미를 꼭 닮았다.

긴지는 말린 생선을 굽고 마코토의 아내가 담근 향긋한 장아찌를 썬다.

두 사람은 텔레비전을 보며 오차즈케*를 먹는다. 긴지는 하나코에게 젓가락 사용법을 가르쳐준다. 하나코는 금세 요령을 터득한다.

　브라운관에 비친 뉴스 프로그램에서는 동시대를 사는 인간들이 다양한 격정의 꼬임에 빠져 범한 이런저런 죄들이 차례차례 열거된다.

　인간은 여전히 세상살이의 끔찍한 고통에 오염되어 있다. 오늘도 세상 곳곳에서 악을 발판으로 삼아 파멸을 불러들이는 위험한 상황이 벌어지고 있다.

　세상은 정말 개명(開明)을 향해 전진하고 있는 걸까.

　하나코가 밥을 더 달라고 공기를 내밀며 불쑥 이런 말을 한다. 전에 긴지가 텔레비전에 나오는 걸 봤다고 한다.

　그렇다. 신문에도 주간지에도 긴지의 사진이 실렸었다.

　바로 몇 개월 전의 일인데 장본인인 긴지는 그로부터 몇 년, 아니 몇십 년이 지난 것만 같다. 이제 겨우 시작되었을 뿐인데 이미 끝난 일인 듯한 착각이 든다.

　그 살인이 불가피한 행위였다는 건 사실이다.

　그렇게 과감하게 해치우지 않고서는 자진해서 이쪽 세계에 발을 들인 보람이 없다. 엄청난 모험 없이 위로 치고 올라가는 건 불가능하다. 자잘한 노력을 거듭하거나 기껏해야 잔재주에 불과한 처세술을 구사하는 정도로는 남이 닦아놓은 지반을 탈취할 수 없다.

　그 사건은 그저 시작에 불과하다.

　등의 무지개가 긴지를 향해 격려의 조언을 건넨다.

　"좀더 씩씩하게 살아야 해."

　그 말의 의미를 일반적인 방향으로 해석할 '백주 대낮의 긴지'가 아니다. 지칠 줄 모르는 정복욕이 긴지의 온 힘을 남김없이 길어올

---

*밥에 절임류의 찬을 잘게 썰어넣고 뜨거운 물에 말아 먹는 음식.

리려고 한다.

 하나코는 발판 위에 올라서서 설거지를 하고 음식을 냉장고에 넣고 내일을 위해 쌀을 씻는다. 그러고는 파자마로 갈아입고 토끼 인형을 품에 안은 채 꽃무늬 이불 속으로 들어간다.

 그러나 곧장 잠들지 않는다.

 잠들지 못하는 걸까. 자꾸만 뒤척이며 눈망울을 이리저리 굴린다. 텔레비전을 보고 긴지를 보고 창문에 몸을 부딪는 날벌레를 본다.

 유골함을 쳐다보는 건 의식적으로 피하고 있는지도 모른다.

 긴지가 텔레비전을 끄는 게 좋냐고 물어도 하나코는 그냥 켜놓으라고 한다. 곁에 누가 있으면 잠을 못 자냐고 묻자 아니라고 한다. 곁에 있어달라고 애원한다.

 긴지도 이렇듯 비가 쏟아지는 밤에 어미를 잃은 지 얼마 안 된 어린애를 혼자 재울 수는 없다고 생각한다. 둥지로 돌아가는 건 마코토가 돌아온 뒤에도 괜찮다.

 긴지가 기다리는 건 마코토만이 아니다. 조각룡의 연락도 기다린다. 휴대전화가 울리지 않고 그대로 날이 밝는 사태를 긴지는 걱정한다.

 그와 동시에 그럴 걱정은 없다고 확신한다.

 마코토가 조각룡에게 보여준, 제 얼굴 생김새와는 어울리지도 않는 감사의 마음.

 그건 결코 연극은 아닐 터다.

 긴지는 텔레비전 소리를 줄이고 드러눕는다. 방석을 베개 삼아 머리 밑에 받친다. 뜻밖에도 아이를 재우는 아버지의 모습이 된다.

 이윽고 하나코의 편안한 숨소리가 이어진다. 인형을 안고 있던 팔의 힘이 스르르 빠져나간다.

그 순간 긴지의 가슴속에 아릿한 기쁨이 스치며 잠시나마 마음이 놓인다. 이 세상에 떨어진 이후 처음으로, 다른 무엇과도 바꿀 수 없는, 흐느껴 울어도 좋을 것 같은 행복감에 잠긴다.

그러나 긴지는 그것을 비릿한 감정의 장난질이라 여기며 깊이 빠져들지 않는다. 유골함 주변에 떠도는 엄숙한 죽음의 그림자도 완전히 무시한다.

이제 더이상 두서없는 사고에 휘둘리는 긴지가 아니다.

엄청난 위험을 부둥켜안은 채 외적인 자극에 일일이 벌벌 떠는 그런 사내가 아니다. 자신의 앞길에 버티고 있는 수많은 미로를 볼 때마다 어쩔 줄 모르고 당황하며 그때마다 결심이 휘청거리는 그런 서른다섯 살의 사내가 아니다.

가슴에 손을 얹고 생각해봐도 아무런 거리낌이 없고, 따라서 마음 아플 일도 없다. 영혼을 발가벗겨놓고 봐도 흠집 하나 찾아낼 수 없을 것이다.

어느 밤, 가면은 갑자기 정색을 하고 긴지를 마주 보며 말했다.

이 세상에 태어난 건 네 뜻이 아니다. 그러니 이 세상에서 네가 무엇을 하건 반드시 그 책임을 져야 한다는 확정적인 근거는 없다. 그것이 인간으로서 적합한 행위인지 아닌지를 결정하는 건 다른 누구도 아닌 바로 너 자신이다.

네가 진정으로 자유로운가 아닌가는 너의 생각 여하에 달려 있다. 만일 네가 현재의 처지를 자유라고 여긴다면 그것은 존엄한 인간의 피를 바쳐 얻은 기품 높은 자유에 필적하는 것이다. 그러나 일단 부자유를 느낀다면 그때는 철창 안에서 신음하는 자들의 상황과 전혀 다를 바가 없다.

즉 영혼의 왜곡을 고칠 수 있는가 없는가는 너 자신에 달려 있다는 말이다. 다른 건 몰라도 그것만은 자신 있게 단언할 수 있다.

어느새 한없이 부드럽게 변한 빗줄기가 지상에 떨어진다.

먹물을 넣은 등줄기가 화끈거린다. 긴지는 곁에 놓여 있던 술을 차로 잘못 알고 한 모금 꿀꺽 마신다.

그러자 문득 권태감이 몰려오며 탑으로 돌아가는 게 귀찮게 여겨진다. 끄덕끄덕 졸면서 텔레비전 소리에 빠져 있는 사이에 그만 잠들어버린다.

그런 긴지의 마음은 어느 때보다 평온하고, 잠든 얼굴은 넉넉하고도 대범하여 어리석은 야심을 지닌 야쿠자와는 전혀 딴판이다. 그것은 건전한 숙면이다. 결코 무로 돌아가고 말 허망한 잠이 아니다. 힘 있게 울리는 코 고는 소리에는 악이나 선과는 관계없는 존재의 불멸성이 듬뿍 담겨 있다.

잠시 후에 한바탕 천둥 소리가 울린다.

제법 가까운 곳에 떨어진 번개다. 땅이 우르릉 울린다. 어쩌면 탑 꼭대기에 떨어졌는지도 모른다. 파괴적인 그 음파는 고통스러운 세상 구석구석까지 가 닿아 옥석이 뒤섞인 인간 사회를 한바탕 휘저었으리라. 그러나 특히 두드러질 만한 실제 피해는 없었을 것이다.

거의 총성에 가까운 천둥 소리였는데도 긴지는 눈을 뜨지 않는다. 코앞에서 발사된 탄환이 뱃가죽에 박히는 꿈도 꾸지 않았다.

하나코도 마찬가지다.

아직 마음의 갈증을 호소하는 방법도 모르는 다섯 살 어린 계집아이는 새근새근 숨소리를 내며 꿈도 없는 쾌면을 탐한다. 하룻밤을 울며 지새우는 나이가 되려면 아직 한참 더 자라야 하리라.

*

수평선에 뚜렷한 금빛 선을 그으며 아침 해가 창 너머로 긴지의 눈을 찌른다.

통통통 파 써는 소리가 들린다. 김이 피어오르는 밥과 된장국 냄새. 방 안에 퍼지는 된장국의 보얀 김이 살갗으로도 느껴진다.

몸을 덮은 것이 침낭이 아니라 이불이라는 것을 깨달은 순간 긴지는 펄쩍 일어선다.

갑자기 일어서는 바람에 어지러워 정신이 멍해지면서 그곳이 마코토의 집이라는 것을 잠시 알아차리지 못한다.

이어서 극도의 긴장감에 순간적으로 갖가지 생각이 어지럽게 뒤섞인다. 그 눈길이 문득 번득인다.

하나코가 밥상에 반찬을 늘어놓는다. 소꿉놀이할 때 쓰는 울긋불긋한 앞치마를 걸치고 있다.

마코토의 모습은 보이지 않는다.

마코토의 아내와 둘째아이의 유골함이 햇빛에 반짝 빛난다.

조각룡은 어떻게 되었을까. 어젯밤 조각룡이 연락을 했었을까.

휴대전화가 울리는데도 내처 잠에 빠져 있었는지도 모른다. 그렇다면 다행이다. 무사하기만 하다면 문제될 건 없다.

하나코의 이야기로는 마코토는 밤늦게 돌아왔다가 동트기가 무섭게 바다로 나갔다고 한다. 찬밥을 얼른 먹고 곧바로 나갔다고 한다. 부엌 개수대에는 아직 씻지 않은 어른용 밥공기와 고등어 통조림이 아무렇게나 놓여 있다.

그러나 하나코는 아직 식사를 하지 않았다. 긴지와 함께 먹으려고 잠이 깨기만을 기다렸다고 한다.

하나코는 생생하고 건강하다. 어미가 이미 이 세상에 없다는 것을 거의 잊은 것만 같다. 표면적으로는 완전하게 다시 일어섰다.

하나코는 장애를 지닌 어미의 한계를 은밀히 짐작하고 있었던 걸까. 육친임에는 분명하지만 진작부터 의존하지 않을 각오를 했던 걸까. 그것이 들판의 흙놀이에서 배운 유일하고도 절대적인 교훈이었을까. 혹은 의지할 상대를 그저 긴지 한 사람으로 좁혀놓고 있었던 걸까.

긴지는 창을 열어젖힌다.

쾌청한 날씨다.

들판도 바다도 아낌없이 쏟아지는 햇빛을 반사하며 이온의 대잔치를 벌이고 있다. 사랑하지 않고는 배길 수 없는 절경이 사방에 펼쳐져 있다. 변경의 땅을 뒤덮은 이 꽃동산을 어지럽히는 자는 없다.

어제 완성된 문신을 생각하자마자 타오르는 흥분이 긴지의 온몸을 휘감는다. 대범해진 자기 자신이 분명하게 느껴진다. 선혈이 튀는 파란에 찬 인생을 열망하는 자신.

이제까지 지내온 강직한 나날도, 앞으로 헤쳐나갈 죄악의 나날도 결코 내 뜻 아닌 것은 없다.

세상은 여전히 긴지의 호기심을 끝없이 자극하는 무한의 공간이다.

긴지는 머리맡의 휴대전화가 밤중에 울리지 않았느냐고 하나코에게 묻는다. 하나코는 도리질을 한다.

하나코는 밥을 먹으며 내내 긴지의 얼굴을 바라본다. 눈길이 마주치면 빙긋 웃는다.

그러나 어린아이의 순진무구한 웃음이 아니다. 누구에게 빌붙어야 하는지 계산속이 빠삭한 자가 내비치는 불순한 웃음.

아비가 긴지에게 보이는 태도를 곁에서 지켜보는 동안 자기도 모르게 체득한 걸까. 그게 아니면 타고난 안력(眼力)인가.

어떤 것이든, 긴지는 하나코와 그 아비의 기대를 한꺼번에 받고 있다.

암흑가의 존재 방식에 의문과 불만을 품고 대담한 혁신을 바라던 동지들 사이에서도 긴지는 뿌리깊은 인기를 얻고 있다. 시간이 갈수록 열렬한 지지자들을 확보하며 이토록 오래 은신에 성공했다는 것만으로도 천하에 맞설 자가 없는 악당으로 성가(聲價)를 높인 것이다.

내심 은근히 바라는 게 있는 야쿠자들은 모두 '백주 대낮의 긴지'가 앞으로 어떻게 될지 숨을 죽이고 지켜본다. 동시에 긴지와 긴지의 적을 끊임없이 저울질한다.

밥을 먹은 긴지는 무지개를 찾아 산책에 나선다.

염해(鹽害) 탓에 산벚나무와 기껏 십여 종류의 제한된 잡초밖에 자라지 않기로 악명 높은 이 들판은 다른 한편으로는 무지개의 명소이기도 하다. 마코토가 자랑스럽게 그렇게 말했었다.

긴지는 이곳에 와서 처음 들은 이야기다.

단 한 곳도 빠짐없이 기화열로 뒤덮인, 비 갠 뒤의 이런 날씨라면 거대한 무지개가 뜰 법도 하다.

일 년에 한두 차례, 바닷가 저쪽 끝에서 이쪽 끝에 이르는 거대한 무지개가 뜬다.

마코토는 그렇게 말했다.

긴지는 지금 그것을 꼭 한번 보고 싶다. 실제 무지개와 조각룡의 무지개를 똑똑하게 비교해보고 싶다.

찬탄의 대상은 어떤 무지개일 것인가. 본디 보라색인 일곱번째 색깔을 묵으로 표현한 것이 얼마나 효력을 발휘할 것인가. 과연 진짜를 뺨칠 만한 것일까.

그러나 무지개는 어디에도 없다.

대기는 운모와도 같은 반짝임을 내뿜고, 하늘은 한없이 파랗다. 단 한순간도 끊기지 않는 햇빛이 풀잎에 맺힌 이슬을 열심히 증발시키고 있다.

주변 일대가 악을 전염시킬 듯한 가슴 두근거리는 분위기로 가득차 있다. 일시의 격정에 휘말려 어떤 죄라도 범하고 말 듯한, 가슴 울렁거리는 기척이 들끓는다.

곤충류, 파충류, 조류……

어떤 것이든 살아 있는 것들은 모두 평온무사한 나날 따위는 결코 바라지 않는다. 아무 사건도 없이 무사히 시간이 지나가는 것을 바라지 않는다.

어쩌면 조각룡은 이 들판 어딘가에 이미 매장되었는지도 모른다. 아니, 지금 한창 땅 속에 묻히는 중일까. 마코토는 비가 쏟아지는 밤에 무덤 파기가 귀찮아 일단 집에 돌아왔다 다시 나갔는지도 모른다. 어젯밤에 우선 조각룡의 입부터 봉해놓고 일단 물러섰다가 태양이 떠오른 뒤 삽을 들고 다시 나갔는지도 모른다.

만일 그렇다면 마코토는 상궤를 벗어난 인간, 도무지 구제해줄 수 없는 망나니, 은혜라고는 모르는 놈이다. 그러나 또 한편으로 마코토는 '백주 대낮의 긴지'를 보좌할 실력자로서 전혀 손색이 없는, 마치 마누라와도 같은 역할을 수행하는 녀석이다.

그러나 마코토가 정말 그만한 인재라면 분명 머지않아 두번째 서열에 만족하지 않는 날이 올 것이다. 그만한 인재라면 자기 본위로 세상을 바라보는 법이다. 그저 맹목적인 추종에 싫증을 내고 남을 부리는 입장을 꿈꾸는 건 시간 문제일 것이다.

긴지는 두더지처럼 더이상 햇볕을 견디지 못하고 도망치듯 집으로 돌아온다.

　웃통을 벗고 거울 앞에 서서 문신을 다시 살펴본다. 하룻밤 사이에 색이 바랬을지도 모른다는 불안은 순식간에 불식된다. 앞으로도 그럴 걱정은 전혀 없다. 퇴색은커녕 문신은 더욱 선명해져 있다.

　조각룡의 무지개에는 어딘가 시정(詩情)을 불러일으키는 멋이 있다. 바다거북이 할퀸 상처에서는 분명하게 비냄새가 피어오르고, 등 전체에서 장마를 거둬가는 남풍의 기세가 느껴진다. 바라보기만 해도 가슴이 약동하고 정신은 호기불굴(浩氣不屈) 쪽으로 돌진한다.

　틀림없이 내 것이 되었음에도 불구하고 긴지는 흠이라고는 하나도 없는 그 무지개를 질투의 눈으로 바라본다. 문신이 문신을 등진 장본인보다 한 발 앞서 독자적인 영광을 거머쥔 것만 같기 때문이다.

　새긴 다음날로 이토록 큰 효과를 내고 있으니, 며칠 뒤 딱지 앉은 피부에 새살이 돋아나면 그때는 얼마나 엄청날지 짐작도 가지 않는다. 한참 동안 꿈쩍도 하지 않고 문신을 바라보고 있자니 감정이 점차 뚜렷하게 격앙된다.

　긴지는 문신의 효과를 통감한다. 문신을 하면 제 능력을 초월하는 힘이 몸 안에 머물게 된다는, 야쿠자 사이에서 옛날부터 전해오던 풍문을 저절로 믿게 된다.

　위급할 때 엄청난 힘을 발휘하게 해준다는, 불가사의한 기적.

　등뒤에서 찌르고 들어오는 비수는 간장을 피해가고, 심장을 향해 날아온 총탄은 늑골 틈새로 비켜나간다.

　그런 꿈 같은 일이 실제로 일어날 것만 같으니 참으로 신기하다.

　게다가 긴지의 내부에서 일체의 부정한 것이 소멸한다. 암흑가에서 살아갈 인간에게 부정이란 무엇인지 명백하다. 그것은 퇴영(退嬰)이며 두려움이며 꼬리를 사리는 마음이다.

지금의 긴지는, 미래를 정면으로 직시해도 주저하며 흠칫 멈춰 서는 일은 없다. 그 험난함에 제풀에 기가 꺾이는 일도 없다.

그뿐인가, 언제 어떤 경우든 반드시 승산이 있다는 긍정적인 성격이 거침없이 발현되고, 마음을 활활 불태우며 나와 대적할 자는 없다고 자신하는 태도가 몸에 배고, 어떤 어려움이든 반드시 헤쳐나가겠다는 강한 의지가 더욱 굳건해진다.

모든 문신에 그런 효과가 있는 걸까? 그렇다면 마코토는 대체 어떻게 된 것인가.

마코토는 문신을 지우면서 도리어 대담해져 극단적인 행동을 차례차례 해치운다. 도무지 승산이라고는 없는 지극히 위험한 도박에 자신의 모든 것을 걸었다. 아내와 둘째아이를 동시에 잃은 불행을 겪으면서도 그런 결심에 아무런 변화가 없다.

아니, 마코토는 이전보다 더 물불을 가리지 않는다. 험로를 더듬어 갈 데까지 가보지 않고서는 직성이 풀리지 않는 열정의 포로가 되어 있다. 그런 결의의 원천은 아무래도 하나코 하나만은 아닌 것 같다. 아니, 마코토는 꼭 필요하다면 단 하나뿐인 제 딸마저도 내팽개칠 것이다.

마코토를 그토록 몰아세우는, 그 수긍할 수 없는 힘의 정체는 무엇일까. 등에 문신도 가족도 지지 않은 채 이런 삶을 줄곧 이어갈 수 있는 근거는 무엇일까. 긴지만 있어주면, 긴지가 등에 진 문신만 있어주면 마코토의 폭력성은 끊임없이 충전될 수 있단 말인가.

하나코는 빨래를 한다.

그 동안 밀려 있던 빨랫감들이 금세 빨랫줄에 척척 널린다.

그 일을 긴지가 도와준다.

빨래가 너무 많아 줄을 하나 더 걸어야 한다. 다행히 처마 밑에서 가까운 벚나무 가지까지 닿는 긴 줄을 찾아낸다.
 시원시원하게 일손을 놀리는 하나코는 마치 어미의 죽음을 기다렸다는 듯 생기가 넘친다. 잠시도 쉬지 않고 돌아다닌다. 세탁기가 돌아가는 사이에 이불을 내다 말리고 청소를 하고 찌개를 끓인다.
 그러고도 힘이 남아도는지 이번에는 서랍을 뒤집어 엎어놓고 정리하기 시작한다. 어미가 쓰던 옷가지를 죄다 꺼내 되는대로 품에 안고 뒤꼍으로 옮긴다. 화장품, 신발, 이불, 우산…… 그런 유품들을 산처럼 쌓아놓고 석유를 부어 불을 붙인다.
 아비에게 물려받은, 아니 어쩌면 제 아비보다 훨씬 뛰어난 하나코의 거친 기질은 암운에 휩싸여서도 전혀 동요하지 않는다.
 겨우 다섯 살 나이에 하나코는 이미 죽음을 완벽하게 이해하고, 죽음에 대처하는 방법까지 뚜렷하게 안다. 죽음이란 결코 뒤돌아보아서는 안 되는 것이라는 차원 높은 명제를 제 아비보다 더 똑똑하게 납득하고 있다. 한 번 잃은 목숨은 두 번 다시 돌이킬 수 없다는 것을 참으로 분명하게 인지하고 있다.
 푸른 하늘을 향해 모락모락 피어오르는 연기도, 불꽃 아래로 쌓이는 재도 하나코에게 아무런 감개도 불러일으키지 못한다. 따라서 서글픈 얼굴로 눈물을 떨구지도 않는다.
 비탄에 찬 실의의 나날이 깨끗이 소각된다.
 슬픔에서 완전히 해방된 지금, 하나코의 마음에 걸리는 문제는 단 한 가지뿐이다. 제멋대로 방향을 바꾸는 바람이 연기와 재를 몰고가 빨랫줄에 널린 젖은 옷들을 더럽힌다면 다시 힘들게 빨아야 한다는 것.
 그러나 살랑살랑 부는 남풍은 바닷가 모래사장에 밀려드는 파도처럼 안정적이라 지금으로서는 널린 옷들을 더럽힐 만큼 거칠지 않다.

한바탕 집안일을 해치운 긴지와 하나코는 모래산 꼭대기에 올라가 홍차를 마신다.
 그곳으로 나가 차를 마시자고 한 건 긴지지만, 별다른 뜻은 없었다. 또한 자신을 덮치려는 적을 재빨리 알아보기 위한 것도 아니다. 그저 느긋하게 팔다리를 쭉 뻗고 홀가분한 마음으로 쉬고 싶었을 뿐이다. 단지 그것뿐이다.
 실제를 능가하는 무지개 문신은 어떤가. 문신은 긴지의 앞길을 철두철미 긍정해준다. 그러므로 목적과 마음 사이에 아무런 어긋남도 없다. 항상 격파를 염두에 두고 운신할 각오가 갖춰져 있다.
 운명을 완전히 통제하면서 한순간 한순간 제 마음 가는 대로 행동할 수 있는 특이한 인간.
 제 삶과 죽음을 언제라도 제 권한의 울타리 안에 휘어잡고 있는 사내.
 느긋하게 쉬다가도 순식간에 당찬 행동에 나설 수 있는 쾌남아.
 그런 행동을 보였을 때에야 비로소 '백주 대낮의 긴지'다.
 들판 전역에 그리고 이 들판 끝의 물가에 서식하는, 종류도 다양한 콧대 높은 새들이 함축성 강한 말로 맑게 지저귄다. 세상은 음울한 곳이라는 말을 한마디라도 내비치는 새는 하나도 없다.
 천진난만하다는 말로 간단히 정리해버릴 수 없는 하나코, 이제 이 아이에게 어미의 뜻밖의 죽음은 슬픔에서 하찮은 무엇인가로 변해간다.
 하나코는 온몸에 따뜻한 햇빛을 두툼하게 휘감고 번잡한 생각 따위 아예 알지도 못하는 순진한 눈동자를 반짝인다. 악명 높은 위험한 인물과 운명을 함께할 아이라는 느낌은 전혀 없다.
 긴지는 긴지대로 학자와도 같은 고결하고 관대한 인물의 풍모를 간직한 채 안온한 생활을 꿈꾸는 보통 사람처럼 폭력 같은 건 전혀 알지도 못하는 듯한 조용한 미소를 머금고 있다.

그런 긴지의 마음속을 헤아릴 자는 이 세상 어디에도 없으리라. 긴지 자신에게조차 그건 무리한 시도다.

두 사람의 그러한 운명을 저해할 조짐이라고는 아무것도 없다. 긴지도 하나코도 분명하게 생성의 과정에 들어 있고, 기껏해야 혼란의 예비 단계에 있다. 그저 확실한 미래가 기다리고 있을 뿐이다.

향기로운 홍차에 들꽃의 달콤한 냄새가 스미고, 습기를 빨아들여 눅눅해진 쿠키는 햇볕이 다시 바삭하게 구워준다.

조석 간만의 차가 큰 바다에서는 끊임없이 향락에 젖은 바람이 불어온다.

전파탑은 지난 세기의 유물과도 같은, 낡은 성과도 같은 모습으로 점점 더 중후해진다.

서른다섯 살의 사내는 귓불을 간질이는 미풍에 마음을 빼앗긴다. 다섯 살 난 계집아이는 다시 핀 산벚나무 꽃에 흠뻑 빠진다.

두 사람은 얼마 뒤에는 그저 바라보기만 해도 서로의 가슴속을 훤히 알게 되리라. 그리고 마침내는 애환을 함께하는 끊으려야 끊을 수 없는 사이가 될까?

마코토는 어떻게 되건 상관없다. 그러나 하나코만은 무슨 일이 있더라도 지켜주리라.

긴지는 그렇게 결심한다. 마코토 같은 놈의 딸로 그냥 두기에는 너무 아까운 아이다. 마코토는 처음부터 가정 같은 걸 가져서는 안 될 놈이었다.

마코토의 성품에 깃든 숙명적인 오점이 하나코에게 옮겨가기 전에 두 사람을 떼어놓아야 한다. 제대로 된 세상 기운을 받을 수 있는 곳에서 보통의 삶을 살게 해주어야 한다. 그러려면 야쿠자와는 아무 관련이 없는 누군가 마음 선량한 여인에게 맡겨 흠뻑 사랑받게 해주는 수밖에 없다. 그런 일이라면 아낌없이 돈을 쓰겠다.

그러나 그런 노력으로 하나코가 보통 아이가 될 가능성은 상당히 희박하다.

긴지는 그렇게 예견한다.

하늘에서 쏟아지는 활력 넘치는 광선이 셔츠를 뚫고 무지개 문신을 자극하며 이제껏 긴지가 보유하고 있던 힘을 더욱 키워준다. 섣부르고 거칠던 성품은 사라지고 그것과는 정반대의 성품이 효력을 발휘한다.

하나코는 이미 긴지의 손에 맡겨진 것이나 마찬가지다. 어쩌면 하나코의 어미와 동생의 영혼이 절절히 호소하며 긴지의 마음을 뒤흔들고 있는지도 모른다.

가능한 일이다.

긴지의 연속적인 방귀에 하나코는 까르르 웃어젖힌다. 거리낌없는 그 웃음소리는 갈매기에게 이어지고 금물결 은물결에 이어지고 하염없이 펼쳐진 큰 바다로 흩어져간다.

반세기 전에는 병사들이 사용했고 지금은 목숨을 노리며 뒤쫓는 자들을 피해 숨어든 야쿠자가 이용하는 고색창연한 고층 건축물.

전파탑은 마치 당당한 대의(大義)처럼 우뚝 서 있고 그 꼭대기는 정확하게 하늘의 중심을 꿰뚫는다.

시간의 존재를 훌륭하게 증명해주고 있음에도 불구하고 왠지 존재감이 두드러지지 않는 건축물.

그것은 긴 세월 동안 높은 곳에서 인간 세상을 경멸하며 내려다보았으면서도 결국 어떤 진리도 깨치지 못한 채 시들어갈 뿐이다.

지금 긴지에게는 탑의 십분의 일도 안 될 이 모래산이 훨씬 높게 여겨진다.

하나코가 두 잔째의 홍차를 따르려 할 때 휴대전화가 울린다.

하나코의 얼굴에서 문득 웃음이 사라지면서 도무지 아이답지 않은 눈빛이 날을 세우고 사방을 쏘아본다.

긴지도 이마에 손을 대고 먼 곳까지 살핀다.

그러나 이쪽을 향해 다가오는 수상한 자동차도 인간의 흔적도 없다. 해안을 향해 돌진해오는 선박도 없다.

아득한 어딘가에서 와 닿은 저주파는 순식간에 음성으로 변환되어 긴지의 고막을 울린다.

전화를 건 사람은 마코토가 아니라 조각룡이다. 조각룡의 목소리는 단번에 마코토의 오명을 깨끗이 씻어준다. 조각룡은 무사하다. 마코토는 살인귀가 아니었던 것이다.

연락이 늦어 죄송하다는 조각룡의 말투가 어딘지 맥이 없다. 낯선 사람을 대하듯 형식적인 인사말뿐이다. 그뒤에 이어진 말도 무슨 말인지 맥락이 닿지 않는다. 무슨 말이냐고 긴지는 자꾸 되묻는다.

조각룡은 전혀 감정이 실리지 않은 목소리로 여전히 알아들을 수 없는 말들을 뱉어낸다. 이야기가 자꾸만 끊긴다. 곁에서 누군가 협박을 하고 있는지도 모른다는 의심이 들 정도다.

그러나 그 의심은 곧바로 풀린다. 가만히 듣고 있다보니 조각룡의 말이 무슨 뜻인지 차츰 감이 잡혔기 때문이다.

만일 조각룡 쪽에서 그런 말을 하지 않았다면 긴지는 몇 마디 충고를 해주려던 참이었다. '백주 대낮의 긴지'를 속속들이 알게 된 자는 당분간 다른 곳으로 떠나 은신하는 게 안전할 거라고 충고해줄 참이었다.

그런데 조각룡은 그런 긴지의 걱정을 단번에 날려버리는 뜻밖의 말을 한다. 극히 냉정하고 침착하게 어처구니없는 소리를 마구 내뱉는다. 너무도 뜻밖의 얘기라서 도무지 믿어지지 않는 엉뚱한 고백을 한다. 그저 농담으로 여길 얘기가 아니다.

아무래도 정신 상태가 이상해진 것 같다. 그렇다고 술에 취한 것도 아니다.

긴지는 크게 당황하여 무슨 말도 안 되는 소리냐고 자꾸 되묻는 수밖에 없다. 혼란 속에서도 들어야 할 말은 다 듣는데, 아무리 들어도 의문이 들 뿐 도무지 생각이 정리되지 않는다.

사태 파악조차 제대로 할 수 없다. 너무나 이상한 얘기다.

그러다 무슨 말인지 알 수 없는 채 일방적으로 전화가 끊기고 만다.

긴지는 그쪽 전화번호를 알지 못한다. 아니, 어디서 전화를 걸었는지조차 알 수 없다. 진의를 확인하고 싶어도 도무지 손쓸 방도가 없다.

긴지는 꿈이 아닌가 싶다.

아직도 깨지 않은 꿈이 길게 꼬리를 끌고 있는 것 같은 기분이다.

그러나 그 꿈이 너무도 무거운 현실이 되어 긴지를 압박한다. 결코 인정할 수 없는 말들이 귓가에 눌어붙어 떨어지지 않는다.

어떤 상황인지 짐작조차 가지 않지만, 아무튼 조각룡의 입에서 자기 파괴에 직결되는 과격한 말들이 튀어나왔다는 것만은 분명하다.

나는 이제 더이상 살아갈 의미가 없다. 그런 말을 했다. 무지개 문신을 완성시킬 때까지 목숨이 허락하는 한 살기로 했지만, 이제 그것도 끝났다고 했다.

조각룡이 자신의 여생을 어떻게 보내건 그건 조각룡이 결정할 일이다. 가령 눈앞에서 목을 맨다 해도 그걸 막을 마음은 없다.

긴지는 그렇게 생각한다.
그러나 그뒤에 이어진 말에는 이의를 달지 않을 수 없다. 절대로 승복할 수 없는 말이다.
조각룡은 말했다.
무지개란 이윽고 없어지는 운명을 가진 것이다. 빛의 띠가 찬연할수록 더 빨리 사라진다는 데 무지개의 참된 가치가 있다. 하늘 높이 걸려 있는 시간이 짧으면 짧을수록 보는 이들은 선명한 인상을 받게 된다.
따라서 절대로 영속적인 존재는 될 수 없다. 내 손으로 새긴 무지개지만, 아무도 모방할 수 없는 걸작이라고 자부하는 무지개인지라 더더욱 어서 빨리 소멸되기를 바란다.
"사라지지 않으면 무지개가 아니오. 나는 그렇게 생각합니다. 당신은 어떻게 생각하시오?"
긴지는 마코토에게 전화를 한다.
어서 연결되면 좋으련만. 바다에 나가는 대신 읍내에서 노닥거리고 있다면 좋으련만.
전화가 연결된다. 바다에 나가 있는 게 아니다.
마코토는 지금 배에서 내려 집으로 돌아오는 참이라고 한다. 트럭 엔진 소리가 섞여 들린다.
긴지는 마코토에게 부탁한다.
조각룡의 상태가 이상한 것 같으니 가보라. 그리고 조각룡이 했던 말을 그대로 전달하고, 아직 희미하지만 조금씩 굳어져가는 자신의 생각도 전한다.
"아직 확실한 건 아니지만, 아무래도 우리 일을 불어버린 것 같다…… 그래, 경찰에게도. 돈을 바라고 한 짓은 아니라니까. 돈 따위에 눈이 멀 인간은 아냐…… 글쎄, 그건 나도 잘 몰라. 아마 마가 씌었던 모양이다. 그렇지만 틀림없어. 조금 전에 본인이 전화로 그렇게 실토했으니까."

무거운 침묵이 잠시 이어진다.

마코토는 생각을 굴리고 있다. 긴지도 다시 생각을 더듬어본다. 설마 하던 마음은 사라지고 자기 발등에 떨어진 문제라는 실감이 든다.

그러나 아무리 생각해도 조각룡의 진의를 파악할 수 없다. 아무리 생각을 더듬어봐도 해결의 실마리가 잡히지 않는다.

조각룡이 그런 전화를 할 리 없다. 자신이 잘못 들었을 거라는 허망한 바람이 아직도 마음 한구석에서 자꾸 머리를 쳐든다.

다시 마코토의 말소리가 귀에 와 닿는다.

곁에 하나코가 있냐고 묻고는 전화를 바꿔달라고 한다.

긴지는 그렇게 한다.

휴대전화를 받아든 하나코는 잔뜩 귀를 세우고 제 아비의 말을 듣는다. 온 얼굴에 긴장감이 퍼지고 표정이 사뭇 어른스러워진다.

잠시 뒤에는 뭔가 크게 결심한 표정으로 바뀐다. 눈동자가 좌우로 거칠게 움직이다가 그 움직임이 퍼뜩 정지한다.

하나코는 긴지의 얼굴을 똑바로 응시하며 "그럼, 안녕"이라는 말을 남기고는 홍차도 쿠키도 그대로 놔둔 채 구르듯 모래산을 달려내려간다.

마코토는 하나코에게 무슨 지시를 내렸는지 말하지 않는다.

아무튼 조각룡의 집에 가보겠다면서 긴지에게는 지금 서둘러 그곳을 벗어나는 게 좋겠다고 한다. 만일 조각룡의 말이 농담이 아니라면 그자들은 이미 은신처를 파악했을 것이다. 잠시 뒤에는 대거 몰려들 것이다. 밀고한 상대가 경찰이라면 더 말할 것도 없다. 근처에 인기척이 없더라도 즉시 탈출하는 게 좋겠다. 이미 늦었는지도 모른다. 바다 쪽 외에는 탈출로가 없을 가능성이 크다……

집으로 달려갔던 하나코가 잠깐 만에 다시 밖으로 튀어나온다. 어린이용으로는 지나치게 큰 륙색을 등에 지고 있다. 무엇을 넣었는지 제법 빵빵하다. 항상 신던 샌들이 아니라 운동화 발이다. 도망자의 차림새다.

그러나 긴지가 있는 모래산 쪽으로 오지 않는다. 하나코는 서쪽을 향해 빠르게 달려간다. 돌아보지도 않고 손 한 번 흔들지도 않는다.

잽싸게 도망치는 습성은 아비에게서 물려받은 것인가. 선로를 따라 달아날 작정일까.

하나코의 행동에는 전혀 망설임이 없다. 미리부터 준비하고 연습해온 듯 순서가 확연한 행동이다.

우선 숨고 보자는 걸까. 이럴 경우를 위해 가까운 곳에 집이라도 빌려두었던가. 아니면 타산에 따라 움직이는 성격대로 순식간에 긴지와의 이별을 결정한 걸까.

마코토가 하나코에게 내린 지시는 올바르다. 그 이상 더 적절한 조치는 없다.

들판에서 단련된 하나코의 발걸음은 일정하다. 지치지도 않고 내처 달려 조그만 몸뚱이가 금세 점이 된다.

긴지는 어떤가. 시간이 자꾸 흐르는데도 꼼짝하지 않는다. 어린애의 뒤를 밟아 제 일신의 안전을 꾀할 마음은 없다. 또한 추적자가 바로 코앞까지 다가왔을 때를 위한 대비도 하지 않는다. 모래산 꼭대기에 그대로 주저앉은 채 다 식은 홍차를 홀짝홀짝 마시고 있을 뿐이다.

무슨 일인가 벌어지려고 한다.

그것을 잘 알면서도 위기에 빠진 긴지는 조용히 휴식을 취한다. 아무 대비도 하지 않는다. 도망을 치지도 않고, 그렇다고 적을 맞이할 태세를 갖추지도 않는다.

어느새 긴지의 동요는 말끔히 가라앉아 있다.

그 표정은 불쾌한 것도 아니고 실망의 빛으로 물든 것도 아니고 또한 공포로 굳은 것도 아니다. 천성에 깊이 뿌리내린 굵은 신경이 경거망동을 경계하여 마음은 마치 안식일과도 같다.

긴지는 잘 안다.

이렇게 된 이상 끝까지 도망칠 수도 없고, 전파탑에 진을 치고 있어봤자 얼마 버티지 못하리라는 것도 훤히 다 안다. 이제 끝장이다. 모든 게 다 끝난 것이다.

그런데도 체념하지는 않는다.

이제야 비로소 긴지는 조각룡을 조금씩 알 것 같다. 가련한 노인네라는 인상은 점점 사라진다.

긴지는 이제 이해할 수 없다는 표정이 아니다.

조각룡이 취한 행동을 완전히 용납할 수는 없지만, 그렇다고 한마디로 미친 짓이라고 매도할 일도 아니다.

조각룡이 한 짓이 꼭 배신 행위인 것만은 아니다. 적어도 문신사로서의 범주에서 벗어난 행동은 아니다. 오히려 투철한 장인 정신이 이런 결과로 나타난 것뿐이다.

저승사자의 출현을 전혀 염두에 두지 않는 긴지가 모래산 꼭대기에서 따뜻한 바람에 온몸을 맡기고 있다.

이미 긴지의 마음속에서 길들여질 대로 길들여진 저승사자는 이제까지 해왔던 것처럼 선뜻 나서지 못한다.

긴지는 지금 자신의 등뒤로 재빠르게 흘러가는 한순간 한순간을,

생각대로 되지 않는 것투성이인 이 소란스럽기 짝이 없는 세상을 실컷 즐기려 한다. 질식의 기미를 보이는 자신의 미래를 빤히 바라보며 선하품만 하고 있다. 평소의 생생한 기운을 고스란히 회복하고 있다.

무지개에 대한 조각룡의 견해에도 일리는 있다. 이해할 수 있다. 그러나 한 발 물러서서 생각하면 역시 불가해하고 과격한 길을 골랐구나 싶다. 무슨 심사인지 아무래도 의심하지 않을 수 없다는 생각이 든다.

조각룡은 자신의 영혼을 불어넣은 걸작 문신을 등에 진 사내가 멋지게 비상하여 선과 악을 동시에 거머쥐고 세상에 널리 그 이름을 떨치는 것을 보고 싶은 마음이 없었을까. 그것을 자신의 삶의 보람으로 여기며 여생을 보낼 마음은 없었을까.

'백주 대낮의 긴지'라는 거창한 별명이 붙은 사내가 피부는 늘어지고 여기저기 검버섯이 필 때까지, 축 처진 배를 안고 흔들흔들 걸을 때까지, 눈동자는 희뿌옇게 탁해지고 등의 무지개 문신마저 닳아버릴 때까지 오래오래 살까봐 걱정스러웠던 것일까.

결코 술이 깬 듯한 기분이 아니다. 아니, 오히려 도취감은 점점 더 깊어질 뿐이다.

긴지의 영혼은 확실하게 넓어지고 있다. 정사(正邪)의 구별 없이 불량배를 용납하고 받아들이는 탄력성도 한층 풍부해진다.

그렇지만 등의 무지개 때문에 긴지가 무력화되는 중이라고 판단하는 건 큰 잘못이다. 제풀에 한 수 접고 들어가거나 아예 항복하는 쪽으로 기울고 있는 게 아니다.

여전히 긴지는 평지풍파를 일으키는 데 이골이 난, 암흑가에 그 권위를 널리 떨치고 있는, 물불을 가리지 않는 사내다. 상대가 어떤 자이건 제 하고 싶은 대로 단독으로 돌진할 자세가 갖춰진 사내다.

이제 하나코의 모습은 육안으로 알아볼 수 없다.

긴지는 안도의 한숨을 내쉰다. 하나코가 이번 일에 말려들지 않아 다행이다. 진심으로 그런 생각을 한다.

어쩌면 이건 조각룡의 작은 배려였는지도 모른다. 일부러 전화를 해 온 건 하나코를 멀리 떼어놓을 시간을 주고 싶어서였는지도 모른다.

그래서인가, 긴지는 조각룡에 대한 원망의 마음이 전혀 들지 않는다. 못나빠진 인간이라는 식의 최악의 평가는 내리지 않는다. 아니, 오히려 감사와도 같은 기분이 서서히 머리를 쳐든다.

태양은 값싼 죄의식을 태워 없애는 고열을 내뿜으며, 자신의 그런 역량을 한껏 자랑하며 황도(黃道)를 따라 하늘 끝으로 내달린다.

저 너머 읍내에서 발생하는 잡다한 소음은 미처 이곳에 도착하기도 전에 파도 소리에 모조리 지워지고 만다.

길게 피어오른 아지랑이가 들판을 뒤덮어 현재라는 포말을 한층 더 불안한 것으로 만든다.

긴지는 벌떡 몸을 일으키고는 찻잔이며 바구니 등속을 챙겨들고 천천히 모래산을 내려간다.

그런 짓을 하고 있을 상황이 아닌데도 마코토의 집으로 가 부엌에서 설거지를 해둔다. 깨끗이 씻은 컵과 접시의 물기를 행주로 꼼꼼하게 훔친다. 그 행주를 뜨거운 물에 깨끗이 빨아 탈탈 털어 줄에 넌다.

서랍장 위에 있던 두 개의 유골함이 보이지 않는다. 하나코가 등에 지고 간 것이리라.

그리 넓지도 않은 집이 오늘은 사원의 본당처럼 휑뎅그렁하다.

형광등에서 길게 늘어진 끈 주위를 파리들이 왱왱거리며 맴돈다. 모두가 인간 세상의 부침을 상징하는 날갯짓으로 보인다.

긴지는 다시 밖으로 나가 이번에는 빨래를 걷어들인다. 널어놓은 지 얼마 되지도 않았는데 그새 보송보송 말라 있다. 착착 개어 서랍장에 넣는다.

그렇게 열심히 집안일을 하고 돌아다니는 긴지의 가슴속에 조금 전에 조각룡이 했던 말들이 떠올랐다 사라지고 또다시 떠오른다.

조각룡은 무지개를 등에 진 당대 유일의 무뢰한을 이제 막 꽃피려는 찰나에 죽음으로 몰아넣을 결심을 했다. 그리고 그 결심을 실행에 옮겼다.

경찰이나 적의 손에 떨어져 산 채로 수치를 당할 '백주 대낮의 긴지'가 아니라고 간파한 끝에 결정한 떳떳한 배신 행위다. 결코 적대 행위가 아니다.

긴지를 만났던 당초부터 그럴 작정이었을까. 아니면 문신이 완성되면서, 자신의 최대의 걸작이라고 자부할 작품으로 완성되면서 그런 극단적인 결정을 하기에 이르렀을까. 혹은 발작적으로 내린 결론일까.

이 조그만 항구 어딘가에 복수에 불타는 무장 집단이 이미 속속 집결했는지도 모른다. 마코토는 벌써 그자들에게 붙잡혀 입에 담기조차 힘든 고문을 당하고 있는지도 모른다.

그것도 아니면, 대대 병력의 경찰이 그들보다 한 발 앞서 이쪽으로 향하고 있는지도 모른다.

그러나 만일 그렇다 해도 긴지는 이 땅에서 꼼짝도 하지 않을 작정이다.

이제 새삼 허둥거린다고 해결될 일이 아니다. 결단은 내려졌다. 우둔하리만치 마음이 고요하다. 제 몸 하나 건사하자고 발버둥칠 마음은 애초부터 없다.

긴지가 전파탑 쪽으로 걸음을 뗀 것은 탑을 근거지로 한바탕 전투를 벌이려는 생각 때문이 아니다. 그 행위는 자신의 의사에 따른 것이 아니다. 눈에 보이지 않는 기묘하고도 거스르기 힘든 힘에 끌려 그의 발이 저절로 행보를 시작한 것이다.

긴지의 품에는 자동권총과 비닐봉투에 옮겨넣은 현금 다발이 있고, 호주머니에는 예비 탄환이 묵직하게 들어 있다. 이 정도면 당분간은 충분하다.

보트로 일단 이 해안만 벗어나면 탈출에 성공할 가능성도 있다. 그리고 해상에서 새벽호로 옮겨 타면 추적자들의 손아귀에서 벗어날 가능성도 크다.

그런데 웬일인지 긴지는 그럴 기분이 들지 않는다. 이럴 때면 언제나 경종을 울려주던 또하나의 긴지조차 완전히 그림자를 감추고 없다.

긴지는 지금 예전에는 한 번도 느껴본 적이 없는 깊은 안도감에 싸여 있다.

애초에 당황이라는 것을 모르는 그의 두뇌는 지략을 짜내려 애쓰지도 않고, 사적인 원한을 풀겠다고 바삐 움직이지도 않는다. 그렇다고 근성이 빠진 침체로 기우는 것도 아니다.

이제까지 자신이 흠뻑 빠져 있었던 일련의 복잡한 사건들이 그저 한순간의 번영, 그저 피상적인 사건에 지나지 않았다는 생각뿐이다.

긴지는 지금 생애 처음으로 무한한 정신의 입구에 서 있다는 자각을 가진다.

이 길을 똑바로 걸어가면 마침내 자신의 행위의 모태가 되는 참된 영혼이 그 전모를 드러내리라.

이제까지 해치웠던 수많은 폭력 행위들. 그중 어떤 것도 온몸과

온 영혼을 던져 행할 만한 것이 아니었다. 어떤 변명도 용납되지 않는 후안무치한 악덕…… 그런 답이 나오려고 한다.

그것이 악한 행위였음을 시인하는 자아.

폭력을 시금석으로 삼아 수컷의 능력을 확인하는 것에서밖에는 사는 보람을 느끼지 못하는 허위에 찬 자신.

긴지는 그런 핏기 어린 눈을 가진 긴지를, 음험한 수단으로 승자의 위치를 노리는 긴지를, 죄악의 심층에 자리잡고 그것으로 삶의 양식을 삼는 긴지를 흘깃 쳐다보며 어서 빨리 지나치려 한다.

마코토에게서 전화가 걸려온다.

그렇다, 마코토는 아직 적의 손에 떨어지지 않았다. 그러나 목소리가 묘하게 격앙되어 있다.

조각룡의 부친이 평생에 걸쳐 파냈다는 동굴에 가 있다는 것은 수화기를 통해 들려오는 소리로 금세 알 수 있다. 지난번에 들었던 음악 소리가 울려 마코토의 말소리를 알아듣기 어려울 정도다.

마코토는 숨까지 헐떡거리며 빠르게 지껄인다. 마치 실황 중계를 하는 아나운서처럼 굵고 탁한 목소리로 제 눈앞에 펼쳐진 광경을 전한다.

조각룡은 천연 온천수를 끌어들인 바위 목욕탕에 둥둥 떠 있다. 목욕물이 양 손목에서 흘러나온 피에 붉게 물들었다. 호흡도 심장 박동도 완전히 정지했다. 면도날이 목욕탕 문턱에 떨어져 있다. 자살이라고 생각할 수밖에 없는 상황이다. 그러나 아무리 찾아봐도 유서 같은 건 없다.

음악 소리가 점점 더 커진다. 마코토가 휴대전화를 든 채 거실 쪽으로 이동하기 때문이리라.

마코토는 잔뜩 화가 난 채 말을 잇는다.

조각룡이 긴지에게 전화를 통해 했던 말은 사실이다. 어떻게 이런 멍청이 같은 짓을 했는지 이해할 수가 없다. 고자질을 해놓고서 스스로 제 목숨을 끊은 게 분명하다. 즉시 그곳을 떠나 먼 곳으로 가는 게 좋겠다. 바다 쪽으로 도망칠 수밖에 없다. 이곳도 위험하다. 언제 경찰이나 그놈들이 밀고 들어올지 모른다. 조각룡의 밀고 전화를 받았다면 믿든 안 믿든 그자들은 일단 조사는 해보려고 할 것이다.

마코토는 오디오의 정지 버튼을 찾지 못해 더욱 신경질이 나 있다.

"뭐야, 이 지랄 같은 음악은!"

그때 음악이 뚝 끊긴다. 신경질이 날 대로 난 마코토가 전원 코드를 뽑아버린 것일 게다.

그러나 장엄 무비한 그 선율은 그대로 긴지의 귓전에 달라붙어 머릿속을 빙글빙글 맴돈다.

마코토는 마지막으로 이렇게 말한다.

바다에서 만나자. 그 보트를 타고 바다로 나가 있으면 반드시 자신의 배와 만날 수 있다.

긴지는 하나코가 류색을 메고 선로를 따라 남하했다고 전한다.

알았다고 대꾸하는 마코토의 목소리가 흔들린 것은 절벽에 만들어진 급한 계단을 뛰어내려가기 때문일 것이다.

위험한 상황에 처한 건 긴지뿐만이 아니다. 그 동안 긴지를 감춰준 마코토도 충분히 복수의 대상이 된다. 잡히면 잘해야 생죽음이다.

경찰 역시 마코토를 얌전히 놔둘 리 없다. 심야 순찰중에 돌연 실종된 동료에 대해 엄중히 심문할 것이다.

조각룡이 죽었다는 소식을 듣고도 긴지는 그리 놀라지 않는다. 그리고 그것이 경솔한 행동이라고도 생각하지 않는다.

어디까지나 조각룡다운 행동이다. 화가 나거나 불쌍한 생각이 들지도 않는다. 고자질을 해놓고 저 혼자 멀쩡히 떵떵거리며 살아갈 위인이 아니라는 건 이미 알고 있었다.

　세상이 허망하여 감행한 자살이 아니다.

　조각룡은 만족 속에서 죽어간 것이다. 행복의 절정에서 인생의 막을 내릴 수 있었던 것이다. 이 이상 사는 일에 아무런 의미가 없다는 확고한 결론에 도달한 것이다.

　어쩌면 조각룡은 긴지의 인생에 대해서도 무단으로 그와 똑같은 답을 내렸으리라.

　무지개 문신과 '백주 대낮의 긴지'는 사라져야 할 운명의 존재라고 판단한 것일까. 무지개가 눈 깜빡할 사이에 사라지듯 이쯤에서 깨끗이 사라지는 게 좋다고 판단한 것일까. 지금이 바로 사내다운 죽음의 때라고 판단한 것일까. 긴지의 인생에 종지부를 찍을 방도를 강구해주기 위해 그 마지막 손질을 한 걸까.

　만일 그렇다면 조각룡도 긴지의 열광적인 지지자 중의 한 사람이었던 셈이다. 마코토보다 훨씬 더 순수하고도 예술적으로 '백주 대낮의 긴지'라는 한 인간을 최고의 인물로 자리매김해준 것이다.

　그러나 긴지 본인은 앞으로의 처신에 대해 아무런 생각이 없다. 곤란에 처했다는 위기감조차 없다. 물론 고군분투하겠다고 나서는 무사 같은 태도 따위는 눈곱만큼도 없다.

　그저 탑에 오르고 싶다, 탑으로 돌아가고 싶다는 바람뿐이다. 마치 그곳이 제가 태어난 집이라도 되는 듯 무턱대고 그리워서 견딜 수가 없다. 넓은 이 세상에 제 몸 둘 곳은 그곳밖에 없는 것만 같다.

　지금 긴지의 가슴속은 그 생각만으로 가득하다.

　그래서 긴지는 모래산을 내려와 그곳으로 돌아간다.

　멀리 보이는 산맥 위의 하늘이 잔뜩 흐려 있다. 구름의 밀도가 짙다. 이따금 구름이 해를 가린다.

옆으로 펼쳐진 바다에서는 잔잔한 물결이 일렁인다. 나뭇잎 사이로 건너오는 바람은 거의 감지할 수 없을 정도로 약하다.

울타리 문은 그대로 열어둔다. 탑의 철문에도 열쇠를 채우지 않는다.

이곳에 돌아온 건 역시 잘한 일이다.

그런 생각을 하며 긴지는 천천히 나선계단을 오른다. 낡은 벽돌이며 돌의 냄새가 견딜 수 없이 좋다. 계단이 끝도 없이 이어질 것 같은 착각이 또한 좋다. 오르고 또 올라도 하늘 아득한 곳까지 한없이 이어질 것만 같은 그 느낌이 뭐라 말할 수 없이 좋다.

긴지의 발걸음은 사형대로 통하는 계단을 올라가는 무거운 발걸음이 아니다. 그렇다고 투지 넘치는 용맹한 걸음새도 아니다.

한 계단 또 한 계단 올라설 때마다 마치 자기 도야에 정진하는 자처럼 한없이 상승하는 영혼의 원리가 생생하게 느껴진다.

긴지는 너무도 침착하다.

스스로도 놀라울 만큼 가슴속이 고요하다. 머릿속을 어지럽히는 건 아무것도 없다. 자신의 무력함을 한스럽게 여기는 마음도 없다.

귓속에서 음악 소리가, 조각룡이 들으며 죽어갔던 저 명곡이 거세게 소용돌이친다.

긴지는 쉬지 않고 올라간다. 창문을 통해 끊임없이 들어오는 시원한 기운이 땀을 식혀준다. 어떤 창문에서도 추적자의 모습은 찾아볼 수 없다.

이미 포위망이 짜여진 걸까. 그리고 그 거대한 동그라미가 탑을 향해 슬금슬금 좁혀지는 중일까. 혹은 해가 떨어지기를 기다려 행동을 개시할 생각일까.

좋으실 대로 하라지.

맑은 햇빛을 받아 반짝이는 들판은 화창한 기운이 넘친다. 이 세상에 거품처럼 허무한 목숨은 결코 없음을 인정하게 만드는 평온한 날씨가 이어진다. 신성한 것으로 믿고 섬겨도 좋을 장대한 경관이 탑을 중심으로 한없이 펼쳐진다.

성장한 흰털발제비가 지금 막 둥지를 떠난다. 망망한 바다를 향해 비상한 그것을 겨냥하고 매 한 마리가 급강하를 시도하지만 아슬아슬하게 도망친다. 그러나 매는 즉시 다음 공격태세를 취한다.

긴지는 스스로에게 묻는다.

나는 대체 죽음과 어떤 관계가 있는가. 어째서 번번이 죽음과 맞닥뜨리는가. 목숨 있는 자는 모두 죽는다. 그건 너무도 잘 알고 있다. 그렇지만 이토록 짧은 기간에 내 주위에서 죽는 이들이 잇달아 나오는 건 어째서인가.

주위에서 한 사람씩 죽어갈 때마다 긴지를 둘러싸고 있던 외호(外護)가 차츰 메워져간다. 어떤 죽음이건 긴지의 마음에 무거운 짐으로 남는다. 마치 주위 사람들의 산 피를 빨아 삶을 연장하고 있는 듯한 끔찍함이 생생하게 느껴진다.

긴지에게 직접 손을 댈 수 없는 저승사자는 긴지 주변의 인간들을 하나하나 처리하는 작전을 택했다. 그렇게 긴지를 슬금슬금 벼랑에 몰아세우려고 한다. 긴지 스스로 죽음을 선택하지 않는 한 더 많은 사람이 죽을 거라고 위협하는 것이다.

저승사자는 죽은 자를 차별한다. 일반적이며 모범적인 삶을 살다 죽은 영혼에는 흥미를 보이지 않는다. 또한 그저 그런 경로를 따라 귀신이 된 영혼에도 촉수를 뻗지 않는다.

저승사자는 긴지와 같은 희귀한 영혼을, 스스로를 비판하는 양심과는 일절 관련이 없는 무자비한 영혼을 눈이 튀어나올 정도로 갖고 싶어한다.

그게 아니라면, 수많은 인간들이 아등바등 매달려 사는 이 대우주의 질서를 한 손에 거머쥐고 있다는 저 절대자의 특명을 받아 결함 많은 영혼을 회수하고 다니는 걸까.

탑 꼭대기에 이르렀을 때 긴지는 자신의 내부에 깃든 동물적인 인간을 완전히 지배하기에 이른다. 사려분별이 확실하며 융통성을 가지고 세상을 바라볼 줄 아는 보편적인 인간 중의 한 사람이 되어 있다.

긴지는 권총도 돈뭉치도 내버릴 작정으로 바닥에 던져놓고 발끝으로 이리 차고 저리 찬다. 흔쾌히 한 목숨 버리기로 한다.

결국 극악한 인간은 되지 못했다.

그런 자신을 긴지는 확실하게 자각한다. 인정하지 않을 수 없다.

이 모든 것이 가슴속에서 크게 울부짖고 있는 저 선율 때문이다. 휴대전화를 통해 들려온 저 음악 소리 때문이다. 긴지는 그 곡에 발목을 잡혔다. 그렇게 단언해도 무방하다.

긴지는 읍내가 한눈에 내려다보이는 북쪽 창가에 앉아 쌍안경을 눈에 댄다. 추적자의 모습을 찾아내려는 게 아니다. 남쪽으로 갔던 하나코가 갑자기 북쪽으로 방향을 바꿔주었기를 기대하는 것이다.

아무도 없다.

인기척조차 없다. 성역과도 같은 저 공간을 차지한 것은 제 한 목숨을 이어보겠다고 밤낮 격투를 벌이는 자생 식물과 야생동물, 그리고 변덕스러운 바람과 행복과 불행을 함께 품어안는 햇빛뿐이다.

미관을 해칠 만한 장애물은 하나도 없다. 아득한 항구의 전경이 아지랑이 때문에 크게 출렁인다. 바닷가의 새떼들이 신기루처럼 보인다.

천지가 아무 이상 없다.

그때 갑작스레 서른다섯 해의 추억이 주르르 떠오른다. 과거를 차근히 돌아볼 여유가 생긴다.

그러나 긴지에게 그 모든 것은 혐오스럽기 짝이 없는, 돌아봐야 별로 재미없는 낡은 상처일 뿐이다. 한심한 삶을 살았다는 통한이 긴지를 옥죄어온다.

또하나의 자아가 그 어느 때보다 준엄하게 긴지를 매도한다. 선혈이 낭자한 썩어문드러진 추억이 거짓된 희망을 여지없이 찔러댄다.

그 고통을 더이상 견딜 수 없게 되었을 때, 긴지의 손에서 쌍안경이 떨어진다.

그것은 백 미터 아래 지면을 향해 단번에 낙하한다. 아마도 산산조각이 났으리라. 그러나 렌즈가 깨지는 소리는 들리지 않는다.

긴지의 귀에 확실하게 들어오는 건 굴복하지 않고는 배길 수 없는 저 음악뿐.

쌍안경 없이도 마음의 눈은 이 세상 구석구석을 치밀하게 관찰한다.

이를테면 잃어버린 후에야 새삼 발견한 것들. 이를테면 이미 죽어 땅 속에 묻힌 밀입국 중국 여인이 긴지의 눈앞을 빠르게 스쳐간다. 그녀의 쓸쓸해 보이던 옆얼굴과 눈이 긴지를 뒤흔든다. 그것은 타인을 짐승으로 여기는 그런 눈동자가 아니었다.

백사장에서 그녀의 미래를 빼앗아버린 건 마코토가 아니다. 바로 긴지 자신이다. 자신이 이곳에 오지 않았더라면 그 여인은 그토록 참혹하게 목숨을 잃지 않았으리라. 지금쯤 친구들과 함께 이 나라 어딘가에 끼어들어 그저 열심히 일하며 필요한 말 몇 마디를 배우고, 모국에 사는 친척들의 행복과 귀국한 뒤의 자신의 행복을 위해 주머니를 탈탈 털어 첫번째 송금을 하는 참일지도 모른다.

긴지는 생각한다.

자신이 이곳에 오지 않았더라면 어딘가 완고한 데가 있는 조각롱도 죽지 않았으리라. 천연 온천이 딸린 쾌적한 거처에서 밤새 좋아하는 음악을 들으며 아무 부족함 없는 여생을 보냈을 것이다.

검은지빠귀를 기르던 옛 열쇠 가게 노인도 그렇다. 그 노인은 우연히 알게 된 사내가 권총을 지녔다는 것을 간파했기 때문에 그런 식으로 아내의 뒤를 쫓아갈 마음이 든 것이다. 자신이 이곳에 오지 않았더라면, 죽지 못해 산다는 자각 없이 누구에게도 구속받지 않는 독거를 마음껏 즐겼을 것이다.

자전거를 타고 순찰을 돌던 경찰만 해도 그렇다. 그날 밤 자신이 읍내에 나가지 않았더라면, 거액의 도박 빚이 있었다 해도 어떻든 생은 이어갔을 것이다. 무사히 정년 퇴직을 맞이하고, 나이가 들수록 정다운 늙은 벗들과 사귀며 사람 좋은 영감님으로 존경을 받았을 것이다.

바다에서 한창 거래중에 물건을 가로채이고 목숨까지 빼앗긴 사내들도 그렇다. '백주 대낮의 긴지'가 등장하면서 갑작스레 마코토의 뱃심이 두둑해지는 바람에, 바로 긴지 자신 때문에 일이 그 지경에 이른 것이다.

마코토의 아내와 그녀의 뱃속에 있던 아이의 죽음 역시 자신과 전혀 무관하다고 할 수 없다.

긴지는 그렇게 생각한다.

자신과 자신의 등에 새겨진 문신이 결과적으로 산모와 태아에게 악영향을 주었던 것은 아닐까. 과도한 기대와 욕구, 요행수를 바라는 마음이 한꺼번에 강해지면서 생명력이 증대하게 된 것은 좋았지만 그것이 지나쳐 도리어 압사한 게 아닐까. 자신만 이곳에 나타나지 않았더라면 지금쯤 아기가 태어나고 네 사람이 한 가족으로서 작은 행복에 젖어 지낼 수 있지 않았을까.

그때, 불쑥 날카롭고 성난 소리가 긴지를 덮친다.

"그렇지 않아!"

천둥처럼 크고 사나운 소리로 딱 잘라 부정하는 말이 등뒤에서 울린다.

돌아보니 그 잘난 침묵을 깬 가면이 무어라 설명하기 힘든 난해한 웃음을 머금고 긴지를 쏘아본다. 귀면(鬼面)처럼, 혹은 사면(死面)처럼 보이는 얼굴.

한번 들어봐줄 생각으로 긴지는 어딘지 모르게 험악한 분위기를 풍기는 상대 앞에 다리를 뻗고 앉는다. 자, 무슨 말이든 해보시지. 사뭇 대범한 경청자의 태도로 가만히 기다린다.

가면은 별다른 속셈 없이 진심 어린 말투로 이야기한다.

일일이 마음 아파할 것 없다. 그들은 죽을 만해서 죽은 것이다. 너를 만나지 않았더라도 늦건 빠르건 언젠가는 그런 꼴이 될 운명이었다. 그들의 죽음이 그토록 마음에 걸린다면, 자꾸만 책임감이 느껴진다면 그만큼 네가 대신 살아주면 된다. 그들의 죽음을 발판으로 삼아 끝까지 살아남는 것이 그들에 대한 최대의 공양이고, 나아가 인간다운 행위다.

가면의 어조는 점점 더 강해진다. 차갑기만 하던 목소리에 서서히 열기가 담긴다.

죽음을 각오하는 건 네게는 어울리지 않는다. 실수로라도 기특하기 짝이 없는 소리는 입에 담지 말라. 어떤 수단과 방법을 써서라도 살아남는 것이 '백주 대낮의 긴지'가 보여줄 진면목이 아닌가. 너 같은 사내에게 어울리는 건 보다 과격한 삶을 위한 불퇴전(不退轉)의 정진이다. 어떤 어려움이 있더라도 반역 속에서 보란듯이 살아남는 사나이 대장부가 아니었더냐. 지금 너는 분명하게 위축되어 있다. 지금 그런 쩨쩨한 일 따위에 신경을 쓸 때가 아니다. 그런 사소한 일에 쩔쩔매고 있을 때가 아니다.

오늘의 가면은 말솜씨가 제법이다.

너를 올바르게 정의할 수 있는 자는 이 세상에도 저 세상에도 존재하지 않는다. 너는 괴물인 너를 실컷 즐기면 그만이다. 파란은 아직 서곡에 지나지 않는다. 너의 삶은 아직도 느슨하기만 하다. 실제로 마코토 같은 조무래기에게 네 특기를 빼앗기게 생기지 않았느냐. 일이 터지자마자 즉각 기지를 발휘해 선수를 치고 있는 건 형님인 네가 아니고 기껏해야 말년 아우인 마코토가 아니냐. 마코토는 제 역할을 훌륭하게 해내고 있는데 너는 그렇지 못하다. 그런 꼴로는 이 패거리의 존경을 한몸에 받는 존재로 살아남을 수 없다. 기운 빠진 네게 도대체 무슨 가치가 있는가. 너의 죽은 몸뚱이 따위 잡초의 거름도 되지 못하리라.

그러나 무슨 말을 들어도 긴지는 뜻밖의 폄하로 여기지 않는다. 네놈의 얼굴 가죽을 벗겨내겠다며 길길이 날뛰지 않는다.

가면은 갑자기 목소리를 낮춘다.

너는 인간 중의 인간이다. 가장 인간다운 인간이다. 경의를 표해야 할 특별한 인간이다. 절대로 신의 실패작이 아니다. 너라는 사내는 야만적인 격정의 무진장한 보고(寶庫)다. 너는 폭력의 위력을 마음껏 행사하기 위해, 단지 그것만을 위해 이 세상에 태어났다.

너의 행위는 일일이 법에 따라 처리할 그런 싸구려 행위가 아니다. 따라서 네가 하고 싶은 만큼 마음대로 잘못을 범하면 된다. 그러면 그럴수록 너의 영혼은 지고의 존재로 상승할 것이다. 누구에게도 네 신분을 증명할 필요가 없고 두서없이 변명을 할 필요도 없다.

가면은 모난 말도 금구(禁句)도 피하려 하지 않는다. 이제 와서 삶의 방식을 고친다는 건 절대로 용서할 수 없다는 단언까지 서슴지 않는다.

네게 무조건 복종하는 자들의 마음을 한 번이라도 진지하게 성찰해본 적이 있는가. 나름대로 똑똑하고 강하다는 그들이 저희들도 함께 무너질 줄 뻔히 알면서 칠칠치 못한 바보나 성격 파탄자를 추종할 리가 있겠는가. 그런 하찮은 자를 위해 제 소중한 목숨을 바치겠는가. 이 세상에 있어도 없어도 그만인 인간을, 대장부라고 자처하는 그들이 그토록 지지해줄 리는 없지 않은가.

그들은 너처럼 후진을 발탁해줄 인물의 출현을 간절히 고대해왔다. 바로 그것 때문에 너를 옹립하려는 것이다. 그들은 네가 더욱 과격하게, 한층 요란하게 사건을 벌여주기를 바라마지않는다. 그 결과가 어찌 되건, 그런 건 그들에게 그리 큰 문제가 아니다. 너를 따르고 너를 모시는 동안 이 세상을 분명하게 살았다는 확신을 주는 단 한순간을 붙잡을 수만 있다면 그들은 최악의 비극조차 흔쾌히 받아들이고 웃으며 죽어갈 수 있다. '백주 대낮의 긴지', 네가 그것을 몰랐단 말이냐.

"두려워하지 말고 맞서!"

그때까지 고개를 숙이고 묵묵부답이던 긴지도 그런 말까지 듣자 결국 고집을 꺾는다. 세상일을 달관한 듯한 태도를 버린다. 위신이 걸린 문제를 그냥 듣고만 있을 수는 없다고 생각한다. 갑자기 침을 튀기며 항의할 힘이 솟는다.

긴지는 한심하다는 표정으로 그 독설가를 흘끗 쳐다본 뒤 조각룡에 대한 얘기로부터 공격을 시작한다.

이쯤에서 긴지의 목숨을 끊어놓겠다고 공작을 감행한 조각룡의 예를 들어, 반드시 지지자만 있는 건 아니지 않느냐고 반론을 편다.
"내가 더이상 살지 않기를 바라는 자도 있어, 안 그래?"
가면은 씁쓸한 얼굴로, 한층 큰 소리로 제 생각을 되는대로 늘어놓는다.

그것은 소명감에 찬 장인이나 예술적인 소양이 있다고 자처하는 자들이 신봉하는 별것도 아닌 미학의 독에 빠져 있었기 때문이다. 결코 너의 참된 가치를 인정한 끝에 얻어낸 답이 아니다. 그 사람은 처음부터 끝까지 제 작품에 관한 것밖에는 머릿속에 없었다.

그 작자에게 너는 그저 문신의 캔버스였을 뿐이다. 그자는 마침내 완성된 걸작을 영원한 것으로 승화시키려는 생각으로 그런 선택을 했다. 돈에 눈이 어두워 저지른 짓보다 훨씬 더 악질적이다. 너를 궁지로 몰아넣은 그자는 의리라고는 모르는, 자학적인 주제에 노상 저 잘난 맛에 사는 그런 위인이다. 그런 자에게 마음을 써주는 이유가 무엇인가.

"알겠어? 너는 지금 뒷걸음질을 치고 있단 말야!"
전에는 열심히 죽기를 권하더니 이제는 꼭 살아야 한다고 소리 높여 외치는 가면을 바라보며 긴지는 당혹감을 감출 수 없다. 대꾸할 말이 얼른 떠오르지 않는다.

그 곤혹감은 이윽고 의심으로 바뀐다. 전에 비해 가면의 목소리는 다정하게 달래는 듯한 억양이었지만 그 소리가 자꾸만 귀에 거슬린다. 어차피 똑같은 억지 소리로만 들린다.

거짓 웃음을 머금은 가면은 긴지가 이미 마음의 문을 닫았다는 것도 모른 채 제풀에 신이 나서 사설을 늘어놓고 지겹도록 당부를 거듭한다.

너 자신을 구원하라. 너를 구원할 자는 너 자신밖에 없다. 신은 인간이 만들어낸 환영이다. 그런 부조리한 존재 따위 있을 턱이 없다. 따라서 죄를 두려워할 필요도 없다. 정말로 두려워해야 할 것은 이른바 양심의 가책이라는 것이다. 신과 마찬가지로 그것 역시 만만치 않은 환영이라는 것을 알아라.

만일 정말로 신이 존재한다면 그자야말로 공연히 불완전한 인간을 만들어내 한평생 갖고 노는 극악무도한 자다. 만일 정말로 신이 있다고 한다면 도리어 만사가 편해진다. 모든 걸 그자의 탓으로 돌리면 될 테니까. 화풀이하기에는 딱 좋은 상대가 아니냐.

가면이 줄줄이 늘어놓는, 그저 반역만이 주된 내용인 가소롭기 짝이 없는 단언도 이미 긴지의 가슴을 흔들 만한 선동적인 말이 되지 못한다. 자장가 한 소절만큼의 가치도 없다.

가면 따위 안중에도 없는 긴지. 벽에 기대고 있던 등이 슬슬 미끄러진다. 그리고 마침내 벌렁 드러눕는다. 머리만 벽에 댄 채 긴지는 잠들어버린다.

뒤늦게 긴지의 잠을 깨달은 가면은 어이가 없어 혼자 중얼거린다.

"이런 때 잠이 오다니, 역시 이자는 괴물이야."

그저 그 한마디뿐, 떨떠름하게 씻을 길 없는 굴욕의 침묵 속으로 다시 돌아간다.

그러고도 가면은 못내 아쉬운 얼굴로 한참이나 묵상에 잠겼지만, 긴지의 코 고는 소리를 듣고는 두세 번 혀를 차다 다시 무기질의 나뭇조각으로 물러서고 만다.

긴지는 깊이 잠들어 있다.

이따금 울리는 휴대전화 소리도 그 잠을 방해하지 못한다.

태양은 세상에 넘쳐나는 처세술 따위를 걷어차며, 혹은 사후의 안락을 기원하는 인간들에게 욕설을 퍼부으며 여전히 상승하고 있다.

곧 한낮의 위치에 이를 시간인데도, 긴지의 신상에는 아무 일도 일어나지 않는다.

'백주 대낮의 긴지'라는 악명에 어울릴 만한 사건은 터지지 않는다. 아무리 시간이 흘러도, 악운의 힘을 남용하는 이 사내도 결국 여기서 끝장이구나, 할 만한 심각한 사태는 벌어지지 않는다.

긴지를 가능한 한 잔학한 방법으로 살해하지 않고서는 단 한 걸음도 전진할 수 없는 무리들도, 긴지를 체포하지 않고는 법의 파수꾼으로서의 면목이 서지 않는 자들도 나타나지 않는다.

들판은 벌레와 들새들의 감미로운 위안의 소리만 가득하고, 바다는 느슨한 반사광과 보편적인 진리를 아낌없이 발산한다.

벌거벗은 대지의 들쭉날쭉한 끄트머리에서 한없이 거듭되는 파도 소리는 선과 악을 뒤섞는 마약과도 같은 효과를 발휘한다.

성공 아니면 실패인 절체절명의 위기.

그런 것은 어디에서도 찾아볼 수 없다. 지금이라면 어린아이라도 긴지의 목을 딸 수 있으리라.

긴지를 삼킨 채 꼿꼿하게 솟아오른 전파탑은 이제 곧 일어날 일대 활극을 떠올리며 저 혼자 희열에 빠져 있다.

긴지의 잠은 육체의 피곤을 치유하기 위한 것이 아니다. 또한 과도한 짐을 잊기 위한 것도 아니다.

잠든 긴지의 가슴속을 휘젓는 것은 한 점 흐림 없는 맑은 웃음이며 가슴이 찢어지는 듯한 사랑이며 명랑한 정신이며 결핍된 애정이며 회한의 열풍이다.

잠시도 쉬지 않는, 아무런 맥락도 없는 꿈의 단편들이 긴지의 가슴을 급속히 냉각시킨다. 비난받아 마땅할 결점들이 차례차례 드러난다. 이 사회를 정면에서 부정하기에는 너무도 미숙하고 제대로 소화되지 않은 불투명한 폭력의 사상이 어떤 꿈속에서건 영구히 소멸되어간다.

이제는 더이상 모른 척 넘어갈 수 없다. 마음에 통증이 일기 시작한다.

허무하고 덧없는 잠에 빠진 긴지의 내부에 존재하는 죽음이, 자살의 여러 조건을 만족시키는 죽음이 더할 수 없이 감미로운 암흑을 거느리고 돌연 찾아온다.

그러자 어떤가.

아직 풍성한 햇빛의 혜택을 받고 있음에도 불구하고 탑 안에도 탑 바깥에도 기묘한 적막감이 요사스러운 구름처럼 떠돌기 시작하더니 긴지가 깊이 잠든 채로 벌떡 몸을 일으키는 게 아닌가.

그것은 몽유병처럼 휘청거리는 몸짓이 아니다. 눈을 뜨고 있을 때와 마찬가지로 정확한 움직임이다. 어떤 관절의 움직임도, 어떤 근육의 움직임도 실로 유연하다. 눈은 감고 있지만 어디에도 부딪치지 않고 또박또박 걷는다.

긴지는 정면의 벽 앞으로 가더니 발을 멈추고 몸을 웅크린다.

그가 집어올린 건 가면이다. 그 가면을 자신의 얼굴에 갖다댄다. 여느 때처럼 가면은 긴지의 얼굴에 철썩 들러붙는다.

그러나 그것은 가면이 바라던 일이 아니다. 오히려 가면은 낭패감에 빠져 어쩔 줄을 모른다.

한순간 가면은 긴지의 진의를 알아차리지 못한다. 그 뜻을 이해했을 때는 이미 어떻게도 손쓸 수 없는 사태에 빠져 있다. 만류하기는커녕 긴지가 내놓은 답에 완전히 물들어버린다.

긴지는 쥐어뜯듯이 종이상자를 열어젖히고 조각룡에게 받은 미니컴포넌트를 꺼낸다. 새 건전지를 끼워넣는다.

조작법은 이미 다 알고 있다. 시디를 어디에 넣고 어떤 스위치를 누르면 되는지 다 안다.

조각룡이 해주었던 설명도 잊지 않았다. 전곡을 다 듣는 건 무의미하다고 했다. 마지막 제78번 곡만 들으면 그걸로 충분하다고 했다.

한없이 허망한 표정의 가면을 쓴 긴지의 둘째손가락이 선곡 버튼을 누른다. 음량을 최고로 올린다.

순간, 장엄하기 그지없는 대합창이 탑을 가득 채운다.

낡은 고층 건물에 머물러 있던 낡은 공기가 단번에 추방된다. 그 대신 이제까지 긴지가 한 번도 들이쉰 적이 없는 소생의 공기가 가득 들이찬다.

그것은 도무지 지상의 것이라 여겨지지 않는 향기를 품은 공기다. 하늘의 영역에서 직접 내려온 특별한 기체일까. 폐를 통해 침투해 즉시 뇌수에 이르고, 살인과 잠복에 식상해 있던 긴지를 그 자리에 우뚝 멈춰 서게 한다.

조각룡의 말 그대로다.

심령 현상이라도 일으킬 것 같은, 한없이 진리를 추구하지 않을 수 없게 하는, 묵직하게 뱃속을 울리는 중저음. 탑 덕분에 더 훌륭한 음향 효과가 나는지도 모른다. 조각룡의 동굴과는 비교도 되지 않는다.

높이 백 미터의 거대한 원통 속을 중후의 극치에 도달한 선율이 자유자재로 내달리고 미끄러지고 날아오르고, 창이란 창을 통해 홍수처럼 흘러나가고, 목숨 있는 것들의 본래의 존재 방식을 동적으로 표현하고, 정리(情理)를 남김없이 설파한다.

그것은 경고나 설교를 위한 대합창이 아니다. 그것은 종교적인 허영심을 부채질하거나 천벌을 예방하기 위한 선율이 아니다. 약간은 있었을 게 분명한 작곡가의 그런 헛된 생각을 단번에 뛰어넘은 음악이다.

긴지의 마음에 한없이 근접한 그 곡은 이제까지 한 번도 밝혀진 적이 없는 그의 영혼의 가장 비밀스러운 곳을 차례로 비춘다.

조금 전까지 짙게 떠돌던 살벌한 분위기는 소멸되고, 체감온도가 얼마간 상승하고 곡이 미치는 한 빠짐없이 골고루 사랑과 선의 흔들림 없는 지반이 구축된다.

긴지의 몸에 난 털이란 털을 죄다 곤두서게 하는 것은 두말할 것도 없이 감동이다.

몇 개의 건전지에 의해 움직이는 조그만 시디 컴포넌트에서 튀어나오는 장중하고 신령한 음파는 불모지대이며 미개척의 들판이기도 한 이 대공간에 침투하여 무(無)의 그림자를 송두리째 잘라내고 악과 죄에 젖은 삶의 맹점을 날카롭게 지적하면서 인간 존재의 참된 의의를 세상에 묻는다.

마치 중대한 일을 고하는 듯한 혼성 대합창은 필멸의 운명에 대해 온 정성을 다해 성스러운 기도를 올린다. 생을 소홀히 하는 자에게 인간으로서 사는 참된 뜻을 깨닫게 해주며 의미 있는 말을 한마디라도 더 전하려고 애쓴다.

보라, '백주 대낮의 긴지'는 두려움에 떨고 있다.

긴지가 겨우 한마디 내뱉었던 '뭐야, 이까짓 것!'이라는 말이 급속하게 약해진다. 위축된 제 모습이 전혀 부끄럽지 않은 범용한 인간의 한 사람으로 변해간다.

자신의 죄업 깊음을 깨닫고 부르르 떠는 긴지는 음악을 초월한 이 음악을 오성을 통해 완벽하게 이해한다. 동시에 선에 대한 굶주림이 증폭된다.

자신은 절대로 불운한 일생은 보내지 않을 것이라고 호언하던 긴지는 자신의 불행을 정면으로 목도하고는 문득 천명이 다해버린, 또한 살아 있는 얼굴 그대로 숨을 거둔 사자(死者)처럼 편안하게 눈을 감는다.

이대로 사라지기를 간절히 원하는 긴지의 눈에서 쏟아지는 눈물은 깊은 안식의 대합창에 녹아들어 미개한 세상으로, 수천억의 은하를 집어삼킨, 의미가 있다고도 없다고도 말할 수 없는 암흑의 대우주 저편으로 빨려들어간다.

유종(有終)의 고즈넉함이 담긴 음악에 눈물을 쏟는 긴지는 지극히 안온한 표정의 가면을 쓴 채 잠시 온몸의 뼈가 다 녹아내린 것처럼 지쳐 주저앉아 있다. 그 모습은 타고난 영민함이 헛되이 꺾여버린 사람 같다. 또한 남에게 알리고 싶지 않은 전력이 폭로되어 고통받는 사람 같다.

긴지는 밥상 대신 쓰던 튼튼한 나무상자에 앉아 턱을 괴고 생각에 잠긴다. 그러나 연명할 방법을 강구하기 위해 머리를 굴리는 것이 아니다.

긴지는 두뇌가 아니라 마음으로 생각한다. 영혼이 본디 갖추고 있던 기능이 급격하게 회복된다.

산더미 같은 고뇌가 문득 선명해지는가 싶더니, 그 하나하나가 진혼의 음률에 금세 사라진다. 숨 돌릴 사이도 없이, 이것 또한 인과라고 체념하며 마음을 다독인다. 나 하나쯤은 아무래도 괜찮다는 방향으로 점점 기울어간다.

긴지는 착안점이 다른 또하나의 긴지의 변명을 듣고 고개를 끄덕인다. 즉, 제 신상을 어떻게 할 것이냐는 문제에 대해 이제야 비로소 두 긴지가 의견의 일치를 본 것이다.

잠시 뒤에 일어난 말할 수 없이 숭고한 충동을 따라 긴지는 창문

한 곳으로 다가간다.

그것은 '백주 대낮의 긴지'와도 잘 어울리는, 승복할 만한 행위다. 수명이 다할 때까지 제 삶을 질질 끌다가 죽는 치욕도 아니고, 그렇다고 처참한 종말도 아니다.

오래도록 은밀히 기대해오던 일을 감행하려는 것뿐이다. 그러므로 망설임 따위는 털끝만큼도 없다.

긴지는 천천히 오른발로 창틀을 딛고 올라선다.

근처에 저승사자의 기척은 없다. 그도 그럴 것이, 이것은 전적으로 긴지 자신의 선택이기 때문이다.

긴지의 본성 저 밑바닥에 자리잡고 있었지만 본인조차 그 위대함을 깨닫지 못했던 혼이 엄청난 음악의 부추김을 받아 도달한 결벽하고도 흔들림 없는, 종극(終極)의 해답이다.

순수한 인애(仁愛) 그 자체가 내린 적정한 판단.

완벽할 만큼 합리적인, 적절한 배려.

그것이 지금 마치 당연한 책무를 실행하듯, 어느 누구에게 미리 허락을 구할 것도 없이 실행에 옮겨지려고 한다.

그런 긴지의 행동을 속박하는 자는 나타나지 않는다. 구제(救濟)의 반대편에 선 음악에 마음을 내맡기며, 지금 마지막 생의 추억으로는 너무도 달콤한 미풍을 맞으며 탑 꼭대기에서 밖으로 뛰어내리려는 사내를 만류해주는 자는 없다.

아니, 그렇지 않다.

가면만은 필사적으로 긴지를 만류한다. 좀더 살아서 나를 즐겁게 해달라고 애원한다.

그러나 그 목소리는 대음향의 차단막에 막혀 긴지의 귀에 가 닿지 않는다.

세련된 무지개 문신이 선명한 일곱 빛깔의 언어를 구사하여 이런 말을 한다. 지금 이곳에서 죽는 건 유종의 미를 거두는 일이다. 그렇게 마지막 다짐을 한다.

검은지빠귀가 가까운 어딘가에서 긴지를 부른다. 이제껏 긴지의 내부에 오래도록 잠들어 있던 감정을 흔들어 깨우려고 꿈꾸듯 아름다운 목소리로 지저귄다.

달밤이 몹시 잘 어울리던, 갸름하고 맑은 눈동자의 저 밀입국 여인도 슬픈 여운으로 긴지를 부르며 발화점에 이른 마음을 더욱 타오르게 한다. 언어가 다른 탓에 똑똑히 알아들을 수 없다는 게 유감스러울 뿐이다.

결국 그녀와 긴지는 기이한 인연으로 맺어진다는 극적인 결말을 보지 못하고 끝이 났다. 여인은 처참하게 이국의 흙이 되었다.

긴지는 생과 죽음의 경계를 가르는 백 미터의 낙차를 거의 느끼지 못한다. 이대로 창 밖으로 몸을 날려도 그대로 추락하지 않고 검은지빠귀처럼 혹은 저승사자처럼 허공을 훨훨 날 수 있을 것만 같다.

악으로 점철된 생을 살아온, 구원받기 힘든 야쿠자를 결국 이런 심경에 몰아넣고 만 오후.

갑작스럽게 긴지의 운명은 결정되었다.

어떻게 될지 뻔히 알면서도 긴지는 이제까지의 삶을 완전히 뒤엎으며 창 밖으로 몸을 던진다. 고함을 내지르고 그 기세를 타고 망설임 없이 뛰어내린다.

그 순간에도 가면은 귀신에 홀린 듯한 음울한 표정을 보이지 않았다. 그것은 기행가(奇行家)의 표정이 아니었다.

몸을 던짐과 동시에 마음의 상처가 금세 아무는 듯한 편안함을 느낀다.

그토록 풍성하게 넘치던 눈부신 빛은 모조리 사라지고, 암흑 속에서 조그만 빛의 점들이 어지럽게 휘도는가 싶더니 긴지는 갑자기 졸도 상태에 빠진다. 순식간에 의식이 멀어져간다.

천둥과도 같은 무거운 음악이 휴대전화의 집요한 벨소리와 가면의 입에서 튀어나오는 의미불명의 낭랑한 웃음을 완전히 지워버린다. 긴지가 내뱉은 마지막 말도 짓눌려버린다.

*

알껍질을 깨고 처음으로 세상을 바라보는 병아리처럼 긴지는 무거운 눈꺼풀을 연다.

그러나 농밀한 어둠에 가로막혀 아무것도 식별할 수 없다. 자신의 손발조차 알아볼 수 없다.

그래서 자신이 죽었다고 생각한다. 내세를 믿지는 않았지만, 분명 사람들이 지옥이니 나락이니 하던 그 암흑 세계에 떨어진 모양이라고 생각한다.

그 순간, 긴지의 입을 통해 나온 말은 "역시 그렇군"이었다.

역시 죄를 심판하는 하늘의 규율이 엄연히 존재하는구나.

그런 의미의 '역시 그렇군'이었다.

이제 곧, 자신의 손에 걸려 목숨을 잃은 자들, 도저히 얼굴을 들고 마주 볼 수 없는 그들이 우르르 몰려나와 원한 가득한 욕설을 퍼붓는 걸까.

긴지는 각오를 단단히 하고 자신을 향해 몰려들 증오에 찬 발소리를 기다린다.

그러나 긴지의 귀에 들려오는 건 너무도 속물스럽고 시끄러운 소음들뿐이다. 저승에 디젤 엔진 소리가 울리다니, 그런 이야기는 들어본 적이 없다.

긴지의 후각이 감지하는 건 기름 냄새와 생생한 바다 내음이다. 온몸이 크게 출렁이는 느낌도 내내 이어진다.

이곳은 배 위다.

바다 위에 뜬 배. 즉 이곳은 저승 같은 곳이 아니다. 나는 여전히 이승에 남아 있는 거다. 죽었다는 자각 뒤에 곧바로 살아 있다는 자각이 이어진다.

그러나 긴지는 생환의 기쁨을 전혀 느끼지 못한다. 오히려 불만에 찬 표정이다.

어느샌가 가면이 벗겨져 있다.

다행인지 불행인지 가까스로 목숨을 건진 긴지는 몽롱한 정신을 애써 추스려 기억을 더듬는다.

뒷덜미가 욱신거린다. 그 아픔이 희미한 기억의 실마리를 이끌어내고, 사실과 그렇지 않은 것을 구별해준다.

그러나 한없이 꿈에 가까운 단편적인 영상이 오락가락할 뿐 자신이 어째서 이런 곳에 누워 있는지 짐작조차 할 수 없다. 사태를 직시하려 해도 이해할 수 없는 것이 너무 많다.

그러나 그것밖에 달리 할 일이 없는 긴지는 생각을 계속한다.

이윽고 뚝뚝 끊겼던 기억이 조금씩 이어진다. 그 몽롱한 일련의 흐름이 꿈속의 사건이 아니라 실제로 자신에게 일어났던 일이라는 것을 깨닫는다. 연속된 기억이 눈꺼풀 안쪽에 선명한 영상으로 재현된다.

실패한 것이다.

그때 긴지의 몸뚱이는 탑 밖으로 낙하하지 못했다. 자신의 뜻과는 반대로 무시무시한 힘에 의해 탑 안쪽으로 끌려들어갔다. 무언가가 뒷덜미를 내려친다 싶더니 순식간에 정신을 잃고 말았다.

마코토는 가장 안전하고도 확실한 방법을 쓴 것이다. 어설프게 말을 붙이거나 뒤에서 끌어안았다가는 추락을 막을 수 없다고 순간적으로 판단했을 것이다. 만전을 기하자면 그 수밖에 없다고 생각했을 것이다.

그 작전이 훌륭하게 성공한 셈이다.

아무리 전화를 해도 받지 않는 긴지가 걱정되어 달려온 마코토는 탑에서 폭포처럼 흘러넘치는 음악 소리를 의아하게 느꼈다. 이윽고 그것이 조각룡의 동굴에 울려퍼졌던 바로 그 음악이라는 것을 깨닫고, 숨을 헐떡거리며 한달음에 나선계단을 올랐다. 꼭대기 방에 들어서자마자 창틀에 올라 밖으로 뛰어내리려는 긴지의 모습이 눈에 들어왔다.

그 순간 마코토는 여지없이 긴지의 뒤통수를 후려쳐 축 늘어지는 것을 잽싸게 받아안았다.

긴지의 기억은 거기에서 얼마간 끊어졌다.

그 다음에 이어지는 어렴풋한 기억은 바닷가에서 제 몸뚱이가 고무보트에 실리는 장면이다. 이미 저 위대한 음악 소리는 끊기고, 밀려왔다 밀려가는 파도 소리만 기세를 올리고 있다.

마코토는 긴지의 얼굴에 들러붙은 가면을 벗겨내느라 꽤나 애를 먹었다. 웬만한 힘으로는 꿈쩍도 하지 않았다. 마코토는 긴지의 얼굴을 두 발 사이에 놓고 긴지의 가슴팍 위에 올라타듯 서서 가면을 잡아당겼다.

살갗이 함께 벗겨지는 듯한 통증이 선명하게 되살아나 긴지는 자기도 모르게 신음을 내뱉는다.

마코토는 겨우 벗겨낸 가면을 징그러운 것을 내던지듯 모래사장에 내동댕이쳤다. 그리고 축 늘어진 긴지를 짐짝 다루듯 거칠게 밀어넣고 고무보트를 바다로 띄웠다. 몇백 미터 앞에 닻을 내리고 있던 새벽호의 뱃전이 희미하게 보였다.

그때 긴지의 얼굴을 덮친 것은 파도의 물거품이 아니라 빗방울이었다. 몇 방울의 비가 벌컥 열린 입으로 흘러들었지만 긴지는 다시 의식을 잃고 무의 심연으로 깊이 가라앉았다. 적막과도 같은 잠이었다.

정말이지 마코토는 아슬아슬한 순간에 맞추어 달려왔다. 일이 초만 늦었더라도 이미 일은 벌어진 뒤였으리라. 아니, 조금 더 늦었더라면 긴지는 마코토의 머리 위에 그대로 떨어졌을지도 모른다. 아마 순식간에 두 목숨이 사라졌을 것이다.

그랬으면 좋았을 텐데.

그랬으면 좋았을 거라고 긴지는 생각한다. 진심으로 그렇게 생각한다.

엄청난 자기 혐오와 염세가 긴지를 심한 고통 속으로 몰아넣는다. 그런 기분을 단번에 날려줄 일은 현재로서는 아무것도 없다.

피곤이 극에 달한 '백주 대낮의 긴지'는 멍한 모습으로 상실의 바다를 떠돈다.

그토록 강렬한 영향력을 가졌던 그 음악은 이미 가슴속 어디에도 남아 있지 않다. 여운조차 없다. 그래서 다시금 몸도 마음도 사면초가의 상태에 빠진다.

생존 본능에 바탕을 둔 자신의 재능은 결국 그 힘을 발휘하지 못했다. 모조리 반대로 발휘되고 말았다.

긴지의 손에 남은 건 참된 자신에게 등을 돌림으로써 불쑥 두드러진 바닥 모를 죄의식과, 절대적인 존재에게 주살(誅殺)당한 듯한 굴욕감뿐이다.

　마음은 음침하게 가라앉고, 육체는 음습한 체질로 쇠약해진다.

　이미 패기만만하던 '백주 대낮의 긴지'가 아니다. 임기응변과 예지 넘치는 행동을 보여주던 그 무뢰한이 아니다. 세상에 해독을 방출하는 사내도, 악의 강한 자력을 지닌 희대의 건달도, 암흑가에서 마음껏 제 세력을 떨칠 것으로 기대되던 새 시대의 지배자도 아니다.

　긴지는 우유부단을 고뇌인 척 가장하는, 소심하고 기생적이며 평범한 사내가 되어 있다. 정기를 회복하여 다시 한번 기개를 펼치려는 생각 따위는 하지도 않는다. 희망의 산은 가뭇없이 무너지고, 일거에 한푼의 가치도 없는 허섭스레기가 되고 말았다.

　긴지의 영혼에 이변이 일어나고 있다.

　이제 긴지는 조화(調和)만이 가득한 수동적 인간의 평균치 속에 제 몸을 던진다. 편향이란 편향은 깡그리 교정해버리는 곳으로 엉거주춤 달려간다.

　해독제 역할을 한 것은 무엇인가. 무지개 문신인가. 아니면 가면인가. 혹은 인간의 약점에 교묘히 편승하는 음악인가. 그것도 아니라면 이것이 스스로도 알지 못했던 긴지의 거짓 없는 참모습인가.

　두려움을 모르는 호탕한 용기로 악명을 떨치던 긴지에게 부합되는 조건.

　그런 건 조금도 보이지 않는다.

　죽음 앞을 오락가락하는 서른다섯 살의 사내는 더러워진 지금 이 순간을 살아내는 것만으로도 가쁜 숨을 몰아쉬는 판이다. 확연하게 단념(斷念)에서 퇴전(退轉)으로 기울고 있다.

　이제는 비린내 물씬 풍기는 비좁고 어둑한 이 선실만이 긴지에게 있어 현세를 상징하는 모든 것이다.

삶에 완전히 흥미를 잃은 긴지지만, 아직 죽음을 허락받지 못한다. 영악하고 잽싼 아우의 활약 때문에 죽고 싶어도 죽지 못한다.

운명은 긴지에게 더 살라고 명령한다.

그러나 긴지는 제 몸을 덮치는 거센 폭풍우 같은 야망은 이미 완전히 내팽개쳤다. 폭력에 관한 남다른 재능을 극한까지 추구하는 것에 이미 아무런 매력도 느끼지 못한다. 그뿐인가, 그런 짓은 이 세상에서 가장 어리석은 행위라는 결론에까지 이르렀다.

악의 지혜가 넘치는 투사가 되는 것도, 폭력 만능 사회의 패자를 목표로 질주하는 일에도 지쳤다. 정말 지쳤다.

죽음조차 실패한 긴지는 난처하기 짝이 없다. 일생일대의 불찰이란 게 바로 이런 것이다.

죽을 수만 있다면 무엇이든 괜찮다. 비운의 죽음이든 개죽음이든 어찌 됐건 이 세상에 결별을 고하고 싶다.

치욕스럽다는 생각이 점점 강렬해진다.

죽지 못한 채 더이상 치욕을 맛볼 수는 없다. 내일도 여전히 뻔뻔스럽게 살아 있을 자신이라니, 생각만 해도 속이 뒤집힌다.

어떻게 해서든, 이 세상에서 쫓겨나야 할 이단 분자인 이 몸뚱이를 내 손으로 없애야 한다. 그것이야말로 긴지에게 남겨진 최후의 올바른 살인이다.

손을 뻗어 주위를 더듬거려보지만, 단숨에 목숨을 날려버릴 무기는 없다. 목을 맬 끈도 없다.

바지가 흠뻑 젖은 건 빗물과 바닷물을 뒤집어쓴 탓일 것이다. 돈다발을 넣은 비닐봉투는 있다. 그러나 그 속에도 권총은 없다. 긴지의 손이 닿지 않는 곳에 감춰버린 모양이다.

마코토는 이미 간파했을 것이다. 가마 받들듯 떠받들던 위인이 아무런 예고도 없이 자살을 꾀했다는 것을. 자신에게 한마디 상의도 없이 백 미터 아래 땅바닥을 향해 뛰어내리려 했다는 것을.

그런 상황이었으니 누가 보더라도 명백한 투신 자살이었다.

마코토의 입장에서 이 일은 결코 가볍게 넘길 수 있는 문제가 아니다. 마코토는 여태껏 긴지의 환심을 사기 위해 온갖 노력을 다 해왔다. 긴지의 기분을 일일이 맞춰가며 제 꿈을 실현해주기를 기원해왔다. 아내와 자식의 죽음을 단기간에 극복할 수 있었던 것도 '백주 대낮의 긴지'가 뿜어내는 저 엄청난 야망의 빛에 매료되었기 때문이다.

제 몸을 바쳐 추종할 가치가 있는 인물과 재회하게 된 것을 기뻐하며, 이 기회를 최대한 활용하려고 온갖 노력을 다 해온 마코토는 지금 과연 어떤 심경으로 새벽호의 키를 잡고 있는 걸까. 대체 마코토는 이 배를 어디로 몰고 가는 걸까. 다음 은신처가 정해졌을까. 아니면 궁지에 몰려 어떻게든 목숨이라도 이어보려고 무턱대고 배를 달리는 것일까. 연료가 떨어질 때까지 달려 가까운 외국에 밀입국이라도 하겠다는 건가. 그것도 아니면 선적도 알 수 없는 수상한 화물선에 바꿔 탈 속셈인가. 만일 미리 그런 준비를 해뒀다면, 하나코는 대체 어떻게 되는가.

아니, 하나코에게 환경이란 아무것도 아니다. 그 어린아이에게 일반적인 척도는 통하지 않는다. 본디부터 부모 없이도 얼마든지 제 삶을 꾸려갈 능력을 갖춘 아이다.

자신에 대한 한없는 경멸감을 안고 있는 긴지의 가슴속에서 어지러운 생각들이 마구잡이로 뒤엉킨다.

무지개 문신의 일곱번째 색깔을 잘못 선택한 게 아닐까. 묵색이 아니라 보라색으로 실제 무지개와 똑같이 하는 게 옳았을지도 모른다. 묵색 덕분에 최고의 걸작이 되었지만, 그 대신 생명력을 그것에 빼앗겨버린 게 아닐까. 기가 약해지면서 기염을 토할 수 없게 된 게 아닐까. 보다 적극적으로 치고 들어가는 지도력을 쌓아 뒷골목 사회를 정복하고 최고의 영화를 누리며 암흑가의 장래를 짊어질 인물이 되라는 문신이 아니었던가.

그런데 지금 '백주 대낮의 긴지'의 존재는 완전히 시들어버렸다. 마음속의 불길이 희미한 어둠 속에서 검게 변하고 있다. 온 몸과 마음을 던져 뛰어들 목표점을 잃었다. 죽는 게 낫다는, 어울리지 않는 말을 지껄이고 있다. 중대한 정신적 위기다. 본말의 전도가 심각하다. 모든 것이 헛된 소동으로 끝나려 하고 있다.

그때 갑자기 실내가 칙칙한 빛으로 가득 찬다.

머리 위에서 마코토의 말소리가 쏟아진다. 괜찮으냐고 묻는다. 괜찮으면 위로 올라오라고 한다.

이제까지 그토록 깍듯이 대접해온 형님에 대한 말투가 아니다.

아우의 신망을 잃은 긴지는 어질거리는 제 머리를 쥐어박아 정신을 차리면서 손전등 불빛을 따라 주의 깊게 발을 뗀다. 손으로 앞을 더듬으며 경사가 급한 계단을 올라간다. 빛의 양이 점점 더 늘어난다.

그곳은 조타실이다.

역시 아직 살아 있다, 긴지는 새삼 실감한다.

마코토는 키를 조종하며 곁눈질로 긴지의 모습을 주의 깊게 살핀다. 그 눈초리에 실망의 기색이 역력하다.

말과 행동이 다르고 항상 제 이익만을 생각하는 마코토의 노력이 수포로 돌아가려 하고 있다. 마코토에게 긴지는 이미 손 안에 든 보물이 아니다.

그러나 완전히 체념한 눈빛은 아니다. 아직도 긴지에게 한 가닥 희망을 걸어보려는 필사적인 바람이 담겨 있다. 꼭두각시로라도 내세울 수 있는 긴지의 가치에 미련이 남아 있다. 또한 자신의 책임도 통감하고 있는 듯하다.

그래서 마코토는 이런 말을 한다.

설마 조각룡이 그런 짓을 저지를 인간일 줄은 몰랐다. 인품 좋고 머리 좋은 인간이라고 생각해 전폭적으로 신뢰했는데, 그자의 배신 덕분에 한동안 땅 구경을 하기 힘들게 되었다.

지금쯤 탑은 겹겹이 포위되었을 것이다. 읍내에는 암흑가 양대 조직 세력들이 속속 결집했을 것이고, 경찰서 앞에는 방탄 조끼에 헬멧을 쓴 경찰들이 번쩍거리는 버스에 타고 있을 것이다.

경찰과 폭력 조직이 모두 나서서 명예를 건 경쟁을 벌이는 판이니 어차피 끝까지 도망칠 수는 없다. 그들에게 '백주 대낮의 긴지'는 놓쳐도 무방한 잔챙이가 아니다. 양쪽에서 서로 으르렁거리며 견제하는 틈을 타 가까스로 탈출은 할 수 있었지만, 자칫 잘못했더라면 지금쯤 벌집이 되었을 것이다.

마코토는 씹어뱉듯 그런 말을 늘어놓으며 연신 긴지를 흘끔거린다. 도무지 믿을 수 없다는 표정이다. 무서운 결단력과 저돌성으로 악명 높던 형님, 온몸이 부르르 떨릴 만큼 투지를 불어넣어주던 형님, 누구보다 앞장서 지휘를 맡아줄 형님, 그 형님의 옆얼굴을 곰곰이 바라본다.

마코토는 노골적으로 긴지를 의심한다.

이런 사내를 다시 거물로 생각하게 될 날이 정말 올까. 서열이 엄격한 암흑가의 제일선에서 다시 한번 마력을 휘둘러 발군의 활약을 보여줄 수 있을까.

마코토의 얼굴에 명확하게 그런 의심이 드러나 있다. 모르는 척해 주던 태도에서 점차 가시 돋친 태도로 변해간다. 마코토는 긴지의 심복이기를 스스로 포기하고 있다.

어색한 분위기가 감돈다.

긴지는 한마디도 하지 않는다. 깊은 생각에 빠진 척 그저 침묵만 지킨다. 이마에 식은땀이 흐른다. 보온병의 커피를 따라 한 모금씩 마실 때마다 위엄 있던 분위기가 사라져간다. 이제 저 반석 같던 중후함이라고는 흔적도 없다.

밤바다가 그런 긴지를 폐부를 찌르는 말로 신랄하게 헐뜯는다.

더이상 이 사내의 입에서 강자의 논리가 펼쳐지는 일은 없다. 넘치는 열정과 주목할 만한 만용이 끓는 물처럼 산지사방으로 튀는 일도 없으리라. 참으로 한심할 따름이다.

긴지는 바다의 비난에 끽소리도 하지 못한다.

선미 쪽으로 육지의 등불이 보인다. 그러나 그 때 묻은 빛 속에는 털끝만큼의 위안도 없다.

도리어 그쪽을 돌아볼 때마다 긴지의 몸에 전율이 인다. 육지에서 범한 죄의 무게에 눌려 지레 움츠러든다.

앞과 옆으로는 작은 무인도들이 점점이 떠 있다. 새벽호는 섬과 섬 사이를 교묘하게 누비며 전진한다. 어장에서 상당히 멀어진 듯, 부근에 배라고는 한 척도 보이지 않는다.

무수한 섬들 때문에 물결이 부드러워져 바다는 조용하다. 너무 고요해서 문득 산정 호수를 달리는 듯한 착각마저 든다. 항해가 이어질수록 위기감은 점점 엷어져간다.

긴지의 눈은 죽어 있다.

나락 끝에서 자력으로 기어올라온 독하고 질긴 인간의 것과는 너무도 다른 눈이다. 만인의 기대를 받는 자다운 자세를 갖출 생각도 없이 그저 나무 인형처럼 우두커니 서 있다.

긴지는 탑 꼭대기에서 몸을 던지려던 자신을 반성하지 않는다. 그것이 사려분별이 부족한 행위였다는 생각은 전혀 없다.

마코토의 초조함이 점점 더 쌓여간다.

반은 체념하면서도 '백주 대낮의 긴지'가 어서 빨리 건달다운 살벌한 눈빛을 회복해주기를 간절히 바란다. 어째서 죽으려고 했는지 그 사정은 구태여 묻지 않기로 한다. 듣고 싶지도 않다. 들어봤자 암담한 기분만 더해질 것이다. 그러면 만사 끝장이다.

가는 비가 추적추적 내린다.

그러나 엷은 구름 너머로는 보름달이 환하다. 이제 곧 달 뜨고 별 뜨는 밤이 되고, 대양 저 끝까지 범하기 힘든 기품이 서린 반짝임이 가득 차리라.

이윽고 마코토는 긴지를 격려하는 데 총력을 기울이기로 작정한 모양이다.

쫓기는 자가 반드시 한 번은 빠진다는 그 나락에 긴지도 잠시 빠졌던 것뿐이다. 그저 일시적인 마음의 동요일 뿐이다.

그렇게 생각을 바꾼다.

궁지에 몰리게 되면 제아무리 당찬 사람이라도 결국 죽음을 생각하게 된다고 하지 않던가. 지명수배중이던 동료에게 들은 그런 이야기를 마코토는 억지로 떠올려본다.

이어서 마코토는 고자세로 형님을 꾸짖었던 자신을 깨닫고, 이런 말로 사과를 대신한다.

여기까지 왔으니 이제 걱정 없다. 손은 써두었다. 이런 일이 일어날 것에 대비해 다음 은신처를 마련해두었다. 조금 더 가면 잠복하기에 꼭 알맞은 섬이 있다. 식량도 미리 옮겨놓았다. 두 사람이 일 년 정도는 너끈히 버틸 수 있는 분량이다. 전기와 전지도 준비해뒀고, 뜻밖의 자연재해를 대비해 라디오도 갖춰두었다. 없는 건 여자뿐이다.

"위험한 건 형님만이 아닙니다. 저 역시 쫓기는 몸이 되어버렸습니다."

그 섬에는 전쟁 때 군에서 파놓은, 쥐구멍처럼 복잡한 동굴이 있다고 한다. 비와 이슬이나 간신히 피하는 궁색한 은신처가 아니다. 겨울에는 따뜻하고 여름에는 시원한 별장인 셈이다. 게다가 병사들이 경작하던 밭 터에는 야생화한 채소와 과일들이 아직도 남아 있다. 깊이 파놓은 우물도 세 개나 있다. 통통하게 살찐 토끼도 있고 맛 좋은 새들도 사철 뻔질나게 날아든다.

그 섬에 도착하면 새벽호는 수장할 작정이다. 그쯤이야 간단하다. 드릴로 바닥에 구멍을 뚫기만 하면 된다. 그런 다음 고무보트만 잘 감춰두면 더이상 걱정할 것도 없다.

그러면 두 사람은 이 세상에서 사라진 것이나 마찬가지다.

되는대로 지어낸 거짓말이라고 생각하지는 않았지만, 긴지는 마코토의 그런 얘기를 그저 건성으로 듣는다. 아우에게서 느껴지는 건 자신이 인망을 잃었다는 것뿐이다. 못난 놈이라고 비웃어도 어쩔 도리가 없다. 앞으로는 마코토와 동격의 대접도 받을 수 없을지 모른다.

그런데도 이제 더이상 싸울 마음이 나지 않는다. 신속하게 다음 작전으로 옮겨가던 긴지는 이제 어디에도 없다. 그저 한없이 움츠러들 뿐이다. 마음 저 깊은 곳에서 자꾸만 흰 물결이 일렁인다.

긴지의 멍한 시선은 권총을 찾아 헤맨다.

있다. 한 자루는 마코토의 바지 벨트에 꽂혀 있고, 또 한 자루는 예비 탄환과 함께 양동이 안에 처박혀 있다. 둘 다 긴지의 손이 닿는 곳이다.

그러나 지금의 긴지로서는 그것으로 뭘 어떻게 해보려는 구체적인 생각이 들지 않는다. 이미 죽을 만한 기력도 없다. 그저 왠지 자꾸만 그쪽으로 눈길이 간다. 얼굴은 화석이라도 된 듯 잔뜩 굳어 있다.

무기력에 지배당한 긴지는 시시각각 죄어오는 운명의 정체를 아직 깨닫지 못한다. 인간의 지력이 미칠 수 없는 영역에 자리잡은 그것은, 이제 바로 코앞까지 다가와 거의 초읽기 단계에 들어간 상태다.

그 첫번째 징후로, 새벽호의 돛대 끝에 사람에게 길들여진 한 마리 새가 자리를 잡는다.

그리고 "조심해" 하고 지저귄다.

이런 한밤중에, 게다가 여름새인 검은지빠귀가 어디선가 날아온 것이다. 심상치 않은 일이다.

어둠 저 안쪽에서, 어쩌면 이 세상 밖에서 날아왔을지도 모를 검은지빠귀는 배의 흔들림에도 상관없이 가만히 앉아 조타실에서 흘러나오는 두 사람의 험악한 대화를 엿듣는다.

그때까지 일방적으로 지껄이던 마코토 대신 이번에는 긴지가 언성을 높인다. 마코토의 한마디가 긴지의 화를 돋운 것이다. 내내 침묵을 지키던 태도가 갑작스레 돌변하면서 평소의 긴지가 되살아난다.

마코토의 입장에서는 할 만한 말이었다. 처음 만났을 때부터 무턱대고 믿을 게 아니었다며 조각룡에 대한 분노를 터뜨린 것이다. 일이 이렇게 될 줄 알았다면 진작 입을 틀어막았어야 했다.

그런데 그 말이 화근이었다. 그 한마디가 긴지의 마음속에 태풍을 일으켰다.

밀입국 여인의 모습이 긴지의 뇌리에 되살아난다. 억누르기 힘든 분노가 의기소침의 두툼한 벽을 단번에 뚫고 분출된다.

저승사자에도 뒤지지 않을 살기가 좁은 조타실에 넘실거린다. 불화의 단계는 이미 지났다. 순식간에 일촉즉발의 위기 상황이 된다.

이제 재고의 여지는 없다.

다음 순간 양동이 안의 권총이 벌써 긴지의 손에 들려 있다. 긴지는 그 총을 마코토의 머리에 들이댄다.

일이 이렇게 되는 게 당연하다는 듯, 혈기대로 일을 처리해버리는 긴지가 문득 되살아난다.

그러나 튀어나온 건 벌겋게 달아오른 탄환이 아니라 아우의 건방진 콧대를 꺾어놓으려는 비난이다.

긴지는 마코토를 매도한다. 자기 일은 제쳐두고 마코토의 인간성 결여를 거칠게 비난한다.

"네놈이 그러고도 인간이냐!"

그러고는 여세를 몰아, 이제 완전히 손을 떼겠노라고 일방적으로 선언한다.

"이런 짓거리, 관뒀다. 관두겠어!"

한순간 침묵이 흐른다.

그 한순간에, 마코토의 내부에서 뭔가 거대한 것이 산산조각난다. 주먹코에 큼직한 귀, 게를 닮은 마코토의 얼굴이 순식간에 악귀의 형상으로 변한다.

마코토의 거침없고 어딘지 서글프기 짝이 없는 반격이 시작된다. 본심을 그대로 드러내며, 화해를 전혀 염두에 두지 않고 고함을 질러댄다.

여태껏 죽을 둥 살 둥 뒷바라지를 해준 아우에게, 게다가 목숨의 은인에게 총구를 겨누다니 대체 무슨 짓거리냐. 제정신이냐.

이어서 도가 지나치다는 말을 화살처럼 쏟아낸다.

밑바닥 사회에서 태어나 부모의 정도 모른 채 자란 나다. 도둑질을 하지 않고는 배를 채울 수 없었다. 견딜 수 없이 차가운 눈길과 멸시를 받아가며 벌벌 떨며 살아왔다. 소년원에서 청춘을 다 보내지 않았다면 도저히 이 세상에서 버틸 수가 없었을 나다. 정상적인 환경에서 부모의 정을 듬뿍 받으며 잘 먹고 잘살다가 그저 재미 삼아 암흑가에 발을 들인 형님 같은 위인은 결국 마지막까지 이 세계에 붙어 있지 못한다. 세상에 대한 증오야말로 악당의 유일한 무기다.

"어차피 형님은 잘난 집안에서 곱게 자란 인간이오. 그래도 형님이 이렇게까지 소심한 인간일 줄은 몰랐소. 내가 정말 잘못 봤어. 내가 정말 바보 멍청이였다고!"

마코토의 말이 사태를 급격하게 악화시킨다.

정면으로 비난을 받고 얼굴에서 핏기가 사라진 긴지는 번개처럼 권총의 안전장치를 푼다.

마코토는 꿈쩍도 하지 않는다. 상대의 속셈을 다 안다는 듯 피식 웃기까지 한다.

긴지는 점점 더 화가 솟구쳐 응징의 힘이 방아쇠에 걸린 손가락에 몰린다. 총 끝이 마코토의 관자놀이를 파고들어간다.

돛대 위의 검은지빠귀는 우연히 마주친 사건을 바라보듯 몸을 앞으로 내밀어 두 사람의 싸움에 귀를 기울인다.

"쓰레기 같은 놈, 너 같은 녀석은 살 가치도 없어!"

"죽어야 하는 건 겁이 나서 벌벌 떠는 형님이오!"

"네놈은 악귀야!"

"멀쩡한 집안에서 잘 먹고 잘살다 사람 죽이러 나선 놈이 더 악마지!"

"이 세상을 위해, 이 세상 사람들을 위해 너 같은 놈은 죽어야 해!"

"살인자 주제에 뭐가 잘났다고 떠드는 거야!"

"그래, 난 살인자다. 어차피 살인자니까 한 놈 더 죽여도 아무 상관 없어!"

"그 물건을 자기 혼자 차지하겠다는 속셈이지?"

"그따위 물건, 관심도 없어. 그 지도 쪼가리도 진작에 찢어버렸어!"

"그럼, 쏘면 될 거 아뇨! 쏠 테면 쏴보라고. 형님에게 아직도 그럴 기개가 있소? '백주 대낮의 긴지'가 들으면 하품을 하겠시다. 기껏 새긴 문신이 엉엉 울겠다고!"

스스로를 파멸로 몰아넣는 아슬아슬한 악담과 욕설이, 절대로 입에 담아서는 안 될 비난이 불꽃처럼, 번개처럼, 총탄처럼 거세게 오간다.

칼날처럼 예민해져 날카로운 욕설을 퍼붓는 두 사람을 중재해줄 조각룡 같은 이는 이제 없다. 조각룡 역시 올바른 정신을 가진 사람이랄 수 없었다.

두 사람의 분노가 한계에 이르고 주고받는 욕설이 절정에 달한다. '백주 대낮의 긴지' 따위 개나 물어가라지, 뒤치다꺼리도 이제 지긋지긋하다. 이런 욕설을 끝으로 형세는 급변한다.

총성이 연이어 두 번 울린다.

아니, 세 번이다. 빗나간 총탄 하나는 검은지빠귀의 볼을 스치고 날아 새는 아슬아슬하게 난을 면한다.

한정 없이 고조되던 욕설과 고함 소리가 뚝 끊긴다.

사위는 갑자기 고요하게 가라앉고, 엔진 소리와 선체가 파도를 가르는 단조로운 소리만이 남는다.

궁금증을 참지 못한 검은지빠귀가 방금 겪은 유탄의 공포도 잊은 채 돛대를 단단히 붙잡고 침을 꿀꺽 삼키며 눈 아래 펼쳐진 광경을 지켜본다. 깔깔거리며 갈채를 보내거나 아니면 영리한 말솜씨로 실컷 비웃어줄 기회를 엿본다.

과연 상대에게 죽음을 안겨준 자는 누구인가.

이윽고 조타실 문이 열리며 한 사람이 갑판으로 튕겨져나온다. 배를 감싸안듯 허리를 숙이고, 산소 결핍에 빠진 붕어처럼 입을 한껏 벌리고, 맨발로 비틀거린다. 손가락 사이로 뚝뚝 떨어지는 붉은 피는 가랑비에 섞여도 색깔이 옅어지지 않는다.

그자는 크게 입을 벌린 상처를 어떻게든 막아보려고 숨을 헐떡이며 윗도리를 벗어 복부를 틀어막는다. 등에 새겨진 문신이 독기를 품은 듯이 보이는 것은 온통 피에 젖어 있기 때문이다.

배로 들어간 탄환은 등줄기를 관통했다. 잘 익은 석류처럼 살덩이가 벌어져 있다. 움직일 때마다 피가 콸콸 쏟아진다. 그러나 무지개 문신은 아무런 피해도 입지 않았다.

검은지빠귀는 조타실에 남은 또 한 사람을 창 너머로 들여다본다.

사정은 갑판 위의 인물과 거의 흡사하다. 그자는 피투성이가 되어 나자빠져 있다. 머리통이 파열되어 내용물이 사방으로 튀었다.

한쪽 눈알이 바닥까지 늘어져 있다. 그리고 그 눈은 입 대신 '제기랄, 제기랄' 하고 거듭 중얼거리고 있다.

그러나 동공이 일시에 크게 열리는 순간, 마침내 그 눈은 이 세상의 온갖 자잘한 풍상을 비추는 렌즈의 역할을 마친다.

완전히 숨이 끊어졌음에도 그 얼굴에는 여전히 곤혹스러워하는 표정이 남아 있다. 핏기를 잃은 입술은 아직도 무언가 할말이 많은 듯하다.

긴지는 당장이라도 쓰러질 것 같은 몸을 기력으로 간신히 버틴다. 몸을 돌려 바다로 탈출하고 싶지만, 유감스럽게도 몸이 말을 듣지 않는다. 자세가 심하게 기울어진다.

키를 조종하는 자를 잃은 새벽호의 미래가 확실하게 보인다.

반전이 불가능하다면 잠시 뒤에는 섬에 충돌하는 게 자명한 이치다. 쓰러지는 겨를에 마코토의 팔이 레버를 건드려 전속력이 되고 말았다. 무섭도록 속도가 높아지고 있다.

그러나 긴지는 이렇게 된 마당에 죽음을 면하고 싶은 마음은 없다. 이미 생은 체념했다. 오히려 일이 이렇게 되어 다행이라는 안도의 한숨을 내쉰다.

긴지가 참을 수 없는 것은, 좀더 살고 싶어 안달했던 아우, 눈앞의 이익만을 위해 날뛰던 아우놈과 같은 배에 갇혀 생을 마친다는 것이다.

형님과 아우라는 주종에 가까운 관계와 그 관계에서 비롯된 증오를 죽은 다음의 세계까지 끌고 가고 싶지는 않다. 같은 바다에 가라앉는다 해도 되도록 멀리 떨어진 곳에서 죽고 싶다. 기왕 죽을 것이라면 이 세상에서 가졌던 얽히고설킨 인연은 모조리 잘라낸 뒤에 저 세상으로 여행을 떠나고 싶다.

먼저 발포한 것은 마코토였다.

생긴 꼬락서니가 아깝다는 마지막 욕설을 뱉으며, '백주 대낮의 긴지'가 품었던 야망을 자신이 고스란히 이어받겠다는 말을 던지며 서슴없이 앞으로 나서는가 싶더니, 음험한 미소를 지으며 단숨에 방아쇠를 당겼다.

첫번째 총탄을 피하고 두번째 총탄이 긴지의 복부에 명중함과 동시에, 이기적인 유기질로 이루어진 마코토의 목숨은 날아가버렸다.

눈앞이 자꾸만 캄캄해진다.

그러나 긴지는 눈을 크게 뜨고 앞쪽을 확인한다. 맞은편 섬의 날카로운 절벽이 엄청난 기세로 다가든다. 울퉁불퉁한 바위 결까지 확실하게 보인다.

깨끗하게 조각나는 최후에는 불만이 없지만, 마코토와는 오늘을 끝으로 인연을 끊어야 한다.

그렇게 마음을 정한 긴지는 혼신의 힘을 다해 뱃전을 타넘는다. 그대로 수면에 곤두박질치면서 정신을 잃는다.

검은지빠귀도 아슬아슬한 찰나에 공중으로 도망친다. 섬에 충돌하면서 산산조각난 새벽호가 순식간에 침몰하는 모습을, 기껏 새 주제에 인간 못지않은 감개를 품으며 높은 곳에서 내려다본다.

순식간의 격돌이었던 탓에 새벽호는 폭발할 틈도 불길이 치솟을 여유도 없었다. 절벽을 때리는 물결도 그저 한순간에 가라앉고 말았다.

새벽호의 침몰을 똑똑히 지켜본 검은지빠귀는 바다 표면을 아슬아슬하게 스쳐 날면서 파도 틈새를 떠다니는, 형태와 색채가 서로 어우러져 몹시도 아름다운 무지개 문신을 신중하게 관찰한다.

창백하고 약간 마른 듯한 몸뚱이를 그대로 드러낸, 이제는 꼼짝도 할 수 없게 된 젊은 사내.

감화력과 영향력과 행동력 모두를 며칠 사이에 완전히 잃고 만 사내.

마지막 궁지에 몰린 운명의 고비에서 유일한 부하에게 배반당한 야쿠자.

검은지빠귀는 그런 긴지의 생사에는 조금도 관심이 없다. 그저 예술적인 문신에 혼을 빼앗겨 해면을 활공할 뿐이다. 그 부리에서 감탄의 한숨이 새어나온다.

그러나 그 무지개도 서서히 희미해진다. 바다 저 깊은 곳으로 천천히 가라앉더니 잠시 뒤 문득 사라져버린다.

한낮의 빛이 없어도 얼마든지 날 수 있는 기묘한 검은지빠귀는 우애에 찬 서글픈 지저귐을 남기고, 가는 비와 달빛이 뒤섞인 밤을 거슬러 어디론가 날아간다.

유심히 지켜보았던 결정적인 사건의 현장을 힘찬 날갯짓으로 멀리 떠나, 육지를 향해 탑을 향해 탑 가까이에 있는 불법 묘지를 향해, 불확정적인 요소가 가득하며 결코 공존 공영할 수는 없는 세상을 일직선으로 가로질러간다.

그렇다고 그 검은지빠귀가 '백주 대낮의 긴지'의 최후를 끝까지 목격한 유일한 생물이었던 것은 아니다. 탈속(脫俗)의 아름다움을 지닌 무지개 문신이 시야를 떠나자마자 검은지빠귀가 무참한 살인의 해역을 떠난 것은 물론 당연한 일이었다.

그러나 실은 그것으로 모든 일이 끝난 게 아니었다. 피해자이자 가해자인 서른다섯 살의 야쿠자는 일단 가라앉는 것처럼 보였지만, 그길로 두 번 다시 떠오르지 못할 것처럼 보였지만, 실제로는 일이 그렇게 말끔하게 끝나지는 않았다.

긴지는 물고기 밥이 되지 못했다.

죽은 뒤에 몸 속의 가스 때문에 떠올랐다면 그럴 수도 있다. 그러나 저 검은지빠귀가 작은 점이 되기도 전에, 너무도 이른 죽음을 아쉬워하는 울음소리가 섬과 섬 사이에 아직도 메아리치고 있을 때, 실재의 무지개를 비웃는 무지개 문신이 마치 잠수함처럼 불쑥 떠오른 것이다.

게다가 긴지는 아직 살아 있다.

물론 기적적으로 되살아난 건 아니다. 바다 위로 떠오르기는 했지만 물 속에 얼굴을 처박은 자세로는 숨을 쉴 수 없다. 심장 박동이 정지하는 건 이제 시간 문제라는 것쯤은 누구라도 다 알 만한 일이다.

긴지의 몸뚱이, 특히 상반신이 물결 위로 솟아올라 있다. 만약 구명조끼를 입었다 해도 이보다 더 목숨을 건지기에 유리한 자세는 될 수 없었을 것이다.

긴지의 몸을 무언가가 떠받치고 있다.

뗏목 따위가 아니다. 헌 타이어도 아니다.

생물이다.

어찌 됐건 긴지는 그 덕분에 우선 목숨을 건졌다. 그것의 둥그스름한 등에 올라탄 덕분에 얼굴을 옆으로 돌려 가까스로 숨을 쉴 수 있다.

숨은 쉬지만 의식은 없다.

따라서 자신이 바다거북의 등에 타고 있다는 것도, 그것이 무지개 문신에 상처를 남겼던 그 거북이라는 것도 모른다. 더구나 잠시 익사를 면했을 뿐 그것으로 다시 살아난 것은 아니다. 그런 상태로 있다가는 힘이 점점 소모될 뿐이다.

크게 입을 벌린 상처에서는 여전히 피가 흐른다. 그 냄새를 맡고 상어떼가 몰려들어 두번째 위기가 닥칠 가능성도 크다.

거북은 그렇게 되기 전에 긴지를 육지까지 데려다주려는 걸까.

과연 육지까지 갈 수 있을지 없을지는 모르겠지만, 그대로 숨을 거둘 수 있었다면 긴지의 최후는 차라리 행복했으리라. 과다 출혈로 잠자듯 죽을 수 있었다면 적어도 마코토에 필적할 만한 담백한 최후를 맞이할 수 있었으리라. 어쩌면 생애 최고의 봄이 되었을지도 모른다.

그러나 일은 그렇게 간단하지 않았다.

잠시 뒤에 참을 수 없는 격통이 긴지의 의식을 두들겨 깨운다. 폐부를 찌르는 듯한 고통이 긴지의 입에서 짐승 같은 신음 소리를 쥐어짜낸다.

그것은 범백(凡百)의 미혹이 담긴, 인간이 파악하기 힘든 영혼의 심원을 상징하는 절규다.

긴지의 상처투성이 몸뚱이에 담긴 것은 한순간에 꺼져버릴 담약(膽弱)한 목숨이 아닌 모양이다. 죽음에 이르려면 더 오랫동안 몸부림치며 고통스러워해야 할 듯하다.

심각한 상황이지만, 긴지는 자신이 처한 입장을 정확하게 파악한다. 무엇이 어떻게 되었는지 처음부터 끝까지 다 알고 있다. 게다가 죽음에 임박해서도 태연한 태도를 취하려고까지 한다.

잠시 뒤에는 거북의 등이라는 것도 깨닫는다.

단순한 파충류를 초월하는, 마음을 나눠도 괜찮을 듯한 온기를 긴지는 어렴풋이 느낀다. 그저 느낌만은 아니다. 거북의 등은 분명하게 온기를 전해준다.

그렇다고 거북에게 감사의 뜻을 표할 마음은 없다. 오히려 원망스럽다. 쓸데없는 짓거리에 분통이 터진다.

상처에 바닷물은 최악의 고통이다.

역경을 뚫고 나갈 저력.

그런 건 이미 잃었다.

끔찍한 비명을 내지르며 긴지는 주변을 돌아본다.

비가 뿌리는데도 고혹적인 달빛이 하늘에 가득하다. 어디에도 섬은 보이지 않는다. 그렇다면 새벽호가 가라앉은 현장에서 상당히 멀어진 셈이다.

이미 긴지를 포기한 걸까. 그토록 집요하게 맴돌던 저승사자가 전혀 나타날 기미를 보이지 않는다.

긴지를 위협하는 건 죽음 그 자체가 아니다. 점점 더 심해지는 통증이 몸이 자지러드는 고뇌로 직결된다. 분노할 기력도, 거북의 등에서 떨어져 스스로 바다 속에 가라앉을 힘도 없다. 손에 권총이 쥐어져 있었다 해도 그것을 목구멍에 처넣고 방아쇠를 당길 힘조차 없었으리라.

가랑비는 서서히 걷힌다.

상공의 구름이 서서히 물러간다. 달은 악과 죄의 피가 굽이치는 세상을 빠짐없이 비추고, 밤하늘에 점점이 빛나는 별은 설익은 과실처럼 깊은 맛이 없다.

긴지의 가슴속 공백을 추억의 단편들이, 시큼한 옛 기억들이 차례차례 지나간다.

나들이옷을 차려입고 등불을 손에 들고 동네 신사에서 열린 축제를 구경하러 가는 누이들의 웃는 모습.

크리스마스 케이크를 자전거 짐칸에 싣고 눈을 흠뻑 뒤집어쓴 채 집에 돌아오시던 아버지, 가족들의 단란한 행복을 믿어 의심치 않던 아버지의 웃는 얼굴.

가족들을 위해 이것저것 사고 난 뒤 잔돈 몇 푼으로 자신을 위해 초콜릿 하나를 살그머니 사던 어머니, 아이처럼 기뻐하던 그 천진한 눈매.

사과 껍질을 끝까지 끊어지지 않게 깎아냈다고 크게 자랑하던 형.

위험을 무릅쓰고 전신주에 걸린 연을 잡아다 손에 쥐여주던, 밥 한 번 실컷 먹어보지 못한 가난한 집안의 어린 벗들.

모래를 씹는 듯한 추억들이 쌓인다. 길을 잘못 들었다는 자각이 점점 강해진다.

긴지는 제대로 말이 되지 않는 소리로 두어 번 중얼거린다.

"어쩌다 이렇게 되었을까……"

긴지라는 인간을 해명할 열쇠를 찾아낼 수 있는 사람은 아마 없으리라. 이런 인간을 두고 그럴싸한 논리를 펼칠 수 있는 자는 어디에도 존재하지 않으리라.

이제까지 긴지를 충동질해온 폭력에의 열정과 대의에 어긋나는 행동에의 강렬한 유혹. 그런 것들은 대체 어디에서 방사(放射)된 것이었을까.

그 문제를 완전하게 해명할 수 있는 자는 아마 이 세상에도 저 세상에도 없을 것이다. 그러나 긴지를 아무짝에도 쓸모없는 인간 별종이라고 규정하는 것은 너무도 성급한 짓이다.

긴지의 검디검은, 혹은 붉디붉은, 그 심상치 않은 생명력은 이제 소진되어 흩어져버렸다. 다음에는 죽음으로 이어지는 쇠약이 기다리고 있을 뿐이다.

그러나 긴지는 아직 탈락자가 아니다. 여전히 덧없는 이 세상에 엄연히 존재하면서 무뢰한으로서의 진가를 세상에 대고 묻는다.

빈사의 중상을 입었으면서도 여전히 생생해 보이는 건 오로지 무지개 문신 때문이다.

끊임없이 모독의 달콤한 향기를 발산하는 무지개는 육안으로는 붙잡을 수 없는 천체의 광채까지도 모조리 빨아들여 두 배 세 배의 빛을 되쏜다. 여기저기 보이기 시작한 집어등을 한데 묶는다 해도 그 빛을 당해내지 못하리라.

불가피할 터인 죽음조차 선뜻 다가들 수 없게 하는 여운이 가득한 광휘가 긴지의 영혼까지 감싸고 있다.

희미하게 거북의 숨소리가 들려온다.

가련한 느낌을 금할 수 없는 그 숨소리는 긴지의 마음속 흐느낌과 서로 공명한다.

이 고통만 없다면 제법 만족한 기분으로 죽음을 맞이할 수 있으리라.

긴지는 그렇게 생각한다. 그리고 결코 익숙해지지 않는 통증이 정점에 달한 순간 다시금 의식을 잃는다.

그러나 똑같은 통증이 곧바로 긴지를 두들겨깨운다.

별스러울 것도 없는 옛 추억과 불길한 환영이 긴지의 뇌리를 거칠게 교차한다. 육체를 지녔다는 감각이 서서히 희미해진다.

이제 긴지의 존재를 증명하는 것은 극한을 넘은 단말마의 고통뿐이다.

바다에 뛰어든 이후 상황은 좀처럼 진전이 없다.

이 세상과 저 세상 모두에서 쫓겨난 게 아닐까.

그런 불안이 높아진다.

의지할 수 있는 건 이제 이 거북밖에 없다.

막 잘라낸 바윗돌 같은 등껍질을 가진 이 생물은 일정한 속도를 유지하며 어디론가 가고 있다. 그것은 분명한 목적을 지닌 유영이다. 어쩌면 과거를 모조리 물에 씻어내줄 유영일지도 모른다.

바다는 조용하고, 파도가 일렁일 것 같은 기미는 없다.

수없이 기절과 깨어남을 반복한 끝에 긴지의 눈이 잡아낸 것은 전파탑이다.

아득히 저편에 긴지가 봄부터 내내 은신해왔던 낡은 전파탑이 한 줄기 가느다란 막대처럼 좌우로 나른하게 흔들린다. 흔들리는 것이 자기 자신이라는 것을 깨닫기까지 한참이 걸린다. 다행스럽게도, 의식을 되찾을 때마다 전파탑은 점점 커진다.

긴지는 확실히 해안으로 다가가고 있다.

마치 복마전(伏魔殿) 같은 탑의 꼭대기 방에 환하게 불이 밝혀져 있다. 창문 곳곳에서 빛이 새어나온다.

　손전등을 든 자들이 나선계단을 쉴새없이 드나드는 것이다. 탑 주위에는 빙글빙글 돌아가는 빨간 등이 수없이 박혀 있다.

　경찰이다.

　그들이 긴지가 있는 곳을 알게 된 것은 자신들의 노력의 결실이 아니다. 한 통의 전화에 의한 밀고 덕분이다.

　그러나 그곳은 이미 텅 비어 있다. 그들은 흉악한 범죄자의 탈주로를 알아내려고 혈안이 되어 있으리라. 일대에 비상선을 치고 수색을 하고 있을 것이다.

　경찰과는 숙명적 적대관계인 암흑가의 추적자들은 조직원들에게 새로운 동원령을 내리고 온갖 위법적인 수단을 강구하여 주변을 이 잡듯 뒤지고 있을 것이다.

　거기까지 생각한 순간, 지금까지보다 한층 더 극심한 격통이 긴지의 온몸을 휘감으며 다시 눈앞이 캄캄해진다.

　누군가가 부르고 있다.

　귀에 익은 목소리. 하나코다.

　"아빠아!"

　그렇게 부르고 있다.

　하나코의 외침이 점점 가까이 다가온다. 한 번씩 긴지를 부를 때마다 그 목소리가 선명해진다. 그에 따라 긴지의 의식도 되살아난다.

　이상하게도 아픔이 약해진다. 조금 전까지 그토록 끔찍하던 아픔이 이제는 거의 느껴지지 않는다.

　그러나 총상은 틀림없는 사건으로서 긴지의 몸뚱이 양쪽에 깊이 새겨져 있다. 옴짝달싹할 수 없는 막다른 상황이라는 점에는 아무런 변화도 없다.

어느 틈에 귀와 코와 입으로 밀려들던 바닷물이 들어오지 않는다. 흔들림 또한 느껴지지 않는다.

그럴 만도 하다. 긴지가 배를 깔고 엎드린 곳은 거북의 등이 아니다. 백사장이다. 언제 다시 바다로 끌려들어갈지 모를 해안선보다도 훨씬 위쪽이다.

모래는 젖어 있지만 비냄새만을 풍길 뿐이다. 파도 소리도 한참 멀리서 들려온다. 코앞에 향기 고운 푸른 꽃이 피어 있다. 대낮처럼 환한 빛 속에서 그 푸른빛이 한층 맑고 곱다.

그곳은 여전히 긴지의 세력권이다.

긴지는 죽음에 의해 이 세상에서 사라지는 데 서서히 성공해가는 중이다. 시시각각 다가오는 죽음의 시기가 육체를 마비시킨다. 마음대로 움직일 수 있는 건 눈동자와 고개밖에 없다.

긴지는 가까스로 고개를 돌려 바다 쪽을 본다. 구석구석이 호수처럼 물결이 잔잔하다. 긴지를 이곳에 옮겨놓고 사라진 거북의 발자국이 백사장에 무한궤도처럼 뚜렷하게 남아 있다.

비는 완전히 개었다.

구름은 말끔히 사라지고 대기는 투명하다. 반짝이는 별빛들이 하늘에 가득하다.

지금이 낮이었다면, 만일 저 달이 해였다면 분명 무지개가 떴으리라. '백주 대낮의 긴지'의 최후를 장식해주기에 안성맞춤이었을 무지개가.

그러나 유감스럽게도 지금은 암흑의 시간대다. 대부분의 인간들이 조용히 잠든 한밤중이다.

긴지는 마지막 숨을 몰아쉰다.

절대로 뛰어넘을 수 없는 죽음의 선이 그를 둥그렇게 둘러싸고 있다. 생사가 표리일체라는 것을 지금처럼 절실하게 느낀 적도 없다.

긴지는 이제 곧 이 세상과 저 세상의 분기점에 들어선다. 이미 각오는 되어 있다.

긴지에게 죽음이란 눈물을 삼키며 굴종해야 할 대상이 아니다. 그 증거로, 회한의 서글픔이라고는 털끝만큼도 없다. 뚜렷한 이채를 발휘했던 무뢰한으로서의 절개를 마지막까지 지키겠다는 자각이라면 분명하게 가지고 있다.

"아빠!"

건강한 여자아이의 영롱한 목소리가 점점 가까이 다가온다. 허망한 그 부름은 열의에 찬 어떤 말보다 긴지에게 힘을 준다. 대담성을 다시 회복하게 해준다.

긴지는 손을 흔들어 대답하고 싶지만 아무리 애를 써도 팔이 올라가지 않는다. 손가락 하나 마음대로 움직일 수 없다. 과다 출혈에 의한 신경 마비가 급속히 진행되고 있다. 생기를 잃어가는 게 확연히 느껴진다.

긴지의 마음속은 복잡하다.

이렇듯 처참한 꼴이 되어 돌아온 자신의 모습을 하나코에게 보여주고 싶지 않다는 마음과, 숨을 거두기 전에 한 번만이라도 하나코를 보고 싶다는 절실한 바람이 교차한다.

마음속의 빛과 그림자가 뒤섞인 부르짖음이 긴지의 입에서 터져 나온다.

"어이, 여기다!"

크게 소리치려 했지만, 실제로 튀어나온 소리는 지독히 쉬어빠진 웅얼거림이다. 제대로 말이 되지 못한 그 소리는 우아한 바다 소리에 금세 지워져버린다.

모래땅에 누인 귓전에 아이의 가벼운 발소리가 와 닿는다. "아빠"라는 말과 함께. 분명 하나코다.

하나코가 등에 맨 류색 안에는 유골함이 있다. 어미와 아기의 유골이 달그락거리는 소리까지 뚜렷이 들린다. 이제야 긴지는 조의를 표할 말을 궁리한다.

긴지 앞까지 온 하나코가 문득 발을 멈춘다.

하나코는 등의 문신을 통해 해안에 쓰러진 사내의 정체를 안다. 웅크리고 앉아 긴지의 생사를 확인하려고 얼굴을 들여다본다. 눈을 깜빡이는지, 숨을 쉬는지 꼼꼼하게 살핀다. 그리고 다시 한번, 채색의 묘미를 최대한으로 살린, 심오한 아름다움을 내뿜는 무지개를 자세히 바라본다.

혈액이 거의 빠져나가 달빛처럼 하얗게 변한 피부에 일곱 빛깔 문신이 한층 더 뚜렷하다. 절묘한 색채를 통해 만물과 혼연일체가 되어 있다. 원래의 색이 아닌 먹의 농담이 한없는 심오함을 이루어내고 있다.

하나코는 한참이나 문신을 들여다본다. 다섯 살 나이에 벌써 별별 참혹한 일을 겪었는데도 이 어린 여자아이의 천진한 눈매에는 그늘이 없다. 그 눈길에 한없이 자애가 넘친다.

기이하게도 다시금 하나코를 만난 긴지는 확연한 인연의 끈을 느낀다. 이 아이의 아비와는 어디까지나 남남이었을 뿐이지만, 이 아이만은 다르다. 이렇게 될 줄 알았더라면 좀더 같이 놀아줄 걸 그랬다는 생각이 든다.

그러나 이렇게 마지막으로 한 번 볼 수 있게 된 것만도 다행이다. 이걸로 한없이 먼 길을 미련 없이 떠날 수 있다. 그곳이 지옥이든 어디든 서슴없이 떠날 수 있다.

긴지가 하나코에게 보내는 눈길은 사랑하는 자식을 바라보는 어버이의 그것과 전혀 다르지 않다. 긴지는 이 아이에게 맹목적인 사랑을 주었던 자신을 그제야 깨닫는다.

아직 생과 사가 확실치 않은 긴지의 눈에서 뜻하지 않은 눈물이 흐른다.

하나코는 모래땅에 납작 엎드려 긴지의 몸뚱이를 치명적으로 파괴하고 있는 상처를 물끄러미 관찰한다. 그리고 곧바로 몸을 일으킨다.

단념하고 돌아가려는 게 아니다.

하나코는 근처 덤불에서 따온 푸른 꽃을 망설일 것도 없이 마치 꽃병에 꽂듯 되는대로 긴지의 상처에 꽂아넣는다. 가슴을 뒤틀며 괴로워하는 긴지의 신음 소리는 아랑곳하지 않고 촘촘하게 채워넣는다.

그러나 그 이상의 일은 하지 않는다.

아빠라고 불러주지도, 격려의 말을 걸어주지도 않는다. 아무 말 없이 엎드려 흐느끼지도, 소리치며 발을 뻗고 울지도 않는다. 값싼 동정조차 내비치지 않는다.

하나코가 해준 일이 한 가지 더 있다.

때마침 그곳에 흘러와 있던 물건, 하나코의 아비가 긴지를 고무보트에 옮기면서 내팽개쳤던 가면. 용케 그것을 발견한 하나코는 냉큼 주워들어 긴지의 얼굴에 씌워준다.

그러자 긴지의 호흡이 얼마간 편해지면서 가슴속 운무가 깨끗하게 걷힌다.

그러나 기분좋은 방향으로는 변하지 않는다. 마음의 공동을 메우고 있던 무상감이 한꺼번에 깊어지고 영혼의 안식을 구하는 소용돌이가 일면서, 마침내는 자기도 모르게 스스로에게 적의를 품기에 이른다.

어린애치고는 제 힘껏 기특한 일을 해준 하나코는 잠시 후에 떠나 버린다.

그토록 좋아하고 따르던 긴지를 깨끗이 포기하고, "아빠!" 하고 거듭 외치며 해안선을 따라 달려간다. 유골함에서 울리는 의미심장한 소리가 점점 멀어진다. 그 뒤를 비쩍 마른 호랑이 무늬의 고양이가 따른다.

하나코는 두 번 다시 돌아오지 않으리라. 긴지는 똑똑히 안다.

하나코가 지금 찾아 헤매는 것은 진짜 제 아버지다. 긴지가 아니다. 그러나 마코토는 죽었다. 형님에게 대들었다가 총탄에 머리가 날아가고 자신의 넝마 같은 배와 함께 바다 속에 가라앉았다.

그러나 마코토의 혈통은 끊기지 않았다. 악의 척도라는 점에서 제 아비를 훨씬 능가할 딸 하나를 이 세상에 남기고 떠났다.

잠시 뒤에 찾아올 죽음을 긴지는 오래도록 기다린다. 마지막 숨을 근근이 몰아쉬며 자포자기에 빠진다.

혹은 갑작스레 허세를 부려본다.

혹은 회고로 도망쳐보기도 하고, 전망의 존재를 믿어보기도 하고, 이따금은 아무도 알아듣지 못할 소리로 횡설수설하다 소리없이 울기도 한다.

그저 열심히 죽음의 때가 무르익기를 기다릴 수밖에 없는 긴지는 해안가에서 은빛 비늘을 번뜩이는 물고기들을 싫증도 내지 않고 곁눈질로 내내 지켜본다.

혹은, 한바탕 꿈으로 끝나버린, 장렬한 최후를 장식하지 못한 자신의 삼십오 년을 냉정한 기분으로 지켜본다. 그것은 취생몽사의 인간들이 보내는 시들어빠진 나무 같은 인생과 별반 다를 게 없다.

"제기랄, 이런 꼴로 끝장이 나는구나."

그 한마디에 자신의 생애에 대한 감상이 모두 담겨 있다.

격동의 예감으로 불타던 가슴속 고동.

그런 것은 이제 완전히 사라졌다.

여러 각도에서 곰곰이 검토해봐도 긴지의 앞길을 막아버린 건 다름아닌 긴지 자신이다.

긴지의 최후는 서류상 원인 불명의 죽음으로 처리되리라.

긴지와 생사를 가르는 싸움을 벌이다 목숨을 잃은 사내는 연해어업용 소형선과 함께 바다 속 깊이 빨려들어갔다. 무사히 저 세상에 갔는지 어쨌는지, 그건 확실히 말할 수 없다.

긴지는 여전히 명맥을 유지하고 있다.

그러나 이제 곧 자신에게 들이닥칠 요기(妖氣)를 확실히 감지할 수 있다. 몸뚱이는 점점 땅바닥에 납작하게 빠져들고 영혼의 부력은 점점 늘어난다. 생이 종말을 고하려 하는 무엇보다 큰 증거다.

죽음은 결코 가벼운 문제가 아니다. 죽는 건 별게 아니다, 그저 수면(睡眠)의 연장선상에 있는 것이다, 라는 생각을 정정하지 않을 수 없다.

죽음은 분명 뭔가 중대한 의의를 내포하고 있다. 죽음은 고정된, 그저 무로 돌아가는 단순한 현상이 아니다. 생과 마찬가지로 죽음 또한 가변적이다.

논리적 근거는 뚜렷하지 않지만, 여기까지 쇠약해지고서야, 영혼과 육체의 분리가 여기까지 진전되고서야 비로소 그것을 실감한다. 그렇지만 임박한 죽음에 크게 계몽되어 영혼의 구원을 청하며 신 따위에게 추파를 던지는 데는 이르지 않는다.

"정말 지긋지긋하군."

긴지의 그 한마디가 이 세상에 존재한다는 것의 본질을 고스란히 갈파한다.

어쩌면 나는 전생에 저승사자가 아니었을까.

문득 큰 소리로 호탕하게 웃어젖히고 싶은 충동이 밀려든다. 그러나 폐에서 짜낼 수 있는 공기의 양으로는 성대를 자극하는 것조차 어렵다.

자아에 대한 의식이 몽롱해져간다.

어디선가 다가오는 군홧발 소리가 주변에 귀기(鬼氣)를 더한다. 탑으로부터 대열을 정비하여 찾아온 것은 '백주 대낮의 긴지'를 뒤쫓는 경찰이나 피에 굶주린 조직원들이 아니다.

죽은 뒤에도 군적을 버리지 못한 가련하기 짝이 없는 병사들이다. 반세기도 더 지난 옛날에 덧없이 목숨을 잃고 영혼마저 조각조각 해체되었으면서도 아직껏 제국의 저주에서 해방되지 못한 병사들의 망령이다.

그들은 자꾸만 기가 꺾이는 마음에 채찍질을 하며 그럴싸한 훈화를 내려줄 인물, 인간다운 장렬한 죽음에 대해 가르쳐줄 환상의 대인물을 찾아 일사불란한 걸음새로 해안을 가로질러 무지개 문신을 용서 없이 짓밟으며 희망 한 조각 없는 바다로 나아간다.

전몰자들의 투박한 구두가 등을 밟을 때마다 긴지는 피를 토하며 황소개구리의 울음 같은 소리로 욕을 퍼붓는다. 속이 후련해질 때까지 가슴속의 생각을 토해낸다.

"이래 봬도 너희 같은 인생보다 훨씬 나아, 내가 훨씬 낫단 말야!"

그때 긴지의 얼굴을 덮고 있던 가면이 냉랭한 한마디를 던진다.

"그게 그거지, 뭘."

한동안 정적이 이어진다.

제 아버지를 찾는 외침은 이제 들리지 않는다. 탑의 내부에서 크게 증폭되던 경찰들의 두런거림도 점차 잦아든다. 자동차들이 한두 대씩 멀리 사라진다. 빙글빙글 돌아가는 빨간 등이 차례로 들판 저 너머 아득한 곳으로 사라져간다.

다시 밤이 깊어지고 인기척도 사라지면서 긴지는 인간 세상에서 완전히 밀려난다.

생과 사의 투쟁은 여전히 긴지의 내부에서 교착 상태에 빠져 있다. 그러나 광사(狂死)의 예감으로 가득한 이 들판에서도 이제 곧 쫓겨나게 되리라.

운명이 긴지에게 부여한 독자적인 역할.

악이 최고의 영화를 누릴 것이라는 야망은 그 중도에서 종언을 맞으려 한다. 하나코는 그런 긴지를 이미 일고의 가치도 없는 죽은 자로 간주하고 떠나갔다.

긴지는 강한 불안에 쫓긴다.

개인적인 종말이 코앞에 닥쳐오자 아무래도 마음을 단단히 먹을 수가 없다. 유아독존의 태도도, 애써 냉정을 가장하는 것도 마음먹은 대로 되지 않는다.

암흑가를 장악할 수 있었던 사내는 이제 어디에도 없다.

긴지도 모르는 사이에 바다 냄새가 짙어진다.

어느샌가 그것이 살 썩는 악취로 변하고 마침내 시취(屍臭)로 변해갈 무렵, 느닷없이 누군가가, 구름을 뚫을 듯한 거인이 빈사의 긴지 앞에 우뚝 선다. 그와 동시에 가면이 벗겨지고 만다.

기묘한 모습의 거한이 그곳에 있다.

드디어 마지막 인물의 등장이다. 긴지가 기다리고 기다리던 상대가 마침내 나타났다.

긴지에게서 뺏은 가면을 얼굴에 뒤집어쓴 그 환괴(幻怪)는 번득이는 눈으로 긴지를 내려다본다. 그 찌를 듯한 눈초리에 맞닥뜨린 긴지는 상대의 거대함에 압도되어 자기도 모르게 탄식하며 외경의 마음을 품는다.

기이하게도 그자의 풍채에 맞추어 어느새 가면까지 거대하게 변해 있다.

평소의 몇 배나 되는 거대한 모습이지만, 그자가 끈질기게 긴지의 주위를 맴돌며 영혼을 선별하려 안달하던 그 저승사자라는 것에는 의문의 여지가 없다.

그렇지만 위협이나 회유, 항변으로 깨끗이 물러나주던 평소의 그 저승사자가 아니다.

우선 크기부터 다르다. 이제까지 보아온 저승사자와는 격이 다르다. 전파탑마저도 단번에 쓰러뜨릴 듯한 박력을 갖추고 있다.

오늘밤의 저승사자는 그림자 덩어리 같은 종잡을 수 없는 희미한 존재가 아니다. 거창하면서도 실로 매혹적이다.

형형한 안광을 내쏘는, 그야말로 저승사자다운 풍채는 저 세상의 유력자이기를 뛰어넘어 이 세상마저 장악할 정도의 품격을 풍긴다.

긴지와 시선을 나누자마자 저승사자는 가면을 벗어 내던져버린다. 가면은 회오리바람에 날아가는 거대한 지붕처럼 대지를 울리며 긴지의 바로 곁에 털썩 떨어졌지만, 지면에 닿으면서 순간적으로 원래의 크기로 되돌아가고 만다.

저승사자의 압도적인 행동에 긴지는 제대로 숨을 고를 여유조차 없다.

저승사자가 드디어 긴지 앞에 그 전모를 드러냈다.

저승사자는 지금 뚜렷하게 악상(惡相)을 짓고 있다. 똑바로 바라볼 수 없을 만큼, 마주치는 것을 최대한 피하고 싶을 만큼 무시무시한 형상으로 바로 눈앞에 다가와 있다.

 이제까지 온화한 풍모를 내비치며 인간이 접근하기 쉬운 태도를 보이고 때로는 온정적인 말까지 했던 것은 양가죽을 뒤집어쓴 연극이었음에 틀림없다.

 그자가 가진 생살여탈의 권한을 분명히 깨닫고 그 날카로운 안광에 눈을 찔린 긴지는 그저 가만히 있을 수밖에 없다.

 게다가 저승사자는 혼자서 나타난 것이 아니다. 무리를 거느리고 있다. 우람한 골격에 승복과도 같은 검은 옷을 걸친 수많은 부하들이 뒤를 따르고 있다. 마치 피에 굶주린 야수들 같다.

 그들은 위용을 과시하며 저승사자의 등뒤에서 직립부동의 자세를 유지하고 있다. 그들이 손에 들고 있는 것은 횃불이다. 타오르는 불길은 모조리 검은빛이다. 모두가 시커멓게 그을린 얼굴이다.

 저승사자의 얼굴이 긴지 바로 자신의 얼굴이라는 것을 깨달은 순간 긴지는 제 눈을 떼어버리고 싶을 만큼 놀란다. 머릿속이 뒤죽박죽 헝클어진다.

 저승사자는 느닷없이 독기 서린 웃음을 터뜨린다.

 긴지의 상처에 꽂힌 푸른 꽃을 손가락으로 가리키며 한바탕 웃어 젖힌다. 그러고는 금속성의 위압적인 목소리로 잘라 말한다.

 오늘이야말로 네 혼을 가져가겠노라. 그렇게 선언한다.

 그 말을 기다렸다는 듯 강렬한 악취를 내뿜는 시커먼 무리들이 부들부들 떨고 있는 긴지를 둥그렇게 감싼다. 저승사자가 내팽개친 가면에 일제히 불을 붙인다.

 가면이 활활 타오른다.

 동시에 긴지는 자신의 얼굴이 불타는 것을 느낀다.

 긴지와 가면이 함께 내지르는 절규가 수평선과 지평선 저 너머로 빨려들고, 구름 저 너머로 달려가 단번에 성층권을 뚫는다.

그걸로 끝난 것이 아니다.

이번에는, 뼈와 가죽뿐인데도 왠지 건장해 보이는 저승사자의 거대한 손이 긴지 위로 다가든다. 그리고 긴지가 제대로 정신을 수습할 틈도 주지 않고, 투박한 손가락 하나하나가 긴지의 창백한 몸을 파고든다. 늑골을 꺾고, 심장을 휘젓고, 이어서 다른 장기도 마구 농락한 다음, 뇌마저 진창으로 주무른다.

제멋대로 마구 휘젓는다.

그런 짓을 당하는데도 아픔은 전혀 느껴지지 않는다. 그러나 감촉만은 한없이 생생하다. 몸뚱이가 온통 유동체가 된 듯한 기분이다.

그때 긴지의 귀에 이상한 소리가 들린다. 횃불이 튀는 소리에 섞여 기묘한 소리가 들린다.

그것이 저승사자가 혀를 차는 소리라는 것을 안 것은 곧이어 이런 말이 들렸기 때문이다.

"이상하군. 아무리 찾아도 없어."

긴지에게 영혼이 없다며 저승사자는 연신 고개를 갸웃거린다. 크게 당황한 모습이다.

한참을 생각에 잠겨 있던 저승사자는 이런 결론을 내린다. 이자는 결함투성이 인간이기는커녕 인간조차도 아니다. 그렇게 단언한다.

그 씁쓸한 선언에 검은 무리들 사이에서 탄식이 터져나온다. 몇십 개나 되는 횃불이 거칠게 흔들리며 칠흑의 불똥이 덧없는 세상의 먼지와 함께 푸르르 날아오른다.

그리고 저승사자의 통나무처럼 투박한 손이 긴지의 몸에서 빠져나간다.

그러나 거기서 단념한 것은 아니다. 저승사자는 팔짱을 끼고 한참 동안 궁리를 거듭한다. 떨떠름한 신음 소리가 땅울림처럼 우르릉거린다. 이대로 물러설 수는 없다, 이대로 놔둘 수는 없다고 말한다. 도저히 빈손으로 돌아갈 수는 없다고 중얼거린다.

참을 수 없이 지독한 입냄새가 회오리바람처럼 거칠게 일어난다.

한참 후에 저승사자는 퍼뜩 좋은 생각이 떠오른 듯 빙그레 웃는다. 그러고는 당장 실행에 옮긴다. 다시 한번 털이 수북한 손을 긴지를 향해 뻗는다. 이제 그 움직임에서 격식 같은 것은 찾아볼 수 없다.

"대신 이걸 가져가마."

그런 말을 던지자마자 저승사자는 긴지의 문신을 등가죽째 북북 뜯어낸다.

심장이며 뇌를 휘저을 때는 아무런 고통도 없었지만 이번은 다르다. 말로 형언할 수 없는 아픔이, 총상 따위와는 비교도 되지 않는 격통이 마비되어가던 온 신경을 순식간에 되살려낸다.

긴지의 절규는 어쩌면 달에까지 가 닿았는지도 모른다.

죽기 직전 긴지의 눈은 보았다. 수많은 부하들을 거느리고 허공 어디론가, 저 세상의 세력권으로 돌아가는 저승사자의 뒷모습을.

막 전파탑 바로 위를 지나갈 무렵, 저승사자는 손에 움켜쥔 긴지의 등가죽을 다시 한번 찬찬히 바라보았다. 그러고는 갑자기 흥미를 잃고 쓰레기 던지듯 휙 내던졌다.

저승사자 일행은 그대로 뒤도 돌아보지 않고 하늘 저 너머로 사라져갔기 때문에 그 직후에 일어난 진기한 현상을 볼 수 없었다. 그것을 목격할 수 있었던 것은 '백주 대낮의 긴지' 단 한 사람뿐이었다.

저승사자가 내버린 물건은 그대로 지상에 낙하한 것이 아니다.

긴지는 보았다. 밤의 무지개라는 것을 처음으로 보았다.

그때, 한순간이었지만 긴지에게 혈색이 돌아왔다. 죽어가던 몸뚱이 속에 악의 연쇄를 끊는 항심(恒心)이 가득 되살아났다.

달빛과 습도의 미묘한 조건이 맞물려 태어난 그 장관은 부드러운 색조이되 결코 희미하지 않다. 한낮의 무지개 못지않게 선명하고, 각각의 색깔들이 독특한 광채를 내뿜고 있다.

그런데 한 가지 색깔만은 실제 무지개와 다르다.

보랏빛이 아니라 먹빛이다. 한 부분에 불과하던 그 먹빛이 점차 다른 여섯 가지 색깔을 침식해들어간다. 마침내 무지개 전체를 뒤덮는다. 마침내 시커먼 무지개가 되는 순간 무지개는 어둠에 녹아들고 밤에 뒤섞여 고요히 소멸한다.

밤의 무지개는 이 세상과 저 세상을 이어주는 다리 역할을 훌륭하게 마치고 사라졌다.

그와 때를 같이하여 긴지의 목숨도 끝난다. 정말로 끝나고 만다.

세상 사람들의 미움을 받던 자. 배덕자의 전형이었으되 결코 장난으로 살지는 않았던 '백주 대낮의 긴지'.

그 목숨은 이곳에서 분명히 끝났지만, 문신의 무지개까지 끝난 것은 아니다.

저승사자가 흥미를 잃고 내던져버린 무지개는 지금 긴지의 등에서 찬연히 빛나고 있다. 육체가 살아 있을 때보다 오히려 더욱 선명한 빛으로 떠오른다. 마치 영웅의 종언을 고하는 죽음처럼 보일 정도다.

심장이 완전히 정지한 뒤에도 여전히 기능을 유지하고 있는 청각이 풍성한 악상의 음악을, 장엄한 종곡을 똑똑히 듣는다. 그것은 뇌의 일부에서 갑작스럽게 솟아오른 것이었지만, 긴지에게는 그것이 마치 전파탑 안에서 울려퍼지고 있는 것처럼 느껴진다.

이것으로 마지막이 될 중후한 대합창이 들판과 바다를 압도하고,

악에 물든 인간의 고통과 애환을 보듬고, 일률적으로 논할 수 없는 다양한 악을 무력한 것으로 바꾸고, 들끓는 마음을 가라앉히고, 견해가 분분한 모든 죄를 정화하고, 죄업의 잔재까지도 깨끗이 씻어낸다.

죽은 자의 험상궂은 얼굴이 서서히 부드러워진다. 살아 있을 때와는 너무도 다른, 무상의 기쁨과 기품이 넘치는 얼굴이 초여름을 앞둔 밤과 보기 좋게 어울린다.

사람이 전혀 없다고는 할 수 없는 들판, 그 들판에 가득 찬 음악에 이끌리듯, 상처의 흔적도 생생하게 복부에서 등으로 뚫려 있는 바람 구멍에 꽂힌 푸른 꽃이 기묘하게 아름다운 악한 사자(死者)의 어딘가에 숨어 있던 영혼이 아무도 모르게 살그머니 유해에서 빠져나온다.

그것은 한순간 어디로 가야 할지 모르는 듯 망설이다가 이내 확고한 태도로 '백주 대낮의 긴지'라는 허식에 찬 이름을 내버리고 무지개 문신 주위를 한 바퀴 돈 다음, 육체의 성을 비워주고는 누구의 도움도 받지 않고, 저 세상에 관한 풍문 따위 걱정하는 기색도 없이, 천지의 신에게 기도하는 일도 없이 어디까지나 자신의 의사를 존중하며, 그렇다고 공연히 교만을 떨지도 않으며 먹빛 하늘을 향해 연기처럼 하늘하늘 올라간다.

언젠가는 분명 돌더미가 될 높이 백 미터의 낡은 전파탑이 애도의 뜻을 표하며 가늘게 몸을 흔든다. 검은지빠귀는 파도 틈새를 이리저리 넘나들며 바다 표면을 스치듯 날아간다.

우리 눈물 흘리며 꿇어앉아

무덤 속의 그대를 부르노라.

편히 잠들라, 편히 잠들라!

그대의 상처 입은 몸 편히 쉬거라!

편히 잠들라, 즐거이 잠들라,

그대의 무덤은 고뇌하는 마음에

편히 누울 베개

안식의 터전이 되리니.

부디 편히 잠들라.

—〈마태수난곡〉 제78곡, 합창

| **옮긴이의 말** |

반역과 모독의 대장정

    소설을 읽는 일이 작가의 영혼과 만나는 일이라고 한다면, 마루야마 겐지라는 작가와의 만남은 독자에게 크나큰 행운이다. 그의 세계는 우리가 흔히 접하는 문학세계와는 사뭇 다르다. 영화 〈ET〉에서 인간의 손가락과 뭉툭한 외계인의 손가락이 만나듯, 이라고 하면 적절한 비유가 될까? 소설 속에 펼쳐진 이야기나 감성, 그로 인한 카타르시스를 간접 경험하는 게 아니라 작가의 세계, 작가의 영혼 그 자체를 손가락과 손가락이 만나듯 직감적인 이미지로 접하고 그것이 우리의 영혼에 세례(洗禮)처럼 스며든다.
    마루야마 겐지는 일본의 중부, 험준한 산맥으로 둘러싸인 고산지대인 나가노 현 이야마 시의 평범한 가정에서 태어났다. 아버지는 학교 교사였다. '겁에 질린 듯 세상에 순응하며 조용히 살아가는 것만을 최상의 미덕으로 여기는' 모범적인 집안에서 벗어나기 위해 센다이의 전파고등학교에 입학했다. 문제 학생으로 낙제를 거듭하다

가까스로 졸업하고 대기업 텔렉스실 말단 직원으로 취직했는데, 이 회사가 도산 위기에 몰렸다. 그래서 소설을 썼다. 문학에는 관심도 없었다. 영화를 보고 그 원작 소설을 더러 찾아 읽었을 뿐 변변한 순문학 소설 한 편 읽은 적이 없었다. 그런데 왜 하필 소설을 썼을까? 다른 직업을 찾아야 했기 때문에, 상금이 탐이 나서, 주위 사람들에게 '이만큼 대단한 사람'이라는 것을 보여주기 위해. 모두 맞는 얘기라고 한다. 그리고 또 한 가지, 태어나면서부터 '소란스러운 피'를 지녔기 때문이었다. 이 소설이 문예잡지『문학계』의 신인문학상에 당선되었고, 이어서 아쿠타가와 상을 수상했다.

아쿠타가와 상 최연소 수상, '스승도 없고 동지도 없고 예비 지식도 없이 단 한 편의 소설을 들고 문학세계에 뛰어들고 말았다'는 에피소드는 매스컴이 가장 좋아할 호재였다. 그러나 정작 작가 자신은 갑작스런 각광이 어리둥절하기만 했고 문학에 대해 확신을 가질 수 없었다. 문단 관계자들과도 관계를 가졌지만 죄다 '여자처럼 징징 우는' 묘한 작자들뿐이었다. 매일 맨손체조만 꾸준히 해도 당장 사라져버릴 '자아의 고뇌' 따위를 알량한 글재주로 얼버무려 밥벌이를 하는 뻔뻔한 자들, 술집이며 찻집에 끼리끼리 모여 논쟁과 시비를 일삼는 괴상한 곳이 문단이었다.

마루야마 겐지는 매스컴의 각광을 발판으로 헛된 상승을 꾀하지도, 문단 그룹에 안주하지도 않았다. 그러기는커녕 도무지 배짱이 맞지 않는 도쿄를 결연히 떠나기로 했다. 두번째 쓴 소설을 믿을 만한 편집자가 인정해주자 문학에 대한 희미한 확신을 얻었다. 무릇 소설가란 독립 독행해야 한다. 그에게는 거의 직감적인, 당연한 상식이었다. 그런 상식을 잊어버린 허망과 허식의 도회지 문단을 떠나 마루야마 겐지는 나가노 현의 대자연 속으로 들어갔다. 산으로 둘러싸인 고고(孤高)한 대자연에 자리를 잡고 최소한의 자립을 보장해줄 원고료를 위해 남성적인 의지와 건강한 육체, 건실한 생활 태도를 견지하며 눅눅한 감정의 습기를 일절 배제한 끝에 알맹이만 남은 영혼의 소리를 해마다 쉬지 않고 묵직한 대작들로 차례차례 발표해왔다.

문학의 쇠퇴를 염려하는 시대 조류 속에서도 마루야마 겐지에게 문학이란 캐낼 보물이 얼마든지 남아 있는 무한한 광맥이다. 일본 문단에서 그는 이단의 작가, 스케일이 큰 남성 문학의 독보적 존재로 인정받는다. 이 작가에게 일단 빠져든 독자들은 다른 소설은 시시해서 더이상 읽을 수 없는 희귀한 병에 걸린다는 말까지 들린다. 기존 문단의 유치할 만큼 어리석은 소행, 위선적인 빌붙기에 일갈을 던지고, 나아가 문화의 허위를 질타하는 데 있어 마루야마 겐지만큼 압도적인 실체도 없다. 거기에 더하여 소설가로서의 자질과 기품, 실천적인 행동 지침을 거침없이 적어내려간 『소설가의 각오』 『아직 만나지 못한 작가에게』 등의 문학론이 베스트셀러가 된 것도 이와 무관하지 않다. 그가 좋아하는 것은 지프차, 산악자전거, 송아지만한 개와 함께 지칠 때까지 산길을 내달리기. 요즘에는 아침 다섯시에 일어나 여섯시부터 아홉시까지 글을 쓰는 시간 외에는 아즈미노에 있는 자택의 정원을 손질하는 일에 몰두한다고 한다. 이 잘 가꿔진 정원을 찍은 사진집 『석정(夕庭)』이 출간되었을 정도다. 서재에 틀어박힌 정신으로 쓰는 글이 아니라 육체의 용솟음치는 에너지가 직감적으로 포획한 인간 영혼의 이미지를 그려내는 것이다.

어린 시절에, 근무지인 학교에서 할당해준 밭을 농부처럼 갈고 있던 아버지를 파란 도깨비부채꽃이 핀 풀밭에서 뒹굴며 바라보던, 아무렇지도 않은 그저 일상적인 한 장면의 이미지는 마루야마 겐지의 작품세계에 중요한 키워드다.

"묵묵히 괭이질을 하고 있는 아버지의 모습을 멍하니 바라보고 있던 내 가슴에 돌연 구멍이 뻥 뚫리고 말았다. '뻥' 하는 소리가 들린 것 같기도 했다. 그러자 그 구멍으로 싸늘하고 허망한 바람이 휭하니 불어와, 혹 이 세상이 살 만한 가치가 없는 것은 아닌가—구체적인 말은 아니었지만—하는 강렬한 예감이 들었다."(마루야마 겐지, 『소설가의 각오』, 문학동네, 140쪽)

혹 이 세상이 살 만한 가치가 없는 것은 아닐까, 혹 인간이란 아무것도 아닌 존재가 아닐까—세상의 모든 가치에 대한 모독, 인간 삶의 근간을 뒤흔드는 천기누설이다. 이 천기누설이 마루야마 겐지 문학의 바탕이 되었다. 그리고 그 아무것도 아닌 것 위에 벌거벗고 선 인간의 순수한 초심(初心)만으로 독립 독행하는 당당한 수컷의 세계, 인간의 역사가 쌓아올린 도덕률을 부정하고 종교와 권위와 이념을 모독하며, 순응과 평화의 그늘에서 죽은 것처럼 살아가는 인간의 삶에 반역의 기치를 쳐드는 세계이다.

"예술에 뜻을 둔 자라면 권력과 권위의 손이 닿지 않는 아득한 상공까지 영혼을 밀어올려 인간과 인간 세계를 부감할 정도의 배짱과 감성을 가질 필요가 있습니다. 인간인 동시에 인간을 초월한 시선으로 외계를 바라보아야 합니다. 인간의 입장을 잊어버리고 사고하는 한 순간을 얻을 수 있느냐 없느냐 하는 것이 곧 예술과 그렇지 않은 것의 경계입니다. 그러나 부감의 시선만으로는 진정한 예술이 성립되지 않습니다. 그것만으로는 날것의 인간 본질에 육박할 수 없기 때문입니다. 다른 한편으로 수풀 속을 기어가는 뱀과도 같은, 더이상 낮아질 수 없을 만큼 낮은 시선도 함께 지니지 않으면 안 됩니다. 그렇지 않으면 중력과 본능에 의해 지면에 달라붙어 살아야 하는 운명을 지닌, 모순투성이의 비극적이며 동시에 희극적인 인간의 전체적인 모습을 그려낼 수 없습니다. 훌륭한 예술 작품이란 파워와 볼륨이 풍부하고, 또한 기품에 의해 받쳐지지 않으면 안 되는 것입니다. 여기서 말하는 기품이란 작가가 세상을 향해 내보이는 겉치레의 기품이 아니라 용모, 태도, 말투로는 절대로 속일 수 없는, 어디까지나 영혼 그 자체가 비장한 생래(生來)의 힘입니다."(「작가와의 인터뷰—영혼에 새겨진 모독의 문신」, 『나미(波)』1999년 5월호)

작가는 오래전부터 '정신의 벽을 뛰어넘어 영혼에까지 침투하는 문신'이라는 모티프와 '일곱 가지 대죄'라는 모티프를 각각 별도로 작품의 소재로서 겨냥하고 있었다고 한다. '엄청나게 묵중하고 심장까지 비춰낼 듯 눈부신 섬광이 찾아온 순간'에 이 두 가지 소재가 합체했고, 거기에 자신이 지향하는 문학의 중요한 힌트가 될 수 있다고 느껴왔던 바흐의 〈마태수난곡〉이 가슴속에서 끓어오르는 순간, 창작 의욕이 한계점까지 높아지며 몸이 부르르 떨리는 체험을 했다고 이 작품의 창작 동기를 밝힌다.

암흑가의 판세를 뒤엎는 엄청난 살인을 저지른 야쿠자 '백주 대낮의 긴지'가 추적자들을 피해 북녘 바닷가에 있는 지상 백 미터 높이의 전파탑에 숨어들면서 이 기념할 만한 작품의 대장정이 시작된다. 긴지는 재기의 기회를 노리며 장차 암흑가의 일인자로 등극하게 해줄 무지개 문신을 새기게 된다. 긴지가 등에 새겨넣은 무지개 문신은 반역의 극채색이며 일곱번째 색깔을 먹빛으로 마감한 모독의 상징이다. 한낮의 찬란한 무지개, 오래도록 인간의 희망의 지향점을 상징해온 무지개와는 대척점에 자리잡은, 암야(暗夜)에 떠오른 무지개다.

'백주 대낮의 긴지'의 영혼에 자리잡은 악덕은 마코토처럼 후천적인 환경에 의한 것도, 이해 타산에 사로잡힌 조잡한 악도 아니다. 인간에게 분명하게 내재하는, 생명력에 의해 분출되는 근원적인 악, 이런 말이 허용된다면, '순수하다'는 형용사를 붙일 수 있는 악이다.

"가령 이 세상의 모든 인간을 자기 혼자몸으로 전멸시켰다 해도 긴지에게는 아무런 후회도 회한도 남지 않을 것이다. 딱히 긴지뿐만이 아니라 모든 인간은 저마다 나름대로 이 세계를 광란에 찬 시선으로 바라본다."(하권, 16쪽)

"긴지가 이제까지 해치웠고 또한 앞으로 해치울 일 모두가 이 행성의, 이 우주의 책임으로 연좌될 뿐이다."(하권, 11쪽)

긴지의 패기 넘치는 '근원 악'의 시선으로 바라보면, 거의 모든 인간이 살아 있으면서 죽은 자의 눈을 하고 있고, 인간을 사육하는 인간도 인간에게 사육당하는 인간도 똑같이 생기를 잃은 채 살아가고 있다. 살아 있다는 자각도 얻지 못한 미약한 생명력으로, 아무리 세월이 흘러도 도덕 감정을 내버릴 줄 모른 채 일개미처럼 누군가의 노예로서 하루하루를 연명할 뿐이다. 그러나 근원 악의 세계에서 사는 긴지만은 비바람을 뚫고 출항하는 배이고, 자신의 운명을 스스로 뒤엎을 힘을 가졌으며, 어떤 경우라도 자신에게 귀의할 뿐이다. 이렇듯 모든 허상의 가치를 부정하고 온전히 스스로 재창조해낸 지평에서 긴지는, 또한 독자는 비로소 아무것도 덧씌워지지 않은 자신의 영혼과 대면한다. 가면과 저승사자와의 갈등은 인간의 숙명과도 같은 근원 악에 대한 기나긴 고찰의 대장정이다.

그런 점에서 이 작품은 자극적이고 잔인한 폭력이나 사건을 파헤쳐 인간의 본질을 파악하려는 일련의 소설들과 그 궤를 달리한다. 충격적이며 자극적인 소재는 이 작가에게는 그다지 중요하지 않다.

'백주 대낮의 긴지'는 그 잔인한 전력에도 불구하고 대부분 군자(君子)와도 같은 행동을 하는 것으로 묘사된다. 악행은 단순히 작품의 한 설정이며 줄거리를 이어주는 부분으로 간략하게 전개될 뿐 그 잔혹성 따위는 세세하게 묘사되지 않는다. 보다 중요한 것은 인간의 영혼에 내재된 본능적인 힘, 인간을 동물에 지나지 않는다는 명백한 사실에 저항하려는 숭고한 반역의 정신이다. 그런 부분을 천착하는 것이 문학이라고 마루야마 겐지는 말한다.

"고베 소년 살인 사건이나 옴 진리교가 일으킨 일련의 사건들, 매스미디어가 좋아할 그런 사건에 문학적인 보물이 숨겨져 있다고 생각하는 것 자체가 아마추어의 발상입니다. 싸구려 겉 핥기 식의 자극을 추구하는 수준이지요. 문학이 무엇인지를 이해하지 못한 자들의 경박한 발상입니다. 그런 사건의 어디를 어떻게 더듬어봐도, 아무리 파고들어도 새로운 발견은 아무것도 없습니다. 그런 요란한 사건일수록 실은 바닥이 얕습니다."(『나미』 1999년 5월호)

열쇠 가게를 운영하며 행복한 한 시절을 보냈던 거지 노부부의 죽음을 바라보는 긴지의 시선도 모든 것을 부정한 인간이 최종적으로 직면하게 되는 숙명, 즉 죽음에 대한 천착으로서 작가의 연륜만큼 그 깊이가 아득하다.

인간의 근원 악에 대한 해답은 몇 줄 혹은 몇 장의 문장으로 제시되지 않는다. 마루야마 겐지가 보여주는 이미지에 의해 독자의 혼에 무지개 문신처럼 새겨질 뿐이다.

봄날의 훈김에 생명들이 자욱하게 자라는 바닷가 벌판의 낮과 밤, 비와 무지개의 장관이 펼쳐지는 대자연, 울음소리가 아름다운 큰유리새와 울새와 검은지빠귀, 무지개 문신에 빗금을 그어주었고 육체의 고통을 처절하게 맛보도록 해변까지 그 몸뚱이를 실어다준 바다

거북, 저승사자와 가면. 그리고 대우주에의 순례를 마치고 끝내 저승사자의 손아귀에 떨어지기를 거부한 영혼은 너덜너덜해진 육체에서 소리없이 빠져나와 찬란한 모독의 무지개로 한순간 떠오른다.

"어렸을 때부터 배덕과 반역의 냄새를 풍기는 문신에 관심이 있었습니다. 어쩌면 내 정신은 태어나면서부터 문신을 등에 지고 있었는지도 모릅니다. 그 문신이 파탄 직전의 소설가의 영혼을 어디선가 지탱해주고 있는 게 아닐까 하는 생각이 듭니다. 까딱 잘못했으면 내가 쥔 건 펜이 아니라 총이었을지도 모릅니다. 이 소설의 주인공 긴지와 똑같은 인생을 살았을지도. 폭력적인 피의 소란스러움을 억누르기가 힘들었던 나 자신을 소설을 쓰는 것으로 탐색하려 한다는 것은 부정할 수 없습니다. (……) 내 육체도 언젠가 시들어 죽겠지만, 아마 무엇이 어떻게 된 건지 거의 아무것도 모른 채 죽어갈 겁니다. 악몽이라도 꾸는 듯한 기분으로 이 세상을 떠나겠지요. 저 세상은 존재한다고 생각합니다. 증거는 없지만 직감으로 그것을 믿고 있습니다. 그렇다고 신비주의나 종교에 매달릴 마음은 전혀 없습니다. 신은 인간의 약함과 교활함에서 태어난 환영이니까요. 한 가지 마음에 걸리는 것은, 너덜너덜한 유해에서 빠져나간 영혼에 과연 모독의 무지개 문신이 새겨져 있을까 하는 것입니다. 그것만 있다면 이 세상을 살아낸 증거가 될 텐데 말예요."(『나미』 1999년 5월호)

'백주 대낮의 긴지'에게 바쳐진, 그리고 작가와 독자의 영혼이 거쳐온 처절한 대장정에 바쳐진 〈마태수난곡〉의 '편안히 잠들라, 부디 편히 잠들라!'는 음향이 오래도록 귓전에 남을 것 같다.

2004년 7월
양윤옥

옮긴이 **양윤옥**

일본문학 전문 번역가. 『슬픈 李箱』 『그리운 여성 모습』 『글로 만나는 아이 세상』 등의 책을 썼으며, 『철도원』 『일식』 『달』 『가면의 고백』 『플라나리아』 『연애중독』 『장미 도둑』 『파리로 가다』 『첫날밤』 『라쇼몽 — 아쿠타가와 류노스케 선집』 『사랑을 주세요』 등을 우리말로 옮겼다.

문학동네 세계문학
무지개여, 모독의 무지개여 · 하

초판인쇄	2004년 7월 2일
초판발행	2004년 7월 9일

지은이	마루야마 겐지
옮긴이	양윤옥
펴낸이	강병선
책임편집	차창룡 조연주 이상술
펴낸곳	(주)문학동네
출판등록	1993년 10월 22일 제406-2003-045호

주　　소	413-756 경기도 파주시 교하읍 문발리 파주출판도시 513-8
전자우편	editor@munhak.com
전화번호	031) 955-8888
팩　　스	031) 955-8855

ISBN　89-8281-839-1　04830
　　　　89-8281-837-5　(세트)

* 잘못된 책은 바꿔드립니다.

www.munhak.com

마루야마 겐지

일본 근대문학의 '살아 있는 작가정신'으로 불리는 마루야마 겐지! 1967년 만 22세의 나이로 일본 최고 권위의 아쿠타가와 상을 수상하며 화려하게 등단한 그는, 이후 일본 북알프스 기슭의 오지에 칩거하면서 30년 넘게 외부와의 관계를 일체 끊고 오직 원고료 수입만으로 창작생활에 몰두하는 수도승과도 같은 금욕생활을 육화해오고 있다. 그는 '진정한 작가의 길'을 고집스럽게 걷는 고독한 소설가이자 현 시대 가장 위대한 문학의 장인 중 한 사람이다.

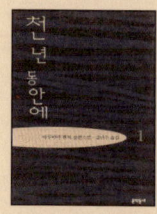

천년 동안에 (전2권) 김난주 옮김

마루야마 겐지가 타락한 현대사회의 미래를 향해 던지는 처절한 묵시록. 지나온 과거 천 년과 현재, 그리고 21세기 초반의 문명과 인간을 비판적으로 조명하는 그의 언어는 치밀하면서도 절제되어 있고, 섬세하면서도 지적이다. 겐지 문학의 집대성이자 환상적 리얼리즘이 도달할 수 있는 가장 높은 경지.

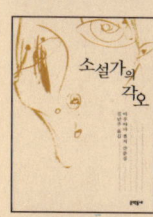

소설가의 각오 김난주 옮김

이십대 초반의 나이로 소설가로 입문하게 되는 과정에서부터 전업작가로서 금욕적인 집필활동을 해나가면서 겪는 경험까지, 마루야마 겐지의 문학 이력서와도 같은 산문집. 타락한 작가들을 향해 던지는 신랄한 비판이자 작가 지망생들이 반드시 읽어야 하는 삼엄한 '문학개론'.

천일의 유리 (근간) 김난주 옮김

천 개의 시점으로 이야기하는 천 일의 이야기. 독자는 하늘을 높이 나는 새가 되기도 하고, 황혼이 되기도 하고, 또는 쏟아지는 비가 되기도 한다. 아무리 미세한 대상이라도 놓치지 않는 치밀한 문체, 중층적인 묘사가 새로운 소설의 가능성을 연다.

히라노 게이치로

교토 대학 법학과에 재학중이던 1999년, 첫 소설 『일식』으로 아쿠타가와 상을 수상하면서 일본 현대문학의 새로운 태양으로 떠오른 천재 작가. 언론은 그의 등장을 '미시마 유키오의 재래'라고 평가했다. "나는 예술지상주의자이며, 문학으로써 성스러움을 실현하고자 한다"고 거침없이 밝히는 그는 한 작품을 위해 철저히 계산하고 탐구하며 그 작품에만 한정되는 언어를 직조해내는 철저함으로 사람들을 놀라게 한다. "누구도 모방할 수 없는 지성, 철두철미한 구성, 경이로운 상상력, 전율을 느끼게 하는 묘사"란 평가의 이면에는 히라노의 완벽주의가 깔려 있는 것이다.

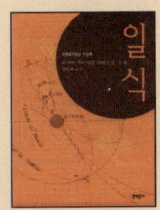

일식 양윤옥 옮김

1999년 아쿠타가와 상 수상작. 15세기 말 르네상스 전야의 남부 프랑스를 무대로, 한 가톨릭 수도사가 체험하는 비밀스런 기적이 장중한 문체로 그려진다. 움베르토 에코의 『장미의 이름』에 필적할 만한 소설이라는 평가를 받으며 일본 문학에 충격과 찬탄을 몰고 온 경이로운 소설.

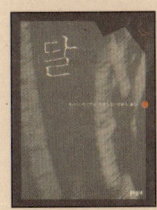

달 양윤옥 옮김

히라노 게이치로의 두번째 장편소설. 절대적 존재와 찰나적 진실의 정열을 추구하는 젊은 시인이 가물거리는 눈으로 바라본 꿈과 환상과 현실의 교착. 투명한 긴장감으로 읽는 이를 취하게 하는 슬픈 환상.

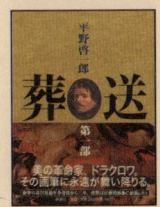

장송(근간) 양윤옥 옮김

『일식』과 『달』을 잇는 히라노 게이치로의 삼부작 완결편. 미의 혁명가 들라크루아, 피아노의 시인 쇼팽, 그리고 조르주 상드…… 2월 혁명으로 격동하는 19세기 파리를 무대로, 완벽한 필치로 되살아나는 예술가의 환희와 고뇌, 사랑과 죽음.

문명의 우울(근간) 염은주 옮김

히라노 게이치로의 첫 산문집. 주변의 일상과 사건에서 얻은 착상을 그만의 냉철한 직관과 분방한 상상력으로 풀어나간다. 소설가이기 이전에 동시대를 살아가는 젊은이로서의 히라노 게이치로를 만나는 흥미로운 기회.